미국의 목가 1

세계문학전집
1 1 7

Philip Roth : American Pastoral

미국의 목가 1

필립 로스 장편소설

정영목 옮김

문학동네

J. G.에게

하루가 끝나면 꿈을 꿔,
꿈을 꿔, 그러면 그것이 현실이 될지도 몰라,
세상이란 절대 보이는 것만큼 나쁘지 않아,
그러니까 꿈을 꿔, 꿈을, 꿈을.
—조니 머서, 1940년대의 인기 가요 〈Dream〉에서

드문 일이지만 예상했던 것이 현실이 되어……
—윌리엄 칼로스 윌리엄스, 「케네스 버크의 집」에서, 1946

일러두기

1. 주석은 모두 옮긴이주이다.
2. 본문 중 고딕체는 원서에서 이텔릭체나 대문자로 강조한 부분이다.

차례 █

1부

기억 속의 낙원

1

스위드*. 내가 아직 초등학생이던 전쟁 시절, 뉴어크의 우리 동네에서 스위드는 마법의 이름이었다. 심지어 도심의 오래된 프린스 스트리트 유대인 게토에서 벗어난 지 딱 한 세대밖에 되지 않아, 아직은 고등학교 운동선수의 뛰어난 기량에 놀라 자빠질 만큼 완벽하게 미국화되지 않았던 어른들에게도 마찬가지였다. 그 이름은 마법이었다. 그 특이한 얼굴도 마찬가지였다. 유대인이 압도적으로 많은 우리 공립 고등학교에는 피부가 흰 유대인 학생도 드물었지만, 시모어 어빙 레보브라는 이름으로 우리 종족에 태어난 이 눈이 파랗고 머리카락은 황금빛인 소년의 얼굴, 턱이 가파르고 왠지 비정해 보이는 그 바이킹 가면 같은

---

* swede. 스웨덴 사람이라는 뜻.

얼굴과 조금이라도 닮은 구석이 있는 아이는 단 한 명도 없었다.

스위드는 풋볼에서는 엔드, 농구에서는 센터, 야구에서는 일루수로 활약했다. 이 가운데 농구팀만 좀 하는 편이었지만—도시 대항전에서 두 번 우승했고 스위드는 득점왕을 차지했다—학생들은 스위드가 뛰어난 활약을 보이기만 하면 스포츠 팀 전체의 운명 같은 것엔 별 관심이 없었다. 그들의 부모는 대부분 못 배우고 과로에 시달리던 터라, 그 무엇보다 성적을 숭배했기 때문이다. 우리 공동체의 전통상 신체적인 공격은 설령 체육복이나 공식적 규칙으로 위장되고 또 유대인에게 아무런 해를 끼칠 의도가 없는 것이라 해도 기쁨의 원천이 될 수 없었다. 높은 학벌이야말로 기쁨의 원천이었다. 그럼에도 우리 동네는 스위드를 통하여 자신과 세상에 대한 환상에 빠져들었는데, 이것은 세상의 모든 스포츠 팬들이 빠지는 환상과 다를 바 없었다. 마치 이방인처럼 (유대인은 이방인이 그렇다고 상상했다), 우리 동네 사람들도 실제로 세상이 어떻게 돌아가는지는 잊고 운동에 모든 희망을 걸게 되었던 것이다. 그렇게 해서 그들은 무엇보다도 전쟁을 잊을 수 있었다.

위퀘이크 유대인이 스위드 레보브를 집안의 아폴론 신처럼 떠받들기 시작한 것은, 내가 보기에는 아무래도 미국이 독일이나 일본과 벌인 전쟁과 거기에서 생겨난 공포 때문이었던 것 같다. 아들이나 형제나 남편을 다시는 보지 못할 거라는 두려움에 떨며 살던 사람들은 경기장에서 스위드의 굴하지 않는 모습을 보면서 삶의 의미 없는 거죽으로부터 설령 괴상한 망상이라 할지라도 어쨌든 살아갈 힘 같은 것을 얻었다. 스위드의 순수 속으로 빠져들며 행복한 해방감을 느꼈던 것이다.

이것이 그에게는 어떤 영향을 주었을까? 그가 훅슛을 던질 때마다,

펄쩍 뛰어올라 패스를 받을 때마다, 좌익수 쪽으로 쭉 뻗어나가는 이루타를 칠 때마다 그를 칭송하고, 축성한 것이 그에게 어떤 영향을 주었을까? 그가 이런 것 때문에 돌처럼 무표정한 소년이 된 것일까? 나이보다 성숙해 보이는 그 침착성은 공동체 전체가 퍼주는 사랑으로 인한 자기도취를 제어하려는 뜨거운 내적 투쟁의 외적 표현이었을까? 고등학교 치어리더들은 스위드를 위한 응원 구호를 따로 만들었다. 이것은 다른 구호들과는 달리 팀 전체에 힘을 불어넣거나 관중의 활기를 유도하려는 것이 아니었다. 오직 스위드 한 사람만을 위해 박자를 맞추어 발을 구르며 올려바치는 찬사였고, 그의 완벽함에 대한 희석되지 않은, 뻔뻔스럽다고까지 할 수 있는 열광의 표현이었다. 이 구호는 농구 시합에서 그가 리바운드를 잡거나 득점을 올릴 때마다 체육관을 흔들었고, 풋볼 시합에서 그가 1야드라도 전진하거나 패스를 가로챌 때마다 시티 스타디움의 우리 편 관중석을 휩쓸었다. 어빙턴파크에서 벌어지는 야구 홈경기에는 관중이 거의 없었다. 열띤 표정으로 사이드라인에 무릎을 꿇고 있는 치어리더들도 없었다. 그러나 이곳의 나무로 만든 관중석에서도 스위드가 타석에 들어설 때는 물론이고 일루에서 평범하게 아웃을 잡을 때도 위퀘이크의 충성파들 몇 명이 이 구호를 외치는 소리가 작게나마 들리곤 했다. 이 구호는 여덟 음절로 이루어져 있는데 세 음절은 그의 이름이었고, 전체적으로 바 바-바! 바바 바…… 바-바! 하는 식의 박자로 진행되었다. 특히 풋볼 시합에서는 이 구호가 되풀이될 때마다 속도가 빨라져, 마침내 광적인 숭배가 절정에 이르면 환희를 못 견뎌 폭발하듯 치마를 펄럭이며 옆으로 재주를 넘는 응원이 시작되고, 우리의 튀어나온 눈앞에서 열 명의 탄탄하고 자그마한 치어리더들의 주황색 체육복 반바지가 불꽃처럼 깜빡거렸다…… 물론 너도 아니고 나도 아닌, 오직 멋진 스위드만을 사랑하는 응원이었다. "스위드 레보브! 그 대 는…… '더 러브'!…… 스위드 레보브! 그 대 는…… '더 러브'!…… 스위드 레보브! 그 대 는…… '더 러브'!"

그래, 그의 눈길이 닿는 곳 어디에나 그와 사랑에 빠진 사람들이 있었다. 우리 남자아이들에게 시달리는 사탕가게에서는 우리 모두 "야, 안 돼!" 또는 "얌마, 손 떼!"가 우리 이름이나 다름없었다. 그러나 가게 주인도 그를 부를 때는 정중하게 "스위드"라고 불렀다. 부모들은 미소를 지으며 자비로운 태도로 그를 "시모어"라고 불렀다. 그가 거리를 지나가면 수다를 떨던 소녀들은 여봐란듯이 기절을 했고, 개중에 용감한 아이들은 그의 뒤에 대고 소리를 질렀다. "돌아와, 돌아와, 내 사랑 레보브!" 그러면 그는 그러거나 말거나, 그 모든 사랑을 다 받으면서도 아무것도 느끼지 못하는 것처럼 무표정하게 동네를 걸어다녔다. 우리는 우리 자신이 그런 전폭적이고, 무비판적이고, 우상숭배 같은 아첨을 받으면 얼마나 뿌듯할까 하고 백일몽을 꾸었지만, 정작 스위드에게로 쏟아지는 사랑은 외려 그에게서 감정을 빼앗아버리는 것 같았다. 그렇게 많은 사람들이 희망의 상징으로—우리 고등학교 출신의 병사들이 미드웨이, 살레르노, 셰르부르, 솔로몬제도, 알류샨열도, 타라와에서 무사히 돌아오게 해줄 힘, 결의, 대담한 용기의 구현체로—받아들였던 이 소년에게는 책임을 이행하는 황금의 재능을 방해할 위트나 아이러니는 한 방울도 없는 것 같았다.

사실 스위드 같은 아이에게 위트나 아이러니는 스윙할 때 멈칫거리는 것처럼 고쳐야 할 문제일 뿐이었다. 아이러니는 인간적 위로이며, 신처럼 모든 것을 할 수 있을 때는 아무 의미가 없는 것이기 때문이다. 그의 인격에도 그런 면이 있기는 하지만, 그가 그것을 억누르거나, 아니면 아직 잠들어 있는 것일 수도 있었다. 아니면, 사실 이쪽이 더 가능성이 높지만, 그런 면이 아예 없을 수도 있었다. 어쨌든 그의 초연함, 모두가 정신적으로 사랑을 나누고 싶어하는 대상이 되었음에도 그가 보여주는 수동성 때문에, 그는 신이라고까지는 할 수 없어도, 학교의 아이들로 이루어진 원시적인 인류 위에 우뚝 선 두드러진 존재가 되었다. 그는 역사에 족쇄로 묶여 있었고, 역사의 도구였으며, 그랬기 때문에 열광적인 존경을 받았다. 만일 그가 1943년의 그 슬프기 짝이 없던 날, '하늘의 요새'* 쉰여덟 대가 독일 공군 전투기들에게 격추당하고, 두 대가 대공포에 떨어지고, 또 다섯 대가 독일에서 폭격 임무를 마치고 돌아오는 길에 영국 해안을 지나자마자 추락한 바로 그날이 아닌 다른 날에 위퀘이크의 농구 기록을 갱신했다면—배링어와 싸워 27점을 기록했다—그런 뜨거운 존경은 받을 수 없었을지도 모른다.

스위드의 남동생 제리 레보브는 나와 동기였다. 여위고, 머리가 작았고, 리코리스 스틱** 같은 몸은 묘하게도 지나치다 싶을 정도로 낭창거리는 느낌을 주었다. 그는 수학 신동에 가까웠고, 1950년 1월에 졸업생 대표로 고별사를 했다. 제리는 사실상 누구하고도 친구가 된 적이 없었지만, 그 건방지고 성마른 방식으로 오랫동안 나에게 관심을 보였다. 그러다보니 나는 열 살 때부터 윈드무어와 키어 거리가 만나

---

* 미국 대형 폭격기 B-17의 별명.
** 말랑말랑하고 길쭉한 과자 이름.

는 모퉁이에 있는 레브브네 단독주택의 마감을 한 지하실에서 정기적으로 탁구 시합을 벌여 그에게 깨지곤 했다. 여기서 '마감을 했다'고 한 것은 그 지하실에 옹이가 있는 소나무 벽판을 붙여 집안의 방 같은 느낌이 들게 되었다는 뜻이지, 제리가 생각했던 것처럼 그 지하실이 다른 아이의 인생을 마감하는 데 완벽한 장소였다는 뜻은 아니다.

제리가 탁구대에서 폭발시키는 공격성은 그의 형이 모든 운동에서 보여주는 공격성을 뛰어넘었다. 탁구공은 교묘하게도 그 크기와 모양이 사람 눈을 빼내지는 못하게 만들어져 있다. 그렇지 않았다면 나는 제리 레브브네 지하실에서 탁구를 치지 않았을 것이다. 사실 사람들한테 스위드 레브브의 집안 구석구석을 잘 안다고 떠벌릴 기회를 얻는 것이 아니었다면, 나는 누가 뭐래도 그 조그만 나무 라켓 하나만 들고 무방비 상태에서 그 지하실로 내려가지는 않았을 것이다. 탁구공처럼 가벼운 것이 치명적일 리는 없지만, 그럼에도 제리가 그것을 후려갈길 때 그의 생각에서 살인이 그리 멀리 있지는 않았을 것이다. 그렇지만 이런 폭력성의 과시가 스위드 레브브의 동생 노릇을 하는 문제와 관련이 있을 거라고는 한 번도 생각해보지 못했다. 나는 스위드의 동생이되는 것보다 더 좋은 일은 스위드 자신이 되는 것 말고는 상상할 수 없었기 때문에, 반대로 제리에겐 그것보다 더 나쁜 일은 없을지도 모른다는 사실을 이해하지 못했던 것이다.

스위드의 방―감히 한 번도 들어가보지는 못했고, 제리의 방 바깥에 있는 화장실을 쓸 때 잠깐 발을 멈추고 들여다보곤 했다―은 집의 뒤편 처마밑에 박혀 있었다. 천장이 경사지고 지붕창이 달려 있고 벽에 위퀘이크 페넌트가 걸린 그 방은 내가 생각하는 진짜 소년의 방 그대로였다. 뒤뜰 잔디밭을 내다보고 있는 두 개의 창으로는 레보브 가족의 차고 지붕이 보였다. 이 차고는 스위드가 초등학교 꼬마 시절 겨울이면 서까래에 줄로 야구공을 매달아놓고 스윙 연습을 하던 곳이었다. 아마 스위드는 존 R. 튜니스의 『톰킨스빌 키드』를 보고 그런 연습을 할 생각을 했을 것이다. 나는 스위드의 침대 옆에 있는 붙박이 책꽂이에서 단단한 청동으로 만든 로댕의 〈생각하는 사람〉 소형 복제품 북엔드―바르미츠바* 선물로 받은 것이었다―사이에 알파벳 순서로 가지런히 꽂혀 있는 책들을 보았다. 그래서 그 책을 비롯해 튜니스의 다른 야구 책―『아이언 듀크』『듀크 결심하다』『챔피언의 선택』『이루의 아이들』『올해의 신인』―을 읽게 되었다. 곧장 도서관으로 달려가 눈에 띄는 튜니스의 책을 모두 빌렸고, 그 가운데 『톰킨스빌 키드』부터 읽기 시작한 것이다. 사내아이에게는 냉혹하면서도 흥미진진하게 느껴지는 이 책은 문체가 소박했고, 군데군데 부자연스럽기도 했지만 전체적으로 직설적이고 기품 있었다. 키드라는 별명을 가진 로이 터커는 코네티컷 시골 산악 지대 출신의 잘생긴 젊은 투수로, 네 살 때 아버지를, 열여섯 살 때 어머니를 여의고, 할머니와 단둘이 살면서 낮에는 농장에서, 밤에는 타운의 "사우스 메인 스트리트 모퉁이에 있는 매켄지 잡화점"에서 일을 해 생계를 돕는다.

1940년에 나온 이 책에는 흑백 삽화들이 실려 있었는데, 약간의 표현주의적 왜곡과 딱 적당한 해부학 솜씨로 아직 수많은 통계가 도입되지 않아 야구 시합이 여전히 인간의 운명의 수수께끼를 보여준다고 생

---

* 유대교에서 13세가 되어 성년의례를 치른 사람을 가리키는 말.

각하던 시절, 메이저리거가 크고 건강한 아이보다는 여위고 굶주린 노동자에 더 가까워 보이던 시절 키드의 삶의 곤궁을 시각적으로 알뜰하게 표현해주었다. 이 그림들은 대공황기 미국의 어두운 내핍 생활에서 잉태된 것 같았다. 책에는 십여 페이지마다 눈앞에 펼쳐지는 극적인 순간—"그는 스윙에 약간 힘을 실을 수 있었다" "공은 담장을 넘어갔다" "래즐은 절뚝거리며 더그아웃으로 걸어갔다"—을 간결하게 묘사하는, 잉크가 듬뿍 묻은 거무스름한 그림이 나타난다. 얼굴에 그늘이 드리워진 여윈 선수가 텅 빈 페이지에 선명한 실루엣으로 등장하는 것이다. 마치 세상에서 가장 외로운 영혼처럼 자연과 인간 양쪽으로부터 고립된 모습이다. 점을 찍어 표현한 경기장 잔디밭이 배경으로 등장하고, 선수의 발밑에 지렁이 같은 그림자가 여윈 조각상처럼 누워 있는 경우도 있다. 이 선수는 야구 유니폼을 입고 있어도 화려해 보이지 않는다. 투수일 경우에는 글러브를 낀 손이 짐승의 발처럼 보인다. 그림이 계속되면서, 메이저리그에서 뛰는 것이 영웅적으로 보일지는 모르지만 실은 이 역시 고되고 보수는 얼마 되지 않는 노동에 불과하다는 사실이 점점 더 분명해진다.

『톰킨스빌 키드』는 제목을 '톰킨스빌의 어린 양', 아니 차라리 '도살장으로 끌려가는 톰킨스빌의 어린 양'이라고 붙이는 편이 나을 것 같았다. 키드는 브루클린 다저스*를 최하위에서 끌어올리는 신인으로 야구 인생을 시작하지만, 승리를 거둘 때마다 징벌 같은 실망을 맛보거나 끔찍한 사고를 겪는다. 향수병에 걸린 외로운 키드와 다저스의 베

---

* 지금은 다저스의 연고지가 로스앤젤레스이지만, 당시에는 뉴욕이었다.

테랑 포수 데이브 레너드 사이에 튼실한 우정이 싹트면서, 레너드는 키드에게 빅 리그에서 살아남는 법을 가르쳐주고, "홈 플레이트 뒤의 흔들림 없는 갈색 눈으로" 그를 이끌어 노히트노런을 만들어내지만, 시즌 육 주 만에 레너드가 갑자기 클럽 로스터에서 밀려나는 바람에 이 우정은 잔혹한 종말을 맞게 된다. "야구에는 사람들이 흔히 말하지 않는 속도가 하나 있는데, 그것은 한 선수가 떠올랐다가 추락하는 속도다." 키드는 15게임 연속 승리를 기록한 뒤―양대 리그에 전례가 없는 신인 기록이었다―큰 승리 후 시끌벅적 법석을 떠는 팀 동료들 때문에 샤워를 하다 넘어지는 사고를 당한다. 그리고 이때 입은 팔꿈치 부상으로 다시는 공을 던질 수 없게 된다. 키드는 그해 내내 벤치를 지키다, 그나마 힘이 좋다는 이유로 가끔 대타로 나선다. 그러다 눈이 많이 오는 겨울에―코네티컷에 있는 집으로 돌아와 낮에는 농장에서 저녁에는 잡화점에서 일을 하는데, 유명한 선수임에도 다시 할머니의 귀염둥이 손자가 된 것이다―스윙을 수평으로 유지하기 위해 데이브 레너드가 가르쳐준 대로 혼자서 열심히 노력한다("올려치려고 오른쪽 어깨를 내리는 것이 그의 가장 큰 결함이었다"). 그는 헛간에 줄로 공을 매달아놓고 추운 겨울 아침 땀이 날 때까지 "사랑하는 배트"로 공을 친다. "'딱……' 배트에 공이 제대로 맞자 깨끗하고 경쾌한 소리가 났다." 다음 시즌 그는 발 빠른 우익수로 다저스에 복귀하여 2번 타자로 타율 3할2푼5리를 기록하며, 그 덕분에 팀은 끝까지 1위 자리를 놓고 엎치락뒤치락하는 힘을 보여준다. 시즌 마지막 날, 반 게임 차로 1위를 달리는 자이언츠와 벌인 시합에서 키드는 다저스의 공격을 주도한다. 14회 말 수비 때―투아웃에 주자 두 명이 나가 있고, 다저스는 키드 특유의 과감하고 힘찬 베이스러닝 덕분에 한 점 차로 앞서고 있다—에는 멋진 플레이로 시합에 종지부를 찍는다. 달려가다 우중앙 벽에 몸을 부딪히며 타구를 잡아낸 것이다. 이 엄청나게 저돌적인 플레이로 다저스는 월드시리즈에 진출하지만, 키드는 "우중간 깊숙한 녹색 잔디 위에서 괴로움에 몸을 비틀고 있었다." 튜니스는 이렇게 결말을 맺는다. "한데 모여 있는 선수들, 경기장으로 쏟아져나오는 엄청난 관중, 꼼짝도 못하는 몸을 들것에 싣고 사람들을 헤치며 나아가는 두 사람 위로 어스름이 깔리고 있었다…… 우렛소리가 들렸다. 폴로 그라운즈*에 비가 내렸다." 이렇게 어스름이 깔리고, 비가 내리고, 우렛소리가 들리면서 소년들의 용기는 끝이 난다.

나는 열 살이었고, 이런 책은 읽어본 적이 없었다. 삶의 잔혹성. 삶의 부당성. 도저히 믿을 수가 없었다. 다저스에서 벌을 받아야 할 선수는 래즐 뉴전트였다. 그는 훌륭한 투수였지만 술꾼에다 성미가 급했고, 키드를 심하게 질투하는 폭력적인 싸움꾼이었다. 그러나 "꼼짝도 못하고" 들것에 실려나간 사람은 래즐이 아니라, 그들 가운데 가장 훌륭한 사람, 키드라는 별명을 가진 농장의 고아, 겸손하고 진지하고 품위 있고 의리 있고 순진하고 낙담하지 않고 근면하고 상냥하고 용기 있고 똑똑한 운동선수, 아름답고 금욕적인 소년이었다. 두말할 필요 없이 나는 스위드와 키드를 하나로 생각했다. 나는 이 책을 읽다 울 뻔했고 잠도 못 잤는데 스위드는 어떻게 참고 읽을 수 있었는지 궁금했다. 나에게 말을 걸 용기가 있었다면 결말 부분이 키드가 끝장났다는

---

* 뉴욕 어퍼맨해튼에 있었던 경기장. 1880년 개장해 1963년까지 많은 프로 팀들이 이곳을 거쳐갔다.

것을 의미하는지, 아니면 다시 돌아올 가능성을 의미하는지 스위드한
테 물어보았을 것이다. 나는 "꼼짝도 못한다"는 말이 무서웠다. 키드
가 그해의 마지막 수비를 하다가 죽었다는 뜻인가? 스위드는 알까? 관
심이 있을까? 톰킨스빌 키드에게 재난이 닥칠 수 있다면, 위대한 스위
드에게도 재난이 닥칠 수 있다는 생각은 해보았을까? 아니면 부당하
게 잔인한 벌을 받는 착한 스타에 관한 책─워낙 재능이 뛰어나고 순
수하여 가장 큰 결함이라는 것이 고작 올려치려고 오른쪽 어깨를 내리
는 것뿐인데도 하늘이 우레를 터뜨리며 파멸로 몰아넣은 사람에 관한
책─또한 그저 책꽂이의 〈생각하는 사람〉 북엔드 사이에 꽂힌 한 권의
책에 불과한 것일까?

　키어 애비뉴는 부유한 유대인이 사는 곳이었다. 아니, 한 건물에 둘,
셋, 네 가구가 함께 세 들어 사는 대부분의 가족에게는 부유해 보였
다. 이런 건물에는 현관 입구에 벽돌 층계가 있었는데, 이 층계는 우리
의 방과후 놀이생활에서 빼놓을 수 없는 장소였다. 주사위놀이, 블랙
잭 카드놀이 그리고 이음매가 터질 때까지 층계를 향해 싸구려 고무공
을 무자비하게 끝도 없이 던져대는 스투프볼*이 우리의 주된 놀이 종
목이었다. 여기, 개아카시아나무가 늘어선 거리가 격자 모양으로 나누
고 있는 주택 지구는 1920년대 초 호황기에 라이언스 농장을 분할하여
만든 것으로, 뉴어크의 최초 이민자 다음 세대의 유대인들이 다시 공

──────────
* 좁은 장소에서 하는 야구와 비슷한 게임.

동체를 이루어 살았다. 이 공동체는 이디시어를 하는 부모들이 궁핍한 제3구의 프린스 스트리트 주위에 재창조해놓은 폴란드식 유대인 마을 보다는 미국 주류의 삶으로부터 더 큰 영향을 받았다. 그 가운데에서 도 마감을 한 지하실, 방충문을 단 현관, 판석을 덮은 현관 계단을 갖춘 키어 애비뉴의 유대인이 선두에 서서 마치 대담한 개척자라도 되는 양, 표준화된 미국식 문화시설을 향유할 권리를 주장하고 나섰다. 그 선두 가운데 최선두가 레보브 가족이었는데, 그들은 유대인으로서 이 방인에 가장 가까이 다가간 존재인 스위드, 우리가 사랑해 마지않는 스위드를 우리에게 하사해주었다.

레보브 부부 자신, 그러니까 루와 실비아는 미국인답다는 면에서는 저지 출신 유대인인 우리 부모보다 더할 것도, 덜할 것도 없는 부모였다. 세련미나 말씨나 교양에서도 우리 부모보다 딱히 나을 것도 못할 것도 없었다. 그것이 나에게는 아주 놀라운 점이었다. 그들이 키어 애비뉴의 단독주택에 산다는 점을 빼고는 그들과 우리 사이에 학교에서 배우는 농민과 귀족의 차이 같은 것이 없었기 때문이다. 레보브 부인은 우리 어머니처럼 깔끔한 주부였고, 흠 잡을 데 없는 예의와 아름다운 외모를 갖춘 여자였다. 그녀는 모든 사람의 감정을 세심하게 배려하면서도 두 아들의 자존감은 높여주는 능력이 있었다. 레보브 부인 또한 자녀를 중심으로 한 위대한 가정 사업에서 해방되는 꿈은 꾸어본 적이 없는 그 시대의 많은 여자들 가운데 한 명이었다. 레보브 소년들은 어머니로부터 길쭉한 골격과 금발을 물려받았다. 그러나 어머니의 머리카락은 그들보다 붉고 곱슬곱슬했으며, 피부는 젊을 때처럼 여전히 주근깨가 많았다. 이 때문에 레보브 부인은 두 아들만큼 놀랄 정도로 아리아인 같지는 않아, 우리 거리의 얼굴들 사이에서 유전적인 별종으로 두드러져 보이지 않았다.

레보브 씨는 키가 175센티미터 정도거나 그보다 조금 작았을 것이다. 가늘고 긴 느낌을 주는 이 사람은 자신의 불안 때문에 나마저도 불안하게 만들었던 우리 아버지보다도 늘 더 흥분한 상태였다. 레보브 씨는 슬럼에서 자라고 교육을 제대로 받지 못하고 교양도 없었던 많은 유대인 아버지들 가운데 한 사람이었다. 이들은 자신들의 관점을 버리지 않고, 이미 열심히 노력해 대학 교육까지 받은 한 세대의 아들들 전체를 계속 몰아붙였다. 이 아버지들에게는 모든 일이 떨쳐낼 수 없는 의무이며, 옳은 길과 그른 길만 있지 그 중간은 없다. 이들은 신중하게 생각하는 사람들이 아니어서 야망, 편견, 믿음의 복합물이 흔들릴 일이 없기 때문에 이들에게서 탈출하는 것은 의외로 쉽지 않다. 이들은 에너지는 무제한이지만 능력은 제한된 남자들이며, 쉽게 친해지고 쉽게 지겨워하는 남자들이며, 무조건 중단 없는 전진이 삶에서 가장 중요한 남자들이다. 그리고 우리는 이들의 아들이었다. 이들을 사랑하는 것이 우리가 할 일이었다.

어쨌든 우리 아버지는 손발 치료 전문가였는데, 오랜 기간 우리 거실이 진료실로 사용되었다. 아버지는 우리 가족이 먹고살 만한 돈은 벌었지만 그 이상은 벌지 못했다. 반면 레보브 씨는 여성용 장갑을 제조하여 부자가 되었다. 그의 아버지, 그러니까 스위드 레보브의 할아버지는 1890년대에 유럽에서 뉴어크로 건너왔고, 석회수통에서 막 끄집어낸 양가죽에서 살을 발라내는 일을 하게 되었다. 당시 이 도시에서 가장 오래되고 큰 산업은 무두질과 가죽 제품 제조였다. 이 업계에

서 첫손에 꼽히는 이름은 에나멜가죽계의 거물 T. P. 하월이었는데 넛
먼 스트리트에 있는 하월의 무두질공장에서는 뉴어크의 슬라브인, 아
일랜드인, 이탈리아인 이민자들 중에서도 가장 거친 무리가 일을 하고
있었다. 스위드 레보브의 할아버지는 그들과 함께 일하는 유일한 유대
인이었다. 가죽을 만들 때 가장 중요한 것은 물이다. 가죽은 물이 담긴
커다란 드럼통 안에서 빙글빙글 돌고, 드럼통은 더러운 물을 토해내
고, 파이프에서는 차고 뜨거운 물, 수십만 갤런의 물이 콸콸 쏟아져나
온다. 단물, 좋은 물이 있으면 맥주도 만들 수 있고 가죽도 만들 수 있
는데, 뉴어크에서는 그 둘을 다 만들었다. 그래서 커다란 양조장, 커다
란 무두질공장이 있었고, 이민자들에게는 축축하고 냄새나고 등이 으
스러질 것 같은 일거리가 있었던 것이다.

그의 아들 루, 그러니까 스위드 레보브의 아버지는 아홉 식구의 부
양을 돕기 위해 열네 살에 학교를 그만두고 무두질공장에서 일을 시작
했다. 그는 납작하고 뻣뻣한 붓으로 점토 염료를 발라 사슴가죽을 염
색하는 일만이 아니라, 가죽을 분류하고 등급을 매기는 일에도 능숙해
졌다. 고기에 물을 적시고 고기를 삶고 가죽의 털을 뽑고 가죽을 소금
에 절이고 가죽에서 기름을 씻어내는 일 때문에 무두질공장에서는 도
살장과 화학공장 양쪽의 악취가 다 났다. 여름이면 공중에 걸린 가죽
수천 장을 말리는 송풍기 때문에 천장이 낮은 건조실의 온도가 50도
가까이 올라갔다. 거대한 염색통이 있는 방들은 동굴처럼 어두웠고 지
저분한 것들이 흘러넘쳤다. 묵직한 앞치마를 두르고 갈고리와 막대기
로 무장한 야만적인 노동자들은 거센 폭풍을 뚫고 나아가도록 내몰리
는 동물들처럼 열두 시간 2교대로 짐을 잔뜩 실은 수레를 끌거나 밀고,

물에 흠뻑 젖은 가죽을 짜거나 널었다. 그곳은 빨간색과 검은색과 파란색과 녹색으로 염색된 물이 넘실거리고, 두꺼운 가죽 조각들이 바닥을 온통 뒤덮고, 사방에 기름 웅덩이, 소금 언덕, 용해제 통들이 널려 있는 더럽고 악취 나는 곳이었다. 이곳이 루 레보브의 고등학교이자 대학교였다. 따라서 그가 강인한 사람이 된 것도 그리 놀랄 일은 아니었다. 외려 놀라운 점은 그가 지금도 가끔은 예의바른 태도를 보여줄 수 있다는 것이었다.

루 레보브는 이십대 초반에 하월 회사를 졸업하고 형제 중 두 명과 악어가죽 핸드백을 전문으로 하는 작은 회사를 차렸다. 뉴어크에서 코도반 가죽의 왕이자 악어가죽 무두질의 선두주자인 R. G. 살로몬의 가죽을 납품 받는 회사였다. 한동안 사업은 번창하는 듯 보였으나, 공황 뒤에 회사는 망했고, 과감하고 대담했던 레보브 형제 셋은 파산하고 말았다. 몇 년 뒤 루 레보브 혼자 사업을 시작하여, '뉴어크 메이드 레더웨어'라는 회사를 설립했다. 그는 이등품 가죽 제품—흠이 있는 핸드백, 장갑, 허리띠—을 사서 주말에 손수레를 끌고 다니거나 밤에 문을 두드려 팔았다. 뉴어크 동쪽 끝에 반도처럼 툭 불거진 다운넥은 새로 밀려오는 이민자들이 처음 정착하는 저지대로, 북쪽과 동쪽은 퍼세이익 강으로 둘러싸이고 남쪽은 짠물이 들어오는 늪지대에 막혀 있었는데, 본국에서 장갑을 만들다 이곳에 정착한 이탈리아계 이민자들이 가내수공업으로 루를 위해 삯일을 하기 시작했다. 그들은 루가 갖다주는 가죽을 자르고 꿰매 여성용 장갑을 만들었고, 루는 그것을 들고 뉴저지 주를 돌아다니며 팔았다. 전쟁이 터질 무렵 루는 웨스트마켓 스트리트의 작은 창고 다락을 빌렸는데, 그곳에 이탈리아 가족들이 모여 새끼염소가죽을 자르고 꿰매 어린이용 장갑을 만들었다. 이것은 사실 별로 돈이 되지 않는 한계 사업이었으나 1942년에 뜻밖의 행운이 찾아왔다. 여군에서 안감을 댄 검은 양가죽 정장용 장갑을 주문한 것이다. 루는 낡은 우산공장을 세냈다. 센트럴 애비뉴와 2번가가 만나는 모퉁이에 있는, 오십 년 된, 연기에 그을린 4층짜리 벽돌 건물이었다. 루는 곧 그 건물을 현금으로 매입하여, 꼭대기 층은 지퍼회사에 세를 주었다. 뉴어크 메이드는 장갑을 쏟아내기 시작했고, 이삼일마다 트럭이 꽁무니를 갖다대고 장갑을 실어갔다.

정부 계약보다 훨씬 큰 환희를 안겨준 일은 뱀버거와 거래를 튼 것이었다. 뉴어크 메이드는 루 레보브와 루이스 뱀버거의 기적 같은 만남 덕분에 뱀버거 백화점을 뚫었고, 그곳에서 판매하는 고급 여성용 장갑의 주요 납품업자가 되었다. 1933년 이래 뉴어크 시 위원으로 일해왔고 나중에 전무후무한 유대인 시장이 되는 마이어 엘렌스타인을 위한 기념 만찬에서 뱀버거 백화점의 고위 인사가 스위드 레보브의 아버지도 만찬에 참석했다는 이야기를 듣고, 〈뉴어크 뉴스〉가 스위드를 카운티 최고 센터로 선정한 것을 축하하러 다가왔다. 루 레보브는 평생에 한 번 올까 말까 한 기회, 모든 장애물을 뚫고 바로 꼭대기까지 올라갈 수 있는 기회에 재빠르게 반응했다. 뻔뻔스럽게도 그 사람을 설득하여 바로 엘렌스타인 만찬장 그 자리에서 전설적인 L. 뱀버거를 소개받게 된 것이다. 뱀버거는 뉴어크의 가장 유명한 백화점의 건립자이자 도시에 박물관을 기증한 자선가였다. 버나드 바루크가 프랭클린 루스벨트와 밀접한 관계를 맺어 전국의 유대인에게 의미 있는 존재가 되었다면, 뱀버거는 지역의 유대인들에게 큰 의미가 있는 막강한 인물이었다. 동네에 퍼진 소문에 따르면, 뱀버거는 루 레보브와 악수를 하고 기껏해야 이 분 정도 스위드에 관해 물어보았을 뿐이지만, 루 레보브는 그 기회를 놓치지 않고 대담하게도 그의 면전에서 이렇게 말했다고 한다. "뱀버거 씨, 우리는 품질을 보증합니다. 가격도 확실합니다…… 그런데 왜 그쪽에는 우리 장갑을 팔지 못하는 겁니까?" 그달이 지나기 전에 뱀버거는 뉴어크 메이드에 처음으로 오백 다스를 주문했다.

뉴어크 메이드는 스위드 레보브가 운동선수로 활약한 덕도 많이 보아, 전쟁이 끝날 무렵에는 장갑 거래의 중심지인 뉴욕 주 글러버스빌 남쪽에서 여성용 장갑으로는 가장 높이 쳐주는 상표 가운데 하나로 자리잡았다. 루 레보브는 가죽을 철도를 이용해 풀턴빌을 거쳐 글러버스빌로 보내 그곳의 가장 좋은 장갑 무두질공장에서 무두질을 하게 했다. 십 년 남짓 지난 1958년에는 푸에르토리코에 공장을 세우면서 스위드가 회사의 젊은 사장이 된다. 그는 매일 아침 뉴어크에서 서쪽으로 50킬로미터 정도 떨어진, 교외에서도 한참 벗어난 집에서 센트럴 애비뉴까지 통근을 했다. 모리스타운 너머 사람이 거의 살지 않는 언덕들 속의 시골길 옆에 있는 100에이커 크기의 농장에 단기간이지만 개척자처럼 살고 있었기 때문이다. 그가 사는 뉴저지 주의 부유한 시골 올드림록은 그의 할아버지 레보브가 처음 미국에 들어와 커다란 석회수통에서 두께가 두 배 가까이 엽기적으로 불어난 고무 같은 살을 진짜 가죽에서 벗겨내던 무두질공장에서 멀리 떨어진 곳이었다.

스위드는 1945년 6월 위퀘이크를 졸업한 다음날 전쟁을 끝내는 싸움에 참가하고 싶은 간절한 마음에 해병대에 입대했다. 그의 부모가 길길이 날뛰며 그를 설득해 해병대에서 나오게 하려고, 대신 해군에 들어가게 하려고 안간힘을 쓴다는 소문이 들렸다. 네가 설사 해병대의 악명 높은 반유대주의는 극복한다 해도, 일본의 공격에서 살아남을 수 있을 거라고 생각하는 거냐? 그러나 스위드는 누가 뭐라 해도, 만일 고등학교를 졸업할 때까지 전쟁이 끝나지 않는다면 가장 강인한 전사로서 싸움터에 나간다는 남자답고 애국적인 과제─진주만 사건 직후에 남몰래 정해놓은 과제였다─에서 조금도 물러서려 하지 않았다. 스위드가 사우스캐롤라이나의 패리스 섬─이곳에서는 해병대가 1946년 3월 1일에 일본 해안을 공격한다는 소문이 돌았다─에서 신병 훈련을 마칠 무렵 히로시마에 원자탄이 떨어졌다. 그 결과 스위드는 패리스 섬에 그대로 남아 '레크리에이션 전문가'로 나머지 복무 기간을 보내게 되었다. 그는 매일 아침 식사 전에 대대를 이끌고 삼십 분간 체조를 했고, 일주일에 이틀 밤 신병을 환영하기 위한 권투 시합을 준비했고, 많은 시간은 기지 팀의 선수로 남부 전역의 부대 팀들과 시합을 하러 다녔다. 겨울에는 내내 농구를 했고, 여름에는 내내 야구를 했다. 사우스캐롤라이나에서 일 년쯤 지냈을 때 스위드는 아일랜드 가톨릭계 처녀와 약혼을 했다. 여자의 아버지는 해병대 소령으로, 한때 퍼듀 대학에서 풋볼팀 감독을 맡은 적이 있었다. 그는 스위드를 패리스 섬에 붙들어두고 선수로 뛰게 할 목적으로 훈련 교관이라는 편한 자리를 주었다. 스위드가 제대하기 몇 달 전 그의 아버지는 패리스 섬으로 갔고, 기지 근처 보퍼트의 호텔에 꼬박 일주일을 머물다가 던리비 양과 파혼이 이루어진 뒤에야 그곳을 떠났다. 스위드는 1947년에 집에 돌아와 이스트오렌지의 업살라 대학에 등록했다. 이제 스무 살이 된 스위드는 이방인 부인을 두었다는 부담도 없고, 유대인 해병대로서도 성공을 거두었기 때문에 더욱더 찬란한 영웅이 되었다. 그는 다름 아닌 훈련 교관 출신이었으며, 그것도 세상에서 가장 잔인하다고 소문난 신병 훈련소에서 근무를 했다. 해병대는 훈련소에서 만들어지며, 시모어 어빙 레보브는 바로 해병대를 만드는 데 기여한 사람이었던 것이다.

우리가 이 모든 사실을 알고 있었던 것은 스위드의 신비한 전설이 고등학교의 복도와 교실에 계속 살아 있었기 때문이다. 이제 나는 고등학생이었다. 어느 봄 친구들과 함께 두세 번 이스트오렌지의 바이킹 필드까지 걸어가 업살라 야구팀의 토요일 홈경기를 구경했던 기억이 난다. 그 팀의 스타인 4번 타자이자 일루수는 스위드였다. 멀렌버그와 시합을 할 때는 하루에 홈런을 세 개나 치기도 했다. 우리는 관중석에서 양복에 모자를 쓴 사람을 볼 때마다 수군거렸다. "스카우트야, 스카우트!" 나는 고향을 떠나 대학에 다닐 때, 여전히 그 동네에 살던 친구에게서 스위드가 자이언트 산하 더블 A팀으로부터 입단 제의를 받았으나 거절하고 아버지 회사에 들어갔다는 이야기를 들었다. 나중에 우리 부모님에게서 스위드가 미스 뉴저지와 결혼했다는 이야기를 들었다. 그녀는 1949년 애틀랜틱시티에서 미스 아메리카 자리를 놓고 경합했는데, 그전에는 미스 유니언 카운티였고, 그 이전에는 업살라 대학의 '봄의 여왕'이었다. 그녀는 엘리자베스 출신이었다. 유대인이 아니었다. 이름은 돈 드와이어*. 스위드가 결국 해내고 만 것이다.

---

* Dawn Dwyer. dawn에는 새벽이라는 뜻도 있다.

1985년 어느 여름밤, 나는 뉴욕에 들른 김에 메츠와 애스트로스의 시합을 보러 갔는데, 친구들과 함께 우리 자리로 통하는 문을 찾으며 스타디움을 빙 돌다가 스위드를 보았다. 그가 업살라에서 야구하는 것을 구경하던 때로부터 삼십육 년의 세월이 흘렀다. 스위드는 하얀 셔츠, 줄무늬 타이, 짙은 회색 여름 양복 차림이었으며, 여전히 기가 막히게 잘생긴 얼굴이었다. 황금빛 머리카락은 약간 더 짙어진 것 같았지만 숱은 줄지 않았다. 예전처럼 짧지는 않아, 귀를 완전히 덮고 칼라까지 내려와 있었다. 몸에 절묘하게 맞는 양복을 입어 이런저런 운동복 차림이었던 기억 속의 모습보다 훨씬 더 훤칠해 보였다. 우리와 함께 있던 여자가 먼저 그쪽을 유심히 보았다. "저 사람이 누구더라? 저 사람…… 저 사람…… 존 린지 맞지?" 그녀가 물었다. "아냐." 내가 말했다. "이럴 수가. 저 사람이 누군지 몰라? 스위드 레보브잖아." 나는 친구들에게 말했다. "스위드라고!"

스위드 옆에는 일고여덟 살쯤 되어 보이는 비쩍 마른 금발 소년이 걸어가고 있었다. 메츠 모자를 쓴 아이는 옛날에 스위드가 그랬던 것처럼 왼손에 매달려 있는 일루수 글러브를 오른손으로 두드려대고 있었다. 아버지와 아들이 분명한 두 사람이 무엇 때문인지 함께 웃음을 터뜨리고 있을 때 나는 그들에게 다가가 내 소개를 했다. "위퀘이크에서 동생과 아는 사이였습니다."

"주커먼 아니야?" 스위드는 힘차게 악수를 하며 대꾸했다. "작가?"

"네, 작가 주커먼입니다."

"그래, 제리하고 친한 친구였지."

"제리한테 친한 친구들이 있었을 것 같지는 않은데요. 제리는 너무 똑똑해서 친구를 사귀지 않았으니까요. 나는 그냥 지하실에서 탁구를 치며 제리한테 혼쭐이 나던 아이였죠. 탁구에서 나를 이기는 게 제리한테는 아주 중요한 일이었거든요."

"아, 자네가 그 친구였군. 우리 어머니가 늘 이러시거든. '우리집에 왔을 때 봤는데 아주 착하고 조용한 아이였어.' 너 이분이 누군지 아니?" 스위드가 소년에게 말했다. "책을 쓰시는 분이야. 네이선 주커먼."

아이는 어리둥절한 표정으로 어깨를 으쓱하더니 중얼거렸다. "안녕하세요."

"내 아들 크리스야."

"여기는 내 친구들입니다." 나는 팔을 휘둘러 나와 함께 있는 세 사람을 소개한 뒤 친구들에게 말했다. "여기는 위퀘이크 고등학교 역사상 최고의 운동선수시지. 스포츠 세 종목의 진정한 달인이라 할 만한 분이야. 에르난데스 같은 일루수였지. 머리를 쓸 줄 알았거든. 또 직선타구로 이루타를 쳐내는 게 장기였고. 너 그거 아니?" 나는 스위드의 아들에게 말했다. "네 아버지는 우리의 에르난데스였어."

"에르난데스는 왼손잡이인데요." 아이가 대꾸했다.

"아, 그게 유일한 차이로구나." 나는 모든 것을 말 그대로 받아들이는 꼬마에게 그렇게 대꾸하고, 다시 아이 아버지에게 손을 내밀었다. "만나서 반가웠습니다, 스위드."

"그래. 잘 지내, 스킵."

"동생한테 안부 전해주세요." 내가 말했다.

스위드는 웃음을 터뜨렸고, 우리는 헤어졌다. 누군가 나에게 말했다. "이런, 이런, 위퀘이크 고등학교 역사상 최고의 운동선수가 너를 '스킵'이라고 부르다니."

"그러게. 나도 믿기지가 않아." 전에 딱 한 번, 내가 열 살 때, 스위드는 초등학교 두 학년을 월반했다는 이유로 함께 놀던 친구들이 나에게 붙여준 '스킵'이라는 별명을 부르며 나에게 허물없이 다가온 적이 있었다. 나는 그때 그가 나를 그렇게 알아준다는 것이 무척 기분좋았다. 이번에도 그때와 거의 같은 기분이었다.

1회 중간쯤 함께 있던 여자가 나를 보고 말했다. "아까 네 얼굴을 직접 한번 봤어야 하는 건데. 꼭 우리한테 그 사람이 제우스라고 말하는 것 같더라. 그 순간 네가 어렸을 때 어떤 모습이었는지 딱 알겠던데."

1995년 메모리얼 데이* 이 주 전에 다음과 같은 편지가 출판사를 통해 나에게 전달되었다.

스킵 주커먼에게

혹시 이런 편지를 보내 귀찮게 하는 건 아닌지 몰라 미안한 마음이 드는군. 자네는 우리가 시어 스타디움에서 만난 것을 기억하지 못할지도 모르겠네. 나는 그때 우리 큰애(지금은 대학 1학년생이라네)와 함께 있었고, 자네는 메츠 경기를 보려고 친구들과 함께 그곳에 왔지. 그게 십 년 전, 카터-구든-에르난데스 시대, 그러니까 아직 메츠 시합이 볼만하던 때였지. 지금은 아니지만.

---

* Memorial day. 미국의 기념일 가운데 하나로 전쟁에서 사망한 사람을 기리는 날이다.

이 편지를 쓰는 이유는 언제 한번 만나서 이야기를 좀 나눌 수 있을까 해서라네. 괜찮다면 뉴욕에서 저녁을 한번 대접할 수 있으면 좋겠는데.

내가 이렇게 무람없이 만나자고 하는 건 작년에 아버지가 돌아가신 뒤로 생각하던 게 있어서야. 향년 아흔여섯이었네. 마지막까지 꼬장꼬장하고 싸우기 좋아하셨지. 그래서 고령이셨음에도, 아버지가 떠나시는 걸 보는 게 더 힘들었다네.

자네한테 아버지와 아버지 인생 이야기를 하고 싶네. 아버지를 기리는 글을 써서, 친구, 가족, 사업상의 지인들한테만 공개할 생각이야. 거의 모든 사람이 우리 아버지를 감당하기 어렵고, 뻔뻔하고, 성질 급한 사람으로만 알고 있지. 하지만 그것은 사실과 거리가 멀다네. 사랑하는 사람들에게 일어난 충격적인 일들 때문에 아버지가 얼마나 고통을 겪었는지 모두가 알고 있는 건 아니지.

자네가 답장을 보낼 시간이 없다 해도 충분히 이해하니 걱정하지 말게.

위퀘이크 고등학교 1945년 졸업생, 시모어 '스위드' 레보브

다른 사람이 자신의 아버지를 기리는 글에 관해 나와 이야기를 하고 싶다고 했다면, 나는 행운을 빈다고 말하고 얼른 발을 뺐을 것이다. 하지만 스위드에게는 언제든지 말씀만 하시라고 답장을 보낼, 그것도 곧바로 보낼 수많은 피치 못할 이유들이 있었다. 첫째는 다름 아닌 스위드 레보브가 나를 만나고 싶어한다는 것이었다. 우스꽝스럽게 들리겠지만, 노년이 시작된 이 시점에서도, 편지 맨 밑에 있는 그의 서명을 보자마

자 경기장 안팎의 그에 관한 기억, 오십여 년이 지났음에도 여전히 매혹적인 기억에 빠져들 수밖에 없었다. 스위드가 처음으로 풋볼팀에 들어가던 해, 매일 경기장에 가서 연습하는 것을 구경하던 일이 기억났다. 스위드는 농구장에서는 이미 많은 득점을 올리는 훅슛의 달인이었지만, 풋볼 경기장에서도 그렇게 마법 같은 솜씨를 발휘할 것이라고는 아무도 상상하지 못했다. 그러나 감독이 그에게 엔드의 임무를 맡기자 만날 지기만 하던 우리 팀은, 비록 여전히 도시 리그에서는 바닥을 기었지만, 그래도 한 게임에 한 번, 두 번, 심지어 세 번의 터치다운까지 기록하게 되었다. 그 모두가 스위드에게 간 패스에서 나온 것이었다. 경기장에서는 아이들 오륙십 명이 양쪽 사이드라인을 따라 늘어서서 스위드—낡은 가죽 헬멧에 주황색으로 11이라고 적힌 갈색 저지 셔츠 차림이었다—가 1군에 들어가 2군을 상대로 연습하는 모습을 지켜보았다. 1군 쿼터백인 레프티 레벤설은 계속 패스 플레이를 연습했는데 ("레-벤-설이 레-보브에게! 레-벤-설이 레-보브에게!"는 언제나 우리의 기억을 스위드의 전성기로 돌아가게 해주는 약약강격 운율이었다), 수비를 하는 2군의 과제는 스위드 레보브가 매번 득점하는 것을 막는 것이었다. 나는 이제 예순이 넘었고, 어렸을 때의 인생관을 그대로 간직한 사람이라고도 할 수 없지만, 그럼에도 어린 시절의 매혹이 완전히 증발하지는 않은 것 같다. 지금까지도 스위드가 태클하는 수비수들에게 뒤덮였다가 천천히 일어서서 몸을 털고 위로 눈길을 돌려 어두워지는 가을 하늘을 항의하듯 바라본 뒤, 애처롭게 한숨을 내쉬고 이내 아무 일도 없었던 것처럼 작전 회의를 하는 선수들이 있는 곳으로 바쁘게 걸어가던 모습을 잊지 않고 있으니 말이다. 스위드가 점수를 기록하면 그건 물론 영광의 순간이었으며, 그가 태클을 당한 뒤 자신의 몸을 거세게 덮친 다른 몸들을 떨치고 일어서서 나와도 그 또한 영광의 순간이었다. 비록 그것이 연습 경기라 하더라도.

그러던 어느 날 나는 그 영광을 함께 나누었다. 나는 열 살이었고, 그전에는 위대함이라는 것과 접촉해본 적이 없었다. 사실 제리 레보브가 아니었다면 사이드라인에 늘어선 다른 아이들과 마찬가지로 스위드의 관심을 끌 수 없었을 것이다. 제리는 그 무렵 나를 친구로 쳐주고 있었다. 그래서, 나 자신은 정말 믿기 힘든 일이었지만, 어쨌든 스위드가 자기 집에서 나를 눈여겨본 것이 틀림없었다. 1943년 가을 어느 늦은 오후 스위드가 레벤설의 총알 같은 짧은 패스를 받자 2군 팀 전체가 달려들어 그는 바닥에 깔렸다. 감독은 갑자기 호각을 불어 그날 연습을 끝내겠다는 신호를 보냈고, 스위드는 팔꿈치를 구부려보면서 반은 뛰고 반은 절뚝거리며 운동장에서 나오다가 아이들 사이에서 나를 발견하고는 큰 소리로 말했다. "농구는 전혀 이렇지 않았어, 스킵."

신(그 자신은 열여섯 살이었다)이 나를 데리고 운동선수들의 천국으로 올라간 것이다. 숭배를 받는 자가 숭배하는 자를 인정한 것이다. 물론 영화계 스타와 마찬가지로 운동선수의 경우에도 숭배하는 사람은 누구나 자신이 숭배하는 대상과 비밀스러운 개인적 연결고리를 가지고 있다고 상상한다. 하지만 내 경우는 가장 허식이 없는 스타가 숨죽이고 있는 수많은 경쟁자들 앞에서 공개적으로 그 고리를 인정해주었다. 실로 놀라운 경험이었다. 나는 전율을 느꼈다. 나는 얼굴을 붉혔고, 전율을 느꼈고, 아마도 그 주 내내 다른 생각은 하지도 못했을 것이다. 운동선수 특유의 엄살, 남자다운 관용, 왕자 같은 우아함, 자기 자신에게서 느끼는 기쁨—풍성하게 흘러넘치기 때문에 군중에게도 흔쾌히 한 조각 떼어줄 수 있었다. 이런 후한 태도는 내 별명에 싸여서 다가왔기 때문에 나를 압도하며 내 속으로 퍼져나갔을 뿐 아니라, 그의 운동 재능보다 훨씬 크고 웅장한 어떤 것의 구현으로 내 마음에 고정되었다. 그것은 '자기 자신을 유지하는' 재능이었다. 모든 것을 삼킬 듯한 이질적인 힘을 가지고 있으면서도 동시에 우월감에 전혀 물들지 않고 이야기를 하고 웃음을 지을 수 있는 능력이었다. 아무런 장애도 없는 사람, 한 번도 자신을 위한 공간을 확보하려고 애쓸 필요가 없었던 것처럼 보이는 사람의 타고난 겸손이었다. 과거 애국적인 전쟁 기간 수많은 유대인 아이가 미국을 대표하는 아이가 되기를 갈망했지만, 우리 동네 전체의 전시의 희망은 스위드의 그 놀라운 몸으로 수렴되었다. 그것을 보고 이 재능 있는 소년의 넘볼 수 없는 스타일에 대한 기억들을 어른이 되어서까지 평생 지니고 다니게 된 사람이 아마 나 하나만은 아닐 것이다.

스위드는 키가 큰 금발의 운동선수로 성공한 사람이면서도 가벼운 옷처럼 유대인적인 면을 걸치고 다녔는데, 이 또한 우리에게 말해주는 바가 있었을 것이다. 우리가 스위드를, 또 그가 무의식적으로 미국과 하나가 되는 것을 우상화한 데에는 희미하나마 수치감과 자기 거부도 섞여 있었을 것이다. 그러나 스위드를 보면서 일깨워진 서로 상반되는 유대인의 욕망들은 또 바로 스위드에 의해 진정되었다. 끼고 싶어하는 동시에 밖에 있고 싶어하는, 다르다고 주장하면서 동시에 다르지 않다고 주장하는 유대인의 모순이 이 스위드라는 의기양양한 스펙터클 속에서 해소되었다. 스위드는 사실 우리 동네 여러 시모어 가운데 한 사람일 뿐으로, 그들의 조상은 솔로몬과 사울이고, 이들 자신은 나중에 스티븐을 낳을 것이고, 스티븐은 또 손을 낳을 것이었기 때문이다.* 그의 어디에 유대인적인 면이 있었을까? 우리는 그것을 찾을 수 없으면서도 그것이 거기에 있다는 것 또한 알고 있었다. 그의 어디에 비합리성이 있었을까? 그의 어디에 울보 같은 면이 있었을까? 다스리기 힘든 유혹에 시달리는 면이 있었을까? 그에게 교활함은 없었다. 술책도 없었다. 장난기도 없었다. 그는 자신의 완전성을 이루기 위해 그 모든 것을 제거해버렸다. 노력도, 양면성도, 이중성도 없었다. 그냥 스타일 style뿐이었다. 스타로서 타고난 신체적 세련됨뿐이었다.

다만…… 그가 자신의 주체성을 위해서는 무엇을 했을까? 스위드의 주체성이란 도대체 무엇이었을까? 기저基底가 있는 것은 틀림없었지만, 그것이 어떻게 구성되었는지는 도무지 상상할 수가 없었다.

그것이 내가 그의 편지에 답장을 한 두번째 이유였다—기저. 그는 어떤 정신적 삶을 살았을까? 혹 스위드의 궤도의 안정성을 위협하는 것이 있었다면, 그것은 무엇이었을까? 우울, 슬픔, 혼란, 상실은 반드시 사람에게 흔적을 남긴다. 어린 시절에 그런 것을 겪지 않고 지나온 사람이라 하더라도 조만간 평균적인 수준—그 이상은 아니라 해도—의 아픔을 겪게 된다. 스위드에게도 당연히 자각이 있었을 것이고, 당연히 좌절이 있었을 것이다. 그러나 지금도 그런 좌절이 어떻게 나타났는지, 또 그가 그것을 어떻게 자각했는지 그려볼 수가 없었고, 그의 단순함을 뚫고 들어갈 수가 없었다. 아직도 남아 있는 사춘기적 상상

---

* 모두 유대인의 이름이다.

의 잔재 때문에 나는 여전히 스위드는 내내 고통에서 자유로웠을 것이라고 확신하고 있었다.

하지만 그 조심스럽고 정중한 편지에서 고인이 된 아버지, 사람들이 생각했던 것만큼 뻔뻔하지 않았던 인물의 이야기를 하면서 "사랑하는 사람들에게 일어난 충격적인 일들 때문에 아버지가 얼마나 고통을 겪었는지 모두가 알고 있는 건 아니"라고 말한 것은 무엇을 암시하는 것일까? 아니, 충격적인 일을 겪은 사람은 스위드야. 그가 나에게 말하고 싶은 것은 자신이 겪은 충격적인 경험이야. 그가 밝히고 싶은 것은 아버지의 인생이 아니라, 바로 그 자신의 인생이야.

내가 잘못 생각했다.

우리는 웨스트포티스의 한 이탈리아 레스토랑에서 만났다. 그곳은 스위드가 오래전부터 가족과 함께 브로드웨이 쇼를 보거나 가든에서 닉스의 경기를 구경하러 뉴욕에 올 때마다 들르는 곳이었다. 나는 그곳에서 그를 만나는 순간 그의 기저 근처에도 가지 못할 것임을 깨달았다. 빈센트 레스토랑의 모두가 그의 이름까지 알고 있었다. 빈센트 자신은 물론이고, 빈센트의 부인, 매니저 루이, 바텐더 카를로, 우리 시중을 들던 웨이터 빌리까지 레보브 씨를 알았으며, 모두가 부인과 아들들의 안부를 물었다. 나중에 보니 그의 부모가 살아 있을 때는 기념일이나 생일을 축하할 때도 그들과 함께 빈센트에 왔다. 아니로구나, 나는 생각했다. 이 사람은 자기가 챈슬러 애비뉴에서와 마찬가지로 웨스트 49번가에서도 존경받는다는 것을 보여주려고 나를 이 자리에 초대했구나.

빈센트는 매디슨 스퀘어 가든과 플라자 사이의 중간 지구인 웨스트사이드 거리들에 박혀 있는 구석의 이탈리아 레스토랑, 가로는 탁자 세 개를 놓을 정도이고 세로는 샹들리에 네 개를 달아놓을 정도의 규모이며, 루콜라*가 발견되기 전부터 장식이나 메뉴가 거의 변하지 않은 작은 레스토랑 가운데 하나였다. 작은 바 옆의 텔레비전에서는 야구 경기가 방송되고 있었는데, 손님들은 가끔 일어나서 바로 가 잠시 중계를 지켜보며 바텐더에게 점수가 어떻게 되는지, 매팅리가 잘 치고 있는지 물어보고는 다시 와서 식사를 하곤 했다. 의자에는 강렬한 청록색 비닐을 씌웠고, 바닥은 점이 박힌 연어 살색의 타일을 깔았으며, 한쪽 벽은 거울이었고, 샹들리에는 가짜 황동이었다. 한쪽 구석에는 장식으로 1.5미터 높이의 밝은 빨간색 후추 분쇄기를 자코메티의 조각처럼 갖다놓았다(스위드 말에 따르면 이탈리아의 빈센트 고향에서 선물한 것이었다). 그것과 균형을 맞추려는 듯, 반대편 구석에는 조각품 같은 받침대 위에 육중한 대형 바롤로 와인병이 서 있었다. 빈센트 부인이 담당하는 금전등록기 옆, 식사 후에 무료로 집어가는 박하사탕 단지 바로 맞은편에는 빈센트의 마리나라 소스 단지들이 놓인 탁자가 있었다. 디저트 카트에는 나폴레옹, 티라미수, 레이어 케이크, 애플타르트, 설탕을 친 딸기가 있었다. 우리 탁자 뒤편 벽에는 새미 데이비스 주니어, 조 나마스, 리자 미넬리, 케이 밸러드, 진 켈리, 잭 카터, 필리주토, 조니와 조애너 카슨 부부가 서명을 한 사진들("빈센트와 앤에

---

* 샐러드에 사용하는 지중해산 식물.

게")이 걸려 있었다. 스위드의 서명 사진이 없는 것이 이상했다. 아마 우리가 여전히 독일이나 일본과 전쟁을 하고, 길 건너에 위퀘이크 고등학교가 있다면 당연히 그의 서명 사진도 걸려 있었을 것이다.

작지만 단단한 몸집에 권투 선수처럼 코가 납작하고 대머리가 벗어진 우리의 웨이터 빌리는 스위드에게는 뭘 먹겠냐고 물어보지도 않았다. 삼십 년 동안 스위드는 한결같이 대합조개 포스필로 뒤에 이 집의 특별 요리인 '지티 아 라 빈센트'*를 주문했기 때문이다. "뉴욕에서 가장 잘 구운 지티야." 스위드는 나한테 그렇게 말했지만, 나는 나대로 예전부터 좋아하던 치킨 카치아토레를 주문했다. 다만 빌리의 제안에 따라 '뼈를 발라낸 고기'로 했다. 빌리는 주문을 받아 적으면서 스위드에게 전날 저녁에 토니 베넷이 왔다 갔다고 말했다. 빌리의 단단한 체구를 보면 평생 지티 접시가 아니라 훨씬 무거운 것을 짊어지고 돌아다닌 사람 같다는 인상을 받게 된다. 그런데 그런 남자에게서 예상치 못한 목소리, 높고 강렬하며, 너무 오래 견뎌온 어떤 괴로움 때문에 팽팽하게 긴장된 듯한 목소리가 나왔다. 정말이지 한번 들어볼 만한 목소리였다. "친구분이 앉아 있는 데 보여요? 친구분이 앉아 있는 의자 보여요, 레보브 씨? 토니 베넷이 바로 저 의자에 앉아 있었습니다." 빌리는 나에게 말했다. "사람들이 탁자로 가서 자기소개를 하니까 토니 베넷이 뭐라 그랬는지 아세요? 이러더라고요. '만나서 반갑습니다.' 그런데 손님이 지금 그 자리에 앉아 계신 거예요."

그것으로 접대는 끝났다. 그다음부터는 쭉 일이었다.

---

* 빈센트 방식의 지티라는 뜻.

42

스위드는 나에게 보여주려고 세 아들의 사진을 가져왔다. 애피타이저부터 디저트에 이르기까지 거의 모든 대화는 열여덟 살짜리 크리스, 열여섯 살짜리 스티브, 열네 살짜리 켄트에 관한 것이었다. 아들 하나는 야구보다 라크로스를 더 잘하는데, 코치에게 시달리고 있었다······ 다른 아들은 풋볼만큼이나 축구를 잘하는데, 뭘 할지 아직 결정하지 못했다······ 또다른 아들은 다이빙 챔피언인데, 접영과 배영에서도 학교 기록을 깼다. 게다가 셋 모두 공부를 열심히 하여, A 아니면 B만 받았다. 아들 하나는 과학에 "푹 빠졌고", 다른 아들은 그 아들보다는 "공동체 정신이 강했고", 셋째는 또······ 등등. 세 아들이 어머니와 찍은 사진도 한 장 있었다. 아이들의 어머니는 사십대의 아름다운 금발 여자로, 모리스 카운티의 주간지에서 광고 책임자로 일하고 있었다. 하지만 스위드는 얼른, 그녀는 막내가 2학년이 되고 나서야 직장에 다니기 시작했다고 덧붙였다. 아이들이 운이 좋은 거지. 요즘 세상에 집에 있으면서 다른 무엇보다 애들 키우는 걸 중시하는 어머니를 두었으니 말이야······

식사를 하면서 나는 그가 그 모든 평범한 것에 큰 자신감을 갖고 있는 듯하여, 또 그가 말하는 모든 것에 그의 착한 천성이 가득 스민 듯하여 감명을 받았다. 그러면서도 나는 계속 그가 누구도 이의를 제기할 수 없는 이런 뻔한 것 이상의 뭔가를 보여주기를 기다렸다. 하지만 하나의 거죽이 사라지면 또다른 거죽이 올라올 뿐이었다. 이 사람은 존재 대신 무개성을 갖고 있구나, 나는 그런 생각을 했다. 그런 무개성이 광채를 발하는구나. 그는 자신을 위해 익명성을 고안했는데, 그 익명성이 그 자신이 되어버린 것 같았다. 식사 도중에 몇 번이나, 그가 계속 이렇게 가족을 찬양하고 또 찬양한다면 나는 끝까지 가지 못할 것 같다는, 디저트까지 가지 못할 것 같다는 생각을 했다. 그러다 마침내 이 사람이 익명의 존재가 아니라 미친 것인지도 모른다는 생각이 들었다.

뭔가가 이 사람 위에 올라타 정지를 명령한 것이다. 뭔가가 이 사람을 진부함의 표본으로 바꾸어버린 것이다. 뭔가가 이 사람에게 경고를 한 것이다—너는 어떤 것도 거스르면 안 돼.

나보다 예닐곱 살 위인 스위드는 거의 일흔에 가까웠다. 눈가에 주름이 있고, 광대뼈 아래 들어간 부분이 강인한 남자의 고전적 기준에서 요구하는 것보다 약간 더 움푹 꺼진 느낌이 들기는 했지만, 그럼에도 전과 다름없이 근사해 보였다. 나는 그가 수척한 것이 조깅이나 테니스를 너무 무리하게 하며 식이요법을 한 결과라고 생각했지만, 식사가 끝날 무렵 그가 지난겨울에 전립선수술을 했고 이제야 몸무게를 조금씩 회복하는 중임을 알게 되었다. 그가 투병생활을 했다는 걸 알게 되었기 때문인지, 아니면 그가 그런 고백을 했기 때문인지 모르겠지만, 어쨌든 나는 놀랐다. 심지어 그가 최근에 수술을 하고 그 후유증을 겪은 것 때문에 정신적으로 건강하지 않다는 느낌을 준 것은 아닌가 하는 생각이 들기도 했다.

나는 대화중에 그의 말을 끊고, 마치 지나가는 이야기처럼 사업에 관해 물었다. 요즘에는 뉴어크에서 공장을 경영하는 게 어떤지. 그제야 나는 뉴어크 메이드가 70년대 초반에 뉴어크를 떠났다는 사실을 알게 되었다. 그 산업 전체가 역외로 옮겨가버린 것이다. 뉴어크에서는 조합 때문에 제조업자가 돈을 벌기가 점점 더 어려워진데다 삯일을 하거나 원하는 방식으로 일을 해줄 사람을 찾을 수도 없게 된 반면, 다른 곳에 가면 사오십 년 전 장갑산업에서 이룩했던 기준에 거의 근접하도록 훈련시킬 수 있는 노동자들을 구할 수 있었다. 스위드 집안은 아주 오랫동안 뉴어크에서 사업을 해왔다. 대부분 흑인인 장기근속 직원들에 대한 의무감 때문에 스위드는 67년 폭동 뒤에도 거의 육 년을 더 버텼다. 산업 전체를 위협하는 경제 현실과 아버지의 욕설에도 불구하고 최대한 오래 매달린 것이다. 그러나 폭동 이후 꾸준하게 악화된 노동자 정신의 붕괴를 막을 수는 없었다. 그는 결국 포기했고, 도시의 붕괴에도 별다른 피해를 입지 않고 그럭저럭 빠져나올 수 있었다. 뉴어크 메이드가 나흘간의 폭동 동안 겪은 일이라곤 유리창 몇 장 깨진 게 전부였다. 그러나 그의 회사의 하역장으로 통하는 문에서 불과 50미터 떨어진 웨스트마켓에서는 건물 두 동 내부가 불에 완전히 타버렸다.

"세금, 부패, 인종. 그게 우리 아버지가 입에 달고 사는 이야기였지. 누구에게든, 뉴어크의 운명에 전혀 관심이 없는 다른 지역 사람들한테까지 아버지는 그 얘기를 잔뜩 쏟아냈지. 저 아래 마이애미비치의 콘도에서건, 카리브 해의 유람선에서건 아버지는 자신이 사랑하던 옛 뉴어크, 세금, 부패, 인종에 도살당한 뉴어크 이야기를 해댔단 말일세. 우리 아버지는 평생 그 도시를 사랑한 프린스 스트리트 출신의 남자들 가운데 한 사람이었던 거야. 그래서 뉴어크에 일어난 일에 상심한 거지."

"그곳은 세상에서 가장 나쁜 도시였네, 스킵." 스위드는 나에게 이야기하고 있었다. "옛날에는 모든 걸 제조하던 도시였는데, 이제는 세계 자동차 도둑의 수도가 되어버렸어. 자네도 그거 알고 있었나? 그게 뭐 소름 끼치는 일 중에서도 가장 소름 끼치는 일이라고 할 수야 없겠지만, 그래도 끔찍하잖아. 그 도둑들이 주로 우리 옛 동네에 살아요. 흑인 애들이지. 뉴어크에서는 이십사 시간마다 자동차 마흔 대가 도난을 당해. 그게 통계야. 대단하지 않아? 게다가 그 자동차는 살인 무기야. 일단 도난을 당하면 날아다니는 미사일이 되어버리지. 목표물은 거리의 누구라도 될 수 있네. 노인, 아장아장 걷는 아이, 아무도 가리지 않아. 우리 공장 바로 앞이 그놈들한테는 인디애나폴리스 경주로야. 그것도 우리가 떠난 한 가지 이유지. 창문 밖에서 아이들 네댓 명이 드루핑*을 해, 시속 130킬로미터로 말이야. 바로 센트럴 애비뉴에서. 아버지가 그 공장을 샀을 때, 센트럴 애비뉴에는 전차가 다녔네. 한참 내려가면 자동차 전시장이 나왔지. 센트럴 캐딜락. 라살. 이면도로마다 뭔가를 만드는 공장이 있었지. 지금은 거리마다 주류판매점이 있네—주류판매점에, 피자 가판대에, 길거리에 면한 초라한 교회가 있지. 다른 건 모두 폐허가 됐거나, 판자로 덮어놨어. 하지만 우리 아버지가 공장을 샀을 때는 코앞에서 카일러가 냉수기를 만들었고, 포트갱이 화재경보기를 만들었고, 래스키가 코르셋을 만들었고, 로빈스가 베개를 만들었고, 호니그가 펜촉을 만들었지. 맙소사, 내가 꼭 아버지처럼 말하는군. 하지만 아버지 말이 맞았어. '동네가 미쳐 날뛰고 있어.' 아버지는 그렇게 말씀하시곤 했지. 이제 그곳의 주요 산업은 자동차 절도야. 뉴어크에서는, 뉴어크 어디에서건, 신호에 걸려 서 있을 때

* 차창 밖으로 몸을 내밀고 차를 달리는 것.

는 주위를 계속 둘러보게 돼. 내가 차에 받힌 곳은 라이언스 근처의 버건 스트리트야. 헨리네 가게 기억나나? '과자가게' 말이야. 파크 극장 옆에 있던 거. 그래, 바로 거기, 헨리네 가게가 있던 곳이었어. 고등학교 때 처음 데이트를 하면서 헨리네 가게로 소다수를 마시러 갔지. 거기 있는 부스에서 말이야. 알린 댄지거란 여자애였어. 영화를 보고 난 뒤 그애를 데리고 '블랙 앤드 화이트*'를 마시러 간 거야. 하지만 이제 버건 스트리트에서 '블랙 앤드 화이트'는 소다수라는 뜻이 아닐세. 세상 최악의 증오를 가리키는 말이지. 차 한 대가 일방통행도로에서 역주행을 하더니 내 차를 받더라고. 네 아이는 드루핑을 하고 있었네. 그런데 두 아이가 내리더니 깔깔 웃고 농담을 하다가 내 머리에 총을 겨누는 거야. 열쇠를 넘겨줬더니 한 아이가 내 차를 몰고 가버리더군. 전에 헨리네 가게가 있던 곳 바로 앞에서 말이야. 정말 끔찍한 일이지. 걔네들은 대낮에도 경찰차를 받는다더군. 정면으로 받는 거야. 에어백을 터뜨리려고. 도넛 만들기. 도넛 만들기라고 들어봤나? 그건 못 들어봤지? 바로 그거 때문에 차를 훔치는 거라네. 최고 속도로 달리다가 브레이크를 밟으면서 핸드브레이크도 당기고 운전대를 확 틀어. 그럼 차가 뱅글뱅글 돌기 시작하지. 차가 엄청난 속도로 맴을 도는 거야. 행인을 죽이는 건 걔네들한테는 아무 일도 아니야. 운전자들을 죽이는 것도 아무 일도 아니지. 자기 자신을 죽이는 것도 아무 일도 아니고. 그 스키드 마크**만 봐도 겁에 질릴 걸세. 내 차를 도난당한 바로 그 주에 그놈들은 우리 회사 바로 앞에서 어떤 여자를 죽였어. 도넛을 만들

---

* 초콜릿 시럽과 바닐라 아이스크림을 섞은 것.
** 차량이 과속으로 달리다 급정거할 때 도로면에 타이어가 미끄러지면서 남긴 자국.

다가. 내가 직접 목격한 걸세. 나는 퇴근을 하고 있었지. 엄청난 속도더군. 차가 신음을 토했어. 지독하게 비명을 질러대는 거야. 무시무시했지. 피가 다 차가워지더라니까. 2번가에서 자기 차를 몰고 나오던 한 여자, 젊은 흑인 여자가 그 일을 당한 거야. 세 아이 어머니라던데. 이틀 뒤에는 우리 직원 하나가 당했지. 흑인이었네. 하지만 그놈들은 상관 안 해. 흑인이든 백인이든 상관없어. 아무나 죽여. 클라크 타일러라는 사람이었는데, 우리 하역장에서 일하던 사람이었지. 그 사람이 한 일이라고는 집에 가려고 우리 주차장에서 차를 빼내온 것뿐이야. 열두 시간 수술을 받고, 네 달을 병원에 있었지. 영구 장애였네. 머리를 다치고, 내상을 입고, 골반이 부서지고, 어깨가 부서지고, 척추가 골절됐지. 클라크는 고속 추격전에 말려든 거였네. 제정신이 아닌 아이가 차를 몰고 있었고 경찰들이 그 아이를 쫓고 있었지. 그런데 그 아이가 클라크의 차를 그대로 받아버린 거야. 운전석 문 쪽을 박았지. 그걸로 클라크는 끝난 거야. 센트럴 애비뉴에서 시속 130킬로미터로 달리다니. 차 도둑은 열두 살이었어. 키가 작아서 운전대를 잡으려고 바닥의 매트를 둘둘 말아 엉덩이 밑에 깔았다더군. 그 녀석은 제임스버그에서 여섯 달을 복역하고 나와 다시 다른 차를 훔쳐 운전대를 잡았겠지. 그래, 나도 이 정도면 됐다 싶었네. 총을 겨누어 내 차를 빼앗아 가고, 클라크를 장애인으로 만들고, 여자를 죽이고…… 그게 다 한 주 동안 벌어진 일이었다네. 그걸로 충분했지."

뉴어크 메이드는 이제 푸에르토리코에서만 생산라인을 가동했다. 뉴어크를 떠난 뒤 한동안 체코슬로바키아의 공산주의 정부와 계약을 맺고, 푸에르토리코 폰세에 있는 그의 공장과 브르노에 있는 체코 장갑공장 두 곳으로 일을 나누었다. 그러나 푸에르토리코의 마야게스 근처 아과디야에 적당한 공장이 매물로 나오자 관료들 때문에 처음부터 짜증이 났던 체코 공장을 없애고, 푸에르토리코에 제2공장, 그러니까 또하나의 상당한 규모의 공장을 매입하여 제조 공정을 통합하고, 기계를 들여놓고 훈련 프로그램을 시작하고 삼백 명을 추가로 고용했다. 하지만 1980년대가 되자 푸에르토리코조차 인건비가 오르기 시작하여, 뉴어크 메이드를 제외한 거의 모든 회사가 노동력이 풍부하고 값이 싼 극동의 여러 곳을 찾아 떠났다. 처음에는 필리핀으로 갔다가, 그다음에는 한국과 대만으로, 그리고 이제는 중국으로 갔다. 심지어 그의 아버지의 친구인 뉴욕 존스타운의 덴커트 집안이 만들던, 가장 미국적인 장갑이라 할 수 있는 야구 글러브조차 한국에서 제조되었다. 1952년인가 1953년에 어떤 사람이 처음으로 뉴욕 주 글러버스빌을 떠나 필리핀으로 가서 장갑을 만들었을 때 모두들 그가 달에라도 가는 것처럼 비웃었다. 그러나 1978년 무렵 그가 죽었을 때 그에게는 사천 명의 노동자를 거느린 공장이 있었고, 장갑산업 전체가 글러버스빌을 떠나 필리핀에 가 있었다. 2차대전이 시작될 무렵 글러버스빌에는 크고 작은 것을 합쳐 장갑공장이 아흔 개는 있었을 것이다. 현재는 하나도 없다. 그들 모두 회사 문을 닫았거나 해외에서 수입을 했다. "푸어셰트하고 엄지도 구별하지 못하는 사람들이 말이야." 스위드는 그렇게 말했다. "그 사람들은 그냥 사업을 하는 사람들이야. 어떤 색깔, 어떤 크기로 이 장갑 몇 켤레, 저 장갑 몇 켤레가 필요하다는 거야 알겠지만, 장갑을 어떻게 만드는지 세부적인 내용은 하나도 모르지." "푸어셰트가 뭐죠?" 내가 물었다. "장갑에서 손가락 사이를 가리키는 말이지. 손가락 사이의 길쭉한 조각으로, 엄지와 함께 염색하고 잘라. 그게 푸어셰트야. 요새는 자격도 없는 사람들이 숱해. 아마 내가 다섯 살 때 알던 것의 반도 모를걸. 그러면서도 아주 큰 결정을 내려. 어떤 사람이 사슴가죽을 산다더군. 사슴가죽은 의류에 사용되는 등급이면 한 자에 삼 달러 오십 센트쯤 나갈 수도 있어. 그런데 그 사람은 의류에 들어갈 만한 그런 고급 사슴가죽을 사서 스키 장갑 한 켤레에 들어갈 만한 손바닥 크기의 작은 가죽을 잘라내 쓰겠다는 거야. 바로 며칠 전에 그 사람하고 이야기를 했어. 그 사람이 새로 고안한 부분은 폭이 한 2센티미터에 길이가 한 10여 센티미터 되는 거더구먼. 그런데 그걸 한 자에 삼 달러 오십 센트를 준다는 거야. 한 자에 일 달러 오십 센트면 되는 거고, 그러면 훨씬, 훨씬 수익성이 좋을 텐데 말이야. 대량 주문이라고 생각하고 한번 곱해보게. 이건 수십만 달러짜리 실수가 되는 거야. 그런데도 그걸 전혀 몰라. 자기 호주머니에 십만 달러를 챙길 수 있었는데도 말이야."

스위드는 뉴어크에서 오래 버텼던 것처럼 푸에르토리코에서도 최대한 버티고 있었다. 큰 이유는 장갑을 주의깊고 꼼꼼하게 만드는 복잡한 일을 할 수 있는 숙련된 사람들, 아버지가 회사를 운영하던 시절에 뉴어크 메이드가 요구했던 품질을 보장해줄 수 있는 사람들을 많이 훈련시켜놓았다는 것이었다. 그러나 십오 년 전쯤 폰세 공장에서 별로 떨어지지 않은 카리브 해 해안에 지어놓은 별장을 가족이 너무 좋아한다는 것도 계속 머무는 데 중요한 이유가 되었다는 사실을 인정했다. 아이들은 거기서 지내는 것을 무척 좋아했다…… 그러면서 스위드는 다시 또 아이들 이야기를 시작했다. 켄트, 크리스, 스티브, 수상스키,

요트, 스쿠버다이빙, 뗏목 타기…… 그때까지 나에게 한 이야기로 보아 이 사람은 마음만 먹으면 얼마든지 매력적인 태도를 보일 수 있지만, 자신의 세계에서 무엇이 재미있고 무엇이 재미없는지 전혀 판단하지 못하는 것 같았다. 아니면, 나는 이해할 수 없는 이유로, 자신의 세계가 재미있기를 바라지 않는 것 같았다. 나는 그의 이야기를 다시 카일러, 포트갱, 래스키, 로빈스, 호니그로 되돌릴 수 있다면, 푸어셰트를 비롯해 좋은 장갑을 만드는 방법과 관련된 세부적인 이야기로 되돌릴 수 있다면, 심지어 새로 고안한 부분에 들어갈 엉뚱한 등급의 사슴 가죽에 삼 달러 오십 센트를 낸 사람으로 되돌릴 수 있다면 뭐든지 내놓았을 것이다. 그러나 일단 그가 그런 화제에서 벗어나자, 예의바른 방법으로는 그의 자식들이 땅과 바다에서 이룬 성과로부터 그의 관심을 다시 돌려놓는 것이 불가능했다.

디저트를 기다리는 동안 스위드는 지티를 먹은 뒤에 또 기름진 자바글리오네를 먹는 것은 단지 두 달 전 전립선을 제거한 뒤 아직도 몸무게가 5킬로그램 정도 빠진 상태이기 때문일 뿐이라고 변명하듯 말했다.
"수술은 잘되었나요?"
"아주 잘됐지."
"내 친구 두 명은 그 수술이 바라던 대로 되지 않았던 모양이더라고요. 그 수술이 암은 제거하지만, 남자에게는 진짜 재앙일 수도 있겠던데요."

"그래, 그런 일이 생기지. 나도 알아."

"한 친구는 능력을 상실했어요." 내가 말했다. "또 한 친구는 능력을 상실한데다 실금失禁까지 생겼죠. 내 나이 또래인데 말이에요. 꽤 힘들어하더군요. 황폐해져요. 기저귀를 차고 살아야 할 수도 있으니까요."

내가 "또 한 친구"라고 한 사람은 바로 나였다. 나는 보스턴에서 수술을 받았다. 내가 다시 내 발로 설 수 있을 때까지 그 시련을 견디도록 도와준 보스턴의 한 친구에게는 솔직히 털어놓았지만, 나 혼자 살고 있는, 보스턴에서 서쪽으로 두 시간 반 거리의 버크셔 산골에 있는 집으로 돌아와서는 내가 암에 걸렸다는 사실과 그로 인해 입은 손상을 아무에게도 알리지 않는 것이 좋겠다는 생각을 굳히고 있었다.

"그럼 나는 편하게 겪은 것 같군."

"정말 그런 셈입니다." 나는 다정하게 대꾸하면서도, 이 레스토랑을 장식하고 있는 거대한 와인병처럼 자족감으로 가득한 이 사람이 실제로도 원하는 것은 모두 소유했다고 생각했다. 존중해야 할 모든 것을 존중하고, 어떤 것에도 저항하지 않고, 절대 자기 불신 때문에 불편해하지 않고, 절대 강박의 그물에 걸리거나 무능에 시달리거나 원한 때문에 독이 쌓이거나 분노 때문에 제정신이 아닐 필요가 없고…… 스위드에게는 인생이라는 것이 털실 꾸러미처럼 술술 풀렸던 것이다.

그러다가 그의 편지, 그가 쓰려고 하는 아버지를 기리는 글에 전문적인 조언을 해달라는 요청에 다시 생각이 미쳤다. 내가 먼저 그 글에 관한 이야기를 꺼낼 생각은 없었다. 그럼에도 수수께끼는 남아 있었다. 왜 스위드는 그 이야기를 꺼내지 않는 것일까? 꺼내지 않을 작정이라면 애초에 편지에 그 이야기는 왜 썼을까? 이제 나는 그의 인생이 극적 대비도 별로 없고 이렇다 할 모순에도 시달리지 않았다는 것을 알게 되었다. 따라서 편지와 그 내용이 그가 받은 수술과 관계가 있다고, 수술 뒤에 그에게 일어난 그답지 않은 어떤 일, 갑자기 전면에 나서서 그에게 놀라움을 안겨준 새로운 감정과 관계가 있다고 결론을 내릴 수밖에 없었다. 그래, 나는 생각했다, 그 편지는 스위드 레보브의 뒤늦은 발견, 건강하지 않고 아프다는 것이, 강하지 않고 약하다는 것이 무엇인지, 멋있어 보이지 않는다는 것이 무엇인지, 신체적 수모가 무엇인지, 수치가 무엇인지, 섬뜩한 것이 무엇인지, 소멸이 무엇인지, "왜?" 하고 묻는 것이 무엇인지를 뒤늦게 발견한 데서부터 시작된 것이로구나. 오로지 자신감만 제공해주었던 몸, 다른 사람보다 유리한 위치에 서는 데 큰 역할을 했던 훌륭한 몸에게 갑자기 배신을 당하자 스위드는 순간적으로 균형을 잃었고, 그래서 죽은 아버지를 이해하고 거기서 자신을 보호해줄 아버지의 힘을 끌어낼 사람으로, 그런 수단으로 많고 많은 사람들 가운데 나를 붙든 것이었다. 순간적으로 그의 자신감이 박살났던 것이다. 그러면서 이 사람, 내가 아는 한 주로 자기 자신을 감추는 데 스스로를 이용해온 이 사람이 축복에 간절히 목마른, 충동적이고 맥빠진 존재로 변해버린 것이다. 꿈같던 그의 인생에 갑자기 죽음이 들이닥치자(내 경우에는 벌써 십 년 동안 두 번이나 터졌다), 우리 나이의 사람들을 불안하게 만드는 것들이 심지어 스위드마저도 불안하게 했던 것이다.

나는 궁금했다. 하지만 지금도 병상에서의 그 약해진 상태―그런 상태였기 때문에 그에게 인생의 불가피한 일들이 그의 가족생활이라는 겉모습만큼이나 현실적으로 느껴졌던 것일 텐데―를 기억하고 싶어할까? 자족이라는 케이크의 층과 층 사이에 유독한 당의糖衣처럼 슬 며시 들어와 박힌 그 어두운 그림자를 지금도 기억하고 싶어할까? 어 쨌든 그는 저녁 약속에 나타났다. 이것은 그가 감당할 수 없었던 것이 아직 지워지지 않았고, 안전장치가 아직 제자리를 잡지 않았고, 비상 사태가 아직 끝나지 않았다는 뜻 아닐까? 아니면 이 자리에 나타나서 자신이 감당할 수 있는 모든 것에 관하여 유쾌하게 떠들어대는 것이 마 지막 남은 두려움을 씻어내는 방법이라고 생각한 것일까? 내 맞은편에 앉아 자바글리오네를 먹으며 진지함을 발산하는 이 단순해 보이는 영 혼에 관해 생각하면 생각할수록 나는 그에게 가까워지는 것이 아니라 점점 멀어지는 느낌이었다. 이 사람 속에 존재하는 사람이 잘 파악되 지 않았다. 그를 이해할 수가 없었다. 스위드의 병, 다시 말해서 겉으 로 보이는 것을 제외한 모든 문제에서 도무지 맥을 못 추는 무능력한 상태를 나 자신도 겪게 된 것인지, 이 사람의 내부를 전혀 상상할 수가 없었다. 이 사람을 이해하려고 파헤치고 돌아다니는 것은 우스운 일이 야. 나는 속으로 그렇게 말했다. 이건 열 수 없는 단지야. 생각하는 것 으로는 이 사람을 깨고 들어갈 수가 없어. 그게 이 사람의 수수께끼 중 에서도 수수께끼야. 미켈란젤로의 다비드 상에게서 뭘 얻어내려 하는 것과 같아.

나는 답장에 내 전화번호도 적었다. 죽음의 전망 때문에 불구가 되 었던 상태에서 이제 벗어난 것이라면, 그는 왜 전화를 해서 약속을 깨 지 않았을까? 예전의 그로 돌아간 것이라면, 원하는 건 무엇이든 얻게 해주는 그 특별한 광휘를 되찾은 것이라면, 내가 이 사람에게 무슨 쓸 모가 있을까? 아니야, 나는 생각했다. 이 사람 편지가 다일 리 없어. 그랬다면 이 사람은 여기 나오지도 않았을 거야. 뭔가 바꾸어보고자 하는 성급한 충동의 잔재가 아직 남아 있는 거야. 병원에서 그를 덮쳤던 뭔가가 아직 그대로 있는 거야. 이제 아무런 점검 없이 사는 것으로는 그도 만족하지 못해. 그래서 뭔가 기록되기를 바라고 있어. 그래서 나에게 매달린 거야. 기록해두지 않으면 잊어버릴지도 모르는 것을 기록하려고. 빠뜨리고 잊어버릴 수 있는 것. 그게 뭘까?

아니면 이 사람은 그냥 행복한 사람인지도 몰랐다. 행복한 사람들도 존재한다. 왜 아니겠는가? 스위드의 동기에 관한 모든 산발적인 추측은 나의 직업적인 초조함의 표현에 불과했다. 톨스토이가 이반 일리치—평범하다는 것이 무엇인지 임상적인 용어로 무자비하게 폭로하려고 쓰기 시작한 자비 없는 이야기에서 저자가 그토록 경멸했던 인물—에게 부여했던 편향적인 의미 비슷한 것을 스위드 레보브에게 집어넣으려는 것이었다. 이반 일리치는 궁정의 고위 관리로 "사회가 인정하는 예의바른 삶"을 살아가다가, 임종을 앞두고 그 끊임없는 괴로움과 두려움의 깊은 구덩이에서 생각한다. "어쩌면 나는 제대로 살지 못한 것인지도 몰라." 톨스토이는 상트페테르부르크에 좋은 집을 가지고 있고, 일 년에 삼천 루블이라는 넉넉한 보수를 받고, 사회적 지위가 높은 친구들에 둘러싸인 이 재판장을 심판하여, 아예 서두에서 이반 일리치의 삶이 매우 단순하고 매우 평범했으며, 따라서 매우 끔찍했다고 쓰고 있다. 그랬을지도 모른다. 1886년 러시아에서는 그랬을지도 모른다. 하지만 1995년 뉴저지 주 올드림록에서 이반 일리치 같은 사람들이 골프 아침 라운드를 돈 뒤 점심을 먹으려고 클럽하우스로 떼 지어 돌아와 "이보다 더 좋을 수는 없어" 하고 외친다면, 레프 톨스토이보다 이들이 외려 진실에 훨씬 가깝게 다가간 것일지도 모른다.

스위드 레보브의 삶은, 내가 아는 한, 매우 단순하고 매우 평범했으며, 따라서 딱 미국인의 기질에 맞게 훌륭했다.

"제리가 게이인가요?" 불쑥 내가 물었다.

"내 동생?" 스위드가 웃음을 터뜨렸다. "농담도."

어쩌면 진짜로 농담을 했던 것인지도 모른다. 따분함을 덜려고 짓궂은 마음에서 그런 질문을 던진 것인지도 모른다. 하지만 나는 사실 그 말을 하면서 스위드가 편지에서 썼던 구절, 즉 "사랑하는 사람들에게 일어난 충격적인 일들 때문에" 그의 아버지가 고통을 겪었다는 구절을 떠올리고 있었다. 도대체 그 말이 무엇을 암시하는지 궁금했고, 그러다보니 나도 모르게 고등학교 2학년 때 일이 생각났다. 특별한 구석이 너무 없어 오히려 눈에 띄던 우리 반 여자아이, 키스를 얻어내려면 고생깨나 해야겠다는 생각 같은 건 전혀 들지 않던 그 여자아이의 마음을 얻으려다 제리가 수모를 겪은 일이 떠올랐던 것이다.

제리는 그 아이에게 밸런타인데이 선물을 주려고, 햄스터 백일흔다섯 마리의 가죽을 햇볕에 말린 다음 아버지의 공장—사실 제리가 이런 생각을 떠올린 곳도 그곳이었다—에서 훔쳐온 굽은 바늘로 꿰매 외투를 만들었다. 우리 고등학교 생물부는 해부의 목적으로 약 삼백 마리의 햄스터를 기증받았는데, 제리는 생물부 학생들을 부지런히 구워삶아 그 가죽을 모은 것이다. 워낙 괴팍하고 천재적인 녀석이다보니 집에서 하는 '과학 실험'에 필요하다고 하자 다들 믿어준 것이다. 그다음에 제리는 여자아이의 키를 알아내고, 패턴을 디자인하더니, 차고 지붕에서 가죽을 햇볕에 말려 악취를 거의 제거하고 나자—어쨌든 제

리는 제거했다고 생각했다―그 가죽들을 꼼꼼하게 꿰매고, 하얀 낙하
산에서 잘라낸 비단 안감을 댄 외투를 마무리했다. 이 낙하산은 형이
노스캐롤라이나 체리포인트의 해병대 기지―패리스 섬 팀은 그곳에
서 열린 해병대 야구 선수권 대회에서 우승을 거두었다―에서 불량품
을 기념품 삼아 보내준 것이었다. 제리에게서 그 외투 이야기를 들은
유일한 사람은 탁구에서 그의 봉이었던 나였다. 제리는 그 외투를 어
머니의 뱀버거 백화점 외투 상자에 넣고, 라벤더 티슈페이퍼로 싼 다
음 벨벳 리본으로 묶어서 보낼 생각이었다. 하지만 완성된 외투는 너
무 뻣뻣해서―나중에 그의 아버지가 설명해준 바에 따르면 가죽을 명
청하게 말린 것이 원인이었다―상자 안에 접어 넣을 수가 없었다.

빈센트 레스토랑에서 스위드 맞은편에 앉아 있는데 문득 지하실에
서 그 외투를 본 기억이 났다. 그 커다란 외투는 소매를 뻣뻣하게 뻗
은 채 바닥에 누워 있었다. 지금 같으면 휘트니 미술관에서 온갖 상을
휩쓸 텐데, 하는 생각이 들었다. 그러나 1949년 뉴어크에서는 위대한
예술이 무엇인지 아무도 개뿔도 관심이 없었고, 제리와 나는 그 외투
를 어떻게 하면 상자 안에 집어넣을 수 있는지 머리를 쥐어짜고 있었
다. 제리가 그 상자를 고른 것은 여자아이가 상자를 열면서 그 안에 뱀
버거 백화점에서 산 비싼 외투가 들어 있으리라 생각할 것이었기 때문
이다. 나는 안에 든 선물이 기대했던 것이 아니라는 것을 알면 그 아이
가 무슨 생각을 할까, 걱정하고 있었다. 나는 또 피부도 나쁘고 남자친
구도 없는 뚱뚱한 아이의 관심을 얻으려고 이렇게 열심히 노력할 필요
가 있을까, 생각하고 있었다. 하지만 나는 제리에게 협조했다. 그것은
제리가 달아나거나 굴복하거나 둘 중의 하나를 선택해야 하는 태풍 같

은 성격이었기 때문이고, 그가 스위드 레보브의 동생이고 나는 스위드 레보브의 집에 있고 어디를 보나 스위드 레보브의 트로피가 보였기 때문이다. 결국 제리는 외투 전체를 해체하더니 바늘땀이 가슴 한복판을 곧장 가로지르도록 꿰맸다. 외투를 접어 상자에 넣을 수 있는 일종의 경첩 같은 것을 만든 셈이었다. 나도 제리를 도왔는데, 마치 갑옷을 꿰매는 듯한 느낌이었다. 제리는 판지를 잘라 하트를 만든 다음 고딕체 글자로 자신의 이름을 적어 외투 위에 올려놓고, 이 상자를 소포로 보냈다. 희한한 아이디어를 기괴한 현실로 만드는 데 세 달이 걸린 것이다. 인간의 기준으로 판단하자면 짧은 시간이었다.

여자아이는 상자를 열어보고 비명을 질렀다. "그애가 발작을 일으켰어." 그 아이의 여자친구들이 말했다. 제리의 아버지도 발작을 일으켰다. "이게 네 형이 너한테 보내준 낙하산으로 한 짓이냐? 그걸 잘랐어? 낙하산을 잘랐다는 거야?" 제리는 너무 창피해서, 라나 터너가 클라크 게이블에게 했던 것처럼 여자아이가 자기 품에 달려들어 키스하게 하려고 한 일이라고는 차마 아버지에게 이야기하지 못했다. 나는 우연히 제리의 아버지가 한낮의 땡볕에 가죽을 말렸다는 이유로 야단을 치던 자리에 있었다. "가죽은 제대로 관리해야 하는 거야. 제대로! 제대로란 건 땡볕에 말리면 안 된다는 거야. 그늘에서 말려야 한다는 거라구. 땡볕에 태울 생각이 아니라면 말이야. 젠장! 제롬, 내가 이번 한 번만 가죽을 관리하는 방법을 알려주마." 그러더니 제리의 아버지는 정말로 그 방법을 알려주기 시작했다. 처음에는 자기 자식이 가죽을 다루는 노동자로서 저지른 어리석은 짓 때문에 치밀어오르는 화를 간신히 누르느라 부글부글 끓는 상태에서, 에티오피아에서 뉴어크 메이드로 보내는 양가죽—무두질은 이곳에 와서 했다—을 배에 싣는 업자들에게 알려주던 처리 방법을 우리 둘에게 설명했다. "소금에 절일 수도 있지만 소금은 비싸. 특히 아프리카에서는 아주, 아주 비싸. 그래서 거기서는 소금도 도둑질을 해. 이 사람들한테는 소금이 없어. 거기서는 소금을 훔쳐가지 못하게 독을 섞어놔야 돼. 다른 방법은 가죽을 묶는 거야. 방법은 여러 가지야. 판자에 묶을 수도 있고, 틀에 묶을 수도 있어. 어쨌든 가죽을 묶고 칼집을 살짝 내. 그렇게 단단히 묶고 그늘에서 말리는 거야. 그늘에서 말린단 말이다, 이 녀석들아. 우리는 이걸 부싯돌에 말린 가죽이라고 부르지. 가죽이 나빠지거나 벌레가 꼬이는 것을 막으려고 작은 부싯돌을 뿌리기 때문이지……" 나는 제리 아버지의 분노가 놀라울 정도로 빠르게 끈기 있는—비록 지루하기는 했지만—교육적 공격으로 바뀌는 것을 보고 크게 안도했다. 하지만 제리는 아버지가 큰 소리로 야단치는 것보다 그게 훨씬 약이 오르는 모양이었다. 어쩌면 그날 제리는 절대 아버지의 사업 근처에도 가지 않겠다고 맹세했는지도 모른다.

제리는 가죽의 악취를 없애려고 어머니의 향수를 외투에 듬뿍 뿌렸지만, 우편배달부가 외투를 배달했을 때는 그때까지 간헐적으로 쭉 그랬던 것처럼 악취를 풍기기 시작했다. 그 여자애는 너무 역겨워서, 또 너무 수치스럽고 무서워서 제리하고 두 번 다시 이야기를 하지 않았다. 다른 여자애들 말에 따르면, 그 여자애는 제리가 여자애의 나쁜 피부를 놀리려고 일부러 그 작은 동물을 다 사냥해서 잡아죽여 보낸 것이라고 생각했다고 한다. 그 이야기를 듣고 격분한 제리는 다음에 나와 탁구를 칠 때 그 여자애 욕을 하면서 여자애들은 다 좆같은 멍청이들이라고 소리쳤다. 그전에는 누구한테 데이트를 청할 용기가 없어서 그랬던 것인지 모르지만, 어쨌든 그뒤로 제리는 한 번도 데이트를 시도하지 않았으며, 결국 졸업 기념 댄스파티에 나타나지 않은 남자아이 셋 중 하나가 되었다. 다른 둘은 우리가 '계집애 같은 아이'라고 확인한 애들이었다. 그런 연유에서 내가 지금 스위드에게 제리에 관하여 질문을 한 것이다. 동성애가 무엇인지 잘 알지도 못하고 내가 아는 사람이 동성애자일 수 있다고 상상도 할 수 없던 1949년에는 감히 물어볼 엄두도 내지 못했던 질문을. 당시에는 제리는 그냥 제리라고, 여자애들에 관해서는 강박적일 정도로 고지식하고 엄청나게 순진한 천재라고 생각했다. 그 시절에는 그것으로 모든 것이 설명되었다. 어쩌면 지금도 그럴지 모른다. 하지만 이 왕처럼 당당한 스위드의 순수함을 어지럽힐 수 있는 게 있는지, 있다면 그것이 무엇인지 정말로 알고 싶었다. 그리고 그의 앞에서 조는 무례를 범하는 것을 사전에 막고 싶었다. 그래서 물은 것이다. "제리가 게이인가요?"

"어렸을 때 제리한테는 비밀이 좀 많았지요." 내가 말했다. "여자친구도 없었고, 가까운 친구도 없었어요. 비단 제리의 두뇌만이 아니라, 그것 말고도 다른 이유 때문에 그애가 다른 애들과 어울리지 못했습니다……"

스위드는 고개를 끄덕이며 내가 이전에 만난 그 어떤 사람보다도 내 말의 깊은 의미를 잘 이해한다는 표정으로 나를 보았다. 이 탐사하는 눈길, 그러나 맹세컨대 아무것도 보지 않는 눈길, 모든 것을 다 주는 듯하면서도 사실 아무것도 주지 않고 드러내지 않는 이런 행동 때문에, 나는 그의 생각이 어디에 있는지, 아니, 심지어 그에게 '생각'이라는 것이 있기는 한 것인지조차 알 수가 없었다. 순간적으로 내가 말을 멈추었을 때, 나는 내 말이 그의 의식의 그물에 걸린다기보다는 그의 뇌 속의 어떤 것과도 연결되지 못하고 그냥 그 안으로 들어가 사라져버린다는 느낌을 받았다. 그 아무런 악의 없는 눈―자신은 반드시 옳은 일만 할 수 있는 사람이라고 다짐하는 그 눈―때문에 여간 짜증이 나는 것이 아니었다. 틀림없이 그 눈 때문에 그의 편지 이야기를 꺼내고 말았을 것이다. 속으로 계산서가 올 때까지 입을 꾹 다물고 있다가 그에게서 벗어나자고 생각했으면서도. 오십 년 동안 안 보고 살아야 2045년쯤 되었을 때 다시 한번 보고 싶은 마음이 혹시 들지 않을까 하면서.

우리는 우리의 피상성, 우리의 천박함과 싸워야 한다. 그래야 비현실적인 기대 없이, 편견이나 희망이나 오만이라는 무거운 짐 없이, 최대한 탱크와 닮지 않은 모습으로, 대포도 기관총도 15센티미터 두께의 강철판도 없이 사람들에게 다가갈 수 있다. 우리는 탱크의 무한궤도로 상대의 텃밭을 깔아뭉개는 대신 우리 자신의 발가락 열 개로 겁을 주지 않고 다가가며, 동등한 사람으로서, 흔히 말하듯 인간 대 인간으로서 열린 마음으로 덤벼든다. 그래도 늘 상대를 엉뚱하게 오해하고 만다. 차라리 탱크의 뇌를 갖는 편이 나을 것이다. 우리는 사람들을 만나기도 전에, 만나기를 고대하는 동안 오해를 해버린다. 함께 있는 동안에도 오해를 한다. 그러고 나서 집에 가 다른 누군가에게 그 만남에 관해 이야기를 하면서 또 완전히 오해를 해버린다. 일반적으로 그 사람들이 우리를 볼 때도 똑같은 일이 벌어지기 때문에, 모든 것이 사실은 이해라고는 전혀 찾아볼 수 없는 어지러운 착각일 뿐이며, 오해가 빚어낸 놀라운 소극笑劇일 뿐이다. 그렇다면 우리는 이 다른 사람들이라는 무시무시하게 의미심장한 문제를 어떻게 처리해야 하는가? 우리가 생각하던 의미는 다 빠져나가버리고 대신 우스꽝스러운 의미만 어른거리고 있는데. 우리 모두 준비가 제대로 갖추어지지 않아 서로의 내면의 작용과 보이지 않는 목표는 상상해볼 수도 없는데. 모두가 외로운 작가들처럼 방음장치가 된 어떤 방으로 들어가 문을 잠그고 은둔한 채 말로 사람을 만들어내고, 이렇게 만들어낸 사람들이 우리가 매일 무지로 난도질하는 진짜 사람들보다 더 진짜에 가깝다고 주장해야 하는가? 어쨌든 사람들을 올바르게 이해하는 것이 살아가는 일의 본질은 아니라는 사실에는 변함이 없다. 산다는 것은 사람들을 오해하는 것이고, 오해하고 오해하고 또 오해하다가, 신중하게 다시 생각해본 뒤에 또 오해하는 것이다. 그렇게 하면서 우리는 우리가 살아 있다는 것을 안다. 우리가 틀렸다는 것을 알면서. 어쩌면 사람들에 관해서 맞느냐 틀리느냐 하는 것은 잊어버리고 그냥 흘러가는 대로 사는 것이 최선인지도 모른다. 하지만 정말로 그렇게 할 수 있다면…… 그래, 그건 정말 복받은 거다.

"편지에서 아버님 이야기를 하고, 또 아버님이 겪은 충격 이야기를 하기에, 혹시 제리가 그런 충격의 원인이었을지도 모른다는 생각이 들었습니다. 그 댁 아버님도 동성애자 아들을 이해하는 데에는 우리 아버지보다 나을 게 없었을 테니까요."

스위드는 우월한 자가 되기를 거부하는 미소, 그의 안에 있는 어떤 것도 나에게 저항하기를 원할 수도 없고 원하지도 않을 것이라고 나를 안심시키려는 미소, 비록 자신이 나에게 숭배를 받는 존재이지만 나보다 나을 것이 없다고, 심지어 어쩌면 나와 견주어 자신은 아무것도 아닌 보잘것없는 존재일 수도 있다는 신호를 보내는 미소를 지어 보였다. "글쎄, 우리 아버지한테는 다행인 일이지만, 아버지는 그런 걸 이해할 필요가 없었네. 제리는 의사 아들이었어. 아버지는 누구보다도 제리를 자랑스러워하셨지."

"제리가 의사라고요?"

"마이애미에 살아. 심장외과의지. 일 년에 백만 달러를 번다네."

"결혼은요? 제리가 결혼을 했나요?"

다시 그 미소. 그 미소에는 깜짝 놀랄 정도로 약해 보이는 데가 있었다. 살아남으려면 피할 수 없는 그 모든 거친 것들을 마주한 상황에서 기록 경신으로 유명한 우리의 근육질 사나이가 그렇게 약한 면을 보이다니. 그 미소는 칠십 년을 살아남은 사람에게 없을 수가 없는 잔혹한 완강함을 자기 내부에서 승인하기는커녕 인정하지도 않겠다는 뜻이었다. 하지만 열 살이 안 된 어린아이가 아니고서야 웃음으로—아무리 그런 상냥하고 따뜻한 웃음이라 해도—우리를 붙잡으러 오는 모든 것을 이길 수 있다고, 예측도 못했던 것이 강한 팔로 우리 머리를 짓눌러 버리려 할 때도 웃음으로 그것을 멈출 수 있다고 믿는 사람이 어디 있겠는가. 다시 한번 나는 그가 정신적으로 불안정할지도 모른다고, 이런 미소가 어쩌면 정신장애의 징후일지도 모른다고 생각하기 시작했다. 그 미소에는 어떤 속임수도 없었는데, 그것이야말로 최악이었다. 그 미소는 위선적인 것이 아니었다. 뭘 흉내내는 것이 아니었다. 이 캐리커처가 전부였다. 그가 평생에 걸쳐 점점 더 깊이 파고들어 스스로 도달한 지점이 바로 이 캐리커처였던 것이다…… 그런데 뭘 파고든 것일까? 동네의 스타가 되면서 그를 화환처럼 둘러싼 그 자신의 이미지—그것이 어린 스위드를 영원히 미라로 만들어버린 것일까? 그는 마치 자신의 세계에서 자신에게 어울리지 않는 것은 모두 없애버린 것 같았다. 기만, 폭력, 조롱, 무자비만이 아니라, 조금이라도 상스러운 것은 모두 다, 우연적인 것의 위협도 모두 다, 무력감이 찾아올 것 같다는 그 무시무시한 예감마저도. 그는 단 한순간도 멈추지 않고 그와 나의 관계를 그와 그 자신 사이의 외면적인 관계만큼이나 단순하고 진지하게 만들려고 노력했다.

물론, 물론, 그도 이제 성숙한 인간이 된 것인지도 몰랐다. 여느 성숙한 인간과 다름없이 교활해진 것인지도. 물론, 암수술을 받으며 일깨워진 것, 평생 견지해온 편안하고 느긋한 태도 속으로 잠시 파고들었던 것, 그것마저 몸이 백 퍼센트 완벽하게 회복하면서 거의 소멸해버린 것인지도 몰랐다. 물론, 그는 나에게 보여줄 내면이 없는 것이 아니라 보여주고 싶은 내면이 없는 것인지도 몰랐다—프라이버시와 사랑하는 사람의 행복을 존중한다면 자신의 속마음을 절대 털어놓아서는 안 될 사람이 현직 소설가임을 아는 분별력 있는 사람일 따름인지도 몰랐다. 살아온 이야기 대신 멋진 미소로 소설가를 뻔뻔하게 거부해버리자. 무개성의 왕자임을 보여주는 미소의 스턴 총으로 그를 가격하고, 그런 다음 자바글리오네를 마저 먹고, 뉴저지 주 올드림록으로 돌아가자. 그곳에서 내 삶은 어디까지나 나의 문제일 뿐 소설가가 관여할 문제는 아니다.

"제리는 네 번 결혼했어." 스워드가 미소를 지으며 말했다. "우리 가족에서 최고 기록이지."

"형님은요?" 그의 세 아들의 나이로 볼 때, 골프 클럽을 든 사십대쯤으로 보이는 금발이 두번째, 아니 어쩌면 세번째 부인일 가능성이 높다고 나는 이미 짐작하고 있었다. 하지만 인생의 비합리적인 요소를 인식하기를 거부하는 사람이라는 이미지와 이혼은 어울리지 않았다. 만약 그가 이혼을 했다면, 미스 뉴저지가 주도한 것이 틀림없었다. 아니면 그녀가 죽었거나. 아니면 자신의 성취가 완벽해 보이는 상태를 유지해야 하는 사람, 안정성이라는 환상에 온 마음과 영혼을 바치는 남자와 결혼생활을 하다 지쳐 자살에 이르렀거나. 어쩌면 그것이 편지에서 말한 충격적인 일이었을지도 모른다…… 심술궂게도 나는 스워드를 완전하고 일관성 있는 존재로 만들어줄 사라진 조각을 찾아내려고 애쓰면서 그의 장애를 밝혀내려 했지만, 아름답게 늙어가는 귀감이 될 만한 그의 얼굴에서는 아무런 흔적조차 찾아볼 수 없었다. 나는 그의 텅 빈 표정이 뭔가를 덮어 감추고 있는 눈인지, 아무것도 감추지 않은 눈인지 판단할 수가 없었다.

"나? 마누라 둘, 그게 내 한계야. 동생에 비하면 나는 겁쟁이거든. 제리의 새 부인은 삼십대야. 나이가 두 배 차이지. 제리는 간호사와 결혼하는 의사야. 넷 다 간호사거든. 그래서인지 제리의 부인들은 닥터 레보브가 걸어다니는 땅도 숭배한다네. 부인 넷에 자식 여섯. 그것 때문에 우리 아버지가 화가 좀 나기는 했지. 하지만 제리는 다 큰 남자고, 거친 남자고, 세상에 두려울 것 없는 프리마돈나 급의 외과의사거든. 병원 전체를 쥐었다 놨다 해. 그래서 우리 아버지도 제리 앞에서는 유순하게 행동하셨지. 그럴 수밖에 없었네. 안 그랬다가는 제리를 잃었을 테니까. 그렇다고 동생이 쓸데없는 짓을 하고 돌아다니는 건 아닐세. 어쨌든 아버지는 제리가 이혼을 할 때마다 노발대발하셨네. 수도 없이 제리를 쏘아버리고 싶었을 거야. 하지만 제리가 막상 재혼을 하고 나면, 아버지가 보시기에 새 며느리가 그전 며느리보다 더 공주 같은 거야. '그 아이 참 예쁘구나, 그 아이 참 착해, 마음에 들어⋯⋯' 그때부터는 누가 제리의 어떤 부인에 관해서건 쓸데없는 소리를 하면, 아버지는 그 사람을 죽여버렸을 걸세. 제리의 자식들도 아주 노골적으로 예뻐하셨지. 딸이 다섯이고 아들이 하나야. 아버지는 손자를 사랑하셨지만, 손녀들도 눈에 넣어도 아프지 않을 듯 행동하셨네. 그 아이들을 위해서라면 못하실 일이 없었어. 우리 두 집 애들 누구라도 말이야. 우리 모두에게, 우리 애들 모두에게 둘러싸여 있으면, 아버지는 천국에 계신 것 같았지. 아흔여섯까지 사셨는데 평생 단 하루도 아픈 적이 없었네. 뇌졸중이 온 뒤 돌아가시기까지 여섯 달, 그게 최악이었지. 하지만 쭉 잘나가셨어. 멋진 인생을 사셨지. 진짜 투사였어. 자연의 힘과 다름없었지. 아무도 막을 수 없는 남자였네." 아버지 이야기가 나오자 그의 목소리가 가볍게 둥둥 떠다니는 듯한 목소리로 바뀌었다. 사랑과 존경이 울려퍼지는 그 목소리는 그의 인생에 아버지의 기대보다 더 깊이 영향을 미친 건 없다는 사실을 부끄러움 없이 드러내고 있었다.

"고통은요?"

"훨씬 더 심할 수도 있었지." 스워드가 말했다. "하지만 딱 여섯 달 뿐이었네. 그때도 반은 뭐가 어떻게 되는지 모르셨지. 그러다 어느 날 밤에 그냥 슬쩍 가버리셨어⋯⋯ 우리는 그렇게 아버지를 잃었네."

내가 말한 "고통"은 그가 편지에서 말했던 고통, "사랑하는 사람들에게 일어난" 충격적인 일들 때문에 그의 아버지가 겪은 고통이었다. 그러나 설령 내가 그의 편지를 가져가서 그것을 그의 얼굴 앞에 대고 흔들었어도, 스위드는 오십 년 전 어느 토요일에 시티 스타디움에서 우리의 가장 약한 경쟁자인 사우스사이드와 시합을 벌였을 때 태클하는 적들을 뿌리치고 연속 패스 플레이로 네 번 득점을 하여 주 기록을 갱신했던 것처럼, 힘 하나 들이지 않고 자신이 쓴 글을 빠져나갈 터였다. 나는 생각했다. 물론, 물론 기저를 찾아내겠다는 나의 충동, 내가 눈으로 보고 있는 것 이상이 있을 거라는 계속되는 의심이 그에게 두려움을 불러일으켰겠지. 당신은 당신이 보여주는 모습을 우리가 있는 그대로 믿어주기를 바라겠지만 당신은 그 모습과는 생판 다른 사람이야, 하는 이야기를 나에게서 듣게 될지도 모른다는 두려움…… 하지만, 나는 생각했다, 왜 이 사람을 두고 이런 생각들을 해야 하나? 이 사람을 알고 싶다는 욕구는 어디서 비롯된 걸까? 한때 그가 나에게, 나에게만, "농구는 전혀 이렇지 않았어, 스킵" 하고 말했기 때문에 이렇게 강력한 욕구를 느끼는 걸까? 왜 이 사람을 붙들려 하는 걸까? 나한테 무슨 문제가 있는 걸까? 여기에는 내가 눈으로 보고 있는 것 외에는 아무것도 없어. 이 사람에게 가장 중요한 것은 남의 시선이야. 늘 그랬어. 이 사람의 이런 동정童貞 같은 태도는 꾸며서 나오는 게 아니야. 너는 존재하지도 않는 깊이를 원하는 거야. 이 사람은 무無의 화신이야.

그러나 내가 잘못 생각했다. 내 평생 어떤 사람에 대해서도 그렇게 잘못 알았던 적은 없었다.

2

그 에너지를 기억해봅시다. 미국인은 자신들만이 아니라, 이탈리아, 오스트리아, 독일, 일본에서 약 이억 명을 통치하고 있었습니다. 전범 재판으로 지상에서 전쟁의 악마들을 완전히 청소하고 있었습니다. 원자탄은 우리만의 것이었습니다. 배급제는 끝이 나고, 가격 통제는 폐지되고 있었습니다. 자기주장이 터져나오면서 자동차 노동자, 석탄 노동자, 운수 노동자, 해운 노동자, 철강 노동자 등 수백만 노동자들이 더 많은 것을 요구하고, 그것을 관철하기 위해 파업에 나섰습니다. 살아 돌아온 모든 청년들, 즉 우리 이웃, 친척, 형 들은 일요일 아침에 챈슬러 애비뉴 운동장에서 소프트볼을 하고, 학교 뒤쪽 아스팔트 코트에서 픽업 농구를 했습니다. 그들의 호주머니에는 제대 수당이 넘쳐났고, 제대군인원호법*은 전쟁 전에는 상상도 못했던 방식으로 그들에게 앞길을 열어주었습니다. 우리 동기들은 일본의 무조건 항복 여섯 달 뒤, 미국 역사상 가장 위대한 집단적 도취의 기간에 고등학교 생활을 시작했습니다. 솟아오르는 에너지는 전염성이 있었습니다. 우리 주위에 활기가 넘쳐났습니다. 희생과 억제는 끝났습니다. 대공황은 사라졌습니다. 모든 것이 움직이고 있었습니다. 뚜껑이 열렸습니다. 미국인은 한꺼번에 다시 시작하려 했습니다. 모두가 함께 움직이고 있었습니다.

그것만으로는, 그 엄청난 사건이 기적적 결말에 이르고, 역사의 시계가 다시 맞춰지고, 모든 사람이 과거에 얽매이지 않고 드높은 목표를 설정하는 상황만으로는 우리를 고취하기에 부족했는지, 우리 동네에는 또 우리 나름의 독특한 분위기가 있었습니다. 우리, 어린 우리가 가난, 무지, 질병, 사회적 불의, 위협에서 벗어나야 한다는, 무엇보다도 하찮은 존재에서 벗어나야 한다는 공동체적 결의가 있었습니다. 무가치한 존재가 되어서는 안 된다! 뭔가가 되어라!

물론 불안이 저류처럼 흐르고 있었습니다. 곤궁은 끈질긴 위협이기 때문에 오직 끈질긴 근면으로만 막을 수 있다는 느낌이 매일 교류되고 있었던 것입니다. 또 이방인의 세상을 전반적으로 신뢰하지 않았지만, 여전히 많은 가족이 대공황의 여파로 언제 박살이 날지 모른다는 공포에 시달렸지만, 그럼에도 우리 동네는 어둠에 잠겨 있지 않았습니다. 그곳은 부지런함으로 환하게 빛났습니다. 삶에 대한 큰 믿음이 있었고, 우리는 가차없이 성공의 방향으로 이끌려갔습니

---

* 2차대전 이후 제정된 법으로 제대군인에게 교육, 주택, 보험, 의료 및 직업훈련의 기회를 제공하는 것.

다. 우리는 더 나은 삶을 살아야 했기 때문입니다. 목표는 목표를 가지는 것이었고, 목적은 목적을 가지는 것이었습니다. 물론 이런 명령에는 종종 히스테리, 삶을 복구할 수 없을 정도로 박살내는 데는 그리 많은 적대감이 필요하지 않다는 사실을 경험에서 배운 사람들의 전투적인 히스테리가 섞여 있곤 했습니다. 또 우리의 어른들에게는 불확실성이 남아 있었기 때문에, 서로 결탁하여 그들을 방해하는 모든 반대 세력을 강하게 의식하고 있었기 때문에, 이 명령에는 사실 지나치게 감정이 실려 있었습니다. 그럼에도 이 명령 때문에 우리 동네는 응집력 있는 장소가 될 수 있었습니다. 공동체 전체가 우리에게 무절제한 행동으로 인생을 망치지 말라고 끊임없이 호소했으며, 기회를 잡고, 유리한 점을 적극적으로 활용하고, 중요한 것이 무엇인지 잊지 말라고 호소했습니다.

세대들 사이의 차이는 작지 않았고, 논쟁할 일도 많았습니다. 예컨대 앞 세대는 자신들의 세계관을 버리려 하지 않았습니다. 그들이 숭배하던 규칙들은 미국의 시계로 불과 이십 년이 흐르는 사이에 우리에게는 이빨 빠진 호랑이가 되어버렸습니다. 불확실성은 그들의 것이었지 우리의 것이 아니었습니다. 그럼에도 우리가 과연 앞 세대들로부터 얼마나 자유로울 수 있겠느냐 하는 문제는 계속 제기되었고, 우리 내면의 토론 과제가 되었고, 양면성과 폭발성을 갖게 되었습니다. 우리 가운데 몇몇은 대담무쌍하게도 그들의 관점 가운데 우리를 가장 옥죄던 것들에 실제로 저항했지만, 사실 당시의 세대 간 갈등은 그로부터 이십 년 뒤에 벌어진 갈등과는 완전히 달랐습니다. 우리 동네는 한 번도 오해를 받은 자들의 주검이 흩어진 전장이 된 적이 없었습니다. 어른들은 우리의 복종을 보장받으려고 수도 없이 열변을 토했습니다. 수많은 요구사항, 조건, 금지조항 들을 이용해 격변을 일으키는 사춘기적 성향을 억제했습니다. 우리는 결국 그런 제약을 넘어설 수 없었지요. 무엇이 우리의 이익에 가장 부합하느냐 하는 문제를 우리 자신이 매우 현실적으로 평가했다는 것도 우리를 제약하는 요인이었습니다. 또 한 가지는 그 시대에 널리 퍼진 정직성으로, 그에 기초한 금기를 우리는 태어날 때부터 명심하고 있었습니다. 또 부모의 자기희생이라는 거의 법제화된 이데올로기가 중요한 역할을 했는데, 이것이 우리에게서 제멋대로 반항하는 태도를 뽑아버리고, 품위 없는 충동을 모두 지하로 밀어냈습니다.

우리가 완벽해질 수 있다는 그들의 흔들림 없는 그 열렬한 환상을 부수고 우리에게 허락되는 것에서 완전히 벗어나 방황하려면 우리 대부분은 엄청난 용기를 내야 했거나, 아니면 무척 어리석어야 했을 것입니다. 그들이 우리에게 법을 잘 지키고 남보다 우월해야 한다고 주장하면서 제시한 이유들은 우리가 양심상 무시할 수 없는 것들이었습니다. 따라서 우리를 통해 자신을 향상시키려고 노력하는 어른들에게 절대에 가까운 통제권이 인정되었습니다. 이런 상황으로 인해 가벼운 상처를 입은 사람은 있을지 모르지만, 정신이상이 생겼다는 이야기는 적어도 그 당시에는 들어보지 못했습니다. 다행히도 그 모든 기대의 무게가 반드시 사람을 죽이는 것은 아니었던 모양입니다. 물론 부모가 살짝 브레이크를 밟아 속도를 늦췄다면 도움이 되었을 만한 가족도 있었지만, 대부분의 경우 세대 간 마찰은 우리가 높이 들어올릴 지렛대 역할을 하기에 딱 적당한 정도였습니다.

우리가 그곳에서 살면서 기쁨을 누렸다고 생각한다면 내가 틀린 걸까요? 망상 가운데 노인의 노스텔지어에서 생긴 망상만큼 우리에게 익숙한 것도 없지요. 하지만 르네상스 시대 피렌체의 좋은 집안에서 태어난 아이들로 사는 것도, 타바크니크 식품점의 피클통의 향기가 퍼지는 곳에서 자라는 것과 비교하면 빛이 바랜다고 생각한다면 내가 완전히 틀린 걸까요? 그 생생한 현재 속에서 살아가는 삶의 충만함이 이미 그 당시에도 우리의 감정을 깊이 흔들어놓았다고 생각하면 틀린 걸까요? 그 이후로 어디에서든 그런 자잘한 것들의 바다 속에 완전히 빠져든 적이 있나요? 그 자잘함, 그 엄청난 자잘함, 그 자잘함의 힘, 자잘함의 무게. 여러분이 죽었을 때 여러분 무덤을 채울 2미터 깊이의 흙처럼 여러분의 어린 시절 삶에서 여러분을 둘러쌌던 그 가없이 풍부하고 자잘한 것들.

어쩌면 동네라는 것은 그 정의상 아이가 자기도 모르게 온전히 관심을 쏟아붓는 장소인지도 모르겠습니다. 아이들에게는 걸러지지 않고 의미가 다가오는 것이겠지요. 사물의 표면에서 바로 흘러드는 식으로요. 그럼에도 오십 년이 지난 지금, 나는 여러분에게 묻습니다. 그 거리, 모든 블록, 모든 뒷마당, 모든 집, 모든 집의 모든 층─친구네 가족이 사는 모든 아파트의 그 벽, 천장, 문, 창문─이 하나하나가 오롯이 개성을 지니고 있던 그 거리에서처럼 완전히 몰입해본 적이 또 있나요? 우리가 눈앞에 있는 사물의 미세한 표면을 그렇게 예리하게 기록하는 도구가 되어본 적이 또 있나요? 리놀륨과 유포油布, 요차이트* 촛불과 요리하는 냄새, 론슨 탁상라이터와 베니션 블라인드로 나타나는 사회적 지위의 아주 미세한 차이를 기록하는 도구가 되어본 적이 또 있나요? 우리는 누구 사물함의 가방에 어떤 도시락이 들어 있는지, 누가 시드의 가게에서 핫도그에 무엇을 넣어달라고 주문했는지 서로 다 알았습니다. 우리는 서로 모든 신체적 특징을 알았습니다. 누가 안짱다리로 걷는지, 누가 가슴이 나왔는지, 누구한테서 헤어오일 냄새가 나는지, 누가 말할 때 침이 많이 튀는지 알았습니다. 우리는 우리 가운데 누가 싸움을 좋아하고 누가 다정한지, 누가 똑똑하고 누가 멍청한지 알았습니다. 우리는 누구 어머니가 억양이 이상하고 누구 아버지가 콧수염을 길렀고, 누구 어머니가 일을 하고 누구 아버지가 죽었는지 알았습니다. 어떻게 된 일인지 우리는 심지어 서로 다른 환경이 각 가족에게 그들 나름의 독특하고 까다로운 인간적 문제를 안겨준다는 것까지도 막연하게나마 이해했습니다.

그리고 물론 욕구, 욕망, 환상, 갈망, 수모에 대한 두려움 때문에 어쩔 수 없이 혼란을 겪었지요. 길을 밝혀줄 만한 것이라고는 미숙한 성찰밖에 없는 상황에서 우리는 각기 절망적으로 사춘기에 접어들어, 혼자서 은밀하게 그 혼란을 제어해보려 했습니다. 순결이 여전히 우세하던, 젊은이들이 자유와 민주주의처럼 국가적 대의명분으로 순결을 끌어안던 시대에 말이지요.

같이 학교에 다니며 어우러지던 우리의 삶에서 한눈에 파악되던 모든 것들이 지금도 정확하게 기억난다니 놀랍습니다. 오늘 우리가 서로를 보면서 느끼는 강렬함도 놀랍고요. 그러나 가장 놀라운 것은

---

* 죽은 사람을 추모하는 추도식.

우리가 1946년 2월 1일 고등학교 신입생으로 별관에 처음 들어가던 때의 우리 할아버지들 나이에 가까워지고 있다는 점이겠지요. 놀라운 것은 앞으로 뭐가 어떻게 될지 전혀 몰랐던 우리가 이제 무슨 일이 있었는지 잘 알게 되었다는 점입니다. 1950년 1월에 졸업한 동기들에게 이제 결과가 다 나와 있다는 것, 답할 수 없던 질문의 답이 주어지고, 미래가 드러났다는 것, 이것이 놀라운 것 아닌가요? 살아왔다는 것. 그것도 이 나라에서, 이 시대에, 우리로서. 이것이 놀라운 일입니다.

이것은 내가 고등학교 졸업 45주년 동창회에서 하지 않은 연설, 동기들에게 하는 척하면서 사실은 나 자신에게 한 연설이다. 나는 동창회가 끝난 뒤에야, 어둠 속에서, 침대에서 나에게 충격을 준 일을 이해하려고 더듬거리며 이 연설문을 쓰기 시작했다. 컨트리클럽 댄스홀이나 사람들이 거기에서 보내고 싶어하는 재미있는 시간을 생각하면 연설 분위기가 너무 묵상적이기는 하지만, 새벽 세시에서 여섯시 사이에는 엉뚱하다는 느낌을 전혀 받지 못했다. 과도한 자극을 받은 상태에서 동창회의 밑바닥에 깔린 그런 결합의 의미, 어린 시절 우리를 한데 묶었던 공통된 경험의 의미를 이해하려고 노력하고 있었기 때문이다. 개인마다 궁핍과 특권에 약간씩 차이가 있었고, 아주 미묘하게 느낌이 서로 다른 잡다한 가족 내 불화들—다행히도 늘 예상했던 것보다는 적은 불행을 안겨주고 해소되는 불화들—때문에 생겨난 불안도 다양했지만, 그럼에도 어떤 강력한 것이 우리를 결합하고 있었다. 단지 우리가 어디에서 왔느냐 하는 면만이 아니라, 우리가 어디로 갈 것이냐, 거기에 어떻게 갈 것이냐 하는 면에서도 우리를 결합하고 있었다. 우리에게는 새로운 수단과 새로운 목적, 새로운 충성심과 새로운 계획이 있었다. 그리고 우리는 새로운 배짱, 즉 이방인들이 여전히 견지하고자 하는 배타주의를 견뎌낼 때도 부모들보다 약간은 덜 흥분하는 새로운 느긋함을 갖고 있었다. 어떤 맥락, 어떤 역사적 드라마―인생이라는 큰 극장과는 전혀 닮은 데가 없는 교실이나 부엌에서 어린 주인공들이 이것이 역사적 드라마라는 사실을 전혀 의식하지 못한 채 연기한―에서 이런 변화가 일어났을까? 도대체 무엇과 무엇이 충돌했기에 우리 내부에서 불꽃이 튄 것일까?

나는 여전히 깨어 있었고 완전히 흥분한 채 침대 속에서 이런 질문과 답―불면증에 시달리는, 이런 질문과 답의 흐릿한 그림자들―을 정리하고 있었다. 10월 말의 화창한 일요일, 범죄에 시달리고 마약이 만연한 우리 어린 시절의 고향 거리마다 깔린 황폐함과는 거리가 먼, 뉴저지의 유대인이 많이 사는 교외 지역의 한 컨트리클럽에서 차를 몰아 돌아오고 나서 여덟 시간쯤 흐른 뒤였다. 아침 열한시에 시작된 동창회는 열광적인 분위기에서 오후 내내 이어졌다. 동창회가 열린 곳은 노인들을 위한 컨트리클럽 골프 코스와 맞붙은 댄스홀이었는데, 그 노인들도 1930년대와 40년대에는 위퀘이크 아이들처럼, 니블릭(9번 아이언을 당시에는 그렇게 불렀다)이 기름이 오른 청어 토막이라고 생각했을 것이다. 집에 돌아오자 잠이 오지 않았다. 마지막으로 기억에 남은 것은 주차요원이 내 차를 주랑 현관 층계로 가져오고, 동창회장인 셀마 브레슬로프가 상냥한 목소리로 즐거운 시간을 보냈느냐고 묻고, 내가 그녀에게 이렇게 대답한 것이었다. "이오지마 전투를 끝낸 뒤 다시 옛 전우들을 만나러 나온 느낌이야."

나는 새벽 세시쯤 침대에서 일어나 책상으로 갔다. 머리는 정리되지 않은 생각의 정전기로 진동하고 있었다. 나는 결국 책상에 여섯시까지 앉아 있었고, 그 결과 방금 보여준 동창회 연설문을 작성했다. "놀랍습니다"라는 말에서 절정에 이르는 감정적 장광설을 한참 늘어놓은 뒤에야 나는 마침내 내 감정들의 힘에 놀란 상태에서 벗어나 두어 시간 잠을 청할 수 있었다. 아니, 잠이 아니라 잠을 닮은 어떤 것이라고 하는 게 좋을 텐데, 사실 그 두 시간 가운데 반은 머릿속에서 쉬지 않고 전기傳記가 기록되고 있었고, 골수까지 기억이 가득차 있었기 때문이다.

그렇다, 고등학교 동창회 같은 훈훈한 기념행사 뒤에도 곧바로 연속성과 일상이라는 눈가리개를 다시 쓰고 이전의 삶을 이어가는 것은 이제 쉽지 않다. 내가 서른이나 마흔이었다면 아마 동창회는 집으로 차를 몰고 오는 세 시간 동안 달콤하게 희미해졌을 것이다. 하지만 예순둘에는, 암수술을 하고 나서 겨우 일 년이 지난 뒤에는 그런 행사에 아무렇지 않아하는 것이 결코 쉽지 않다. 나는 지나간 시간을 다시 붙드는 대신 현재 속에서 그 시간에 붙들렸으며, 그 결과 시간의 세계로부터 빠져나와 다름 아닌 그 은밀한 핵심으로 쏜살같이 뚫고 들어가는 느낌이었다.

몇 시간 동안 우리는 함께 있으면서 그냥 끌어안고, 입을 맞추고, 놀리고, 웃고, 서로 곁을 맴돌며 결국 우리에게 아무런 영향도 주지 못한 고민들과 참사들을 회상하고 소리를 질렀다. "이게 누구야!" "야, 오랜만이다." "나 기억해? 나는 너 기억하는데." 그리고 서로 물었다. "우리가 혹시 전에……" "네가 걔 아니냐……" 또 서로 명령했다. 한꺼

번에 여러 대화로 끌려들고 말려들면서도 오후 내내 모두가 입에 달고 다녔던 그 통렬한 세 마디로. "여기 그대로 있어!"……그리고 물론, 춤을 추었다. '원맨밴드'에 맞춰 뺨을 맞대고 구식의 댄스 스텝을 밟았다. 밴드는 턱시도를 입고 턱수염을 기른 젊은 아이였는데, 이마에는 커다란 붉은 수건을 둘렀다(우리가 학교 강당에서 〈이올란테〉*의 자극적인 퇴장 음악에 맞춰 행진해 나오던 때로부터 적어도 이십 년은 흐른 뒤에 태어난 젊은 아이였다). 그는 신시사이저 반주에 맞춰 냇 '킹' 콜, 프랭키 레인, 시내트라를 흉내내고 있었다. 그 몇 시간 동안 시간, 시간의 사슬, 시간이라고 부르는 그 모든 것의 빌어먹을 표류 전부가 모닝커피와 함께 가뿐하게 넘어가는 도넛 같은 것들만큼이나 이해하기 쉬운 듯했다. 수건을 두른 원맨밴드가 〈Mule Train〉을 연주하는 동안, 나는 '시간의 천사'가 우리 머리 위를 지나가며 매 호흡마다 우리가 살아왔던 모든 순간에 숨결을 불어넣는다고 생각했다. 시더힐 컨트리클럽의 댄스홀 안에는 프랭키 레인처럼 〈Mule Train〉을 부르는 저 아이와 마찬가지로 시간의 천사 또한 틀림없이 존재한다고 생각했다. 이따금 나 자신도 모르게 마치 이 순간이 아직도 1950년인 것처럼 모두를 바라보고 있었다. 졸업 댄스파티의 주제로 '1995년'이라는 미래를 잡아놓고, 우리 모두 20세기 말의 우리 모습을 상상하여 만든 익살스러운 혼응지混凝紙**가면을 쓰고 온 것 같았다. 그날 오후 시간은 다름 아닌 우리 자신을 미혹에 빠뜨리기 위해 생겨난 것이었다.

떠날 때 셀마가 우리 모두에게 선물로 준 기념 머그에는 작은 루겔

---

* 요정과 인간들의 관계 속에서 영국의 귀족제, 세습, 정치를 풍자한 오페레타.
** 펄프와 아교를 섞어 만든 공작용 종이.

라흐 여섯 개가 들어 있었다. 주황색 티슈페이퍼로 만든 봉투에 담은 다음 다시 주황색 셀로판으로 싸고 학교의 색깔인 주황색과 갈색 줄무늬 컬링 리본으로 묶어놓았다. 방과후에 집에서 간식으로 먹었던 것들—당시에는 마작 클럽에서 요리법을 소개하는 역할을 하던 우리 어머니가 구웠다—못지않게 신선한 이 루겔라흐는 우리 동창이 하는 티넥 빵집에서 준 선물이었다. 나는 동창회 장소에서 나온 지 채 오 분도 지나지 않아 이중 포장을 풀고, 그 설탕을 바른 달팽이 모양의 페이스트리 빵 여섯 개를 다 먹어버렸다. 계피를 두른 안쪽에는 현미경을 보며 박아넣은 듯 아주 작은 건포도와 빻은 호두가 촘촘하게 박혀 있었다. 가루가 묻어 있고 맛이 진해—버터와 사워크림과 바닐라와 크림치즈와 계란 노른자와 설탕을 섞은 것이었다—어린 시절부터 좋아했던 그 빵을 입안 가득 계속 밀어넣으며 허겁지겁 먹다보면, "작은 마들렌의 맛"을 기억하는 순간 마르셀에게서 사라졌다고 프루스트가 말한 것, 즉 죽음의 불안이 나 네이선에게서도 사라질지 모른다는 생각이 들었다. 프루스트는 "그 맛을 보는 것만으로도 '죽음'이라는 말은……그에게 의미를 잃었다"고 썼다. 그래서, 나는 탐욕스럽게 그것을 먹었다. 걸신들린 것처럼, 이 포화지방의 욕심 많은 흡입을 잠시도 멈추려 하지 않았다. 그러나 결국, 마르셀과 같은 행운은 전혀 누리지 못했다.

　죽음에 관해, 그리고 죽음에 대해 기선을 제압하고, 죽음에 저항하고, 죽음을 절대, 절대, 절대 명료하게 보지 않기 위해 필요한 모든 수단에 의지하고 싶은 욕망—이해할 수 있는 일이지만 노년에는 간절하기 짝이 없는 욕망이다―에 관해 더 이야기를 해보자.

플로리다에서 온 남자애 하나가―모두가 입구에서 한 권씩 받은 동창회 소책자에 따르면, 우리 기 졸업생 176명 가운데 26명이 현재 플로리다에 살고 있다고 한다…… 좋은 일이다. 그러니까 죽은 아이들보다 플로리다에 있는 애들이 아직 더 많다는 이야기다(여섯 명 더 많다). 그런데 오후 내내 남자를 남자애로, 여자를 여자애로 부른 것은 내 마음속에서만 그랬던 것은 아니었다―나한테 말해주기를, 비행기를 타고 뉴어크 공항에 왔는데 거기서 차를 빌려 리빙스턴까지 오는 길에 주유소에 차를 두 번이나 세우고 화장실 열쇠를 얻어야 했다고 한다. 불안 때문에 너무 괴로웠다는 것이다. 멘디 걸릭이라는 애였는데, 1950년에 우리 기에서 가장 잘생긴 남자아이로 뽑힌 애였다. 그는 1950년에는 어깨가 넓고 속눈썹이 긴 미남이었고, 우리의 가장 유명한 지르박 춤꾼이었고, 사람들한테 "이야, 근사한데!"라고 말하며 돌아다니기를 좋아했다. 한번은 그의 형에게 이끌려 오거스터 스트리트에 있는 유색인 매음굴에 가기도 했다. 포주들이 늘 죽치고 있는 매음굴은 그의 아버지가 운영하는 브랜퍼드 플레이스 주류판매점에서 모퉁이만 돌면 나오는 곳이었다. 하지만 나중에 그가 고백한 바에 따르면, 그는 옷을 다 입은 채로 바깥 복도에서 기다리며 탁자에 있던 〈메커닉스 일러스트레이티드〉만 넘기고 있었고, "그걸 한" 사람은 그의 형뿐이었다. 어쨌든 그곳에 간 것만으로도 멘디는 우리 동기 가운데 비행청소년에 가장 근접한 아이가 되었다. 나를 데리고 애덤스 극장에 가서 일리노이 자케, 버디 존슨, 그리고 '뉴어크가 낳은' 새러 본의 연주와 노래를 듣게 해준 아이도. 모스크에서 열린 연주회 표를 구해 나를 데리고 미스터 B.와 빌리 엑스타인을 들으러 간 아이도, 1949년에 로럴 가든에서 열린 미스 세피아 아메리카 미인대회 표를 구해온 아이도 이 멘디 걸릭(이제는 멘디 가로 이름을 바꾸었다)이었다. 부드러운 목소리의 심야 니그로 디스크자키 빌 쿡이 실제로 방송하는 모습을 구경하러 나를 데리고 서너 차례 저지의 WAAT 방송국에 갔던 아이도 멘디였다. 나는 빌 쿡의 프로그램인 〈뮤지컬 캐러번〉을 보통 토요일 밤에 어두운 내 방에서 들었다. 프로그램의 오프닝 곡은 듀크 엘링턴의 〈Caravan〉이었는데, 아주 이국적이고 아주 세련된 곡으로 아프로-오리엔탈 리듬에 벨리 댄스의 비트가 흥겨웠다. 이 곡만으로도 이 방송에 주파수를 맞출 가치가 있었다. 듀크가 연주하는 〈Caravan〉을 듣고 있으면, 어머니가 새로 빤 시트 사이에 쏙 들어가 있을 때에도 뭔가 금지된 것을 즐기고 있는 듯한 느낌을 받았다. 곡은 처음에는 톰톰으로 시작되었다가, 북아프리카의 원주민 거주 구역으로부터 모락모락 연기가 피어오르듯 멋진 트롬본 소리가 올라오고, 이어 뱀을 홀리는 듯한 은근한 플루트가 등장한다. 멘디는 이것을 "불끈 서게 만드는 음악"이라고 불렀다.

WAAT 방송국에 있는 빌 쿡의 스튜디오로 가기 위해 우리는 시내로 가는 14번 버스를 탔다. 교회에 온 사람처럼, 유리로 둘러싸인 그의 부스 바깥에 줄줄이 놓인 의자에 조용히 자리를 잡으면 불과 몇 분 뒤에 빌 쿡이 마이크 뒤에서 나와 우리에게 인사를 건네곤 했다. 쿠키는 모험심이 없어 계속 집에서만 듣고 있는 청취자들을 위해 턴테이블에 '레이스 레코드'*를 걸어놓고, 키가 크고 바싹 마른 두 백인 멋쟁이와 다정하게 악수를 나누었다. 우리 둘 다 아메리칸 숍에서 산 원 버튼

롤 양복과 커스텀 숍에서 산 칼라가 넓은 셔츠 차림이었다. (내가 입은 옷은 멘디에게 하룻밤 빌린 것이었다.) "두 분을 위해 뭘 틀어드리면 좋을까?" 쿠키는 우리한테 정중하게 물었는데, 멘디는 나중에 나와 전화 통화를 할 때마다 그 감미롭게 울리는 목소리를 흉내내곤 했다. 나는 선율이 아름다운 '미스' 디나 워싱턴, '미스' 서배너 처칠을 신청했다. 디제이가 '미스'라는 말을 할 때의 그 외설적이면서도 기사도적인 느낌을 주는 발음이 그때는 어찌나 매혹적이던지. 반면 멘디의 취향은 강렬하고 인종적으로 훨씬 더 권위를 세우는 쪽이라, 감정이 아주 풍부한 술집 피아노 연주자 루스벨트 사이크스 같은 뮤지션이나, 아이보리 조 헌터("웬…… 아이 로스트 마이 베이-비이…… 아이 오올…… 모스트 로스트 마이 마인드"), 레요백스 쿼텟 등을 좋아했다. 멘디는 방과후에 그의 아버지네 가게에서 배달을 하는 사우스사이드 출신의 흑인 아이 멜빈 스미스(토요일에는 멘디 형제가 배달을 했다)와 똑같이 첫음절을 강조하여 레요백스를 "레이-오-백스"라고 발음하면서 지나치다 싶을 정도로 자부심을 느끼는 듯했다. 또 어느 날 밤에는 대담하게도 비밥 라이브 연주를 들으러 멜빈 스미스와 함께 비컨 스트리트의 볼링장 위에 있는 라운지 로이드 매너에 갔다. 뮤지션을 따라다니는 무모한 데스데모나**가 아니면 백인은 감히 가볼 용기를 내지 못하는 곳이었다. 나를 처음으로 마켓 스트리트의 라디오 레코드 색에 데리고 간 아이도 멘디 걸릭이었다. 우리는 통에 담긴 십구 센트짜리 떨이 가운데 레코드를 골라 부스에서 들어본 뒤 살 수 있었다. 전쟁 기간에는 후

---

* 주로 흑인 음악을 담은 78회전 레코드.
** 『오셀로』에 나오는 오셀로의 백인 부인.

방의 사기를 떨어뜨리지 않기 위해 7월과 8월에 챈슬러 애비뉴 운동장에서 일주일에 한 번씩 댄스파티가 열렸다. 동네의 부모와 초등학생과 어린 꼬마 들은 우리가 여름이면 노상 소프트볼 시합을 하는 운동장의 하얀색 페인트칠을 한 베이스들 주위를 밤늦게까지 명랑하게 뛰어다녔다. 이곳에 모인 사람들은 대부분 학교 뒤편의 침침한 투광조명등 밑에서 글렌 밀러와 토미 도시의 영향을 받은 연주에 맞춰 춤을 추고 싶어했다. 하지만 멘디는 활기찬 군중 사이를 분주하게 돌아다니다가 혹시라도 귀를 기울이고 싶어하는 사람이 있을까 기대하며 덜 관습적인 종류의 음악적 즐거움을 나누어주었다. 깃발로 장식한 무대 위에서 밴드가 연주하는 댄스곡이 무엇이든 상관없이, 멘디는 저녁 내내 뛰어다니며 이런 노래를 부르곤 했던 것이다. "칼돈이아, 칼돈이아, 왜 그렇게 고집을 부리는 거니? 흔들어!" 멘디는 행복한 표정으로 "공짜"라고 선언하며 그런 노래를 불렀다. 레코드에서 루이스 조던과 그의 팀파니 파이브가 부르던 것처럼 미친듯이 불러젖혔다. 아무도 없는 그의 집으로 가 그 사악한 방으로 들어갈 때마다 멘디는 우리 데어데블스에게 언제나, 그곳에서 상습적으로 하던 짓들을 할 때마다(일 달러 상한의 세븐카드 스터드를 칠 때건, 늘상 하는 일인 듯 〈틸리 더 토일러〉* '야한 책'의 그림들을 살펴볼 때건, 드문 일이지만 집단 딸딸이 행사를 열때건) 반드시 그 레코드를 들으라고 강요했다.

그리고 이제 여기에 1995년의 멘디가 있었다. 위엄 있고 모범적인 아이가 되기를 거부하는 데 가장 큰 재능을 발휘하던 위퀘이크의 소

---

* 미국 만화가 러스 웨스트오버의 만화 제목.

년, 조금은 역겨운 천박함과 대담하고 부러운 일탈 사이에 있던 인물, 늘 유혹적인 것과 불쾌한 것 사이를 오가며 상스럽다는 느낌을 깨끗하게 지우지 못하던 인물. 이제 여기에 늘 대퍼, 더티, 대피 같은 별명*이 앞에 붙던 멘디 걸릭이 있었다. 감옥도 아니고(우리 데어데블스 네댓 명을 그의 방 바닥에 동그랗게 모여 앉게 한 뒤, 바지를 내리고 먼저 "쏘는" 사람이 판돈으로 건 이 달러를 따는 시합을 하게 했을 때 나는 그가 결국은 감옥에 가게 될 것이라고 확신했다), 지옥도 아니고(나는 그가 로이드 매너에서 '리퍼**에 뿅간'─당시 나는 그게 무슨 뜻인지도 몰랐다─유색인 사내에게 칼에 찔려 죽어서 지옥에 갈 것이라고 믿었다), 그냥 은퇴한 레스토랑 경영자─롱아일랜드 교외에 있는, 가스 그릴이라고 부르는 스테이크하우스 세 곳의 소유자─로서 다름 아닌 고등학교 졸업 45주년 동창회라는, 그의 명성에 어울리지 않는 모임에 나타난 것이다.

"걱정할 필요 없어, 멘드. 너는 몸집도 그대로고 생긴 것도 그대로야. 놀라워. 멋져 보여."

실제로 그랬다. 잘 그을리고 늘씬하고 키가 크고 얼굴이 갸름한, 늘 조깅을 하는 사람의 외모였다. 거기에 검은 악어가죽 장화를 신고 녹색 캐시미어 재킷 안에는 검은 실크셔츠를 받쳐 입었다. 넘실거리는 은빛의 하얀 머리카락만이 그의 것이 아닐지도 모른다는 의심을 불러일으켰다. 스컹크 엉덩이에 달려 있던 것을 떼어온 것 같았다.

"몸이야 잘 관리하고 있지. 내 말은 그게 아니야. 머티한테 전화를

---

* 멋쟁이, 지저분한 놈, 미친놈 정도의 뜻.
** 마리화나를 가리킨다.

했어." 마티 '머티' 셰퍼는 운동장의 소프트볼 리그에서 우리 셋이 속했던 팀 데어데블스의 스타 사이드암 투수였다. 동창회 소책자의 약력에 따르면 "재정 컨설턴트"였을 뿐 아니라, (여자아이들만 보면 몸이 마비될 듯 수줍어하던 앳된 얼굴의 머티가 사춘기 시절에 주로 동전 던지기를 하며 놀았다는 사실을 떠올리면 믿어지지 않는 일이긴 하지만) "자子 36, 34, 31. 손孫 2, 1"의 조상이었다. "머티한테 이야기를 했지." 멘디가 말하고 있었다. "머티가 내 옆에 앉지 않으면 안 오겠다고 말이야. 나는 사업을 하다가 진짜 깡패들을 상대해야 했어. 좆같은 마피아를 상대했단 말이야. 하지만 이건 첫날부터 감당할 수가 없었어. 두 번이 아니었어, 스킵. 세 번이나 차를 세우고 똥을 싸야 했단 말이야."

"흠," 내가 말했다. "오랫동안 기껏 우리 자신을 불투명하게 칠해왔는데, 여기 오니 곧장 우리가 투명하다고 믿었던 때로 돌아가게 되네."

"그런 건가?"

"그렇다는 얘기지. 누가 알겠어."

"우리 동기 가운데 스무 명이 죽었어." 멘디는 소책자 뒤쪽의 '추모'라는 제목이 붙은 페이지를 보여주었다. "남자애들이 열한 명이야." 멘디가 말했다. "데어데블스는 두 명이야. 버트 버그먼. 어티 오렌스틴." 어티는 머티의 공을 받던 포수였고, 버트는 이루수였다. "전립선암. 둘 다 똑같아. 또 둘 다 죽은 지 삼 년도 안 됐지. 나는 피검사를 받아. 어티 소식을 들은 뒤로 여섯 달마다 받고 있지. 너는 검사 받냐?"

"받지." 물론 나는 이제 받지 않았다. 전립선이 없었으니까.

"얼마나 자주?"

"매년."

"그걸론 안 돼." 멘디가 말했다. "육 개월에 한 번은 받아야 돼."

"그래. 그럴게."

"그동안은 괜찮았고?" 멘디가 두 손으로 내 어깨를 잡으며 물었다.

"건강하지."

"야, 내가 너한테 딸딸이를 가르쳐줬어, 기억나?"

"그랬지, 멘디. 구십 일에서 백이십 일쯤 지나면 나 스스로 깨우쳤을 텐데 말이야. 어쨌든 네 덕분에 발동이 걸린 셈이지."

그는 큰 소리로 웃음을 터뜨렸다. "내가 스킵 주커먼에게 딸딸이를 가르친 사람이야. 나는 유명해져야 돼." 우리는, 멤버 수가 줄어들고 있는 데어데블스 애슬레틱 클럽의 머리가 벗어진 일루수와 머리가 허연 좌익수는 포옹했다. 그의 옷 너머로 느껴지는 몸통은 그가 그동안 얼마나 관리를 잘해왔는지 말해주고 있었다.

"나는 아직도 해." 멘디가 행복한 표정으로 말했다. "오십 년이 지났는데도 말이야. 데어데블스의 기록이지."

"그렇게 자신하지 마. 머티한테 먼저 확인을 해봐."

"너 심장마비가 왔었다고 들었는데."

"아냐, 그냥 바이패스수술이었어. 오래전에."

"좆같은 바이패스. 목구멍에 튜브를 찔러넣지, 맞지?"

"그렇지."

"처남이 목구멍에 튜브를 꽂은 걸 봤어. 그 이상 보고 싶지 않더군." 멘디가 말했다. "나도 최악의 좆같은 꼴로 여기 오고 싶지는 않았어. 하지만 머티가 계속 전화를 해서 말하더군. '너도 영원히 사는 건 아

86

냐.' 나는 계속 말했어. '영원히 살 거야, 멋. 살아야 돼!' 하지만 나도 멍청한 놈이라 결국 오고 말았지. 그런데 이 책자를 펼치자마자 처음 눈에 띄는 게 부고라니."

멘디가 뭘 좀 마시고 머티도 찾으러 가겠다며 자리를 뜨자, 나는 소책자에서 그의 이름을 찾아보았다. "레스토랑 경영자, 은퇴, 자 36, 33, 28. 손 14, 12, 9, 5, 5, 3." 멘디가 죽음을 그렇게 두려워하는 이유가 쌍둥이가 포함된 것으로 보이는 손자 여섯 명 때문인지, 아니면 다른 이유, 예를 들어 여전히 창녀와 멋진 옷에 푹 빠져 사는 것 때문인지 궁금했다. 물어봤어야 하는 건데.

사실 그날 오후에 사람들에게 많은 것을 물어봤어야 했다. 하지만 나중에, 비록 묻지 않은 것을 후회하기는 했지만, "누구누구는 어떻게 됐어" 하는 식의 질문에 답을 얻었다 해도 보통은 배후에 자리잡고 있어 우리 눈에 보이지 않는 것이 이날은 바로 내 눈앞에 펼쳐지고 있다는 불가사의한 느낌을 받았던 이유는 알 수 없었을 것임을 깨달았다. 사진사가 우리 동기들 사진을 찍기 직전 여자아이 하나가 그에게 "주름은 빼고 찍는 거 잊지 마세요" 하고 말하는 것을 듣는 순간, 적절한 타이밍에 멋지게 터져나온 그 재치 있는 말에 다른 모든 아이들과 함께 웃음을 터뜨리는 순간, 나는 문명 세계의 가장 오래된 수수께끼인 '운명'—이것은 1학년 '그리스 로마 신화' 시간의 첫 작문 주제이기도 했는데, 그때 나는 "운명은 세 여신으로, 그 이름은 모이라이다. 그 셋은 실을 잣는 클로토, 실의 길이를 결정하는 라케시스, 생명의 실을 자르는 아트로포스다"라고 썼다—을 완벽하게 이해할 수 있었다. 반면, 수수께끼라고 할 수도 없는 것들, 예를 들어 사진을 찍을 때 내가 뒤쪽 세번째 줄에 서서 한쪽 팔은 마셜 골드스타인("자 39, 37. 손 8, 6")의 어깨 위에, 다른 팔은 스탠리 워니코프("자 39, 38. 손 5, 2, 8개월")의 어깨에 올려놓고 있었다든가 하는 것이 외려 불가해한 일이 되어버렸다.

풀백이었던 밀턴 와서버거의 손자로, NYU 영화학과에 다니는 조던 와서라는 이름의 어린 학생이 자기 수업에 쓰기 위해 우리 동창회 다큐멘터리를 만들겠다며 밀트와 함께 왔다. 나도 나 나름의 구식 방법으로 이 행사를 기록하려고 방을 돌아다니고 있었는데, 이따금 조던이 카메라를 들고 누군가를 인터뷰하는 소리가 들리곤 했다. "다른 학교하고는 달랐죠." 예순세 살의 메릴린 코플릭이 말하고 있었다. "아이들은 훌륭했고 선생님들도 좋았어요. 우리가 저지를 수 있는 최악의 범죄라고는 껌을 씹는 것뿐이었어요……" 예순세 살의 조지 커센바움이 말했다. "그 지역에서 최고의 학교였지. 최고의 선생들, 최고의 아이들이었어." 예순세 살의 리언 거트먼이 말했다. "마음과 마음이 통했어. 이 사람들은 내가 함께 해본 가장 똑똑한 사람들이야……" "그때는 학교란 게 지금하고 달랐어요." 예순세 살의 로나 시글러가 그렇게 말하고 나서, 다음 질문에 웃음—별로 기쁨이 느껴지지 않는 웃음—을 터뜨리며 대답했다. "1950년? 그냥 이태 전 같은 느낌이라네, 조던."

"나는 늘 사람들한테 말해." 누군가가 나에게 말하고 있었다. "사람들이 너하고 함께 학교를 다녔느냐고 물으면, 네가 월러크 선생 수업

에서 나 대신 그 글을 쓴 이야기를 해준단 말이야.『붉은 무공훈장』에
관한 글 말이야." "하지만 난 안 썼는데." "네가 썼어." "내가『붉은 무
공훈장』에 관해 뭘 알았겠어? 그 책은 대학 가서야 읽었는데." "아냐.
넌 나 대신『붉은 무공훈장』에 관해서 글을 써줬어. 나는 그걸로 A⁺를
받았고. 마감 시한을 일주일 넘겨 제출했는데도 월러크 선생은 나한테
이랬어. '기다릴 가치가 있더군.'"

　나한테 이런 이야기를 하는 사람은 작은 몸집에 뚱해 보이는 남자였
는데, 하얀 턱수염이 짧게 돋아 있었고, 한쪽 눈 밑에 심한 흉터가 있
었고, 양쪽 귀에 보청기를 끼고 있었다. 그날 오후에 내가 본 아이들
가운데 시간이 자기 할 일을 다 하고 나서 추가로 조금 더 손을 봐놓은
몇 명 가운데 하나였다. 시간이 그에게는 초과근무를 했던 것이다. 그
는 절뚝거리며 걸었고, 지팡이에 기댄 채 이야기를 했다. 호흡은 가빴
다. 나는 그를 알아보지 못했다. 15센티미터 떨어져서 똑바로 보았을
때도, 심지어 아이라 포스너라고 적힌 이름표를 보았을 때도 그를 알
아보지 못했다. 아이라 포스너가 누구야? 내가 왜 이애한테 그런 호의
를 베푼 거지? 베풀 능력도 없는 상황에서? 내가 그 책을 읽지도 않고
아이라 대신 글을 써주었다는 건가? "너희 아버지는 나한테 큰 의미
가 있는 분이었어." 아이라가 말했다. "그래?" 내가 물었다. "비록 너
희 아버지와 보낸 시간이 길지는 않았지만, 그때 난 우리 아버지와 보
낸 평생의 어느 순간보다 훨씬 더 사람대접을 받는 느낌이었어." "그
건 몰랐는데." "우리 아버지는 내 인생에서 완전히 주변으로 밀려난
사람이었어." "뭘 하셨지? 기억이 잘 안 나네." "바닥 청소를 해서 먹
고사셨지. 평생 바닥을 청소했어. 너희 아버지는 늘 네가 최고 성적을

받아 오게 밀어붙이셨지. 하지만 우리 아버지는 나한테 내 사업을 시작하도록 도와주겠다면서 구두닦이 장비를 사주더라고. 신문가판대 옆에서 구두를 닦아주고 이십오 센트씩 받으라고 말이야. 졸업 기념으로 그걸 사준 거야. 씨발, 멍청하기 짝이 없지. 나는 그 집안에서 정말 고생을 했어. 정말 미개한 집안이었지. 그 사람들하고 암흑의 집에서 산 거야. 아버지한테 구박을 받다보면, 네이선, 결국 당장이라도 폭발할 것 같은 상태가 되어버려. 나한테는 형이 있었는데 정신병원에 집어넣어야 했어. 그건 너도 몰랐을 거야. 아무도 몰랐으니까. 우리는 형이름도 말하면 안 됐거든. 이름이 에디였어. 나보다 네 살 위였지. 길길이 날뛰면서 피가 날 때까지 손을 물어뜯곤 했어. 부모가 진정시키지 않으면 코요테처럼 비명을 질러댔지. 학교에서 형제나 자매가 있느냐고 물으면 난 '없음'이라고 써냈어. 내가 대학에 다닐 때 우리 부모는 정신병원에서 준 어떤 허가서에 서명을 했고, 형은 뇌전두엽 절제술을 받았어. 결국 혼수상태에 빠져 죽었지. 상상이 돼? 나더러 마켓 스트리트의 법원 바깥에서 구두를 닦으라고 하다니. 그게 아버지가 아들한테 하는 조언이라니." "그래서 대신 뭘 했어?" "나는 정신과의사야. 바로 너희 아버지한테 감화를 받았지. 너희 아버지도 의사였잖아." "그렇다고 할 수는 없지. 하얀 가운을 입고 있기는 했지만, 그냥 손발치료사였어." "내가 친구들하고 너희 집에 갈 때마다 너희 어머니는 늘 과일을 내오셨고, 너희 아버지는 늘 나한테 물어보셨지. '이 문제에 관한 네 생각은 어떠냐, 아이라? 저 문제에 관한 네 생각은 어떠냐, 아이라?' 복숭아. 자두. 승도복숭아. 포도. 나는 우리집에서는 사과도 구경한 적이 없어. 우리 어머니는 지금 아흔일곱이야. 양로원에 모셔놓았어. 어머니는 거기서 의자에 앉아 하루종일 울지만, 솔직히 내가 어렸을 때보다 더 우울할 거라고는 생각하지 않아. 너희 아버지는 돌아가셨겠지?" "응. 너희 아버지는?" "누가 쫓아오기라도 하듯 서둘러 가셨지. 뇌가 심하게 망가졌어." 하지만 여전히 나는 아이라가 누구인지, 지금 무슨 이야기를 하고 있는 건지 도무지 알 수가 없었다. 그 모든 일이 일어났다고 하는 날을 아무리 열심히 기억해보려 해도, 너무나 많은 것들이 기억 너머에 있었기 때문에 그런 일들은 나에게는 일어나지 않은 것이나 다름없었다. 아이라 포스너 몇 명이 와서 내 앞에서 무슨 말을 한다 해도 소용없었다. 내가 아는 한, 아이라가 우리집에 와서 우리 아버지에게 감화를 받았을 때 나는 아직 태어나지 않은 사람이나 다름없었다. 아이라가 우리집에서 과일을 먹으며 아버지한테서 그의 생각을 묻는 질문을 들은 일을 희미하게나마 기억할 힘도 바닥난 상태였다. 그 일은 그다지 중요하지 않기 때문에 우리에게서 뜯겨나와 망각으로 밀려들어간 많은 것들 가운데 하나였다. 그럼에도 내가 놓쳐버린 그것이 아이라에게는 완전히 뿌리를 내려 그의 삶을 바꿔놓은 것이다.

따라서 아이라와 나만 보더라도 우리가 왜 일반적으로 우리를 제외한 모두가 틀렸다는 느낌을 갖고 살아가는지 알 수 있을 것이다. 우리가 뭔가를 잊는 것은 단지 그것이 중요하지 않아서가 아니라 너무 중요해서일 수도 있다. 또 우리는 각자 미로처럼 구불구불한 패턴, 지문처럼 확연하게 사람마다 다른 패턴에 따라 어떤 일을 기억하거나 잊는다. 그렇기 때문에 어떤 사람이 전기傳記에 들어갈 만한 사건으로 소중하게 여기는 현실의 조각이 다른 누군가에게는, 예를 들어 같은 식탁에서 식사를 만 번쯤 함께한 사람에게는 제멋대로 병적인 과장에 빠져 주절거린 이야기로 보일 수도 있는 것이다. 하지만 그렇다고 해서 다른 사람이 경험을 받아들이는 방식에 항의하려고 오십 달러씩이나 내고 고등학교 졸업 45주년 동창회에 참석하는 사람은 없을 것이다. 정말 중요한 것, 그날 오후에 가장 즐거웠던 일은 그저 나 자신이 아직은 '추모' 페이지에 들어가지 않았다는 사실이다.

"아버지는 언제 돌아가셨어?" 아이라가 나에게 물었다. "1969년. 이십육 년 됐네. 오래됐지." 내가 대답했다. "누구한테? 너희 아버지한테? 내 생각은 달라. 죽은 사람들한테 그건 물통의 물 한 방울일 뿐이야." 아이라가 말했다. 바로 그때 뒤에서 멘디 걸릭이 누군가에게 말하는 소리가 들렸다. "너는 누굴 갖고 딸딸이 쳤냐?" "로레인." 멘디의 상대가 대답했다. "그래. 다들 그랬지. 나도 그랬어. 누군들 안 그랬겠냐?" 멘디가 말했다. "다이앤." "맞아. 다이앤. 당연하지. 또 누가 있었지?" "셀마." "셀마? 그건 몰랐는데. 뜻밖인걸. 아냐, 나는 셀마하고는 하고 싶어한 적 없어. 키가 너무 작아. 나는 늘 고적대 지휘하는 애들이 좋았어. 걔네들이 방과후에 운동장에서 연습하는 걸 구경하다 집에 가서 딸딸이를 쳤지. 팬케이크 화장. 코코아 색깔의 팬케이크 화장 말이야. 다리에다가. 그걸 보면 나는 미칠 것 같았어. 그런데 너 눈치챘냐? 남자애들은 전체적으로 별로 나빠 보이지 않아. 대부분 운동을하니까. 그런데 여자애들은, 있잖아…… 야, 45주년 동창회는 예쁜 엉덩이를 찾으러 올 만한 데는 못 되는 것 같은데." "맞아, 맞아." 상대가대꾸했다. 그러나 그는 목소리가 작았고, 이 행사에서 멘디처럼 노스탤지어에 젖어 방종한 언행을 할 기분은 아닌 것 같았다. 그가 말을 이었다. "시간이 여자들한테는 친절하지 않았네." "너 누가 죽었는지 알아? 버트하고 어티가 죽었어." 멘디가 말했다. "전립선암이야. 그게 척추로 간 거야. 퍼진 거지. 걔들을 잡아먹은 거야. 둘 다. 그래도 난 검사를 받으니 다행이야. 너 검사 받냐?" "무슨 검사?" 상대가 물었다. "젠장, 너 검사 안 받는구나?" 그러더니 멘디가 나를 아이라에게서 채가며 말을 이었다. "스킵, 마이스너가 검사를 안 받는다는데."

이제 마이스너는 마이스너 씨, 그러니까 그의 아버지인 에이브 마이스너와 똑같아 보였다. 작은 키에 피부는 가무잡잡하고 구부정한 어깨에 몸은 무거워 보이던 마이스너 씨. 그는 마이스너 클리너스—"다섯 시간 완성 세탁 서비스"—의 소유주였고, 가게는 챈슬러 애비뉴의 구두 수리점—랠프가 스프링이 달린 반쪽짜리 문 뒤에서 늘 이탈리아 라디오 방송을 틀어놓고 뒷굽을 고치던 곳이었다—과 롤린 미용실 사이에 자리잡고 있었다. 한번은 어머니가 그 미용실에서 〈실버 스크린〉을 집에 들고 온 적이 있었는데, 나는 그 잡지에서 '조지 래프트는 외로운 남자다'라는 제목의 기사를 읽고 깜짝 놀랐다. 마이스너 부인은 그녀의 남편처럼 키가 작고 절대 무너지지 않을 사람이었다. 남편과 함께 가게에서 일했고, 어느 해에는 우리 어머니와 함께 챈슬러 애비뉴에 있는 부스에서 전쟁채권과 인지를 팔기도 했다. 그들의 아들 앨런은 유치원부터 시작해 계속 나와 함께 학교를 다녔고, 초등학교에서는 나와 똑같이 월반을 했다. 국경일 집회에서 연극이 필요할 때마다 선생님은 앨런 마이스너와 나를 한 교실에 처박아놓고, 마치 우리가 조지 S. 코프먼과 모스 하트*라도 되는 것처럼 뭔가를 써내라고 명령했다. 전쟁 직후 무슨 기적이 일어났는지 마이스너 씨는 두 시즌 동안 양

키스의 트리플 A 팀인 뉴어크 베어스의 드라이클리닝을 맡게 되었고, 어느 여름날—정말 멋진 날이었다—나는 앨런이 버스를 세 번 갈아타며 저 아래 윌슨 애비뉴의 루퍼트 스타디움 클럽하우스까지 막 세탁한 베어스 유니폼을 배달하는 일을 돕기도 했다.

"앨런. 맙소사." 내가 말했다. "너 완전히 너네 노인네하고 똑같다."

"당연하지. 그럼 내가 누구네 노인네하고 똑같겠어?" 앨런은 그렇게 대꾸하며 두 손으로 내 얼굴을 잡고 입을 맞추었다. "앨." 멘디가 말했다. "스키피한테 스크리머가 자기 마누라한테 했다는 얘기 좀 해줘. 스크리머가 새 마누라를 얻었대, 스킵. 키가 180이래. 삼 년 전에 그 친구가 정신과의사한테 갔다는 거야. 우울증에 걸려서 말이야. 정신과의사가 스크리머한테 이러더래. '내가 부인 몸을 상상해보라고 하면 무슨 생각이 들죠?' '내 목을 칼로 그어야 한다는 생각이 듭니다.' 스크림이 그렇게 대답했다는 거야. 결국 스크림은 이혼을 하고 식사** 비서하고 결혼을 했어. 키 180짜리하고. 나이는 서른다섯. 다리가 천장에 닿을 만큼 길대. 앨, 앨, 스킵한테 그 마누라, 그 랑거 록슈***가 한 말 좀 이야기해줘." "마누라가 스크림한테 이랬대." 앨런이 말을 받았다. 우리는 서로의 빈약해진 이두박근을 움켜쥐고 싱글거리고 있었다. "'왜 당신 친구들은 죄다 머티, 어티, 더티, 터티예요? 이름이 찰스인데 왜 터티라고 부르는 거예요?' '당신을 데려오지 말았어야 했는데.' 스크림이 자기 마누라한테 그러더라고. '당연히 데려오지 말았어야 했는데. 여

---

* 두 사람 모두 미국의 극작가.
** shiksa. 유대인이 아닌 여자.
*** 키가 크고 마른 사람이라는 뜻의 이디시어.

보, 그건 설명할 수 없어. 아무도 못해. 그건 설명이 불가능한 거야. 그냥 그런 거야.'"

앨런은 지금 뭐가 되었을까? 세탁소 주인의 손에 자라, 방과후에는 세탁소 일을 돕고, 그 자신도 세탁소 주인을 완전히 닮은 사람이 되었지만, 그는 지금 패서디나의 상급법원 판사였다. 그의 아버지의 손바닥만한 세탁소에는 다림질 기계 위쪽 벽에 프랭클린 루스벨트의 윤전 그라비어 사진이 액자에 담겨 걸려 있었고, 그 옆에는 마이어 엘렌스타인 시장의 서명이 적힌 사진이 있었다. 앨런이 대통령 선출을 위한 공화당 전당대회의 대의원단에 두 번 들어갔다는 말을 듣고 나는 그 사진들을 떠올렸다.* 멘디는 앨런에게 로즈볼 티켓을 구해줄 수 있느냐고 물었다. 나는 로빈슨이 뛰기 시작한 해**에 앨런 마이스너와 함께 다저스의 일요일 더블헤더를 보러 브루클린까지 가곤 했다. 우리는 오전 여덟시에 우리 동네 모퉁이에서 버스를 타고 출발하여 시내의 펜 역까지 간 다음, 거기서 지하철로 갈아타고 뉴욕으로 갔고, 뉴욕에서 브루클린으로 가는 지하철을 탔다. 그렇게 해서 에베츠 필드에 도착하면 배팅 연습이 시작되기 전에 도시락 가방에서 샌드위치를 꺼내 먹었다. 앨런 마이스너는 일단 시합이 시작되면 전혀 목소리를 줄이지 않고 더블헤더의 경기 상황을 자세하게 입으로 실황 중계해서 우리 주위에 있는 모든 사람을 미치게 했다. 바로 이 앨런 마이스너가 멘디의 부탁을 듣자 재킷에서 수첩을 꺼내 조심스럽게 메모를 했다. 나는 그의 어깨

* 루스벨트와 엘렌스타인은 민주당원이다.
** 최초의 메이저리그 흑인 선수 재키 로빈슨은 다저스 소속으로 1947년부터 경기에 참가했다.

너머로 뭐라고 적는지 보았다. "R.B. 티켓 멘디 G."

의미가 없는가? 대단한 구경거리가 못 되는가? 별로 대단할 것 없는 일이 벌어지고 있는가? 글쎄, 이것을 어떻게 보느냐는 당신이 어디에서 자랐고, 당신에게 그동안 삶이 어떻게 펼쳐졌느냐에 달려 있을 것이다. 앨런 마이스너가 밑바닥에서부터 출세를 했다고 말할 수는 없을 것이다. 그러나 그를 에베츠 필드에 앉아 주위 사람을 신경쓰지 않고 쉴새없이 요란하게 떠들어대던 자그마한 시골뜨기로만 기억하고 있었다면, 어느 겨울 오후 늦게 모자도 안 쓰고 두꺼운 더블 모직 재킷을 입은 채 동네를 돌아다니며 세탁물을 배달하던 소년으로만 기억하고 있었다면, 그가 '장미의 시합'* 표를 마음대로 구할 수 있는 사람이 될 운명이라고는 상상도 하지 못했을 것이다.

누구도 한자리에 오래 앉아 먹을 수가 없었기 때문에 오후 내내 먹게 된 치킨 점심식사가 스트루들 과자와 커피로 마침내 끝이 난 뒤에야, 메이플 출신 애들이 무대로 올라가 메이플 애비뉴 스쿨 교가를 부른 뒤에야, 동기들이 한 명씩 마이크를 잡고 "멋진 인생이었어"라거나 "너희들 모두가 자랑스러워" 같은 말을 한 뒤에야, 사람들이 서로 어깨를 두드리거나 서로의 품에 안기는 일이 거의 다 끝난 뒤에야, 동창회 위원회 열 명이 손을 잡고 댄스플로어에 서고 원맨밴드가 밥 호프의 주제가 ⟨Thanks for the Memory⟩를 연주하는 가운데 우리가 그들의 노력에 감사의 박수갈채를 보낸 뒤에야, 우리 아버지한테 폰티악을 판 아버지, 우리가 아들을 불러내려 집으로 갈 때마다 커다란 시

---

* 앞에 나온 로즈볼은 로스앤젤레스 교외의 패서디나에 있는 스타디움이며, 그곳에서 1월 1일에 벌어지는 대학 풋볼 경기를 '장미의 시합'이라고 부른다.

가를 한 대씩 주던 아버지를 둔 마빈 리브가 나에게 이혼수당과 관련된 비참한 이야기를 한—"나는 사람들이 오줌 누기 전에 생각하는 것만큼도 생각하지 않고 결혼을 두 번이나 했어"—뒤에야, 착한 애들 중에서도 늘 가장 착한 아이였고 지금은 장기이식수술을 받은 뒤 장기적 생존에 필수적인 시클로스포린을 맞느라 몸이 떨려 어쩔 수 없이 검안일을 그만두게 된 줄리어스 핀커스가 애처로운 목소리로 새 신장을 얻게 된 경위를 이야기한—"열네 살짜리 조그만 여자아이가 지난 10월에 뇌출혈로 죽지 않았다면, 나는 지금 죽은 몸일 거야"—뒤에야, 스크리머의 키가 크고 젊은 부인이 나한테 "이 동창들 가운데 유일한 작가시니까 나한테 설명해주실 수도 있겠네요. 왜 다들 어티, 더티, 머티, 터티라고 부르는 거예요?" 하고 물은 뒤에야, 또 한 명의 데어데블스인 셸리 민스코프가 "네가 마이크를 잡고 한 말이 사실이야? 자식이나 그 비슷한 게 하나도 없다는 게?" 하고 물었을 때 내가 고개를 끄덕여 그에게 충격을 준 뒤에야, 셸리가 내 손을 잡으며 "불쌍한 스킵" 하고 말한 뒤에야, 그제야 나는 늦게 도착한 제리 레보브가 우리 사이에 있다는 것을 알게 되었다.

3

나는 그를 찾아볼 생각도 하지 않았다. 스위드한테 들어서 제리가 플로리다에 살고 있다는 것을 알고 있었기 때문이다. 하지만 그것보다도 제리는 원래 아주 고립된 아이였고 그 자신의 난해한 관심사 외에는 어떤 것에도 관여하지 않았기 때문에, 옛날과 마찬가지로 지금도 동기들이 지혜랍시고 떠벌리는 것을 참고 들어주겠다는 생각을 할 것 같지가 않았기 때문이다. 그러나 셸리 민스코프가 나에게 작별 인사를 하고 나서 불과 몇 분 뒤에 제리가 퉁퉁 뛰어왔다. 몸집이 커다란 제리는 나처럼 파란색 더블 블레이저를 입었는데 가슴이 커다란 새장 같았고, 정수리를 가로지르며 밧줄처럼 드리운 하얀 머리카락 몇 가닥을 빼면 완전한 대머리였다. 그의 몸은 정말이지 이상한 형태를 이루고 있었다. 흐느적거리는 앙상한 소년의 반죽 미는 밀대 같은 가슴 대신 당당한 상체가 자리를 잡고 있었지만, 그 기관차 같은 상체는 학교에서 가장 우스꽝스러운 걸음걸이라는 평판을 얻게 해준 다리, 예전과 다름없는 그 사다리 같은 다리 위에 불안하게 놓여 있었다. 무게나 모양 면에서 만화〈뽀빠이〉에 나오는 올리브의 다리와 거의 같았다. 나는 그 얼굴을 바로 알아보았다. 제리가 내 얼굴을 향해 적대감을 집중적으로 쏟아내던 그 수많은 오후의 기억 덕분이었다. 그때 제리의 얼굴은 호전성과 살의로 벌게진 채 탁구대 위에서 거칠게 흔들리곤 했다. 그래, 그 얼굴의 핵심을 나는 결코 잊을 수 없었다. 팔다리가 긴 제리의 울퉁불퉁한 작은 얼굴. 상대를 몰아내고 상대의 집을 차지할 때까지는 절대 가만 놔두지 않고 괴롭히겠다는 떠돌이 짐승의 결의에 찬 얼굴. "타협 이야기는 하지도 마! 나는 타협이란 건 몰라!" 하고 선언하는 흰족제비의 얼굴. 이제 그 얼굴에는 평생에 걸쳐 상대방의 목을 향해 공을 후려갈겨온 고집스러움이 자리잡고 있었다. 나는 그 얼굴을 보며 제리가 그의 형과는 다른 방법으로 사람들에게 자신을 중요한 존재로 만들었을 것이라고 상상했다.

"너를 여기서 만날 거라고는 생각 못했는데." 제리가 말했다.

"나야말로 너를 만날 거라고는 생각 못했어."

"이게 너한테는 너무 좁은 무대일 거라고 생각했어." 제리가 말하며 웃음을 터뜨렸다. "너는 감상적인 건 역겹다고 생각할 거라고 확신했지."

"나는 네가 그럴 거라고 생각했는데."

"너는 인생에서 모든 불필요한 감정을 추방해버린 사람이잖아. 다시 고향으로 돌아가고자 하는 고집스러운 갈망 같은 건 없잖아. 비본질적인 것은 견디지도 못하고. 불가결한 것만 좋아하잖아. 사실 사람들이 이런 데 앉아서 '과거'라고 부르는 건 과거의 조각의 조각도 아니잖아. 뇌관을 제거한 과거지. 사실 아무것도 돌이킬 수 없어, 아무것도. 노스 탤지어일 뿐이야. 헛지랄이라고."

내가 어떤 사람이고, 세상만사가 어떤 것인지 말해주는 이 몇 문장은, 제리가 아내를 넷이 아니라 여덟, 열, 열여섯 명을 두었다 해도 그 이유를 충분히 설명해줄 것 같았다. 동창회에서는 다들 자기도취가 강하지만, 이 경우는 완전히 다른 규모의 분출이었다. 제리의 몸은 비쩍 마른 아이와 커다란 어른으로 나뉘어 있을지 몰라도, 성격은 그렇지 않았다. 그는 하나의 성격으로 통일되어 있는 커다란 존재, 남이 자기 말을 들어주는 데 익숙해져 있는 차가운 존재였다. 이 얼마나 대단한 진화인가. 괴짜 소년이 스스로에게 냉엄한 확신을 가진 어른으로 다듬어지다니. 원래 타고난 버거운 충동들이 엄청난 지성이나 고집과 어색하게나마 조화를 이루게 된 것 같았다. 그 결과물이 남이 시키는 일을 하는 건 꿈도 꾸지 않으면서 모든 걸 좌지우지할 뿐 아니라, 어김없이 모든 것을 완전히 휘저어놓고야 말 이 사람이었다. 만일 제리의 머릿속에 어떤 생각이 있으면, 그것이 아무리 있을 법하지 않은 생각이라도, 그것 때문에 뭔가 큰일이 벌어질 것 같았다. 그런 느낌이 어렸을 때보다 오히려 강해졌다. 나는 어린 시절에 내가 왜 그에게 혹했는지 알 수 있었다. 내가 그에게 매혹된 것은 단지 그가 스위드의 동생이기 때문만이 아니었다. 스위드의 동생이 그렇게 명백하게 기묘하다는 점, 그의 남성성이 모교의 약자를 가슴에 달고 다니는 운동선수의 남성성과 비교할 때 매우 불완전하게 사회화되었다는 점 때문이기도 했음을 나는 처음으로 깨달았다.

"도대체 왜 온 거야?" 제리가 물었다.

지난해에 겪은 암에 대한 공포, 그에 이은 전립선수술이 비뇨생식기에 미친 영향에 관해 직접적으로는 이야기하지 않았다. 아니, 다음과 같은 말로 필요한 이야기는 다 했다고 할 수 있다. 꼭 나 자신만의 이야기는 아니었을 테지만. "예순둘이라서. 눈앞에 보이는 모든 형태의 말도 안 되는 노스탤지어 가운데 그래도 이게 그나마 마음을 흔드는 놀라움을 안겨줄 가능성이 조금이라도 있는 거라고 생각했지."

제리는 그 말이 마음에 드는 모양이었다. "마음을 흔드는 놀라움을 좋아하는군."

"그런 셈이지. 너는 왜 왔어?"

"마침 여기 와 있었어. 주말에 여기 올라와야 했거든. 그래서 왔지." 제리는 미소를 지으며 말했다. "여기 얘들은 우리의 작가가 그렇게 말수가 적을 거라고는 예상도 못했을걸. 아마 그런 엄청난 겸손은 예상하지 못했을 거야." 나는 앞서 식사가 끝날 무렵 사회자(어윈 러빈, 자 43, 41, 38, 31. 손 9, 8, 3, 1, 6주)가 나를 마이크 앞에 불러세웠을 때 나 나름으로 이 행사의 분위기를 파악했기 때문에 이렇게만 말했다. "네이선 주커먼입니다. 4B반 부반장이었고, 댄스파티 위원회의 위원이었습니다. 자식이나 손자는 없습니다만, 십 년 전에 오중바이패스수술을 했고, 그걸 자랑스럽게 생각합니다. 감사합니다." 그것이 내가 아이들에게 이야기한 나의 이력이었으며, 의학적이든 어떻든 그들의 요구에 최대한 부응한 것이었다. 약간의 재미도 줄 수 있을 만큼. 그 말을 한 뒤 나는 자리에 앉았다.

"너는 뭘 기대했는데?" 내가 제리에게 물었다.

"그거. 바로 그거. 허세를 부리지 않는 거. '위퀘이크의 에브리맨'*. 달리 뭐가 있겠어? 늘 사람들 예상과는 반대로 행동하라. 너는 어릴 때부터 그랬어. 언제나 네 자유를 보장받을 수 있는 실용적인 방법을 찾아냈지."

"그 말은 나보다 너한테 더 잘 맞는 것 같은데, 제르."

"아냐, 아냐. 나는 비실용적인 방법을 찾았지. 성급함을 의인화한 인물, '리틀 서 핫헤드'**가 나였지. 내 마음대로 안 되면 그냥 정신을 놓고 소리를 질러댔으니까. 너야말로 상황을 크고 넓게 보는 애였어. 가장 이론적인 아이였지. 그때부터 너는 모든 걸 네 생각과 연결시켜야만 직성이 풀렸어. 상황을 재보고 결론을 끌어냈지. 늘 자기 자신을 예리하게 감시했고. 제정신이 아닌 면은 모두 안에 가둬두었지. 분별력 있는 아이였어. 그래, 나랑은 완전히 달랐어."

"뭐 우리 둘 다 자기 말이 맞다는 걸 보여주려고 많은 걸 거는 아이였지."

"그래, 틀린다는 건 나한테는 견딜 수 없는 일이었어. 절대 견딜 수 없는 일이었지."

"그런데 지금은 좀 편해졌어?"

"걱정할 필요가 없어. 수술실이란 데가 절대 틀릴 수 없는 사람을 만들어주거든. 글쓰는 거하고 비슷해."

---

* 위퀘이크의 보통 사람이라는 뜻. 로스는 2006년에 『에브리맨』이라는 제목의 소설을 발표한다.

** 성질 급한 사람을 뜻하는 별명.

"글을 쓰면 늘 틀리는 사람이 돼. 언젠가는 옳게 바로잡을 수도 있다는 환상 때문에 계속 버티고 고집스럽게 나아가는 거지 뭐. 달리 뭐가 있겠어? 그래도 병적인 현상치고는 인생을 완전히 박살내지는 않잖아."

"네 인생은 어때? 어디 살아? 어디더라, 어떤 책 뒤표지였던가, 네가 영국에서 어떤 귀족하고 산다는 얘길 본 거 같은데."

"지금은 뉴잉글랜드에 살아. 귀족은 없고."

"그럼 귀족 대신 누구야?"

"대신은 없어."

"그럴 리가. 함께 저녁을 먹을 사람을 만들기 위해 뭘 하고 있어?"

"그냥 안 먹고 말지."

"당분간은 그렇겠지. '바이패스수술이 준 지혜'야. 하지만 내 경험으로 보면 개인적인 철학의 유효기간은 한두 주던데. 모든 게 변해."

"봐, 내 인생은 이렇게 됐어. 거의 아무도 안 만나. 나는 매사추세츠 서쪽에 있는 산악 지대의 아주 작은 집에 사는데, 잡화점 주인하고 우체국에서 일하는 여자하고 이야기를 나누지. 여자 우체국장 말이야. 그게 다야."

"거기 이름이 뭔데?"

"말해줘도 모를걸. 숲속에 있는 곳이야. 애시너라고 부르는 대학촌에서 한 15킬로미터 더 들어간 데지. 막 글을 쓰기 시작했을 때 거기에서 유명한 작가를 만난 적이 있어. 지금이야 사람들이 그 작가 이야기를 별로 안 하지만. 선善을 바라보는 관점이 요즘 독자들이 받아들이기에는 너무 편협하니까. 하지만 당시에는 존경받던 작가야. 은자처럼 살았지. 젊은 사람한테는 은둔이 끔찍할 정도로 가혹하게 여겨지잖아.

하지만 그 작가는 그게 자기 문제를 해결해준다고 주장하더군. 지금 그게 내 문제를 해결해줘."

"무슨 문제?"

"어떤 문제들은 내 인생에서 뽑혀나갔어. 그게 문제지. 가게에 가면 레드삭스 이야기를 하고, 우체국에 가면 날씨 이야기를 해. 그게 다야. 그게 내 사회적 담론이지. 우리에게 어떤 날씨가 과분하냐 아니냐. 우편물을 가지러 갔는데 바깥에 날씨가 화창하면 그 여자 우체국장이 이래. '우리한테 이런 날씨는 과분하죠.' 지당한 말씀이지."

"그럼 보지는?"

"끝났어. 저녁 없이 살고, 보지 없이 살아."

"도대체 뭐야, 소크라테스야? 믿을 수가 없네. 오로지 작가로구먼. 일편단심 작가야. 그 이상은 없어."

"그동안 쭉 그 이상이 없었다면 소모도 많이 덜 수 있었을 텐데. 어쨌든 똥덩어리를 막아내기 위해 나는 그럴 수밖에 없었어."

"그 '똥덩어리'란 게 뭐야?"

"우리가 서로에 대해 갖고 있는 그림이지. 켜켜이 쌓인 오해들. 또 우리가 우리 자신에 대해 갖고 있는 그림. 쓸모없어. 주제넘고. 완전히 엉망이고. 그래도 우리는 계속 앞으로 나아가 그 그림들을 기준으로 사는 거야. '이게 저 여자다, 이게 저 남자다, 이게 나다. 이게 그 일이다, 이게 그 일이 일어난 이유다……' 그만하자. 너 내가 두 달 전에 누굴 만났는지 알아? 너희 형을 만났어. 얘기하던?"

"아니, 안 하던데."

"나한테 편지를 보내 뉴욕에서 식사를 하자고 초대했어. 훌륭한 편지였지. 갑자기 보낸 거였지만. 그래서 너희 형을 만나려고 차를 몰고 갔어. 너희 노인네를 기리는 글을 쓰고 있다던데. 편지에 내 도움을 받고 싶다고 썼어. 네 형이 무슨 생각을 하는지 궁금했지. 나한테 편지를 보내 뭘 쓰고 싶다고 알린 것에 호기심이 생겼어. 너한테야 그냥 형이지만, 나한테는 여전히 '스위드'거든. 그런 사람은 평생 마음에 지니고 살게 돼. 그래서 차를 몰고 갈 수밖에 없었어. 그런데 막상 식사를 할 때는 그 글 이야기는 안 하더라고. 그냥 의례적인 이야기만 했어. 빈센트라는 식당에서. 그걸로 끝이었어. 네 형은 예전처럼 멋있어 보이던데."

"죽었어."

"네 형이 죽었다고?"

"수요일에 죽었어. 이틀 전에 장례식을 했어. 금요일에. 그래서 내가 저지에 온 거야. 형이 죽는 걸 지켜봤지."

"뭘로? 어떻게?"

"암."

"하지만 전립선수술을 했다고 하던데. 그걸 들어냈다고 했어."

제리가 짜증난다는 표정으로 말했다. "너한테 달리 무슨 말을 했겠어?"

"좀 여위었던데. 그게 다였어."

"그게 다가 아니었어."

그래, 스위드마저도. 데어데블스에게 파고들어 몇 명의 목숨을 앗아감으로써 멘디 걸릭을 깜짝 놀라게 한 것. 일 년 전에 나를 제리의 말대로 '오로지 작가'로 만드는 바람에 나마저도 놀라게 한 것. 나를 고립시킨 다른 모든 상실 뒤에, 모든 것이 사라지고 모든 사람이 사라진 뒤에 나를 또 찢어발긴 것, 그래서 나를 쇠약해지는 힘으로 이제 단 하나의 흔들림 없는 목표에만 매달리는 사람, 좋든 싫든 문장 외의 다른 어느 곳에서도 위로를 구하지 않게 된 사람으로 만들어버린 것, 그것이 전시 위퀘이크 구역의 불가침의 영웅, 우리 동네의 부적, 전설적인 스위드마저 데려가는 가장 놀라운 일을 해내고 만 것이다.

"나를 만났을 때 자기가 안 좋은 상태라는 걸 알고 있었던 건가?" 내가 물었다.

"희망은 버리지 않았겠지만, 물론 알고 있었지. 전이가 되었으니까. 몸 전체에."

"그 이야기를 들으니 마음이 안 좋네."

"형의 50주년 동창회가 다음달이야. 화요일에 형이 병원에서 뭐라고 했는지 알아? 죽기 전날 나하고 자기 자식들한테 뭐라고 했는지 아느냐고. 거의 알아들을 수 없는 소리만 했지만, 이 말은 두 번이나 했기 때문에 우리도 무슨 말인지 알아들었지. '50주년에 갈 거야.' 자기 동기들이 모두 이렇게 묻는 걸 들었던 거야. '스위드도 온대?' 형은 그 사람들을 실망시키고 싶지 않았던 거지. 형은 아주 초연했어. 아주 착하고, 단순하고, 초연한 사람이었지. 유머가 있는 사람은 아니었어. 정열적인 사람도 아니었고. 그냥 사랑하기 좋은 사람이었지. 진짜 미치광이들한테 좆같이 이용당할 운명이었던 거야. 어떤 면에서는 철저하게 진부하고 관습적이라고 생각할 수도 있어. 부정적 가치가 없는 상태이지 그 이상은 아니라고 말이야. 멍청하게 길러졌고, 관습에 맞게 만들어진 거라는 등등의 이야기를 할 수 있겠지. 우리 모두가 살고 싶어하는 그런 평범하고 품위 있는 인생이지만, 거기에서 끝이라고 말이야.

사회적 규범들을 갖추었지만, 거기에서 끝이라고. 자비롭지만, 거기에서 끝이라고. 하지만 형은 살아남으려고, 자신이 속한 집단이 다치지 않게 하려고 열심히 노력했어. 자기 소대를 이끌고 아무런 희생 없이 헤쳐나가려고 노력했단 말이야. 결국 형한테는 전쟁이었어. 이 사람한테는 고상한 면이 있었어. 이 사람은 살면서 몇 번 아주 견디기 힘든 체념을 해야 했지. 형은 자신이 시작하지도 않은 전쟁에 휘말려들었어. 그래서 모든 게 무너지지 않게 하려고 열심히 싸웠지. 그러다 쓰러진 거야. 진부하고 관습적이다…… 그럴 수도 있고, 아닐 수도 있지. 사람들은 그렇게 생각할 수도 있어. 하지만 나는 판단하고 싶지 않아. 형은 우리가 이 나라에서 얻을 수 있는 최고의 인간이야. 그건 분명해."

나는 제리의 이야기를 들으면서 궁금했다. 이것이 스위드가 살아 있는 동안에 나온 평가일까? 혹시 애도하는 마음으로 다시 생각하게 된 것은 없을까? 잘생긴 형, 건전하고 적응을 잘하고 조용하고 정상적이고 모두가 존경하는 사람, 동네의 영웅, 작은 레보브는 이런 사람과 끝도 없이 비교되면서 약간 대용품 같은 존재로 전락하고 있었고, 그런 상황에서 한때 형을 제리다운 더 가혹한 눈으로 보았을지도 모른다. 혹시 지금 거기에 가책을 느끼는 것일까? 이렇게 친절하게 심판을 유보하는 심판 방식은 제리에게는 새로운 것일 가능성이 높았다. 생긴 지 불과 몇 시간밖에 안 된 자비일지도 몰랐다. 사람들이 죽으면 그런 일이 흔히 벌어진다. 그들과 벌이던 말다툼은 어느새 사라지고, 숨을 쉬고 있을 때는 이따금 거의 견딜 수도 없을 만큼 큰 결함을 지녔던 사람들이 이제는 가장 매혹적인 모습으로 나타난다. 그저께까지만 해도 가장 마음에 안 들던 점이, 영구차 뒤의 리무진 안에서는 공감 어린 즐거움을 줄 뿐 아니라 찬탄을 자아내는 것이다. 둘 중 어느 평가에 더 큰 진실이 있는지는—장례식 이전에 일상생활의 작은 충돌 속에서 어떤 허튼소리도 끼어들 틈 없이 형성된 무자비한 평가인지, 아니면 장례식 뒤의 가족 모임에서 우리를 슬픔에 젖게 하는 평가인지—외부인도 판단할 수 없다. 관이 땅속에 들어가는 것을 보면 마음에 커다란 변화가 일어날 수 있다. 갑자기 우리가 죽은 사람에게 그렇게까지 실망하고 있던 것은 아님을 깨닫게 된다. 그러나 관을 본다고 해서 진실을 찾고자 하는 정신이 왜 달라지는 것인지, 그 이유는 나도 안다고 말할 수 없다.

제리가 말했다. "우리 아버지는 대책 없이 나쁜 인간이었어. 오만하고. 어디에나 안 끼는 곳이 없고. 사람들이 어떻게 아버지 밑에서 일을 했나 몰라. 센트럴 애비뉴로 이사했을 때 아버지가 이삿짐 옮기는 사람들한테 제일 먼저 옮기게 한 게 자기 책상이었대. 그 책상이 맨 처음에 놓여 있던 곳은 유리로 둘러싸인 사무실이 아니라 공장 작업장 한가운데였어. 늘 모든 사람을 감시하려는 거였지. 너는 거기 소음이 얼마나 심한지 상상도 못할 거야. 재봉틀은 계속 윙윙대고, 구멍 뚫는 기계는 계속 꽝꽝대. 기계 수백 대가 동시에 돌아가. 바로 그 한가운데에 책상과 전화와 그 위대한 인물이 있는 거야. 장갑공장 주인이면서 아버지는 늘 바닥을 직접 청소했어. 특히 가죽 자르는 기계가 있는 근처를. 잘린 조각을 보고 누가 함부로 잘라 자기한테 손해를 입히는지 판단하려는 거였지. 나는 일찌감치 씨발 나 좀 제발 건드리지 말라고 뻗댔어. 하지만 시모어는 나랑은 생겨먹은 게 달랐어. 천성이 대범하고

관대했지. 그래서 정말이지 들들 볶였어. 온갖 말도 안 되는 걸로 말이
야. 만족할 줄 모르는 아버지, 만족할 줄 모르는 마누라들, 그리고 그
작은 살인자까지. 그 괴물 딸 말이야. 괴물 메리*. 시모어는 한때는 견
고했어. 뉴어크 메이드에서 시모어는 절대적이고, 분명한 성공을 거두
었지. 많은 사람을 매혹시켜서 뉴어크 메이드를 위해 모든 걸 다 내놓
게 만들었어. 아주 솜씨 좋은 사업가였지. 장갑을 자를 줄 알았고, 일
을 맺고 끊을 줄 알았어. 세븐스 애비뉴의 패션 쪽 사람들하고도 연줄
이 닿았어. 그곳 디자이너들은 시모어한테 뭐든지 다 얘기해줬어. 그
래서 시모어가 언제나 업계에서 앞서갈 수 있었던 거야. 뉴욕에 가면
늘 백화점에 들러 경쟁사 물건을 사서 그쪽 생산품에는 뭐가 다른 게
있나 찾아봤지. 늘 가게에 들러서 가죽을 보고 장갑을 잡아당겨봤지.
우리 노인네가 가르쳐준 대로 다 해보는 거야. 판매도 거의 직접 했지.
큰 거래처는 모두 직접 거래했어. 여자 구매자들은 시모어 때문에 제
정신이 아니었어. 너도 상상할 수 있겠지. 시모어는 뉴욕에 가면 그 강
인한 유대인 여자들을 식사 자리에 데려가. 시모어를 흥하게 할 수도,
망하게 할 수도 있는 구매자들이야. 가서 술도 사주고 밥도 사주는 거
야. 그럼 그 여자들은 시모어한테 완전히 넘어가. 식사가 끝날 때쯤에
는 시모어가 그 여자들한테 아첨을 하는 게 아니라 그 여자들이 시모
어한테 아첨을 하고 있다니까. 크리스마스가 되면 그 여자들이 형한테
극장표나 스카치위스키 상자를 보내. 그 반대가 아니라. 시모어는 그
냥 자신의 모습 그대로 있으면서 이 사람들의 마음을 얻는 방법을 알

---

* Merry. Meredith의 애칭이며, 명랑하다는 뜻도 있다.

았어. 구매자가 가장 좋아하는 자선파티가 뭔지 알아내서, 월도프 아스토리아 호텔에서 열리는 연례 만찬 표를 구한 다음, 턱시도를 입고 영화배우처럼 나타나 안건이 암이든 근위축증이든 뭐든 현장에서 통 크게 기부를 하는 거야. '유대인 청원 연합' 같은 데 말이야. 그럼 뉴어크 메이드는 거래처를 얻게 돼. 시모어는 모르는 게 없었어. 다음 시즌의 색깔은 뭐가 될지, 길이가 길어질지 짧아질지. 매력적이고, 책임감 있고, 열심히 일하는 사내였지. 1960년대에는 기분 나쁜 파업이 두 번 일어나고, 긴장도 대단했어. 하지만 장갑을 바느질하는 여자들은 피켓라인에 나가 서 있다가도 시모어가 차를 세우는 것만 보면 기계 앞에 앉아 있지 않아서 미안하다고 기를 쓰고 사과했어. 조합보다도 형한테 더 충성한 거야. 모두가 시모어를 사랑했지. 시모어는 어리석은 죄책감 같은 건 영원히 피할 수 있는 완벽하게 품위 있는 사람이었어. 형은 장갑 외에는 그 어떤 것에 관해서도 조금도 알 필요가 없었어. 하지만 여생 동안 수치와 불확실성과 고통에 시달렸지. 물론 형이 자의식이 강한 어른으로서 끊임없는 의문에 시달렸다는 얘기는 아냐. 형은 그런 것과는 다른 방법으로 인생의 의미를 찾았지. 그렇다고 형이 단순하다는 건 아니야. 어떤 사람들은 평생 아주 착했다는 이유로 형이 단순하다고 생각해. 하지만 시모어는 절대 그렇게 단순하지 않았어. 단순해 보인다고 해서 절대 그렇게 단순한 게 아니야. 그래도 형한테 자신에 대한 의문이 다가오는 데는 시간이 좀 걸렸지. 만일 자신에 대한 의문이 인생에서 너무 일찍 찾아오는 것보다 나쁜 게 있다면 그건 그게 너무 늦게 찾아오는 거야. 형의 인생은 폭탄에 의해 박살나버렸어. 그 폭발의 진짜 피해자는 시모어야."

"무슨 폭탄?"

"귀여운 메리의 어여쁜 폭탄."

"'메리의 어여쁜 폭탄'이 뭔지 모르겠는데."

"메러디스 레보브. 시모어의 딸. '림록 폭파범'이 시모어의 딸이야. 우체국을 폭파시켜 의사를 죽인 고등학생 말이야. 베트남전쟁을 중단시키려고 새벽 다섯시에 편지를 부치러 나간 사람을 폭탄으로 날려버린 아이. 의사는 병원에 출근하던 길이었지. 매력적인 아이야." 제리는 경멸스럽기 짝이 없다는 말투로 마지막 말을 했음에도, 자신이 느끼는 경멸과 증오를 모두 담지는 못한 것 같았다. "잡화점의 우체국을 폭파시켜 린던 존슨에게 전쟁이 뭔지 알게 해주었지. 너무 작은 동네라 우체국이 잡화점 안에 있었어. 잡화점 뒤편의 창구 하나하고 자물쇠가 달린 채 두 줄로 놓인 상자들, 그게 그 우체국의 전부였어. 거기서 린소니, 라이프부이니, 럭스니 하는 것들을 살 때 우표도 같이 사는 거야. 예스러운 미국이지. 시모어는 예스러운 미국에 푹 빠졌어. 하지만 아이는 안 그랬지. 시모어는 아이를 현실의 시간에서 데리고 나왔는데 아이는 시모어를 그 안으로 다시 데리고 들어간 거야. 형은 자기 가족과 함께 올드림록으로 가면 혼란스러운 인간 세상에서 빠져나올 수 있을 거라고 생각했지. 하지만 그 아이가 다시 끌고 들어가버린 거야. 어떻게 했는지 몰라도 그 아이는 우체국 창문 뒤에 폭탄을 설치했어. 폭탄이 터지자 잡화점도 날아갔지. 그 사람, 우편물을 부치고 가려고 마침 우체통 옆에 멈춰 섰던 그 의사도 날아가고. 잘 가라, 예스러운 아메리카여, 어서 오라, 현실의 시간이여. 그렇게 된 거지."

"나는 듣지 못했는걸. 까맣게 몰랐어."

"1968년 일이야. 난폭한 행동이 아직 새롭던 시절이지. 사람들은 갑자기 광기를 이해해야만 하는 상황에 처했어. 공적 과시가 난무하고. 심리적 억제가 사라지고. 권위는 힘을 잃고. 아이들은 미쳐버리고. 모두가 위협을 느꼈지. 어른들은 그걸 어떻게 이해해야 할지도 모르고, 어떻게 해야 할지도 몰라. 이게 연극인가? '혁명'이 진짜인가? 게임인가? 경찰과 도둑 놀이인가? 여기서 무슨 일이 벌어지는 거지? 아이들이 나라를 뒤집어놓으니까 어른들도 미치기 시작했어. 하지만 시모어는 그렇지 않았어. 시모어는 자기 길을 아는 축에 속했지. 뭔가 잘못되어가고 있다는 건 인정했지만, 사랑하는 뚱뚱한 딸과는 달리 호찌민파는 아니었어. 그냥 자유주의적이고 마음씨 고운 아버지였지. 보통 사람의 인생을 사는 철학자 왕이었어. 자식들을 합리적으로 대하라는 근대적인 관념을 교육받은 사람이었지. 모든 걸 허락할 수 있고, 모든 걸 용서할 수 있다. 하지만 그애는 그걸 싫어했어. 사람들은 보통 자기들이 다른 사람 자식들을 얼마나 미워하는지 인정하고 싶어하지 않지. 하지만 이 아이는 그런 면에서는 일을 편하게 해줬어. 이 아이는 야비하고 독선적이었어. 그 작은 똥덩어리 같은 아이는 태어날 때부터 착하지가 않았어. 이봐, 나도 애들이 있어, 잔뜩 있지. 그래서 애들이 자랄 때 어떤지 알아. 자기도취의 블랙홀은 바닥이 없지. 하지만 살이 찌는 거나 머리를 길게 기르는 거나 로큰롤 음악을 아주 시끄럽게 듣는 거하고 뛰쳐나가 폭탄을 터뜨리는 건 다른 일이야. 그런 범죄는 절대 바로잡을 수 없어. 형은 그 폭탄으로부터 되돌아갈 방법이 없었지. 그 폭탄이 형 인생을 박살내버렸어. 형의 완벽한 인생은 끝이 났어. 바로 그 아이가 생각하던 대로였지. 그래서 그애들이 형을 노렸던 거야.

딸하고 딸 친구들이. 형은 자신의 행운과 사랑에 빠져 있었고, 그애들은 그것 때문에 형이 싫었던 거야. 한번은 추수감사절에 우리 모두 형네 집에 모인 적이 있어. 돈의 어머니, 돈의 남동생 대니, 대니의 부인, 레보브 사람들 전부, 우리 애들, 모두 다. 시모어가 일어서더니 건배를 하자면서 말하더군. '나는 종교적인 사람은 아닙니다. 하지만 이 식탁을 둘러보니 나한테 빛이 비치는 걸 알겠습니다.' 그애들이 정말로 노린 건 형이야. 그리고 그애들 뜻대로 됐어. 형을 잡은 거지. 그 폭탄은 그 집 거실에서 터진 거나 다름없어. 형 인생에 끔찍한 폭력을 휘두른 셈이니까. 무시무시했지. 형은 그전에는 한 번도 '왜 모든 게 요 모양 요 꼴일까?' 하고 물어본 적이 없어. 모든 게 요 모양 요 꼴로 늘 완벽한데 뭐하러 그런 걸 묻겠어? 왜 모든 게 요 모양 요 꼴일까? 답이 없는 질문이지. 하지만 형은 너무 복을 많이 받은 사람이라 그때까지는 그런 질문이 있는지조차 몰랐던 거야."

제리가 이렇게 자기 형이나 형의 인생에 대해 많이 이야기한 적이 또 있을까? 그 이상한 머릿속은 전제군주와 같은 결의로 똘똘 뭉쳐 있기 때문에 그는 한 번도 자신의 관심을 여러 군데로 나눌 수 없었을 거라는 생각이 들었다. 게다가 죽음은 보통 이 당당한 자기 강박 상태를 훼손하지 않는다. 일반적으로 그것을 강화한다. '나는 어떨까? 이런 일이 나에게 일어난다면 어떻게 될까?' 하는 식으로.

"그게 무시무시했다는 이야기를 시모어가 했어?"

"한 번. 딱 한 번." 제리가 대답했다. "사실 시모어는 그냥 받아들이고 또 받아들였어. 계속 이 시모어라는 인간을 짓밟고 또 짓밟아봐. 그래도 이 인간은 그냥 계속 노력만 할 거야." 제리가 신랄하게 말했다.

"가엾은 새끼, 그게 그 새끼 운명이었어. 짐을 감당하고 똥 같은 일을 다 받아들이도록 만들어진 인간이야." 그 말을 듣자 나는 스위드를 덮친 수비수들의 몸뚱어리가 떠올랐다. 거기에서 몸을 빼내는 스위드는 늘 손에 공을 꼭 쥐고 있었다. 오래전 그 늦가을 오후, 그가 나를 선택하여 스위드 레보브의 삶이라는 환상에 들어가게 해줌으로써 열 살 난 나의 삶을 변화시켰을 때 내가 그를 얼마나 진지하게 사랑하게 되었던지. 이제 우리의 신이 그 자비로운 얼굴로 나에게만 빛을 비추었기 때문에, 잠시 나 또한 위대한 일들을 하라는 부르심을 받았고, 나의 길을 막을 것은 세상에 아무것도 없다는 느낌이 들었다. "농구는 전혀 이렇지 않았어, 스킵." 그 순수함이 나 자신의 순수함을 얼마나 강렬하게 사로잡았는지. 그가 나에게 부여한 의미. 그것은 1943년에 한 소년이 원할 수 있는 모든 것이었다.

"절대 굴복하지 않았어. 시모어는 얼마든지 강인해질 수 있는 사람이었지. 기억나? 우리가 어렸을 때 형이 일본놈들하고 싸우겠다고 해 병대에 입대한 거? 그래, 형은 염병할 해병대였단 말이야. 딱 한 번 굴복했지, 플로리다에서." 제리가 말했다. "형도 감당하기가 너무 어려웠던 거야. 형은 가족을 전부 데리고 우리를 보러 왔어. 아들들, 그리고 두번째로 얻은 탁월하게 이기적이신 레보브 부인하고 말이야. 그게 이 년 전이야. 우리 모두 바위게를 먹으러 갔지. 열두 명이 식사를 하러 간 거야. 엄청나게 시끄러웠지. 애들은 모두 저 잘났다고 떠들며 웃고 있었고. 시모어는 그런 걸 아주 좋아했어. 멋진 가족 전체가 모여 그러고 있으면, 인생이 바로 이래야 한다는 느낌이 드나봐. 하지만 파이하고 커피가 나오자 시모어는 자리에서 일어섰어. 바로 안 오기에 내가 나가서 찾아봤지. 차에 있더군. 울고 있었어. 몸을 떨면서 흐느끼고 있더라고. 그런 건 처음 봤어. 바위 같은 형이 말이야. 형은 이랬어. '딸아이가 보고 싶어.' 그래서 내가 물었지. '어디 있는데?' 형은 늘 딸이 있는 곳을 알고 있었어. 나도 그걸 알았지. 형은 오랫동안 딸이 숨어 있는 곳으로 만나러 다녔거든. 틀림없이 자주 만났을 거야. '그애가 죽었어, 제리.' 시모어가 그러더군. 처음에는 믿기지가 않았어. 나를 따돌리려는 거로구나, 그렇게 생각했지. 사실은 방금 어딘가에서 만나고 온 게 틀림없다고 생각했어. 나는 또 이렇게 생각했어. 형은 지금도 그애가 어디 있든 찾아가서, 그 살인자를 친자식으로 대해주는구나. 그애가 죽인 모든 사람은 여전히 죽은 채인데, 이제 사십대가 되어버린 그 살인자를 말이야. 그런데 시모어는 나를 와락 안더니 그냥 무너져버리더라고. 그래서 나는 생각했지. 사실인가? 우리 가족의 좆같은 괴물이 정말로 죽은 건가? 그런데 그애가 죽었다고 왜 우는 거지? 형이 뇌가 반만 남아 있어도 그런 자식을 둔다는 게 너무나 특이한 일이라는 걸 깨달았을 것 아닌가. 뇌가 반만 남아 있어도 그 아이한테 열이 받아 오래전에 애정이 식었어야 하는 거 아닌가. 오래전에 자기 속에서 떼어내 네 마음대로 하라고 내던졌어야 하는 거 아닌가. 계속 미치광이가 되어가던 분노에 찬 아이, 그리고 그애가 미친듯이 매달리던 그 성스러운 대의. 그런데 이렇게 운다고? 그애 때문에? 나는 받아들일 수가 없었어. 그래서 시모어한테 말했지. '나한테 거짓말을 하는 건지 사실을 말하는 건지 모르겠어. 하지만 사실을 말하는 거라면, 그애가 죽은 거라면, 그건 내가 들은 최고의 소식이야. 다른 누구도 형한테 이렇게 말하지 않을 거야. 다른 사람들은 모두 조의를 표할 거야.

하지만 난 형하고 함께 자랐어. 그래서 있는 그대로 이야기하는 거야. 그애가 죽은 건 형한테 가장 잘된 일이야. 그애는 형한테 속하지 않았어. 형이라고 하는 사람 어디에도 속하지 않았어. 어떤 사람의 어디에도 속하지 않았어. 형은 시합을 했고, 형이 시합하는 운동장이 있었어. 그런데 그애는 그 경기장에 없었어. 그 근처에도 없었어. 간단한 거야. 그애는 경계선 바깥에 있었어. 기형이었어. 경계에서 멀리 벗어나 있었어. 형은 그애의 죽음을 애도하면 안 돼. 형은 이십오 년 동안 상처를 벌려놓은 채 살았어. 이십오 년이면 충분해. 그게 형을 미치게 만들었어. 그 상처를 더 벌려놓고 있으면 그것 때문에 형이 죽을 거야. 그애가 죽었어? 잘됐네! 이제 그애를 잊어버려. 그러지 않으면 그게 형 창자 속에서 썩어가면서 형 목숨도 빼앗을 거야.' 나는 그렇게 말했어. 그렇게 하면 시모어가 분노를 밖으로 터뜨리게 할 수 있을 것 같았지. 하지만 시모어는 그냥 울었어. 그냥 떠나보낼 수가 없었던 거야. 나는 이 사람이 이것 때문에 죽겠구나 하고 중얼거렸고, 실제로 그렇게 되었어."

제리는 그렇게 중얼거렸고, 실제로 그렇게 되었다. 제리의 이론에 따르면 스위드는 착하고, 다시 말해 수동적이고, 다시 말해 늘 옳은 일을 하려 하고, 사회적으로 통제된 인격체라서 폭발하지 않고, 절대 분노에 굴복하지 않는다. 분노라는 특질을 자신의 채무로 떠안으려 하지 않으며, 따라서 그것을 자산으로 가질 수도 없다. 이 이론에 따르면, 결국 스위드가 죽은 것은 분노를 폭발시키지 않았기 때문이다. 반대로 공격성은 사람을 닦아주고 치유해준다는 것이다.

제리가 불확실성이나 가책 없이, 흔들리지 않고 상황을 장악하는 데

몰두하며 계속 나아갈 수 있는 것은 그에게 분노를 터뜨리는 특별한 재능, 그리고 뒤돌아보지 않는 또하나의 특별한 재능이 있기 때문인 것 같았다. 이 친구는 절대 뒤돌아보지 않아, 나는 생각했다. 그는 기억 때문에 시들고 마르는 일이 없었다. 제리에게 뒤돌아보는 것은 모두 헛지랄이고 노스탤지어일 뿐이다. 스위드가 이십오 년이 지난 뒤 폭탄이 터지기 전의 딸을 돌아보는 것, 그 폭발 과정에서 터져버린 모든 것을 돌아보고 무력하게 우는 것도 마찬가지다. 딸에 대한 정당한 분노? 당연히 그것이 도움이 되었을 것이다. 삶에서 정당한 분노보다 사람을 더 의기양양하게 만들어주는 것은 없다는 말에는 이의를 달 수 없다. 그러나 상황을 고려할 때 그것은, 스위드에게 그를 스위드로 만들어주는 것의 테두리를 넘어서라고 하는 것은 너무 큰 요구가 아니었을까? 사람들은 그가 한때 신화적 인물이었기 때문에 그에게는 한계가 없다고 생각하고 평생 그에게 그런 요구를 해온 것이 틀림없었다. 나도 빈센트 레스토랑에서 그 비슷한 짓을 했다. 유치하게도 그의 신 같은 모습에 감탄하는 상황을 기대하고 있다가 철저하게 평범한 인간적인 모습과 마주하고 말았던 것이다. 신 대접을 받을 때 치러야 할 한 가지 대가는 모여드는 신자들의 줄어들 줄 모르는 환상과 마주해야 한다는 것이다.

"시모어의 '치명적 매력'이 뭔지 알아? 자기 의무에 치명적으로 끌려간다는 거야." 제리가 말했다. "책임에 치명적으로 끌려간다는 거지. 시모어는 원하는 곳 어디에서나 선수로 뛸 수 있었어. 하지만 아버지가 집 근처에 있기를 바랐기 때문에 업살라 대학에 갔어. 자이언츠는 시모어한테 더블 A에서 뛰게 해주겠다고 제안했어. 거기 갔으면 월리 메이스하고 함께 뛸 수 있었을지도 몰라. 그런데 시모어는 센트럴 애비뉴로 가서 뉴어크 메이드에 입사했지. 아버지는 시모어에게 무두질부터 시켰어. 프릴링하이전 애비뉴에 있는 무두질공장에서 여섯 달을 일하게 했지. 일주일에 엿새는 아침 다섯시에 일어나야 했어. 너 무두질공장이 어떤 덴지 알아? 완전히 똥통이야. 여름에 기억나? 강한 동풍이 불면 무두질공장 악취가 위퀘이크 공원 위로 밀려와 동네를 완전히 덮어버렸잖아. 하지만 시모어는 황소처럼 튼튼하게 무두질공장을 견뎌냈어. 시모어는 그걸 해낸 거야. 그랬더니 아버지는 시모어를 다시 여섯 달 동안 재봉틀에 앉혔어. 그래도 시모어는 불평 한마디 하지 않았지. 그냥 그 좆같은 기계를 익혀버렸어. 시모어한테 장갑 천을 갖다줘봐. 재봉사들보다 잘 만들 거야. 시간은 반도 안 걸리고. 시모어는 원하는 어떤 미인하고도 결혼할 수 있었을 거야. 그런데 아-름-다-운 드와이어 양과 결혼했어. 두 사람을 한번 봤어야 하는데. 숨이 멎을 듯한 한 쌍이었어. 두 사람은 만면에 미소를 띠고 여기를 떠나 저멀리 미합중국의 깊숙한 곳으로 들어갔지. 드와이어 양은 가톨릭을 벗어난 가톨릭교도이고, 시모어는 유대인을 벗어난 유대인이었어. 두 사람은 저 바깥 올드림록으로 가서 포스트 토스티스* 상자에 나오는 애들 같은 어린아이들을 키우며 살 예정이었지. 하지만 그 좆같은 아이를 얻게 된 거야."

"드와이어 양은 뭐가 문제였는데?"

"어떤 집에 살아도 제대로 된 집이 아니라고 했어. 은행에 아무리 돈

---

* 시리얼 상표. 앞의 가톨릭을 벗어난 가톨릭(post-Catholic), 유대인을 벗어난 유대인 (post-Jewish)의 post를 따라 말장난을 한 것.

이 많아도 부족했어. 시모어는 그 여자에게 축산업 쪽 일을 하게 해줬지. 하지만 잘되지 않았어. 그래서 모종 사업을 하게 해줬지. 그것도 잘되지 않았어. 시모어는 세계 최고의 얼굴 성형수술을 받게 해주려고 그 여자를 스위스에도 데려갔어. 오십대 때 얘기가 아니야. 아직 사십대였을 때 이야기야. 그 여자가 원한다고 하니까 시모어는 제네바까지 가서 그레이스 왕비를 수술한 의사한테 얼굴 주름을 펴는 수술을 받게 해준 거야. 시모어는 더블 A에서 야구나 하면서 살았으면 훨씬 좋았을 거야. 피닉스에서 여자 종업원이나 자빠뜨리면서 머드헨즈의 일루수나 봤으면 훨씬 좋았을 거라고. 그 좆같은 아이! 그애는 말을 더 듣었어. 그래서 그것 때문에 모두에게 앙갚음을 하려고 폭탄을 터뜨린 거야. 시모어는 그애를 언어치료사한테 데려갔어. 병원에도 데려가고, 정신과의사한테도 데려갔지. 정말 아쉬울 것 없이 할 만큼 해줬지. 그런데 그 보답이 뭐야? 쾅! 그 계집애가 왜 자기 아버지를 미워하는 거야? 그 훌륭한 아버지, 정말로 훌륭한 아버지를? 잘생기고, 착하고, 뭐든지 해주고, 정말이지 오직 그들만, 가족만 생각하는데. 그런데 왜 그애는 자기 아버지한테 달려든 거야? 우리 우스꽝스러운 아버지가 그런 뛰어난 아버지를 낳았다는 것, 그리고 그 아버지는 그런 아이를 낳았다는 것. 누가 그 이유를 좀 설명해주면 좋겠어. 유전학의 분리의 법칙이 적용된 건가? 그래서 그애가 시모어 레보브한테서 체 게바라에게로 달려가야 했던 건가? 아냐, 말도 안 돼. 어떤 독 때문에 그런 일이 일어난 걸까? 어떤 독 때문에 이 가여운 남자가 여생 동안 자기 삶 밖으로 내처지게 된 걸까? 시모어는 줄곧 밖에서 자기 삶을 들여다보았어. 그는 평생 이 사건을 묻어버리려고 몸부림쳤지. 하지만 그럴 수 있었겠어?

어떻게? 어떻게 우리 형처럼 크고 착하고 상냥한 바보가 그 폭탄을 감당할 수 있었겠어? 어느 날 인생이 형을 비웃기 시작했는데, 그 웃음은 영영 그칠 줄 몰랐던 거야."

우리는 거기까지 이야기했다. 제리에게서 들을 수 있는 것은 그만큼이었다. 그 이상을 알고 싶다면 나 스스로 생각해내야 했다. 바로 그때 머리가 하얗고 몸집이 작은 바지 정장 차림의 여자가 다가와 자기소개를 했기 때문이다. 제리는 천성적으로 자기 아닌 사람이 제삼자의 관심을 얻을 때 오 초 이상 그 자리에 붙어 있는 사람이 아니었기 때문에 나에게 짐짓 경례를 하는 시늉을 하고 사라졌다. 나중에 다시 제리를 찾았을 때는 그가 마이애미로 돌아가는 비행기를 타러 뉴어크 공항으로 가야 해서 자리를 떴다는 이야기만 전해 들었다.

그의 형에 관해 이미 써놓은 뒤에—그것이 내가 다음 몇 달 동안 한 일이었는데, 나는 한 번에 여섯, 여덟, 때로는 열 시간씩 스위드 생각을 하고, 내 고독과 그의 고독을 바꾸어보고, 나와 전혀 닮지 않은 이 사람 안에서 살아보고, 그의 안으로 사라져보고, 낮이나 밤이나 겉으로는 텅 비고 순수하고 단순한 것처럼 보이는 이 사람을 측정해보려 하고, 그의 붕괴의 도표를 그려보고, 시간이 흐르면서 그를 내 인생의 가장 중요한 인물로 만들어보기도 했다—이름을 바꾸고 독자들이 누군지 알아볼 수 있을 정도로 눈에 두드러지는 힌트를 위장하기 직전, 나는 제리에게 원고를 보내 그가 어떻게 생각하는지 묻고 싶은 아마추어 같은 충동을 느꼈다. 하지만 나는 이 충동을 눌렀다. 사십 년 가까이 책을 쓰고 내온 사람으로서 이제 그 정도는 누를 줄 알았기 때문이다. "이건 우리 형이 아니야." 제리는 그렇게 말할 터였다. "전혀 안 닮았어. 너는 형을 잘못 표현했어. 우리 형은 이렇게 생각할 수가 없어, 이런 식으로 말하지 않았어" 등등.

그래, 이제는 제리도 장례식 직후에 그를 잠시 떠났던 객관성을 다시 찾았을 것이다. 그와 더불어 절대 틀리는 일이 없기 때문에 다들 말 붙이기를 두려워하는 의사가 되는 데 도움을 준 그 오랜 분노도 다시 찾았을 것이다. 또 인물 데생반 학생들이 자신에게 귀중한 사람을 모델로 삼아 그려놓은 결과물을 보게 된 대부분의 사람들과 달리, 제리 레보브는 아마 내가 스위드의 비극을 자신과 같은 방식으로 파악하지 못한 것에 격분하기보다는 재미를 느꼈을 것이다. 그럴 가능성이 높았다. 제리는 조롱하는 표정으로 내 원고를 넘기면서 나에게 구절마다 악평을 해댔을 것이다. "시모어의 부인은 전혀 이렇지 않아. 아이도 전혀 이렇지 않아. 심지어 우리 아버지도 잘못 그려놓았네. 네가 나를 그린 건 아무 말 안 할게. 하지만 우리 아버지를 잘못 그린 건…… 야, 그렇게 쉬운 것도 엉망으로 만들어놓냐? 루 레보브는 짐승이야. 이 사람을 그리는 건 식은 죽 먹기야. 이 사람이 매혹적이라고? 이 사람이 타협적이라고? 아냐, 우리를 억누르던 그 사람은 그런 거하고는 몇 광년 떨어져 있었어. 우리는 검과 함께 살았다고. 미쳐 날뛰는 아버지였어. 자기가 법을 정하면 그걸로 끝이야. 이건 아냐, 전혀 닮지 않았어…… 예를 들어 여기서는 형을 정신이, 의식이 있는 사람처럼 그려놓았네. 이 인간이 자신의 상실에 의식으로 대응을 하고 있어. 하지만 우리 형은 인식에 문제가 있었던 사람이라고. 이건 우리 형이 가졌던 정신과 비슷

122

하지도 않아. 이건 우리 형의 정신이 아니야. 맙소사, 심지어 형한테 정부情婦까지 있네. 완전히 오판한 거야, 주크. 완전히 빗나간 거야. 너 같은 거물이 어쩌면 이렇게 좆같이 망쳐놓을 수가 있냐?"

글쎄, 제리가 실제로 그런 반응을 보였다 해도 나에게서 별 반박을 끌어내지는 못했을 것이다. 나는 뉴어크로 가서 센트럴 애비뉴 아래쪽 황량한 지대에 있는 버려진 뉴어크 메이드 공장을 찾아냈다. 내친김에 위쾌이크 지역에도 들러 이제는 황폐해진 그들의 집도 보고, 키어 애비뉴에도 가보았다. 하지만 차에서 내려 진입로를 따라 스위드가 겨울에 스윙 연습을 하던 차고까지 올라가볼 엄두는 내지 못했다. 흑인 아이 셋이 현관 층계에 앉아 내 차를 보고 있었기 때문이다. 나는 아이들에게 설명했다. "내 친구가 전에 여기에 살았어." 아무런 대답이 없기에 덧붙였다. "1940년대에." 그런 뒤에 차를 몰고 그곳을 떠났다. 나는 모리스타운으로 차를 몰아 메리의 고등학교를 보고, 그런 뒤에 서쪽에 있는 올드림록으로 가서 아케이디*힐 로드에 위치한 큰 석조 주택을 보았다. 젊은 시모어 레보브 가족이 한때 행복하게 살았던 곳이었다. 나중에 마을로 내려가 새 잡화점(맥퍼슨이라는 이름이었다)의 카운터에서 커피도 한 잔 마셨다. 새 잡화점은 레보브의 십대 딸이 '미국이 전쟁을 절실하게 느끼게 해주려고' 폭파시켰던 우체국이 딸린 옛 잡화점(햄린이라는 이름이었다) 자리에 들어선 것이었다. 나는 스위드의 아내인 아름다운 돈이 나고 자란 엘리자베스에 가서, 그녀가 살던 쾌적한 동네인 엘모라 주택 지구를 걸어다녔다. 그런 다음 차를 타고 그녀

---

* arcady. 목가적 이상향이라는 뜻이 있다.

의 가족이 다니던 세인트제네비브 성당을 지나, 정동쪽으로, 그녀의 아버지가 어렸을 때 살던 동네인 엘리자베스 강변의 오래된 항구로 갔다. 아일랜드의 이민자와 그 후손들은 1960년대에 다 사라지고 그 자리에는 이제 쿠바 이민자와 그 후손들이 들어와 있었다. 나는 뉴저지주 미스 아메리카 대회 사무소를 찾아가 1949년 5월 미스 뉴저지 관을 쓴 스물두 살 메리* 돈 드와이어의 광택이 나는 사진을 볼 수 있었다. 1961년 모리스 카운티 주간지에 난 사진도 한 장 찾아냈는데, 이 사진에서 그녀는 블레이저, 치마, 터틀넥 스웨터 차림으로 그녀의 집 벽난로 앞에 새침하게 서 있었다. 사진 설명은 이러했다. "1949년 미스 뉴저지 출신인 레보브 부인은 지은 지 백칠십 년 된 집에서 사는 것을 좋아하는데, 이런 환경이 그녀 가족의 가치를 반영하기 때문이라고 말한다." 뉴어크 공공도서관에서는 마이크로필름으로 보관된 〈뉴어크 뉴스〉(1972년 폐간)의 스포츠 면을 뒤져, 스위드가 위퀘이크 고등학교(1995년 폐교)와 업살라 대학(1995년 폐교)에서 뛰며 빛을 발하던 경기의 기사와 박스 스코어를 찾아보았다. 또 오십 년 만에 처음으로 존 R. 튜니스의 야구 책들을 다시 읽었고, 한번은 심지어 스위드에 관한 내 책 제목을 튜니스가 1940년에 쓴 코네티컷 주 톰킨스빌 출신 고아에 관한 이야기의 제목을 빌려『키어 애비뉴 키드』라고 붙일까 하는 생각까지 해보았다. 튜니스의 주인공은 메이저리그 선수로서 결함이라고는 올려치려고 오른쪽 어깨를 내리고 스윙을 하는 버릇 하나밖에 없었는데, 안타깝게도 이 결함이 신들을 자극해 파멸을 맞이하게 된다.

---

* 딸의 이름 Merry와는 다른 Mary.

그러나 스위드와 그의 세계에 관해 파헤칠 수 있는 대로 파헤쳐보려고 이런 노력, 또 그 이상의 노력을 했음에도 불구하고, 나의 스위드가 본래의 스위드가 아니라는 사실을 나는 얼마든지 인정했을 것이다. 물론 나는 흔적들을 가지고 작업하고 있었다. 또 물론 그와 제리의 관계의 핵심적인 면들은 사라졌다. 내 초상화에서 지워버렸다. 그것은 내가 모르거나 원치 않는 것들이었기 때문이다. 또 물론 스위드는 그의 육신 안에서 농축되었던 것과는 다른 방식으로 내 원고에 농축되어 있었다. 그러나 그것이 내가 진짜 스위드의 유일무이한 실체성이 완전히 결여된, 전적으로 환상적인 피조물을 상상했다는 뜻일까? 내가 생각하던 스위드가 제리가 생각하는 스위드만큼이나 잘못되었다는 뜻일까(제리 자신은 자기 생각이 전혀 잘못되었다고 생각하지 않겠지만)? 나에게서 되살아난 스위드와 그의 가족이 그의 동생에게서 되살아난 것만큼 진실하지 않다는 뜻일까? 글쎄, 누가 알겠는가? 누가 알 수 있겠는가? 스위드처럼 불투명한 사람을 조명할 때, 모두가 좋아하는 일반적인 사람, 대체로 익명으로 돌아다니는 것이나 다름없는 사람을 이해하려고 할 때, 누구의 추측이 더 정확한가를 따지는 것은 내가 보기에는 별 의미가 없는 듯하다.

"너 나 기억 안 나지, 그렇지?" 제리가 급히 떠난 원인이 되었던 여자가 물었다. 그녀는 따뜻하게 미소를 지으며 내 두 손을 잡았다. 짧게 자른 머리카락 밑의 머리는 당당하다는 느낌이 들 정도로 모양이 좋았다. 크고 튼튼해 보였으며, 그 각진 덩어리는 고대 로마 지배자의 석조

두상 같았다. 얼굴의 넓은 면들은 판화를 새기는 철필로 깊게 긁어놓은 것 같았지만, 장밋빛 화장 밑의 피부에서 심각하게 주름진 곳은 입주변뿐이었다. 거의 여섯 시간에 걸쳐 키스를 주고받느라 립스틱은 대부분 사라지고 없었다. 입만 빼면 그녀의 살은 거의 소녀처럼 부드러웠다. 여자의 인생에 닥칠 수 있는 다양한 형태의 고난에 모두 빠짐없이 참여한 것은 아님을 보여주고 있었다.

"이름표 보지 마. 내가 누구게?"

"모르겠는데."

"조이스. 조이 헬펀. 분홍색 앙고라 스웨터를 입었지. 원래는 내 사촌 거였는데. 에스텔 거. 에스텔은 우리보다 세 살 위였어. 지금은 죽었어, 네이선. 땅속에 있지. 내 아름다운 사촌 에스텔 말이야. 담배를 피우고 나이 많은 남자들하고 데이트를 하던 에스텔. 고등학교 때는 하루에 두 번 면도를 하던 남자하고 데이트를 했어. 에스텔 부모는 챈슬러에서 드레스와 코르셋 가게를 했지. 우리 어머니는 거기서 일하셨고. 너는 우리 동기 헤이라이드*에 나를 데려갔어. 믿거나 말거나, 내가 그 조이 헬펀이었다니까."

조이. 불그스름한 곱슬머리에 주근깨가 많고 얼굴이 동그랬던 영리하고 자그마한 소녀. 그 도발적인 통통함을 건장하고 코가 불그스름했던 스페인어 교사 로스코 선생은 놓치지 않았다. 그는 조이가 스웨터를 입고 학교에 오는 날 아침이면 늘 일어서서 숙제를 낭독하게 했다. 로스코 선생은 조이를 딤플스**라고 불렀다. 그 시절에 나는 누가 어떤

---

* 건초를 깐 마차나 트럭을 타고 가는 밤 소풍.
** 보조개라는 뜻.

짓을 하고도 무사할 수 있다는 것은 꿈도 꾸지 못했는데, 실제로는 별탈 없이 지나가곤 했다는 것을 생각하면 놀랍기만 하다.

아름다운 사촌의 앙고라 스웨터와 마찬가지로, 발이 너무 커버린 오빠한테서 물려받았을 것이 분명한, 짝은 맞지 않지만 보는 사람 마음을 흔들어놓던, 쇔쇄도 채우지 않은 갈로시*를 신고 챈슬러 애비뉴에서 학교로 달려가는 모습을 마지막으로 보고 나서 오랜 세월이 흐른 뒤에도, 터무니없다고만은 할 수 없는 단어 연상 때문에 조이의 몸은 로스코 선생만큼이나 나도 계속 안달나게 했다. 어떤 이유에서건 존 키츠의 유명한 시구 두 줄이 머릿속에 떠오를 때마다 나는 어김없이 내 몸 밑에 깔린 그녀의 꽉 찬 듯한 풍만한 느낌, 그 헤이라이드 때 사춘기 소년다운 나의 섬세한 레이더가 체크무늬 반코트를 사이에 두고도 감지할 수 있었던 그 놀라운 부력을 기억해냈던 것이다. 그 시구는 「우울의 노래」에 나오는 것이었다. "……강한 혀로/기쁨**의 포도를 예민한 입천장에서 터뜨릴 수 있는 자."

"나도 그 헤이라이드 기억나, 조이 헬펀. 너는 그 헤이라이드에서 기대만큼 착하게 굴지는 않았지."

"그런데 지금 나 꼭 스펜서 트레이시처럼 보이지?" 그녀는 말하며 웃음을 터뜨렸다. "이제는 그때처럼 겁먹지는 않지만, 너무 늦어버렸어. 전에는 수줍었지. 지금은 수줍어하지 않지만. 아, 네이선, 나이드는 건……" 그녀는 소리쳤고, 우리는 서로 끌어안았다. "나이드는 건, 나이드는 건…… 그건 아주 이상한 거야. 너는 내 맨가슴을 만지고 싶

* 비올 때 방수용으로 구두 위에 신는 오버슈즈 또는 장화를 말한다.
** Joy. 소녀의 이름도 조이다.

어했지."

"뭐 그 정도면 아쉬운 대로 만족할 수 있었을 거야."

"그래. 그때는 새거였는데."

"너는 열네 살이었고, 그건 한 살쯤 되었지."

"늘 열세 살 차이가 나. 그때는 내가 가슴보다 열세 살 위였고, 지금은 그게 나보다 열세 살쯤 위야. 그래도 키스는 했잖아, 안 그래, 자기?"

"키스, 키스, 또 키스였지."

"나는 그전에 연습을 했어. 오후 내내 키스 연습을 했다니까."

"누구하고?"

"내 손가락하고. 그때 네가 내 브라를 풀게 해줬어야 하는 건데. 원하면 지금 풀어도 돼."

"안됐지만 이제는 동기들 앞에서 브래지어를 풀 만한 용기가 없는 거 같아."

"참 놀라운 일이네. 내가 딱 준비가 되었을 때 네이선은 철이 들어버렸으니."

우리는 계속 농담을 주고받았다. 두 팔로 서로를 꼭 끌어안고 허리부터 뒤로 몸을 기울였다. 서로 상대의 얼굴과 몸매에 무슨 일이 일어났는지를, 반세기의 삶이 만들어낸 외적인 형태를 분명히 보려는 것이었다.

그래, 우리가 마지막까지, 몸의 거죽을 이용해 서로에게 계속 걸고 있는 불가항력의 마법. 이것은 내가 그 헤이라이드 때도 짐작했듯이, 결국 인생에서 그 어느 것 못지않게 중대한 것이다. 몸, 아무리 노력해도 벗어버릴 수 없고, 죽음의 이편에서는 결코 자유로워질 수 없는 것. 나는 앞서 앨런 마이스너를 보면서 그의 아버지를 보았듯이, 지금은 조이를 보면서 그녀의 어머니를 보고 있었다. 챈슬러 애비뉴의 그로스먼 양장점 뒷방에서 스타킹을 무릎까지 말아내리고 앉아 있던 건장한 재봉사…… 그러나 내가 머릿속에서 생각하고 있던 사람은 스위드였다. 스위드의 몸이 그에게 휘두른 압제. 강력하고, 눈부시고, 외로운 스위드. 절대 약삭빠른 인간이 될 수 없는 운명을 타고난 사람. 아름다운 소년이자, 스타 일루수로 인생을 살고 싶어하지 않았던 사람. 오로지 자신의 요구를 채워주기 위해 만들어진 넓디넓은 만족의 세계에 사는 아기가 아니라, 자신보다 다른 사람들을 앞세우는 진지한 어른이 되고 싶어했던 사람. 그는 자신이 경이로운 신체를 가진 존재에 머물지 않기를 바랐다. 마치 신이 그 정도 선물을 준 것에 만족하지 않는 것처럼. 스위드는 더 높은 소명으로 받아들일 만한 것을 원했다. 그러나 실제로 그런 소명을 찾아낸 것이 그의 불운이었다. 학교의 영웅으로서 짊어졌던 책임은 평생 그를 따라다닌다. 노블레스 오블리주*. 너는 영웅이다. 따라서 이런저런 식으로 행동해야 한다. 거기에 따르는 규범이 있다. 너는 겸손해야 한다. 인내심이 있어야 한다. 정중해야 한다. 남을 이해해야 한다. 이 모든 것—이 영웅적이고 이상주의적인 책략, 의무와 윤리적 책임의 요새가 되고자 하는 이 전략적이면서도 묘하게 영적인 욕망—은 전쟁 때문에, 전쟁으로 인해 무럭무럭 자라나게 된 그 모든 무시무시한 불확실성 때문에 시작되었다. 사랑하는 아

---

* 높은 신분에 따르는 도덕적 의무.

들들을 멀리 죽음 앞으로 떠나보낸 감정적 공동체가 한 늘씬한 근육질의 금욕적인 소년에게 강하게 끌렸기 때문에 시작되었다. 그의 재능은 누가 무엇을 그의 근처 어디로 던지든 잡아낼 수 있다는 것이었다. 스위드에게는 이 모든 일이—무엇이 안 그렇겠느냐만은—상황의 부조리에서 시작되었다.

그리고 또하나의 부조리로 끝이 나 버렸다. 폭탄으로.

우리가 빈센트에서 만났을 때 그가 세 아들이 아주 잘 컸다고 강조한 것은 아마 내가 폭탄에 관해, 딸, 그러니까 림록 폭파범에 관해 알고 있고, 몇몇 사람이 분명히 그랬을 것처럼 나 역시 그를 가혹하게 심판했을 거라고 가정했기 때문일 것이다. 세상을 놀라게 한 그런 일, 적어도 그의 인생은 완전히 바꿔버린 일을, 아무리 이십칠 년이 지났다 해도, 어떻게 누가 모르거나 잊을 수 있겠는가? 아마 그래서 스위드는 크리스, 스티브, 켄트의 비폭력적인 무수한 성취에 관해 나에게 끝도 없이 이야기하는 것을, 설령 멈추고 싶었다 해도 절대 멈출 수가 없었을 것이다. 이것이 그가 애초에 말하고 싶어했던 것을 설명해줄지도 모른다. 그의 아버지가 사랑하는 사람들에게 일어난 "충격적인 일"은 그의 딸이었다. 딸이 그들 모두에게 일어난 "충격적인 일"이었다. 이것이 그가 나를 불러내 이야기하고 싶었던 것이고, 쓰는 것을 도와주기를 바라던 것이었다. 그러나 나는 그 점을 놓쳤다. 절대 순진하지 않다는 허영심에 사로잡힌 나는 사실 내가 이야기를 나누던 사람보다 훨씬 더 순진했다. 그가 하고 싶었던 이야기는 이것이었는데, 알려지지 않았고 알려질 수도 없는 내면의 삶을 드러내는 것이었는데, 비극적이고 끔찍하고 도저히 무시할 수 없는 이야기, 궁극적 재결합의 이야기였는데,

나는 빈센트에 앉아 가장 천박한 방식으로 스위드를 겨냥했고, 그 결과 그 이야기를 완전히 놓쳐버린 것이다.

아버지 이야기는 위장이었다. 가장 중요한 주제는 딸이었다. 그가 그 사실을 얼마나 인식하고 있었을까? 전부. 그는 모든 것을 알고 있었다. 나는 그 점에서도 틀렸다. 아무것도 의식하지 못한 사람은 나였다. 그는 자신이 죽어간다는 것을 알고 있었고, 그에게 일어났던 이 끔찍한 일—오랜 세월에 걸쳐 그가 부분적으로나마 묻을 수 있었던 일, 살아오면서 어느 시점에서 약간은 극복했던 일—이 그전 어느 때보다도 심각한 형태로 그에게 되돌아왔다. 그는 그동안 최선을 다해 그것을 옆으로 밀어놓았다. 새 아내, 새 자식들—훌륭한 세 아들. 1985년의 어느 밤 시어 스타디움에서 어린 크리스와 함께 있는 모습을 보았을 때에는 분명히 옆으로 밀어놓은 것처럼 보였다. 스위드는 쓰러진 자리에서 일어나 마침내 해낸 것이다. 두번째 결혼, 양식良識과 고전적인 절제가 지배하는 통합된 삶, 다시 한번 관습이 크든 작든 모든 것을 규정하고 말도 안 되는 일이 일어나는 것을 막는 방벽 역할을 하는 삶을 향한 두번째 도전. 다시 한번 가족 질서의 핵심에 놓인 표준 규칙과 규제에 충성을 맹세하여 전통적이고 헌신적인 남편이자 아버지가 되겠다는 두번째 도전. 그에게는 그런 재능이 있었다. 어긋난 것, 특별한 것, 부적절한 것, 평가나 이해가 어려운 것을 피하는 능력이 있었다. 그러나 보통 사람에게는 기념비적인 자질을 모두 갖추는 축복을 받은 스위드조차 '살인마 제리'*가 시키는 대로 그 여자아이를 떨쳐버릴 수는

---

* Jerry the Ripper. Jack the Ripper라는 유명한 살인범에 빗댄 표현.

없었다. 잃어버린 딸에 대한 광적인 소유욕, 부모로서 나서고 싶은 마음, 강박적인 사랑을 완전히 떨쳐버리는 데는 성공할 수 없었다. 그 여자아이와 과거의 모든 흔적을 떨쳐버리고 '내 자식'이라는 히스테리를 영원히 털어버릴 수가 없었다. 그냥 딸이 희미해지게 놓아둘 수만 있었다면 얼마나 좋았겠는가. 그러나 스위드조차 그 정도로 위대하지는 않았다.

스위드는 삶이 가르쳐줄 수 있는 최악의 교훈을 배웠다. 삶은 도무지 말이 되지 않는다는 것. 그것을 배우게 되면 행복은 두 번 다시 자연스럽게 생겨날 수 없다. 행복은 인위적인 것이 되며, 그나마도 자신과 자신의 역사와 고집스럽게 거리를 두지 않으면 얻을 수 없는 것이 된다. 갈등이나 모순에 온화하게 대처하던 착하고 다정한 남자, 공정한 적과는 무슨 싸움을 하더라도 분별력 있게 다양한 자원을 활용하던 자신만만한 운동선수 출신의 남자는 공정하지 않은 적, 즉 인간관계에 뿌리 깊게 자리잡고 있는 악과 만나는 순간 그것으로 끝이 나버리고 만다. 겉으로 보이는 그대로 천성적 고귀함을 타고났던 사람은 너무 많은 고통을 겪는 바람에 다시는 순진하고 온전한 사람이 되지 못한다. 스위드는 두 번 다시 과거의 스위드적인 방식을 만족스럽게 신뢰할 수 없지만, 그럼에도 두번째 부인과 세 아들을 위해, 그들의 순진하고 온전한 상태를 위해 있는 힘껏 과거와 달라진 것이 없는 척한다. 초연하게 자신의 공포를 억누른다. 가면 뒤에서 살아간다. 평생에 걸쳐 인내를 시험하게 된다. 폐허 위에서 펼치는 공연. 스위드 레보브는 이중생활을 한다.

이제 스위드는 죽어간다. 그의 이중생활을 지탱해주던 것이 더는 그를 지탱해주지 못한다. 자비롭게도 반쯤 가라앉았었던, 3분의 2쯤 가라 앉았었던, 때로는 심지어 10분의 9쯤 가라앉았던 공포가, 영웅적으로 두 번째 결혼을 창조하고 멋진 아들들의 아버지 노릇을 했음에도 더욱 가 혹한 형태로 돌아오고 만다. 암으로 인한 죽음을 몇 달 앞두고 그 어느 때보다 괴롭게 돌아온다. 딸아이가 전보다 훨씬 괴롭게 돌아온다. 모든 것을 무효로 만들었던 첫아이. 그러다 어느 밤 잠자리에 들었지만 잠 이 오지 않을 때, 걷잡을 수 없는 생각들을 다잡으려는 모든 노력이 실 패할 때, 번민 때문에 완전히 거덜난 상태일 때 생각을 한다. "동생 동 기 가운데 그 친구가 있지. 작가인 친구. 그 친구한테 이야기를 하면 어떨까……" 하지만 작가한테 말을 하면 어떻게 되는 걸까? 도무지 알 수가 없다. "편지를 써보자. 그 친구가 아버지들에 관해, 아들들에 관해 글을 쓴다고 하니, 나도 우리 아버지에 관해 써 보내자. 그 친구 가 그걸 거절할 수 있을까? 어쩌면 답을 할지도 몰라." 나를 목표로 삼 은 미끼. 하지만 나는 그가 스위드이기 때문에 간다. 다른 미끼는 필요 하지 않다. 그 자신이 미끼다.

그래, 그 이야기는 그 어느 때보다 심각한 형태로 다시 돌아왔다. 그 래서 그는 생각했다. "이걸 프로에게 줄 수 있다면……" 그러나 그는 나를 불러다 앉혀놓았음에도 그 이야기는 전할 수 없었다. 막상 내 관 심을 끌게 되자 마음이 바뀌었다. 그렇게 하지 않는 편이 낫다고 생각 했다. 그의 생각이 옳았다. 사실 그 일은 내가 상관할 바가 아니었다. 그게 그에게 무슨 도움이 되었을까? 아무런 도움이 되지 않았을 것이 다. 우리는 어떤 사람을 찾아가 생각한다. "이걸 이 사람한테 이야기 해야지." 하지만 왜? 말을 하면 마음이 가벼워질 것 같아서 생기는 충동이다. 그러나 그것이 우리가 나중에 기분이 더러워지는 이유다. 그렇게 마음의 부담을 덜어냈을 경우, 그 이야기가 진짜 비극적이고 끔찍하다면, 기분이 나아지는 것이 아니라 나빠진다. 고백에 내재한 자기 현시가 비참한 상태를 더 악화시킬 뿐이기 때문이다. 스위드는 이 점을 깨달았다. 그는 내가 상상하던 얼간이가 아니었다. 그래서 이 점을 쉽게 파악했다. 나를 통해서 얻을 수 있는 것은 아무것도 없다는 사실을 깨달은 것이다. 물론 자기 동생 앞에서 그랬던 것과는 달리 내 앞에서는 울고 싶지 않았을 것이다. 나는 그의 동생이 아니었다. 나는 아무도 아니었다. 그는 나를 보았을 때 그 점을 본 것이다. 그래서 그는 일부러 아들들에 관해 계속 지껄이다 집에 간 것이고, 그 이야기는 하지 못한 채 죽은 것이다. 그 결과 나는 그 이야기를 놓쳤다. 스위드는 하고많은 사람들 가운데 나에게 의지하려 했지만, 모든 것을 인식하고 있었고, 나는 모든 것을 놓쳤다.

아마 지금은 크리스, 스티브, 켄트, 그리고 그들의 어머니가 림록의 집에 있을 것이다. 어쩌면 스위드의 노모 레보브 부인도 함께 살지 모른다. 부인은 아흔쯤 되었을 것이다. 나이 아흔에 사랑하는 시모어를 위해 시바*를 지켜야 하다니. 그리고 딸, 메러디스, 메리…… 그 아이는 틀림없이 장례식에 오지 않았을 것이다. 그녀를 죽어라 싫어하는 특대 사이즈의 삼촌, 자기 손으로 조카를 경찰에 넘길지도 모르는 앙심을 품은 삼촌이 있으니. 하지만 이제 제리가 갔으니 과감하게 은신처를 떠나 애도를 하러 온다. 올드림록으로 온다. 어쩌면 변장을 하고.

---

* 유대교에서 지키는 칠 일간의 애도 기간.

그곳에서 배다른 남동생들과 계모와 할머니 레보브와 함께 아버지의 죽음을 슬퍼하며 목놓아 운다…… 하지만 아니야, 딸도 죽었다. 스위드가 제리에게 말한 것이 사실이라면, 숨어 있던 딸은 죽었다. 숨어 있다가 살해당했을 수도 있고, 스스로 목숨을 끊었을 수도 있다. 무슨 일이라도 일어날 수 있었을 것이다. 그러나 스위드는 원래 '무슨 일도' 일어나서는 안 되는 사람이었다.

이 누구도 파괴할 수 없는 사람을 파괴하는 잔혹한 과정. '스위드 레보브에게 과연 무슨 일이 일어났을까?' 설마 톰킨스빌 키드에게 일어난 일이 일어나지는 않았을 것이다. 우리는 어리기는 했지만 스위드도 겉보기처럼 모든 것이 쉽지는 않을 거라는 것, 일부분은 신화라는 것을 알고 있었던 게 틀림없다. 하지만 그의 삶이 이렇게 끔찍하게 깨져 나갈 것이라고 누가 상상이나 했겠는가? 미국의 혼돈이라는 혜성에서 돌조각 하나가 떨어져나가 뱅글뱅글 돌면서 올드림록에 사는 스위드에게까지 간 것이나 다름없었다. 그의 잘생긴 외모, 실제보다 늘 커 보이는 느낌, 그가 얻은 영광, 그 영웅적 역할로 인해 자기 의심 같은 건 전혀 모르는 사람인 듯한 인상…… 이 모든 남자다운 속성이 정치적 살인을 촉발했다는 점 때문에 나는 존 R. 튜니스의 희생양 같은 톰킨스빌 키드가 아니라, 케네디, 존 F. 케네디의 강렬한 이야기를 떠올릴 수밖에 없었다. 사실 케네디는 스위드보다 불과 열 살 위였다. 스위드와 마찬가지로 행운을 타고나 특권을 누린 아들이었고, 미국의 의미를 발산하던 매력적인 남자였고, 스위드의 딸이 케네디-존슨의 전쟁에 폭력적으로 저항하여 아버지의 인생을 폭파시키기 불과 오 년 전, 사십대 중반의 한창때 암살을 당했다. 나는 생각했다, 그래, 당연해. 그는 우리의 케네디야.

　한편 조이는 터뜨릴 포도를 찾겠다는 일념으로 동네를 뒤지던 나 같은 아이는 결코 알 수 없었을 그녀 삶의 여러 가지 일들을 이야기하고 있었다. '동창회'라고 부르는 기억이 부글거리는 단지에 당시에는 아무도 몰랐던, 우리가 우리 자신에 관해 하는 모든 이야기가 아직은 감동적일 정도로 순진하던 그 시절에는 아무도 알 필요가 없었던 일들을 더 집어넣고 있었다. 조이는 그녀가 아홉 살 때 아버지가 심장마비로 돌아가셨고, 그때 그들 가족은 브루클린에 살고 있었다는 이야기를 하고 있었다. 그녀와 어머니와 오빠 해럴드는 브루클린에서 뉴어크의 그로스먼 양장점이라는 피난처로 이사를 왔다. 가게 위에 있는 다락의 하나뿐인 큰 방 더블베드에서 그녀는 어머니와 함께 잤고, 해럴드는 부엌에서 잤다. 해럴드는 소파 위에 이불을 폈다가, 아침이면 학교 가기 전에 식사를 할 수 있도록 다시 개야 했다. 조이는 나에게 해럴드를 기억하느냐면서, 스카치 플레인스에서 약사로 일하다 지금은 은퇴했다고 말해주었다. 또 바로 전주에는 브루클린에 있는 아버지 무덤에 다녀왔다는 이야기도 해주었다. 브루클린까지 먼 길을 한 달에 한 번이나 간다면서, 이제 그 묘지가 자신에게 너무 중요한 의미를 갖기 때문에 스스로도 놀란다고 덧붙였다. "묘지에 가서 뭐하는데?" "부끄러운 줄도 모르고 아버지하고 이야기를 하지." 조이가 말했다. "내가 열살 때는 지금처럼 나쁘지가 않았어. 당시에는 사람들한테 부모가 둘 있는 게 오히려 이상하다고 생각했어. 우리 세 식구가 딱 맞는 방식 같았지.""그래, 그런 모든 일을," 나는 입을 열었다. 우리는 그 자리에 서서 원맨밴드에 맞추어 별 생각 없이 함께 몸을 흔들고 있었다. 원맨 밴드는 노래로 이날 행사를 마무리하고 있었다. "꿈을 꿔…… 우울할 때면…… 꿈을 꿔…… 그것이 네가 할 일.""그런 모든 일을 나는 전혀 몰랐네. 1948년 10월 보름달 헤이라이드 때는 말이야."

"네가 아는 걸 바라지 않았어. 누구도 아는 걸 원치 않았지. 해럴드 가 부엌에서 잔다는 걸 누구도 알지 못하기를 바랐어. 그래서 너한테 내 브라를 풀지 못하게 한 거야. 그러면 네가 내 남자친구가 되어서 집 으로 나를 데리러 오곤 할 거고, 우리 오빠가 어디서 자는지도 알게 될 테니까. 너한테 무슨 문제가 있어서 그랬던 건 아냐, 자기야."

"음, 그 이야기를 들으니 기분이 나아지네. 더 일찍 이야기해주지 그 랬어."

"그러게 말이야." 우리는 처음으로 웃음을 터뜨렸다. 그러다 갑자 기 조이가 울기 시작했다. 걷잡을 수 없는 감정들이 내 안에서도 잔뜩 흘러다니기 시작했다. 그 염병할 〈Dream〉이라는 노래 때문인지도 몰 랐다. 우리는 아직 '더 파이드 파이퍼스'를 떠나지 않았던 조 스태퍼드 가 그 노래를 딱 우리가 불러주기를 바라는 방식으로—천상에서 들려 오는 듯한 실로폰 소리가 뒤쪽에서 땡땡거리며 텅 빈 공간으로 퍼져나 가는 가운데 1940년대의 그 긴장병에 걸린 듯한 박자에 맞추어 꽉 짜 인 화음으로—불러주던 시절에 누군가의 지하실에서 불을 꺼놓고 그 노래에 맞추어 춤을 추곤 했다. 아니면 앨런 마이스너가 공화당원이 되고, 이루수 버트 버그먼이 주검이 되고, 아이라 포스너가 에식스 카 운티 법원 밖의 신문가판대에서 구두를 닦는 대신 도스토옙스키 소설에 나올 법한 가족에게서 벗어나 정신과의사가 되었기 때문인지도 몰랐다. 줄리어스 핀커스가 열네 살짜리 소녀의 신장을 몸이 거부하지 않도록 약을 먹는 바람에 주체할 수 없을 정도로 몸을 떨기 때문인지도, 멘디 걸릭이 여전히 잔뜩 달아오른 열일곱 살짜리 아이처럼 굴기 때문인지도, 조이의 오빠 해럴드가 십 년 동안 부엌에서 잤기 때문인지도, 스크리머가 자기 나이 반밖에 안 되는 여자와 결혼해 그 여자의 몸 덕분에 자기 목을 칼로 긋고 싶은 마음은 버렸지만 대신 그녀에게 과거의 일을 꼬치꼬치 설명해야 했기 때문인지도 몰랐다. 아니면 내가 결국 자식도 손자도, 민스코프의 말을 빌리면 "그 비슷한 것"도 두지 못해서 외로워 보였기 때문인지도 몰랐고, 아니면 그렇게 오래 헤어져 있다가 완벽하게 낯선 사람이 되어 이렇게 다시 만난 일이 약간 지나치다 싶을 정도로 오래 계속되었기 때문인지도 몰랐다. 어쨌든 나도 감정에 휩싸였고, 그곳에서 다시 스위드를 생각하고 있었다. 그리고 베트남전쟁 동안 그 악명 높은 무법자 딸이 그와 그의 가족에게 어떤 의미였는지. 불만을 거의 모르던 남자가 중년에 자기반성의 공포에 눈을 뜬다. 모든 정상적인 것들이 살인으로 인해 중단되어버린다. 어느 가족이나 맞닥뜨릴 수 있는 모든 사소한 문제들이 도저히 받아들일 수 없는 어떤 사건에 의해 증폭되어버린다. 그는 미국의 미래가 견고한 미국의 과거로부터 그냥 저절로 펼쳐질 거라고 생각했을 것이다. 세대마다 점점 똑똑해지고—이전 세대의 부족함과 한계를 아는 만큼 더 똑똑해지고—편협성에서 조금씩 더 벗어나면 미국의 미래가 펼쳐질 거라고 생각했을 것이다. 미국에서 자신의 권리를 철저하게 행사하고, 유대인의 전통적인 습관과 태도를 버린 이상적인 인간, 미국 이민

이전의 불안정과 낡고 구속적인 강박으로부터 벗어나 평등한 사람들 사이에서 한 명의 평등한 사람으로서 떳떳하게 살아가는 이상적인 인간이 되기를 바라면, 그런 바람으로부터 저절로 미국의 미래가 펼쳐질 거라고 생각했을 것이다. 그러나 그렇게 고대하던 미국의 미래는 박살이 난다.

그리고 딸, 미국 이민 제4세대를 잃은 것이다. 스위드 자신이 자기 아버지의 완벽하게 다듬어진 형상이었고, 그의 아버지가 그의 아버지의 아버지의 완벽하게 다듬어진 형상이었듯, 그 자신의 완벽하게 다듬어진 형상이었어야 했으나 도망자가 되어버린 딸…… 다음 세대의 성공적인 레보브가 되는 데는 아무런 관심이 없고, 정떨어지게 분노에 찬 말이나 뱉어내는 딸. 도망자처럼 숨어 있던 곳에서 스위드를 몰아내 또다른 미국으로 완전히 보내버린 딸. 스위드 특유의 유토피아적 사고 형태를 완전히 박살내버린 딸과 그 십 년의 세월. 스위드의 성으로 침투해 그곳에 있는 모든 사람을 감염시킨 미국이라는 전염병. 그토록 갈망하던 미국의 목가로부터 스위드를 끌어내 그 대립물이자 적인 모든 것 속으로, 분노, 폭력, 반목가의 절망 속으로, 미국 고유의 광포함 속으로 집어넣은 딸.

모두가 자기 역할을 알고 규칙을 아주 진지하게 받아들였으며 오랫동안 세대 사이에 주고받는 관계가 형성되어왔다. 우리 모두가 이곳에서 자라면서 그 주고받음에 의한 사회화를 경험했다. 그런데 이민자 자손의 성공을 목표로 한 제의와도 같던 투쟁이 하고많은 집들 가운데 보통을 넘어선 우리의 신사 농부 스위드의 성에서 병적인 것으로 바뀌어버렸다. 쌓여 있던 카드 한 묶음이 제멋대로 펼쳐지듯 인생이 완전히 딴판으로 풀려버린 것이다. 자신에게 충격을 줄 것에 대한 대비가 전혀 되어 있지 않았는데. 세심하게 조정된 선善으로 가득찼던 그가 순종하며 살아간다는 것이 이렇게 위험한 일이라는 것을 어떻게 알 수 있었을까? 순종하며 산다는 것은 위험이 일어날 가능성을 낮추며 살겠다는 것이다. 아름다운 아내. 아름다운 집. 자기 사업을 깔끔하게 경영하고. 까다로운 노인네도 여유 있게 잘 다루고. 스위드는 정말로 그의 방식의 낙원을 살아내고 있었다. 이것이 성공한 사람들이 사는 법이다. 그들은 훌륭한 시민들이다. 그들은 이것이 행운이라고 느낀다. 그들은 고마움을 느낀다. 신은 그들을 굽어보며 미소를 짓는다. 문제가 생기면, 적응을 한다. 그런데 갑자기 모든 것이 변해 그것이 불가능해진다. 아무도 누구를 굽어보며 미소 짓지 않는다. 그렇다면 누가 적응할 수 있겠는가? 여기 불가능한 일은 말할 것도 없고 인생이 제대로 풀리지 않는 것에도 대비되어 있지 않은 사람이 있다. 하지만 누군들 앞으로 벌어질 불가능한 일에 대비가 되어 있겠는가? 누가 비극에, 그리고 도무지 파악할 수 없는 고난에 대비가 되어 있겠는가? 아무도 그렇지 않다. 비극에 대비가 되어 있지 않은 사람의 비극—그것은 모든 사람의 비극이다.

시모어는 줄곧 밖에서 자기 삶을 들여다보았어. 그는 평생 이 사건을 묻어버리려고 몸부림쳤지. 하지만 그럴 수 있었겠어?

형은 그전에는 한 번도 "왜 모든 게 요 모양 요 꼴일까?" 하고 물어본 적이 없어. 모든 게 요 모양 요 꼴로 늘 완벽한데 뭐하러 그런 걸 묻겠어? 왜 모든 게 요 모양 요 꼴일까? 답이 없는 질문이지. 하지만 형은 너무 복을 많이 받은 사람이라 그때까지는 그런 질문이 있는지조차 몰랐던 거야.

우리 동기들이 20세기 중반에 가졌던 순수를 소생시키는 활기찬 선율이 흐른 뒤에—나이들어가는 사람 백 명이 함께 시간의 흐름에 무관심했던 때로 시계를 무모하게 다시 돌린 뒤에—오후의 환희가 마침내 끝이 나면서, 나는 죽는 순간까지 스위드를 당혹스럽게 했을 바로 그 문제를 생각하기 시작했다. 나는 어쩌다 역사의 노리개가 되었을까? 역사, 미국 역사, 책으로 읽고 학교에서 배우는 것이 밖으로 나와 차도 다니지 않는 고요한 뉴저지 주 올드림록에까지 이르렀다. 이곳은 워싱턴의 군대가 모리스타운 근처의 고지대에서 두 번 겨울을 난 이래로 역사가 주목할 만한 모습을 보인 적이 없는 시골이었다. 미국 독립 전쟁 이후로 현지 주민의 일상적 삶을 한 번도 침범한 적 없는 역사가 이 은둔한 듯한 구릉지에까지 구불구불 기어들어와, 믿을 수 없게도, 그 모든 예측 가능한 예측 불가능성으로 시모어 레보브의 질서정연한 가족 안에 무질서하게 난입했다. 그리고 그곳을 유혈이 낭자한 곳으로 만들어놓았다. 사람들은 역사를 장기적으로 생각한다. 하지만 역사는 사실 아주 갑작스러운 것이다.

나는 그때 그 자리에서 그 구식 음악에 맞춰 조이와 몸을 흔들면서, 그 음악과 거기에 담긴 정서적 가르침이 바로 가슴에 와 닿던 시절, 스위드, 그의 동네, 그의 도시, 그의 나라가 희망에서 태어난 온갖 환상으로 부풀어 자신감의 절정에 이르며 환희에 찬 전성기를 맞이했던 시절, 그 시절 위퀘이크의 유명한 대표 선수였던 스위드가 우리가 상상했던 그 어떤 것과도 닮지 않은 운명을 맞이한 이유는 무엇인가 하는 문제를 진지하게 생각하기 시작했다. 조이 헬펀이 다시 한번 내 품에 안긴 채 우리 예순을 넘긴 노인들 모두에게 '꿈을 꿔…… 그러면 그것이 현실이 될지도 몰라' 하고 권하는 오래된 대중가요를 들으며 조용히 흐느끼는 동안 나는 스위드를 무대에 올려놓았다. 그날 저녁 빈센트에서 스위드는 여러 가지 그럴 만한 이유 때문에 나에게 그렇게 해달라고 차마 요청할 수가 없었다. 내가 아는 한 그는 나에게 그것을 부탁할 의도가 없었다. 나에게 자신의 이야기를 쓰게 하는 것은 그가 그곳에 앉아 있던 이유가 전혀 아니었을 것이다. 어쩌면 그것은 내가 그곳에 앉아 있던 이유였을 것이다.

농구는 전혀 이렇지 않았어.

내가 어렸을 때 스위드는 나에게서—다른 수백 명의 남자애들에게도 그랬겠지만—내가 나 아닌 다른 사람이 되는 환상을 가장 강력하게 자극했다. 그러나 자신이 다른 사람의 영광 속으로 들어가기를 바라는 것은 소년에게든 어른에게든 불가능한 소망이다. 작가가 아니라면 심리적 이유 때문에 불가능하고, 작가라면 미학적 이유 때문에 불가능하다. 그러나 나의 영웅이 파멸할 때 그를 끌어안는 것—모든 것이 그를 깎아내리려 할 때 내 안에서 그 영웅의 삶을 펼쳐보는 것, 나 자신이 그의 불운 안으로 들어간다고 상상하는 것, 영웅에게 나의 찬사를 집중하던 시절에 그의 정신없는 상승을 따라가는 것이 아니라 그의 비극적 추락이라는 당혹스러움 안으로 들어가보는 것—그래, 그것은 생각해볼 가치가 있다.

그래서…… 나는 조이와 함께 플로어에 나가서, 머리로는 스위드를, 또 전시 위퀘이크 고등학교의 의기양양하던 시절부터 1968년 그의 딸의 폭탄이 터지기까지 불과 이십오 년 사이에 그의 나라에 일어난 일을 생각하고 있다. 그 수수께끼 같고, 곤혹스럽고, 특별한 역사적

변천을 생각하고 있다. 나는 1960년대를, 그리고 베트남전쟁이 빚어낸 무질서를 생각하고 있다. 어떤 가족은 자식을 잃었고 어떤 가족은 잃지 않았는데, 시모어 레보브 가족은 잃은 가족에 속했다는 것. 관용이 가득했던 가족들, 친절하고 좋은 의도에 기초한 자유주의적 호의가 가득했던 가족들. 그 가족들의 자식은 미쳐 날뛰거나, 감옥에 가거나, 지하로 사라지거나, 스웨덴이나 캐나다로 달아났다. 나는 스위드의 엄청난 추락을 생각하고 있었다. 그는 틀림없이 그것이 자신이 제대로 책임을 이행하지 못했기 때문이라고 생각했을 것이다. 틀림없이 이것이 출발점이다. 그가 실제로 어떤 일의 원인이건 아니건 상관없다. 그는 어쨌든 자신이 책임져야 할 사람이라고 생각한다. 그는 평생 그렇게 해왔다. 부자연스러움에도 불구하고 자신이 책임져야 할 사람이라고 생각하고, 자기 자신만이 아니라 통제를 벗어나겠다고 위협하는 다른 모든 것을 통제하에 두고, 스스로의 세계가 무너지지 않도록 지키기 위해 자신의 모든 것을 내준다. 그래, 그에게는 파국의 원인이 죄여야 한다. 스위드가 달리 그것을 스스로에게 어떻게 설명하겠는가? 그것은 죄여야 한다. 하나의 죄. 설령 그것을 죄로 파악하는 사람이 그뿐이라 할지라도. 그에게 벌어진 파국은 그가 제대로 책임을 이행하지 못한 데서 비롯된다, 이것이 그가 생각하는 방식이다.

하지만 무슨 책임을 이행하지 못했을까?

나는 성급하게도 가장 사려 깊지 못한 결론, 즉 단순해 보이는 건 실제로도 그렇게 단순하다고 결론을 내렸던 빈센트에서의 저녁식사 분위기를 몰아내고, 우리 모두가 미국으로 진입하는 과정에서 모범으로 추종하려 했던 소년을 나의 무대에 올려놓았다. 그 소년은 다음 동화 단계로 들어가는 우리의 척후병이었다. 그는 이 땅에서 와스프*들처럼 편안함을 느꼈다. 그는 노력에 의해 미국인이 된 것이 아니었다. 유대인이지만 유명한 백신을 발명했기 때문에, 유대인이지만 대법원에 들어갔기 때문에, 가장 똑똑하거나 가장 탁월하거나 최고가 되었기 때문에 미국인이 된 것이 아니었다. 그는 와스프 세계와 동형이질同形異質이기 때문에, 보통 방법으로, 자연스러운 방법으로, 보통 미국 남자와 똑같은 방법으로 미국인이 된 것이다. 〈Dream〉의 꿀처럼 달콤한 선율에 맞춰, 나는 나 자신으로부터 물러나, 동창회로부터 물러나 꿈을 꾸었다······ 사실주의적인 연대기를 꿈꾸었다. 그의 삶을 들여다보기 시작했다. 신이나 반신반인으로서의 삶, 연거푸 승리를 거두어 소년들을 기뻐 날뛰게 하던 존재의 삶이 아니라 얼마든지 괴롭힘을 당할 수 있는 평범한 남자의 삶이었다. 그러자 불가해한 일이지만, 보라, 나는 뉴저지 주 딜의 바닷가 별장에 있는 스위드를 발견했다. 그의 딸이 열한 살이던 여름이었다. 아이가 아버지의 무릎에서 떨어지지 않으려 하고, 아버지를 귀여운 애칭으로만 부르던 시절, 아이가 손가락 끝으로 아버지의 두개골에 딱 맞아떨어지는 귀의 윤곽을 쓰다듬으면 아버지는, 아이의 표현을 빌리면, "흐물흐물"맥을 못 추던 시절이었다. 아이는 수건으로 몸을 감싼 채 "아무도 보면 안 돼!" 하고 소리치며 집을 가로질러 달려가 바깥의 빨랫줄로 가서 마른 수영복을 가져오기도 했고, 저녁에 몇 번은 아버지가 목욕을 하고 있는 욕실로 난입해 아버지를 보고 "오, 파르도네-무아······ 재 팡세 크······" 하고 소리를 지르곤 했

---

* Wasp(White Anglo-Saxon Protestant). 미국 사회의 가장 영향력 있는 계층에 속하는 것으로 여겨지는 앵글로색슨계 백인 신교도.

다. 그러면 아버지는 딸에게 "어서 꺼져, 여기서 나가-무아" 하고 대꾸했다.* 그해 어느 여름날 딸아이는 아버지와 단둘이 해변에서 차를 타고 돌아오며 약에 취하듯 해에 취해 아버지의 맨어깨에 축 늘어져 있었다. 그러다 얼굴을 들어올리더니 반은 순진하게, 반은 뻔뻔스럽게, 조숙한 아이처럼 다 큰 처녀 흉내를 냈다. "아빠, 어어엄마한테 키-키-키스하는 것처럼 나한테 키스해주세요." 스위드 자신도 해에 취했고, 아침 내내 딸과 묵직한 파도 속에서 구르느라 관능적인 피로를 느끼고 있었다. 그는 아래를 내려다보다 딸의 수영복 어깨끈 하나가 내려온 것을 보았다. 딸의 젖꼭지, 벌이 문 것 같은 단단하고 빨간 젖꼭지가 드러나 있었다. "아-아-안 돼." 스위드는 그렇게 말더듬는 흉내를 냈다. 그리고 둘 다 그 말에 깜짝 놀랐다. "옷 좀 잘 입어." 스위드는 힘없는 목소리로 덧붙였다. 딸은 아무 소리 없이 순종했다. "미안하구나, 쿠키……" "아뇨, 제가 잘못했죠." 딸은 눈물을 누르고, 다시 쩍쩍거리는 매력적인 친구가 되려고 안간힘을 쓰고 있었다. "학교에서도 마찬가지예요. 친구들하고도 마찬가지예요. 뭘 시작하면 멈출 수가 없어요. 그냥 거기에 빠-빠-빠져버려요, 와-와-와-완전……"

딸아이가 그렇게 창백해지는 것, 얼굴이 그렇게 일그러지는 것을 본 것은 오랜만이었다. 그날 아이는 그가 견딜 수 없을 만큼 오랫동안 말을 찾아서 안간힘을 썼다. "우-우……" 그러나 스위드는 메리가 그 아이 자신의 표현대로 "시끄럽게 끙끙대기 시작하면" 무엇을 하지 말아야 하는지 누구보다 잘 알고 있었다. 그는 메리가 입을 열 때 절대

* 프랑스말을 사용한 것으로, 앞은 "미안해요, 나는 아무도……" 정도의 의미이고, 뒤는 맨끝에 장난스럽게 프랑스어 '무아'만 붙인 것.

닦아세우지 않는 아버지였다. 메리는 그 점을 믿었다. "진정해." 스위드는 돈에게 말하곤 했다. "느긋해야지. 애를 그냥 놔둬." 그러나 돈은 참을 수가 없었다. 메리가 심하게 더듬거리기 시작하면 돈은 두 손으로 자기 허리를 꽉 잡고 두 눈을 아이의 입술에 고정했다. 그 눈은 말하고 있었다. "네가 할 수 있다는 걸 알아!" 그러면서 입으로는 이렇게 말했다. "네가 못한다는 걸 알아!" 메리의 말더듬는 증상은 아이 엄마를 그냥 박살내버렸고, 그것이 또 메리를 박살냈다. "내가 문제가 아냐. 엄마가 문제야!" 선생이 메리에게 말을 시키지 않는 식으로 봐주려고 할 때는 선생이 문제가 되었다. 모두가 메리를 안쓰럽게 생각하기 시작하자 모두가 문제가 되었다. 메리가 갑자기 유창해져서 더듬거리지 않을 때는 칭찬이 문제가 되었다. 아이는 자신이 유창하다고 칭찬받는 것에 끔찍하게 골을 냈다. 칭찬을 듣는 순간 완전히 맛이 가버렸다. 메리는 가끔 "스스로 자신의 시스템 전체의 전기를 끊어버릴 것" 같다는 걱정이 들 지경이라고 말하곤 했다. 그래도 이 아이가 그 문제에 관해 농담할 힘을 낼 수 있다는 것은 놀라운 일이었다. 그의 소중하고 쾌활한 농담꾼! 돈도 이 문제에 관해 조금만 더 쾌활한 모습을 보여줄 여력이 있다면 좋으련만. 그러나 메리를 대할 때는 오직 스위드만이 늘 완벽에 가까운 상태를 유지할 수 있었다. 사실은 그조차도 격분하여 확 소리를 지르고 싶은 것을 참느라 안간힘을 쓰고 있었지만. "도대체 네가 말 좀 더듬지 않으면 무슨 끔찍한 일이 벌어진다고 계속 그렇게 더듬어대는 거야?" 그러나 이런 격분은 절대 겉으로 드러나지 않았다. 그는 아이 엄마처럼 두 손을 비틀지 않았다. 아이가 힘들어할 때 아이 엄마처럼 아이의 입술을 보거나 자기 입으로 그 말을 그리지 않왔다. 아이가 말을 할 때마다 아이를 그 방에서만이 아니라 온 세상에서 가장 중요한 사람으로 만들지 않았다. 그는 메리가 자신의 오점을 발판으로 아인슈타인이 되도록 몰아붙이지 않으려고 최선을 다했다. 대신 그의 눈은, 나는 너를 돕기 위해서라면 무슨 일이든 하겠지만 나와 함께 있을 때는 필요하다면 마음대로 더듬거려도 좋다, 하고 안심을 시켜주었다. 그럼에도 불구하고 스위드는 메리한테 "아-아-안 돼" 하고 말했다. 돈은 죽으면 죽었지 하지 못하는 일, 딸아이를 놀리는 일을 한 것이다.

"와-와-완전……"

"오, 쿠키." 스위드가 말했다. 그 여름에 그들은 서로 겉으로 보기엔 아무런 해될 것이 없는 역할극을 하고 있었다. 둘은 밀고 당기고 해가며 너무 즐거워서 그만둘 수가 없는, 그럼에도 결코 진지하게 받아들여지거나, 관심을 갖거나, 지나친 의미를 부여하지 않는 친밀한 관계를 형성해왔다. 육체적인 것은 전혀 없었고, 휴가만 끝나면 희미해질 것이었다. 메리는 하루종일 학교에 있을 것이고, 그는 일로 돌아갈 터였다. 너무 아쉬워서 쉽게 돌아가지 못할 것은 없었다. 그러나 스위드는 이 여름 로맨스에 전체적으로 약간의 재조정이 필요하다는 것을 깨달은 바로 그 순간, 그가 자랑하던 균형 감각을 잃고 한 팔로 메리를 끌어당겨 아이의 더듬거리는 입에 아이가 사실은 자신이 원하는 것이 무엇인지 잘 모르면서 한 달 내내 요구해온 감정을 담아 키스를 했다.

그가 그 일을 꼭 그런 식으로 받아들여야 했을까? 그 일은 그가 무슨 생각을 하기도 전에 일어나버렸다. 메리는 겨우 열한 살이었다. 순간적으로 더럭 겁이 났다. 이것은 그가 한순간도 걱정해본 적이 없는 일이었다. 이것은 사람들이 금기라고 생각조차 하지 않는 금기였다. 금지되어 있기 때문에 하지 않는 것이 너무나 자연스러운 일이었다. 그냥 그렇게 아무런 노력 없이 하지 않는 일이었다. 그런데, 아무리 순간적이라지만, 이것은. 그는 평생, 아들로서도, 남편으로서도, 아버지로서도, 심지어 고용주로서도, 그를 지배하는 감정적 규칙에 이질적으로 느껴지는 일에는 한 번도 굴복한 적이 없었다. 그래서 나중에 그는 의문을 품었다. 부모로서 이상하게 실수를 해버린 이 일이 그가 평생 대가를 치러야 했던 책임 방기가 아니었을까? 키스는 진지한 것과는 거리가 멀었다. 어떤 것도 암시하지 않았다. 다시 되풀이되지도 않았다. 그 자체도 오 초밖에 지속되지 않았다…… 기껏해야 십 초…… 그러나 파국 이후 강박에 사로잡힌 듯 그들이 겪는 고난의 근원을 찾을 때, 그가 떠올린 것은 바로 이 변칙적인 순간이었다. 메리는 열한 살, 그는 서른여섯, 강한 바다와 뜨거운 태양에 완전히 흥분한 채 단둘이 해변에서 집으로 행복하게 돌아오던 순간.

그러나 다른 의문도 들었다. 그날 이후로 내가 혹시 그 아이한테서 너무 급격하게 물러선 것은 아닐까? 필요 이상으로 육체적 거리를 둔 것은 아닐까? 그의 의도는 그저 메리에게 아버지가 다시 평형을 잃을까봐 걱정할 필요 없다는 것, 또 그 아이 자신이 아버지에게 느끼는 감정도 얼마든지 자연스럽다고 할 수 있는 것이며, 따라서 아무 걱정 할 필요 없다는 것을 알려주려는 것이었다. 그러나 결과적으로 그 키스에 담긴 의미를 과장하고 그들을 자극하던 것을 과대평가하여, 전혀 해로울 것 없는 자연스러운 유대를 변질시키고, 말더듬이 아이의 자기 의심을 더 악화시킨 것일 수도 있었다. 그는 그저 아이를 도우려는, 아이의 치료를 도우려는 것뿐이었는데!

그렇다면 메리의 상처는 무엇이었을까? 무엇이 메리에게 상처를 줄수 있었을까? 지울 수 없는 불완전함 그 자체였을까, 아니면 그 아이 안에서 그런 불완전함을 조장한 사람들이었을까? 하지만 그 사람들이 무슨 짓을 했는데? 그 아이를 사랑하고 그 아이를 돌보고 그 아이를 격려하고 그 아이에게 각자의 눈에 합리적으로 여겨지는 지원과 안내와 독립을 준 것뿐인데. 그런데도 아직 드러나지 않았던 메리의 어떤 부분이 오염되어버렸다! 비틀려버렸다! 금이 가버렸다! 무엇 때문에? 수많은 어린아이들이 말을 더듬지만, 그 아이들이 모두 커서 폭탄을 터뜨리지는 않는다! 메리는 뭐가 잘못된 걸까? 내가 그 아이에게 무슨 큰 잘못을 했을까? 키스? 그 키스? 그게 그렇게 짐승 같은 짓이었을까? 어떻게 키스 한 번이 사람을 범죄자로 만들 수 있지? 키스의 여파? 내가 그 아이에게서 물러난 것? 그게 잔인한 짓이었을까? 하지만 다시 그 아이를 안아주지 않거나, 그 아이 몸에 손을 대지 않거나, 그 아이에게 키스하지 않거나 한 것은 아니었다. 그는 그 아이를 사랑했다. 그 아이도 그것을 알았다.

이해할 수 없는 일이 벌어지자, 괴로운 자기 점검은 끝날 줄 몰랐다. 답은 시원치 않지만 질문은 바닥나지 않았다. 전에는 스스로에게 물어볼 만한 중요한 일이 사실 하나도 없는 사람이었는데. 폭탄 사건 이후 스위드는 두 번 다시 삶을 다가오는 대로 받아들이지 않았고, 자신의 삶이 스스로 인식하는 것과 비슷한 것이라고 믿지도 않았다. 자신도 모르게 그 자신의 행복한 유년, 어린 시절에 거둔 성공을 돌아보았다. 마치 그것이 현재 그들이 시들어가는 원인이라도 되는 것처럼. 그 승리란 것들을 자세히 살펴보니 모두 피상적이었다. 더욱 놀라운 것은 그의 미덕 자체가 악덕으로 보인다는 것이었다. 이제 그가 기억하는 그의 과거에는 순수가 없었다. 사람들이 하는 모든 말이 실제로 하고 싶은 말보다 더한 것이거나 덜한 것임을 알았다. 사람들이 하는 모든 일이 사람들이 실제로 하고 싶은 것보다 더한 것이거나 덜한 것임을 알았다. 그래, 사람들이 무슨 말이나 행동을 하면 뭔가가 달라졌지만, 사람들이 의도한 대로 달라지지는 않았다.

스위드 자신이 알았던 스위드─좋은 의도를 가지고, 좋은 행동을 하고, 질서가 잘 잡혀 있는 시모어 레보브─는 증발해버리고, 그 자리에는 자기 점검만 남았다. 그는 모든 것이 우연이라는 악마의 유혹 같은 생각에 기댈 수 없었던 것처럼 모든 것이 그의 책임이라는 생각에서도 빠져나올 수 없었다. 그는 심지어 메리의 말더듬증보다도 더 당혹스러운 수수께끼 안으로 들어가게 되었다. 어디에도 유창함은 없다는 것이었다. 모두가 말더듬이었다. 밤에 침대에 들면 자신의 인생 전체가 더듬거리는 입과 찌푸린 얼굴로 나타났다. 그의 인생 전체가 명분도 의미도 없었으며, 완전히 뒤죽박죽이었다. 그에게는 이제 어떤 질서 개념도 없었다. 질서 자체가 없었다. 전혀. 그는 자신의 삶이 말더듬이의 생각에 불과하다고, 통제를 완전히 벗어났다고 상상했다.

아버지 외에 메리가 그해에 무척 사랑했던 사람은 오드리 헵번이었다. 오드리 헵번 전에는 천문학을, 천문학 전에는 4H 클럽을 사랑했다. 그렇게 가다보면 심지어 가톨릭 단계도 있었는데, 이것 때문에 아버지는 약간 고민했다. 메리가 엘리자베스에 내려갈 때마다 드와이어 할머니는 아이를 데리고 세인트제네비브 성당에 가서 기도를 했다. 가톨릭 장신구들이 점차 아이의 방으로 들어오기 시작했다. 그가 그것들을 장신구로 생각할 수 있는 한, 아이가 너무 열중하지 않는 한은 모든 것이 괜찮았다. 우선 십자가 모양으로 접은 종려잎이 있었다. 할머니가 종려주일* 뒤에 준 것이었다. 그것은 괜찮았다. 어떤 아이라도 벽에 걸어놓고 싶어할 것 같았다. 그다음에는 초가 왔다. 두툼한 유리 안에 든 30센티미터 정도 높이의 '영원한 초'였다. 겉에 붙은 라벨에는 '예수의 거룩한 마음' 그림이 있고, "오, '구하라 그러면 얻을 것이요' 하고 말씀하시는 예수의 거룩한 마음이여"로 시작하는 기도문이 쓰여 있었다. 그것은 별로 좋지 않았다. 하지만 메리는 거기에 불을 붙이지 않았고 그냥 장식으로 화장대에 올려놓은 것처럼 보였기 때문에, 그것을 가지고 소란을 피우는 것은 의미가 없었다. 그러다가 침대 위쪽에 예수의 옆모습 그림이 걸렸다. 이것은 정말 마음에 들지 않았지만 그래도 스위드는 메리에게, 돈에게, 드와이어 할머니에게 아무 말도 하지 않았다. 그냥 스스로에게 이렇게 말했다. "이건 해될 게 없어. 이건 그림이야. 아이한테는 그냥 좋은 사람을 그린 예쁜 그림일 뿐이야. 그게 있다고 뭐가 달라지겠어?"

문제가 되었던 것은 조각상, '축복받은 어머니'의 석고상이었다. 드와이어 할머니의 식당 찬장 위에도 있고, 드와이어 할머니의 침실 화장대에도 있는 커다란 조각상의 축소판이었다. 스위드는 그 석고상 때문에 메리를 앉혀놓고, 레보브 할머니와 할아버지가 오실 때는 그림과 종려잎을 벽에서 떼어 석고상, 영원한 초와 함께 옷장에 넣어둘 수

---

* 부활절 바로 전 일요일.

없겠느냐고 물었다. 그는 조용한 목소리로 네 방은 어디까지나 네 방
이니까 뭐든 네가 원하는 것을 걸어놓을 권리가 있지만, 레보브 할머
니와 할아버지는 유대인이고 물론 나 자신도 유대인이며, 따라서 옳
든 그르든 유대인은 그런 일은 하지 않는다는 식으로 설명했다. 메리
는 사람들의 비위를, 특히 누구보다도 아버지의 비위를 맞추고 싶어하
는 착한 아이였기 때문에 다음에 스위드의 부모가 올드림록에 왔을 때
는 드와이어 할머니가 준 것이 어디에서도 눈에 띄지 않도록 조심하겠
다고 약속했다. 그러다가 어느 날 가톨릭과 관련된 모든 것이 벽과 아
이의 화장대에서 영원히 사라지게 되었다. 메리는 완벽주의자로서 뭐
든 열심히 하고, 새로운 관심에 집중하며 살았다. 그러다 열정이 갑자
기 바닥나면 그 열정을 포함한 모든 것이 상자 안으로 들어가고 아이
는 다음 단계로 나아갔다.

이제는 오드리 헵번이었다. 메리는 자신이 손에 넣을 수 있는 모든
신문과 잡지를 뒤지며 이 영화배우의 사진이나 이름을 찾았다. 심지어
영화시간표ー'〈티파니에서 아침을〉, 2, 4, 6, 8, 10'ー도 저녁식사 후
에 신문에서 오려내 오드리 헵번 스크랩북에 붙여놓았다. 몇 달 동안
메리는 자신이 아니라 말괄량이인 척하며 돌아다녔고*, 숲속의 요정처
럼 자기 방으로 우아하게 걸어들어갔고, 얼굴이 비치는 표면을 볼 때
면 언제나 의미심장하고 수줍은 눈으로 미소를 지었고, 아버지가 무슨
말을 할 때마다 사람들이 '전염성 있는' 웃음이라고 부르는 웃음을 터
뜨렸다. 〈티파니에서 아침을〉의 사운드트랙을 사서 몇 시간 동안 자기

---

* 오드리 헵번을 말괄량이라고 불렀다.

방에 틀어놓았다. 스위드는 메리가 자기 방에서 오드리 헵번처럼 매혹적으로, 그리고 흠 없이 유창하게 〈Moon River〉를 부르는 소리를 들을 수 있었다. 그래서 그 부끄러운 줄 모르는 연기가 아무리 과시적이고 묘하게 자의식이 넘치는 것이라 해도, 집안의 누구도 그것이, 메리를 사로잡은 그 있을 법하지 않은 정화淨化의 꿈이 이제 지겹다고 말하는 사람은 없었다. 하물며 웃긴다고 말하는 사람은 더더구나 없었다. 오드리 헵번이 메리의 말더듬증을 조금이라도 차단하는 데 도움을 줄 수 있다면, 메리가 우스꽝스럽게 오드리 헵번인 척하고 다녀도 내버려두자는 것이었다. 황금빛 머리카락과 논리적인 사고와 높은 아이큐와 자기 자신에 관해서도 어른 같은 유머 감각을 발휘할 줄 아는 능력을 타고나는 축복을 누린 소녀, 길고 늘씬한 팔다리와 부유한 가족과 그 아이만의 독특한 완강함과 집요함이라는 축복을 누린 소녀, 말의 유창함 외에는 모든 것을 갖춘 소녀. 소녀는 안정, 건강, 사랑, 그 외에 상상할 수 있는 모든 장점을 갖추었지만, 유일하게 빠진 것이 있다면 수모를 당하지 않고 햄버거를 주문하는 능력이었다.

메리가 얼마나 열심히 노력했는지! 메리는 일주일에 두 번 방과후에 발레 교습을 받으러 갔고, 돈은 일주일에 두 번 아이를 모리스타운의 언어치료사에게 데리고 갔다. 토요일이면 메리는 일찍 일어나 혼자 아침을 차려 먹은 다음 자전거를 타고 언덕길 8킬로미터를 달려 올드림록 마을로 가서 이 지역 순회 정신과의사의 아주 작은 진료실을 찾았다. 스위드는 이 의사의 태도 때문에 격분하곤 했다. 실제로 메리는 갈수록 더 힘들어했다. 이 의사는 메리가 말더듬증을 자신이 선택했다고 생각하게 만들었다. 자신이 특별해지는 하나의 방법으로 말더듬증을 선택했고, 효과가 좋다는 것을 깨닫자 거기에서 빠져나오지 않게 되었다는 것이었다. 의사는 메리에게 물었다. "네가 말을 더듬지 않으면 네 아버지가 너를 어떻게 생각할 것 같니? 네 어머니는 어떻게 생각할 것 같니?" 그는 또 물었다. "말더듬증이 너한테 도움이 된 점이 있니?" 스위드는 아이 스스로도 어쩔 수 없는 일에 책임감을 느끼게 하는 것이 아이에게 무슨 도움이 되는지 이해할 수가 없어서 의사를 만나러 갔다. 그리고 의사의 진료실을 나올 때 그를 죽여버리고 싶은 심정이었다.

의사는 메리 문제의 주요한 원인이 그렇게 잘생기고 성공을 거둔 부모와 관련이 있다고 보는 것 같았다. 스위드가 자신이 들은 이야기를 이해한 바에 따르면, 좋은 부모 밑에 태어났다는 행운이 메리에게는 감당할 수 없는 짐이 되었다. 그래서 어머니와의 경쟁에서 슬쩍 물러나, 어머니가 자신의 주위를 맴돌며 자신에게 집중하다가 결국은 초조해 미쳐버리도록 만들고, 나아가 아름다운 어머니를 이기고 아버지를 차지하기 위하여, 그녀는 심각한 말더듬증으로 스스로에게 오명을 씌웠다. 스스로 약자의 자리를 택하여 모든 사람을 조종하기로 한 것이다. "하지만 메리는 그 말더듬증 때문에 비참해졌잖습니까?" 스위드는 의사에게 일깨워주었다. "그래서 우리가 그애를 여기에 데려온 거고." "얻는 것이 잃는 것보다 훨씬 더 큰지도 모르죠." 잠시 스위드는 의사의 설명을 이해하지 못하다가 대꾸했다. "하지만, 아니, 아니야…… 그 아이가 말을 더듬는 걸 보면 집사람은 죽을 지경이 된다니까." "어쩌면 메리에게는 그게 얻는 것 가운데 하나인지도 모르죠. 메리는 대단히 똑똑하고 남을 잘 다루는 아이니까요. 그렇지 않다면, 말더듬증이 보복적인 유형의 행동은 아니라 해도, 남을 조종하는 데 아주 중요한 역할을 하고, 또 그런 면에서 아주 유용한 유형의 행동이라고 말한다는 이유로 레보브 씨가 나한테 이렇게 화를 내지는 않을 겁니다."

이 사람은 나를 싫어하는구나, 스위드는 생각했다. 다 내 외모 때문이야. 또 집사람의 외모 때문에 나를 싫어하는 거야. 이 사람은 우리 외모에 강박감을 가지고 있어. 그래서 우리를 싫어하는 거야. 우리가 자기처럼 키가 작고 못생기지 않았다는 이유로 말이야! "메리에겐 그게 힘든 일입니다. 자기가 보기엔 멍청하기 짝이 없는 일 때문에 그렇게 큰 관심을 받았던 사람의 딸로 자란다는 게 말입니다. 그렇잖아도 어머니와 딸 사이에는 자연적인 경쟁이 있는데, 거기에다 사람들이 아이한테 '너도 네 엄마처럼 커서 미스 뉴저지가 되고 싶니?' 하고 물어보기까지 하면 무척 힘들죠." "하지만 아무도 그애한테 그런 건 안 물어봐요. 누가 그런 걸 그애한테 묻습니까? 우리는 한 번도 물은 적이 없어요. 우리는 그런 이야기는 꺼낸 적도 없어요. 화제가 된 적도 없다고요. 왜 그러겠어요? 집사람은 미스 뉴저지가 아닌데. 집사람은 그애 어머니란 말입니다." "하지만 사람들이 그애한테 그런 걸 묻는다니까요, 레보브 씨." "참 나, 사람들은 아이들한테 아무런 의미도 없는 온갖 걸 묻지요. 어쨌든 그게 지금 중요한 문제는 아니잖습니까." "하지만 보세요. 아이에게는 어머니를 절대 따라잡을 수 없다고 느낄 만한 이유가 있고, 그래서 어머니와 가까워질 수 없고, 그래서 선택한 것이······" "그 아이는 아무것도 선택하지 않았어요. 보세요. 선생님이 우리 딸한테 이걸 '선택'으로 보게 해서 그애한테 불공평한 짐을 지우는지도 모르겠다는 생각이 드는군요. 그애한테는 선택의 여지가 없습니다. 그애는 말을 더듬을 때 완전한 지옥에 떨어진단 말이에요." "메리는 꼭 그렇게만 말하지는 않던데요. 지난 토요일에는 내가 대놓고 물어봤습니다. '메리, 너 왜 말을 더듬니?' 그러자 이러더군요. '말을 더듬는 게 더 편하거든요.'" "하지만 선생님도 그게 무슨 뜻인지 아시잖아요. 그게 무슨 뜻인지는 분명한 거 아닙니까. 말을 더듬지 않으려고 할 때 겪어야 하는 그 모든 걸 겪을 필요가 없다는 뜻이잖아요." "하지만 나는 메리가 그 이상의 이야기를 했던 거라고 생각합니다. 내 생각에 메리는, 만일 내가 말을 더듬지 않으면, 그때는, 이런, 사람들이 내 진짜 문제를 알게 될 거야, 하고 생각했을지도 모릅니다. 특히 메리의 모든 발언에 비현실적으로 높은 가치를 부여하는 경향이 있는, 매우 강한 압박감을 주는 완벽주의 가족 속에서는 말입니다. '만일 내가 말을 더듬지 않으면 어머니는 나한테 계엄령을 선포할 거야. 그리고 내 진짜 비밀을 알아낼 거야.'" "우리가 매우 강한 압박감을 주는 완벽주의 가족이라고 누가 그럽니까? 맙소사. 우리는 평범한 가족이에요. 지금 메리가 한 말을 그대로 옮긴 겁니까? 그게 메리가 선생님한테 한 말인가요? 자기 어머니에 관해서? 어머니가 자기한테 계엄령을 선포할 거라고?" "그런 표현을 사용한 건 아닙니다." "그게 사실이 아니니까요. 그게 원인이 아닙니다. 가끔 나는 그애 머리가 아주 빨리 돌아가서 그런 게 아닌가 생각합니다. 혀보다 훨씬 빨리 돌아가서……" 아, 그런 궁색한 설명을 하는 나를 동정하듯 바라보던 그 눈길. 잘난 체나 하는 나쁜 새끼. 냉정하고, 무정한 새끼. 어리석은 새끼. 그게 가장 큰 문제였다―어리석음. 이 모든 일은, 그는 그의 방식대로 보고 나는 내 방식대로 보고 돈은 그녀 방식대로 보기 때문에 생기는 것이다…… "우리는 받아들이지 못하는 아버지들을 종종 만나죠. 믿기를 거부하는……" 아, 이런 사람은 전혀 쓸모가 없어! 일을 더 나쁘게 만들 뿐이야! 이런 좆같은 정신과의사를 만나자는 게 누구 생각이었지! "그래요, 나는 받아들이지 않는 게 아니라고요, 젠장. 처음에 그애를 여기에 데려온 사람이 납니다. 나는 그애의 말더듬증을 멈추려는 노력에 보탬이 된다고 하면 전문가가 하라는 일을 다 하는 사람입니다. 나는 지금 내 딸이, 얼굴을 찌푸리고 안면 경련을 일으키고 다리를 건들거리고 탁자를 쳐대고 얼굴이 하얗게 질리는 내 딸이, 그런 모든 어려움을 안고 있는 내 딸이 기왕의 모든 것들에다 이제는 자기가 어머니와 아버지를 조종하려고 그러고 있다는 말을 듣는 게 그애한테 무슨 도움이 되는지 알고 싶을 뿐입니다." "글쎄요, 메리가 탁자를 두드리고 얼굴이 하얗게 질리면 누가 그 상황을 좌지우지하게 되죠? 그 자리를 누가 통제하게 되죠?" "그애는 분명히 아니지요!" 스위드는 화가 나서 그렇게 대꾸했다. "레보브 씨는 내가 메리를 매우 무자비한 관점에서 보고 있다고 생각하시는 군요." "어…… 어떤 면에서는, 그애 아버지로서, 그렇습니다. 선생님은 여기에 어떤 생리학적 원인이 있다는 생각은 한 번도 해보지 않은 모양이군요." "맞아요, 그런 말을 한 적은 없지요, 레보브 씨. 물론 레보브 씨가 원하신다면 기질성器質性 원인과 관련된 이론들을 이야기해드릴 수도 있습니다. 하지만 내가 가장 능력을 발휘할 수 있는 부분은 그쪽이 아닙니다."

메리의 말더듬증 일기. 메리가 저녁을 먹고 나서 식탁에 앉아 말더듬증 일기를 쓸 때, 그때 스위드는 그 정신과의사를 가장 죽이고 싶었다. 마지막으로 그에게, "받아들이지 못하는, 믿기를 거부하는" 아버지들 가운데 한 명인 그에게, 메리는 말더듬증이 필요 없어질 때, 세상과 다른 방식으로 '관계'를 맺고 싶을 때, 간단히 말해 남들을 조종하는 것보다 귀중한 대체물을 발견했을 때 비로소 말더듬증을 멈출 것이라고 말한 그 정신과의사를. 말더듬증 일기는 고리가 세 개 달린 빨간색 공책이었는데, 언어치료사가 제안한 대로 메리는 거기에 언제 말을 더듬었는지 기록을 남겼다. 그곳에 앉아 하루종일 말더듬증이 변화한 상황, 어떤 맥락에서 가장 일어날 가능성이 적고, 또 언제 누구와 있을 때 가장 일어날 가능성이 높은가 하는 것을 꼼꼼하게 기억하고 기록할 때만큼 말더듬증이 메리의 불구대천의 원수일 때가 또 있을 수 있을까? 메리가 친구들과 함께 급히 영화를 보러 가느라 식탁에 공책을 그냥 펼쳐놓고 간 금요일 저녁 그가 그것을 읽었을 때만큼 가슴이 아플 때가 또 있을 수 있을까? "나는 언제 말을 더듬나? 사람들이 내게 예상치 못한, 준비하지 않은 답을 요구할 때, 그때 나는 말을 더듬을 가능성이 높다. 사람들이 나를 보고 있을 때. 내가 말을 더듬는 것을 아는 사람들, 특히 그런 사람들이 나를 보고 있을 때. 물론 가끔 내가 더듬는 것을 모르는 사람들과 함께 있을 때 더 심해지기도 하지만……" 메리는 몇 페이지에 걸쳐 그 놀라울 정도로 깔끔한 필체로 써나갔다. 결국 메리는 모든 상황에서 말을 더듬는다고 말하는 것 같았다. 메리는 이렇게 썼다. "심지어 아무렇지 않을 때도 이런 생각이 멈추지를 않는다. '저 사람이 내가 말더듬이라는 걸 알게 되는 데 얼마나 걸릴까? 내가 말을 더듬기 시작해서 일을 망치는 데 얼마나 걸릴까?'" 그러나 그 모든 실망감에도 불구하고 메리는 부모가 볼 수 있는 곳에 앉아 주말을 포함하여 매일 밤 말더듬증 일기를 썼다. 메리는 치료사와 함께 낯선 사람, 가게 점원, 메리가 비교적 안전하게 대화를 나눌 수 있는 사람들에게 사용할 수 있는 다양한 '전략'을 짰다. 메리에게 가까운 사람들—선생들, 여자 친구들, 남자아이들, 마지막으로 할아버지와 할머니, 아버지, 어머니—에게 사용할 전략도 짰다. 메리는 그 전략들을 일기에 기록했다. 아이는 일기에 여러 사람들과 나누게 될 것이라고 예상하는 화제를 나열했고, 자신이 하게 될 말을 적었다. 자신이 말을 더듬을 가능성이 가장 높은 때를 예상하며 철저하게 준비했다. 이 아이가 이 모든 자의식의 곤경을 어떻게 감당했을까? 이 계획을 짜면서 메리는 자발적인 것을 비자발적인 것으로 만들어야 했지만, 그럼에도 이 지겨운 과제 앞에서 물러서려 하지 않는 집요함을 보였다. 이것이 그 오만한 개새끼가 말한 "보복적인 행동"이었을까? 이것은 스워드는 경험해보지 못한 굽힐 줄 모르는 노력이었다. 심지어 그해 가을 억지로 풋볼 선수가 되었을 때도 이렇게까지 노력하지는 않았다. 그는 폭력성 때문에 한 번도 좋아한 적이 없는 운동에 막무가내로 밀려들어가는 것이 내키지 않았지만, '학교를 위해서' 그렇게 했고, 또 뛰어난 실력을 발휘했다.

하지만 그렇게 부지런히 노력을 했음에도 이것은 메리에게 전혀 도움이 되지 않았다. 자신의 세계에서 벗어나 언어치료사의 조용하고 안전한 고치 같은 사무실에 가면 메리도 몹시 편안해하고, 흠 하나 없이 유창하게 말을 하고, 농담을 하고, 사람들을 흉내내고, 노래를 한다고 했다. 하지만 다시 밖으로 나오는 순간 메리는 그것이 다가오는 것을 보았다. 메리는 그것을 피하기 시작했다. b로 시작하는 단어를 피할 수 있다면 어떤, 그 어떤 짓이라도 할 생각이었다. 그러나 곧 온 사방에 침을 튀기는 꼴을 보여주고야 말았다. 그러면 다음 토요일에 정신과의사는 b라는 글자와 '그것이 무의식적으로 아이에게 의미하는 바'를 가지고, 또는 m이나 c나 g가 '무의식적으로 의미하는 바'를 가지고 놀며 얼마나 즐거워했는지. 그러나 그가 추측하는 것은 어떤 것도 염병할 말이 되지 않았다. 그의 대단한 생각들 가운데 아이의 어려움을 단 한 가지라도 덜어주는 것은 없었다. 어떤 사람이 하는 어떤 말도 아무런 의미가 없었고, 결국에는 말이 되지 않았다. 정신과의사도 도움이 되지 않았고, 언어치료사의 전략도 도움이 되지 않았고, 말더듬증 일기도 도움이 되지 않았고, 스위드 자신도 도움이 되지 않았고, 어머니도 도움이 되지 않았고, 심지어 오드리 헵번의 가볍고 또렷한 말투도 전혀 영향을 주지 못했다. 메리는 도저히 빠져나올 수 없는 어떤 손아귀에 사로잡혀 있었다.

게다가 너무 늦었다. 속임수에 빠져 해로운 약을 먹은 동화 속 순진한 아이처럼, 몸에 달라붙는 옷을 입은 채 즐겁게 가구를 기어오르고 눈에 보이는 모든 사람의 무릎을 가로지르다 갑자기 쑥쑥 자라면서 옆으로 확 퍼지고 건장해져버린 메뚜기 아이처럼, 메리는 등과 목이 넓어졌고 이를 닦지 않았고 머리를 빗지 않았다. 집에서 주는 것은 거의 먹지 않았지만 학교에서나 밖에서 혼자 있을 때는 언제나 먹어댔다. 프렌치프라이를 곁들인 치즈버거, 피자, BLT*, 양파링튀김, 바닐라 밀크셰이크, 루트비어 플로트**, 퍼지소스를 넣은 아이스크림, 모든 종류의 케이크 등 가리는 것이 없었다. 그 결과 거의 하룻밤 사이 메리는 확 커버렸다. 덩치가 크고, 성큼성큼 달려가고, 용모는 꾀죄죄한 열여섯 살짜리가 되어버렸다. 키가 180센티미터까지 자란 메리는 학교 친

---

* 베이컨, 상추, 토마토를 넣은 샌드위치.
** 루트비어에 바닐라 아이스크림을 섞은 것. 디저트로 즐겨 먹는다.

구들한테 호찌 레보브*라는 별명을 얻었다.

아이의 장애는 모든 거짓말쟁이 새끼들을 베어버리는 칼이 되었다. "저 조-조-좆같은 미치광이! 저 냉혹하고 야-야-야-야비한 괴-괴물!" 메리는 일곱시 뉴스에 린던 존슨의 얼굴이 나올 때마다 으르렁거렸다. 텔레비전에 나타난 부통령 험프리의 얼굴에 대고는 이렇게 소리를 질렀다. "이 새끼, 그 거짓말하는 이-이-입 다-다-닥치지 못해, 이 거-거-겁쟁이, 이 좆같이 더-더-더러운 부역자!" 아이 아버지는 '전쟁에 반대하는 뉴저지 사업가들'이라고 이름 붙인 특별 집단의 구성원이 되어 그 운영위원회와 함께 상원의원을 방문하러 워싱턴에 갈 때 딸에게 함께 가자고 했지만 아이는 거절했다. 스위드는 전에는 한 번도 정치 집단에 속해본 적이 없는 사람이었다. 그는 자신이 이렇게 눈에 두드러지게 참여하면 아이의 분노가 자신에게서 조금이나마 빗겨갈 거라는 희망을 품었다. 그런 희망이 없었다면 이런 집단에 가입하지도 않았을 것이고, 운영위원이 되겠다고 자원하지도 않았을 것이고, 〈뉴어크 뉴스〉에 항의 광고를 싣는 일에 천 달러를 내지도 않았을 것이다. 스위드는 말했다. "하지만 네가 생각하는 것을 케이스 상원의원한테 말할 수 있는 기회잖아. 직접 그 사람하고 대면할 수 있어. 네가 원하는 게 그거 아니니?" 몸집이 작은 어머니도 무서운 얼굴로 노려보는 커다란 딸에게 말했다. "네가 케이스 상원의원한테 영향을 줄 수도 있잖아……" "크-크-크-크-크-크-크-케이스!" 메리는 폭발했다. 그러면서 타일이 깔린 부엌바닥에 침을 퉤 뱉는 바람에 부모는

---

* 호찌민에 빗댄 별명.

깜짝 놀랐다.

이제 메리는 늘 전화기를 붙들고 살았다. 전에는 수화기를 들고 나서 삼십 초 안에 "여보세요"라는 말을 하기 위해 전화 '전략'을 연습해야 했던 아이였다. 메리는 그 괴로운 말더듬증을 잘 극복하긴 했지만, 아이의 부모나 치료사가 바라던 대로는 아니었다. 메리는 자신의 인생을 기형으로 만드는 것은 말더듬증이 아니라, 그것을 뒤집으려는 쓸데없는 노력이라고 결론 내렸다. 미친 듯한 노력. 부모와 선생들과 친구들, 자신이 말을 하는 방식 같은 부차적인 것을 과대평가하게 만든 림록의 그 사람들의 기대에 부응하기 위해 메리 자신이 말더듬증에 부여한 우스꽝스러운 의미. 그들이 신경쓴 것은 메리가 하는 말이 아니라 메리가 말을 하는 방식이었다. 거기에서 벗어나기 위해 메리가 진정으로 해야 할 일은, 자신이 b라는 글자를 발음하려고 애를 쓰는 것이 그들을 얼마나 비참하게 만드는가 하는 문제에 좆도 아무런 관심을 갖지 않는 것뿐이었다. 그래, 메리는 자신이 말을 더듬기 시작할 때 모든 사람의 발아래 입을 벌리는 깊은 구렁텅이에 완전히 관심을 끊어버렸다. 이제 말더듬증이 자신의 삶의 중심이 되는 것을 거부할 생각이었다. 그리고 그것이 그들의 삶의 중심이 되지 않도록 정말로 확실하게 해둘 생각이었다. 메리는 림록의 다른 모든 착하고 귀여운 여자아이들처럼 어여쁘고 사랑스러운 아이가 되려고 열중하던 것에서 벗어나 착하고 귀여운 소녀의 겉모습과 성실성을 격렬하게 거부했다. 의미 없는 예절, 사소한 사교적 관심, 가족의 '부르주아적' 가치를 거부했다. 이제 자기 자신에게는 시간을 낭비하지 않을 생각이었다. "다-다-다-다 태-태-태워 죽이는 린던 브-브-브-베인스 존슨 때문에 아이들이 산 채로 타-타-타-타-타-타 죽는 이런 상황에서 나는 밤낮없이 좆 같은 말더듬증과 씨름하느라 평생을 보내지는 않을 거야!"

이제 메리의 모든 에너지가 표면으로 곧장 거침없이 떠올랐다. 이전에는 다른 데 사용되던 저항의 힘이었다. 이제 예전의 장애가 거치적거리지 않게 되자 메리는 평생 처음으로 충만한 자유뿐 아니라 완전한 자기 확신이라는 환희에 찬 힘을 경험했다. "비-비-비-비열한" 전쟁이야말로 자신이 진정 엄청난 힘을 쏟아 싸울 만한 가치가 있는 어려운 적이라는 사실을 깨달으면서 새로운 메리의 삶이 시작되었다. 메리는 북베트남을 베트남민주공화국이라고 불렀고, 이 나라 이야기를 할 때면 애국적인 감정에 불타올랐기 때문에 돈의 말에 따르면 아이가 뉴어크 베스 이스라엘 병원이 아니라 하노이 베스 이스라엘 병원에서 태어났다는 생각이 들 정도였다. "'베트남민주공화국.' 그애한테서 그 말을 한 번만 더 들으면, 시모어, 정말이지 나 미쳐버릴 것 같아!" 스위드는 그것이 꼭 나쁘지만은 않을지도 모른다고 돈을 설득하려 했다. "메리한테는 신념이 있는 거야, 돈. 메리한테는 정치적 입장이 있는 거라고. 섬세한 구석은 별로 없고 또 메리가 최고의 대변인 노릇을 하는 것 같지도 않지만, 그래도 그 뒤에는 어떤 생각이 있어. 그 뒤에는 분명히 많은 감정이 있어. 그 뒤에는 큰 동정심이 있어······"

그러나 이제 돈은 딸과 어떤 문제에 관해서건 대화를 나누기만 하면, 미쳐버리지는 않았지만 곧 집을 나가 축사로 들어가버렸다. 스위드의 귀에 메리가 돈과 싸우는 소리가 들리곤 했다. 그 둘은 단둘이 이 분만 있으면 싸웠다. 돈이 말한다. "어떤 아이들은 자기 삶에 만족하는 중간계급 부모하고 살 수만 있다면 완벽하게 행복하다고 생각할 거야." "미안하지만 나는 그런 사람이 될 만큼 세너당하지 않았어요." 메리는 그렇게 대꾸한다. "너는 열여섯 살짜리 아이니까 내가 너한테 이래라저래라 할 수 있어. 따라서 이래라저래라 할 거야." "내가 열여섯 살이기 때문에 아-아-아이가 되는 건 아니에요! 나는 내가 워-워-원하는 걸 할 거예요!" "너는 전쟁에 반대하는 게 아니야. 모든 것에 반대하는 거지." "그럼 엄마는 뭔데요? 엄마는 아-아-암소 편인가요!"

이제 돈은 밤마다 울면서 잠자리에 들었다. "저애는 뭐야? 이게 뭐야?" 돈은 스위드에게 물었다. "누가 당신 권위에 무조건 도전하면 당신은 어떻게 하겠어? 시모어, 나는 완전히 혼란에 빠졌어. 어떻게 이런 일이 일어나게 된 거지?" "자주 일어나는 일이야. 메리는 의지가 강한 아이야. 생각이 있는 아이야. 명분이 있는 아이라고." "어쩌다 이렇게 된 거야? 납득이 안 돼. 내가 나쁜 엄마야? 그런 거야?" "당신은 좋은 엄마야. 훌륭한 어머니지. 그런 문제가 아냐." "그애가 왜 나한테 이런 식으로 맞서는지 모르겠어. 내가 그애한테 무슨 짓을 한 건지, 아니, 그애는 내가 자기한테 도대체 무슨 짓을 했다고 생각하는 건지 정말 모르겠어. 어떻게 된 일인지 모르겠단 말이야. 저애는 도대체 누구야? 저애는 어디서 온 거야? 통제가 안 돼. 이게 내 딸인가 싶어. 나는 그애가 똑똑하다고 생각했어. 하지만 전혀 똑똑하지 않아. 멍청해지고 있어, 시모어. 이야기를 나눌 때마다 점점 더 멍청해지고 있다고." "아냐, 그냥 공격성이 아주 유치한 방식으로 나타나는 것뿐이야. 그걸 제대로 풀지 못하고 있을 뿐이지. 그래도 메리는 똑똑해. 아주 똑똑해. 십대들은 그래. 실제로 아주 혼란스러운 변화가 일어나고 있잖아. 당신이나 나하고는 전혀 상관없어. 그냥 정해놓지 않고 모든 것에 반대하는 거야."""이게 다 말더듬증에서 온 거야. 안 그래?""그애 말더듬증에 대해서라면 우리는 할 수 있는 모든 일을 하고 있어. 늘 그랬잖아.""그애는 말을 더듬어서 화가 난 거야. 말을 더듬어서 친구를 못 사귀잖아.""친구는 언제나 있었어. 많았지. 게다가 메리는 말더듬증을 이겨냈어. 말더듬증은 이유가 아냐.""아니, 그게 이유야. 말더듬증은 절대 이겨낼 수 없는 거야. 늘 두려워하게 되지.""그건 지금 벌어지는 일의 이유가 아니야, 도니.""그애는 열여섯이야. 그게 이유일까?" 돈이 물었다. "글쎄, 그게 이유라면, 혹시 그게 큰 이유가 되는 거라면, 우리는 그애가 열여섯을 지날 때까지 최선의 노력을 기울여야지.""그래서? 열여섯이 지나면 열일곱이 될 텐데.""열일곱이면 달라질 거야. 열여덟이면 달라질 거야. 상황도 달라질 거야. 새로운 관심사를 발견할 거야. 대학도 가게 될 거야. 공부할 게 생기겠지. 우리는 이 문제를 풀 수 있어. 중요한 건 그애하고 계속 이야기를 하는 거야.""나는 못하겠어. 그애하고 이야기를 못하겠다고. 이제는 소까지 샘을 내. 사람을 너무 미치게 해.""그럼 내가 계속 이야기를 할게. 중요한 건 그애를 버리지 않고, 그애한테 굴복하지 않고, 같은 이야기를 하고 또 하고 또 해야 한다 해도 계속 이야기를 하는 거야. 다 절망적으로 보이더라도 상관없어. 당신이 하는 말이 바로 효과를 볼 거라고 기대하지는 마.""효과를 보는 건 그애의 말대꾸란 말이야!""그애 말대꾸는 중요하지 않아. 우리는 그애한테 할말을 해야 돼. 그게 끝도 없는 일처럼 보인다 해도 말이야. 선을 분명하게 그어야 돼. 우리가 선을 분명하게 긋지 않으면, 그애는 틀림없이 순종하지 않을 거야. 우리가 선을 분명하게 그으면, 그애가 순종할 확률이 적어도 50퍼센트는 돼.""그래도 순종하지 않으면?" "우리가 할 수 있는 일은, 돈, 계속 합리적으로 행동하고, 계속 단호하게 행동하면서 희망이나 인내심을 잃지 않는 거야. 그러면 그애도 성장해서 모든 것에 반대하는 이런 태도에서 벗어나는 날이 올 거야." "그애는 그런 성장을 원하지 않아." "지금은 그렇지. 오늘은 그렇지. 하지만 내일이 있잖아. 우리 모두를 연결하는 유대가 있어. 그건 엄청난 거야. 우리가 그애를 버리지 않는 한, 우리가 계속 이야기를 하는 한, 내일은 분명히 올 거야. 물론 그애는 사람을 미치게 만들지. 나도 이게 내 딸인가 싶어. 하지만 그애한테 져서 인내심을 잃지만 않으면, 계속 이야기를 하면서 포기하지만 않으면, 그애는 결국 다시 자기 모습을 찾게 될 거야."

그래서 비록 절망적으로 보이기는 했지만, 스위드는 말을 했고 귀를 기울였고 합리적으로 행동했다. 싸움은 끝이 없어 보였지만, 인내심을 잃지 않았고, 아이가 지나치게 멀리 나간다고 생각할 때마다 분명히 선을 그었다. 그것 때문에 아이가 격분하며 말대꾸를 해도, 아이의 대답이 아무리 신랄하고 통렬하고 의뭉스럽고 부정직하다 해도, 그는 그애한테 그애의 정치 활동에 관해, 학교가 끝난 뒤에 가는 곳에 관해, 새로운 친구들에 관해 계속 질문을 했다. 그는 메리를 바싹바싹 약오르게 하는 부드러운 집요함으로 그애의 토요일 뉴욕 여행에 관해 물었다. 메리는 집에서 원하는 대로 소리를 지를 수 있었다. 그러나 그애는 여전히 올드림록 출신의 아이였다. 그래서 그애가 뉴욕에 가서 누구를 만날지 상상해보다 스위드는 두려움에 사로잡혔다.

뉴욕에 관한 대화 1번. "뉴욕에 가면 뭘 해? 뉴욕에서 사람을 만나는 거야?" "내가 뭐하느냐고요? 뉴욕 구경하러 가요. 구경하러 가는

166

거예요.""뭘 하는데, 메리?""다들 하는 걸 해요. 윈도쇼핑을 하죠. 다른 여자애들은 뭘 하는데요?""너 뉴욕에서 정치적인 사람들하고 어울리잖아.""무슨 말씀인지 모르겠는데요. 모든 게 정치적인 거예요. 이를 닦는 것도 정치적인 일이라고요.""베트남전쟁에 반대하는 사람들하고 어울리잖아. 그런 사람들을 보러 가는 거 아냐? 그래, 안 그래?""사람들을 만나는 건 맞아요. 생각이 있는 사람들이죠. 그 가운데 몇 명은 전쟁을 지-지-지-지지하지 않기도 하고요. 대부분이 전쟁을 지-지-지-지지하지 않아요.""그래, 사실 나도 전쟁은 지지하지 않아.""그런데 뭐가 문제예요?""그 사람들이 누구야? 나이가 몇 살이나 됐어? 뭘로 먹고살아? 학생들이야?""왜 알고 싶어하는 거예요?" "네가 뭘 하는지 알고 싶기 때문이지. 너는 토요일에 뉴욕에 혼자 가. 모든 부모가 열여섯 살짜리 딸을 그렇게 멀리 보내주는 건 아니야." "저는 가서…… 저는, 말이에요, 거기에는 사람도 있고 개도 있고 거리도 있어요……""집에 그 공산주의 자료를 들고 오잖아. 그 책이니 팸플릿이니 잡지니 하는 것들 말이야.""저는 배우려는 거예요. 아빠가 저더러 배우라고 했어요, 안 그래요? 그냥 공부만 하지 말고 배우라고 말이에요. 고-고-고-공산주의는……""그건 공산주의야. 거기 그렇게 적혀 있으니까.""고-고-고-공산주의자들이 늘 고-공산주의 생각만 하는 건 아니에요.""예를 들면?""가난. 전쟁. 불의. 그 사람들도 이런저런 생각을 다 한다고요. 아빠가 유대인이라고 해-해-해서 유대교 생각만 하는 게 아닌 것처럼요. 고-고-공산주의자들도 마찬가지라고요."

뉴욕에 관한 대화 12번. "뉴욕에서는 어디 가서 먹니?""빈센트에서는 안 먹어요, 천만다행이죠." "그럼 어디에서 먹어?" "다들 먹는 데서요. 레스토랑. 카페테리아. 사람들 아파트." "그 아파트에 사는 사람들이 누군데?" "제 친구들이요." "어디서 만났는데?" "몇 명은 여기서 만났고, 몇 명은 뉴욕에서……" "여기서? 어디서?" "고등학교에서. 예를 들어, 세-세-세-셰리." "나는 셰리는 만나본 적이 없는데." "세-세-세-셰리는 학교 공연에서 바이올린을 연주하던 애예요, 기억안 나요? 개는 음악 교습을 바-받기 때문에 뉴욕에 가요." "그애도 정치에 관여하니?" "아빠, 모든 게 정치적인 거라니까요. 개도 머-머-머-머리가 있는 앤데 어떻게 관여하지 않겠어요?" "메리, 나는 너한테 문제가 생기는 걸 원치 않아. 너는 전쟁에 화를 내고 있어. 많은 사람들이 전쟁에 화를 내고 있지. 하지만 전쟁에 화를 내는 사람들 중에는 아무런 한계를 모르는 사람들도 있어. 너 한계가 뭔지 아니?" "한계. 아빠는 겨우 그딴 생각뿐이죠. 극단으로 가지 말라는 거. 참 나, 가끔은 아빠도 좆도 극단으로 가봐야 해. 아빠는 전쟁이 뭐라고 생각하는 거예요? 전쟁은 극단이라고요. 여기 이 조그만 림록의 생활이 아니라고요. 여기서는 어떤 것도 극단적이지 않잖아요." "너는 이제 여기가 마음에 들지 않는구나. 뉴욕에서 살고 싶니? 그걸 원해?" "무-무-무-물론이죠." "고등학교를 졸업하고 뉴욕에 있는 대학에 간다고 해보자. 그러고 싶니?" "대학에 갈지 안 갈지 모르겠어요. 대학을 관리하는 사람들을 보세요. 전쟁에 반대하는 학생들한테 어떻게 하는지 보라고요. 그런데 제가 어떻게 대학에 가고 싶겠어요? 고등교육? 제가 보기에는 하등교육이에요. 대학에는 갈 수도 있고 안 갈 수도 있어요. 지금 게-계획을 짜지는 않을 거예요."

메리가 토요일 밤에 집에 돌아오지 않은 뒤 나눈 뉴욕에 관한 대화 18번. "절대 다시는 그러면 안 돼. 우리가 모르는 사람들하고 함께 밤을 보내면 안 된다고. 그 사람들이 누구야?" "절대란 말 좀 절대 하지 마세요." "함께 있던 사람들이 누구냐고?" "세-셰리 친구들이에요. 음악학교 애들." "그 말은 믿을 수 없는데." "왜요? 저한테도 친구가 있을 수 있다는 걸 미-미-미-믿을 수가 없어요? 사람들이 저를 좋아할 수도 있다는 거, 아빠는 그걸 미-미-미-믿을 수가 없는 거예요? 사람들이 저를 하룻밤 재워줄 수도 있다는 거, 아빠는 그걸 미-미-미-믿을 수가 없어요? 그럼 도대체 아빠는 뭘 미-미-미-미-미-미-미-믿는 거예요?" "너는 열여섯 살이야. 너는 집에 와야 돼. 뉴욕에서 자고 오면 안 돼." "내가 몇 살인지 안 가르쳐줘도 돼요. 누구나 나이는 있어요." "네가 어제 나갈 때 우리는 네가 여섯시에 돌아올 거라고 생각했어. 그런데 넌 저녁 일곱시에 전화를 해서 하룻밤 자고 오겠다고 했어. 우리는 안 된다고 했지. 너는 고집을 부렸어. 잘 데가 있다고 했지. 그래서 그러라고 허락했지." "그래요, 허락해주셨죠." "하지만 다시는 그러면 안 돼. 한번 더 그러면, 앞으로는 너 혼자 뉴욕에 가는 걸 허락하지 않을 거야." "누구 맘대로?" "네 아버지 마음대로." "어디 두고 봐요." "이렇게 타협을 하자." "어떤 타협이요, 아버님?" "네가 또 뉴욕에 가서 시간이 늦어 어딘가에서 자고 와야 한다면, 우마노프 집에 가서 자기로." "우마노프 집이요?" "그 사람들은 너를 좋아해. 너도 그 사람들을 좋아하고. 그 사람들은 네가 어릴 때부터 너를 알았어. 그 사람들 아파트도 아주 좋아." "어, 저를 재워줬던 사람들 아파트도 아주 좋아요." "그 사람들이 누군데?" "말했잖아요, 세-셰리 친

구들이라고." "그게 누구냐니까?" "빌하고 멀리사요." "빌하고 멀리
사가 누구야?" "사-사-사-사람들이요. 다른 사람들하고 똑같은 사람
들이에요." "무슨 일을 하는데? 나이는 몇이고?" "멀리사는 스물둘이
에요. 빌은 열아홉이고." "학생들이야?" "학생들이었어요. 지금은 베
트남 사람들의 지위 향상을 위해서 사람들을 조직해요." "어디 사는
데?" "뭐하시려고요? 와서 저를 데려가시려고요?" "어디 사는지 알고
싶어. 뉴욕에는 온갖 동네가 다 있어. 어느 동네는 좋고, 어느 동네는
좋지 않아." "아주 좋은 동네에서, 아주 좋은 거-거-거-건물에 살아
요." "어딘데?" "모닝사이드하이츠에 살아요." "그럼 컬럼비아 대학교
학생들이었어?" "전에는 그랬죠." "그 아파트에 몇 명이나 있는데?"
"제가 왜 이런 질문에 모두 대답을 해야 하는지 모르겠네요." "네가 내
딸이고, 열여섯 살이기 때문이지." "그래서 앞으로 평생, 제가 딸이라
는 이유로……" "아니, 네가 열여덟 살이 되어서 고등학교를 졸업하
면, 네가 원하는 대로 할 수 있어." "그러니까 그 차이는 이 년이라는
거로군요." "맞아." "그 이 년 사이에 도대체 어떤 크-큰일이 생기는
데요?" "네가 자립할 수 있는 독립적인 사람이 되는 거지." "저는 워-
워-워-워-원하기만 하면 지금이라도 자립할 수 있어요." "나는 네가
빌과 멀리사와 함께 있는 걸 원치 않아." "우-우-우-왜요?" "너를 돌
보는 게 내 책임이기 때문이야. 우마노프 집으로 가. 네가 거기에 동의
할 수 있으면, 뉴욕에 가서 자고 와도 좋아. 그렇지 않으면 거기 가는
걸 절대 허락할 수 없어. 네가 선택해." "제가 뉴욕에 가는 건 제가 함
께 있고 싶은 사람들하고 함께 있으려는 거예요." "그럼 넌 뉴욕에 갈
수 없어." "두고 봐요." "'두고 봐요'는 없어. 너는 못 가는 거고, 그걸

로 얘기는 끝이야." "아버지가 저를 막는 걸 한번 보고 싶네요." "잘 생각해봐. 우마노프네 집에 있지 않을 거면 뉴욕에는 못 가." "그럼 전쟁은……" "내 책임은 너지 전쟁이 아니야." "아, 저도 아버지 책임이 전쟁이 아니라는 건 알아요. 그래서 제가 뉴욕에 가야 하는 거예요. 사람들이 책임을 느-느-느-느끼도록요. 미국이 베트남 마을에 포-폭탄을 터뜨릴 때 책임을 느끼도록요. 미국이 어린 아-아기들을 사-사-사-사-산산조각 낼 때 책임을 느끼도록요. 하-하지만 아빠는 못 느끼죠. 엄마도 마찬가지고요. 관심이 없기 때문에 그런 일로 단 하루도 괴로워하지 않아요. 관심이 없기 때문에 아빠는 어디에서 하룻밤을 보내지도 않아요. 그런 걸 걱정하면서 밤을 새우지 않아요. 아빠는 어느 쪽으로든 사실 관심이 없어요."

뉴욕에 관한 대화 24, 25, 26번. "저는 이런 대화는 못하겠어요, 아빠. 하지 않을 거예요! 거부해요! 누가 자기 부모하고 이런 식으로 이야기해요!" "네가 미성년자고, 낮에 나갔다 온다고 하고 나갔다가 밤에 집에 돌아오지 않으면 네 부모와 젠장 이렇게 얘기할 수밖에 없어." "하-하-하지만 아빠는 나를 미-미-미-미치게 만든다고요. 이해하려고 노력하는 이런 분별력 있는 부모 노릇 때문에요! 나는 이해받고 싶지 않아요. 자-자-자-자유롭고 싶다고요!" "그럼 내가 너를 이해하지 않으려고 노력하는 분별력 없는 부모인 게 더 좋겠니?" "더 좋죠! 더 좋을 거 같아요! 젠장, 어디 한번 그-그-그렇게 해보는 게 어때요. 젠장, 어디 한번 어떻게 되나 보게!"

뉴욕에 관한 대화 29번. "안 돼, 너는 성년이 되기 전에는 우리 가족 생활을 망가뜨릴 수 없어. 성년이 되면 네 마음대로 해. 하지만 네가 열여덟 살이 안 된 이상……"" "아빠가 생각할 수 있는 거, 아빠가 말할 수 있는 거, 아빠가 가-가-관심을 가질 수 있는 건 오로지 이 조-좆도 조-조-조그만 가-가-가족의 행복뿐이로군요!" "너도 똑같은 생각을 하는 거 아냐? 너도 그것 때문에 화를 내는 거 아냐?" "아-아-아니에요! 저-저-절대!" "맞아, 메리. 너는 베트남의 가족들 때문에 화가 나 있잖아. 그 가족들이 파괴되는 것 때문에 화가 나 있어. 그 가족들도 가족이야. 그 가족들도 우리 가족과 같아. 우리 가족이 누리는 삶을 누릴 권리를 갖고 싶어해. 그게 네가 그 가족들에게 원하는 거 아니야? 빌하고 멀리사가 그 가족들에게 원하는 거 아니야? 그 가족들도 우리 가족처럼 안정되고 평화로운 삶을 살 수 있게 해주는 게?" "여기 이 난데없는 곳에서 특권을 누리며 사는 거요? 아뇨, 난 비-비-빌하고 멀리사가 그런 가족들에게 원하는 게 그거라고 생각하지 않아요. 나도 그 가족들이 그러기를 바라지 않아요." "아니라고? 다시 생각해봐. 나는 이 난데없는 곳에서 특권을 누리며 살 수 있다면 그 가족들이 아주 만족할 것 같은데, 솔직히." "그 사람들은 그저 밤에 자기네 나라에서 자-잠자리에 들 수 있고, 자기네 삶을 살 수 있기를 바랄 뿐이라고요. 자다가 포-포-폭격에 바-바-바-바-바-박살날 거라는 걱정 없이 말이에요. 뉴저지의 특권을 누리는 사람들이 펴-펴-평화롭고, 아-아-안정되고, 탐욕스럽고, 의미 없는 삶, 남의 피나 빨아먹는 하-하-하-하찮은 삶을 살기 위해 자기들을 바-바-바-바-박살낼 거라는 걱정 없이 말이에요!"

메리가 우마노프네 집에서 자고 온 다음 뉴욕에 관해 나눈 대화 30번. "아, 브-브-브-브-배리하고 마샤는 아주 대단히 자유주의적이던

172

데요. 안락한 부-부-부르주아 생활을 하면서 말이에요.""그 사람들은 교수야. 전쟁에 반대하는 진지한 학자들이라고. 그 집에 다른 사람들은 없던?""아, 전쟁에 반대하는 어떤 영문학과 교수하고, 전쟁에 반대하는 어떤 사회학과 교수가 있던데요. 적어도 그 아저씨는 자기 가족이 전쟁에 반대하는 일에 참여하게 해요. 모두 하-하-하-함께 행진을 해요. 그게 제가 말하는 가족이에요. 이 좆같은 아-아-아-암소들이 아니고요.""그러니까 거기서는 괜찮았단 말이로구나.""아뇨. 나는 친구들과 함께 있고 싶어요. 여덟시에 우마노프 아저씨네 집에 가고 싶지 않단 말이에요. 여덟시 지나서 무슨 일이 일어나든 그게 무슨 대수예요! 밤 여덟시 이후에 아빠 친구들하고 함께 있고 싶었다면, 그냥 여기 림록에 있었을 거예요. 나는 여덟시 이후에 내 친구들하고 함께 있고 싶다고요!""그래도 우리가 방법을 찾았잖아. 타협을 했잖아. 여덟시 지나서는 친구들하고 함께 있지는 못하지만 그전에 친구들하고 하루를 보냈잖아. 그거면 아무것도 못한 것보다는 훨씬 낫지. 나도 네가 동의해주었기 때문에 훨씬 기분이 좋아. 너도 그래야 돼. 다음 토요일에도 갈 거니?""그런 일을 며-몇 년 전부터 계획하는 게 아니라고요.""다음 토요일에도 갈 거면, 우마노프 집에 미리 전화를 해서 간다고 알려."

메리가 밤에 우마노프 집에 나타나지 않은 뒤에 이루어진, 뉴욕에 관한 대화 34번. "알았어, 이제 끝이야. 너는 약속을 하고 나서 그 약속을 어겼어. 이제 다시는 토요일에 이 집에서 나갈 수 없어.""가택 연금이로군요.""무기한.""아빠는 뭘 그렇게 두려워하는 거죠? 아빠는 내가 뭘 할 거라고 생각하는 거예요? 나는 치-친구들하고 어울리는 것뿐이라고요. 전쟁하고 다른 중요한 일들에 대해서 토론해요. 아빠가 그걸 왜 그렇게 자세히 알고 싶어하는지 모르겠어요. 내가 요 앞 햄린 가-가-가게에 갈 때에도 수-수-수-수-수도 없는 좆같은 질문을 하는 건 아니잖아요. 뭘 그렇게 두려워하세요? 아빠는 그저 두려움 더-더-더-더-덩어리일 뿐이에요. 그렇다고 여기 숲속에서 그냥 계속 숨어 있을 수는 없어요. 아빠의 두려움을 나한테 다 토해내서 나도 아빠나 엄마처럼 두려움 많은 사람으로 만들지 마세요. 아빠가 상대할 수 있는 건 아-암소뿐이에요. 아-암소하고 나무. 세상에는 아-아-아-아-아-암소하고 나무 말고도 다른 것들이 있어요. 사람들이 있죠. 진짜 고통을 겪는 사람들 말이에요. 왜 그 이야기는 안 하세요? 내가 누구하고 그걸 할까봐 두려운 거예요? 그게 아빠가 두려워하는 거예요? 나는 임신이나 하고 다니는 그런 바보가 아니에요. 내가 지금까지 한 번이라도 무책임한 일을 한 적 있어요?" "너는 약속을 어겼어. 그걸로 끝이야." "여긴 회사가 아니에요. 이건 사-사-사-사-사-사-사-사업이 아니란 말이에요, 아빠. 가택 연금이라니. 하긴 이 집에 있으면 매일 가택 연금을 당하는 거나 마찬가지니까." "네가 이런 식으로 나올 때면 별로 마음에 들지 않아." "아빠, 입 다무세요. 나도 아빠가 마음에 들지 않아요. 한 번도 마음에 드-드-든 적 없어요."

뉴욕에 관한 대화 44번. "기차역까지 태워다주지 않을 거야. 넌 집에서 못 나가." "어쩔 건데요? 바-바리케이드라도 쳐서 가둘 건가요? 어떻게 막을 건데요? 애들이 앉는 높은 의자에 묶어놓기라도 할 건가요? 그게 아빠가 딸을 다루는 방법인가요? 내 아버지가 나를 물리적인 힘으로 위협하다니 미-미-믿을 수가 없어요." "물리적인 힘으로 위협하

174

는 게 아니야." "그럼 나를 어떻게 집에 가둘 건데요? 나는 엄마가 기르는 멍청한 아-아-아-아-암소가 아니란 말이에요! 나는 여기에 영원히, 영원토록 살지 않아요. 내-냉정하고 차분하고 침착한 분께서 뭐가 그렇게 두려운 거죠? 무엇 때문에 사람들을 그렇게 두려워하는 거예요? 뉴욕이 세계 최고의 문화 중심지란 말은 들어보셨나요? 전 세계에서 사람들이 뉴욕을 경험하러 와요. 아빠는 늘 내가 다른 모든 걸 경험하기를 바랐어요. 그런데 왜 뉴욕은 안 된다는 거예요? 여기 이 쓰-쓰레기장보다 훨씬 나은데. 뭐에 그렇게 화가 난 거예요? 내가 나 자신을 진정으로 알게 될지도 모른다는 것에요? 아빠가 먼저 내놓지 못한 어떤 걸 알게 될까봐요? 가족과 일은 이렇게 저렇게 풀려야 한다고 아빠가 미리 잘 짜놓은 계획에 들어 있지 않은 어떤 걸 알게 될까봐요? 내가 하려는 일은 그저 좆같은 기차를 타고 시내로 들어가는 것뿐이에요. 수백만 명이 매일 그렇게 출근을 한다고요. 내가 엉뚱한 사람들과 어울리게 될까봐요? 설마 내가 지금하고 다른 관점을 얻는 일이 생기겠어요? 아빠는 아일랜드계 가톨릭교도와 결혼했잖아요. 아빠가 엉뚱한 사람들과 어울리는 걸 아빠 가족은 어떻게 생각했나요? 엄마는 유-유-유-유-유대인과 결혼했어요. 엄마 가족은 엄마가 엉뚱한 사람들과 어울리는 걸 어떻게 생각했나요? 내가 그보다 얼마나 더 못된 짓을 할 수 있겠어요? 어쩌면 아프리카 쪽 남자와 어울릴 수는 있겠네요. 그게 아빠가 두려워하는 건가요? 아니겠죠, 아빠. 왜 중요한 일에 관해서는 걱정을 하지 않는 거예요? 전쟁 같은 거 말이에요. 아빠의 특권이 넘치는 어린 딸이 호-혼자 기차를 타고 크-큰 도시에 가느냐 마느냐 하는 것 말고요."

뉴욕에 관한 대화 53번. "좆같은 기차를 타고 시내에 들어가면 나한테 도대체 어떤 끔찍한 좆같은 운명이 차-차-찾아오는지 아빠는 아직도 이야기해주지 않았어요. 뉴욕에도 아파트가 있고 비를 피할 지붕도 있어요. 문도 있고 자물쇠도 있다고요. 자물쇠는 뉴저지 주 올드림록에만 있는 게 아니라고요. 그런 생각 해보셨나요, 시모어 레보브, 그대는…… '더 러브'? 자기한테 이-이질적인 건 다 나-나쁘다고 생각하죠. 아빠한테 이-이질적이지만 좋은 것도 있다는 생각은 해본 적 없나요? 내가 아빠의 딸로서 괜찮은 시간에 괜찮은 사람들과 함께 다닐 수 있는 어떤 본능을 갖고 있을 거란 생각은요? 아빠는 늘 내가 어떤 식으로든 좆같이 망가질 거라고 너무나 확신해요. 나한테 조금이라도 신뢰가 있다면, 내가 괜찮은 사람들하고 어울릴 수도 있다고 생각할 거예요. 아빠는 나를 전혀 신뢰하지 않아요.""메리, 너도 내가 무슨 이야기를 하는지 알잖아. 너는 정치적 급진파와 어울리고 있어." "급진파. 자-자-자-자기하고 생각이 다-다-다르다고 급진파래." "아주 극단적인 정치적 생각을 하고 있는 사람들이야……""어떤 일이든 이루어내려면 강한 생각을 가져야 하는 거라고요, 아빠.""하지만 너는 겨우 열여섯 살이잖아. 그리고 그 사람들은 너보다 나이도 훨씬 많고 교묘해.""맞아요. 그래서 내가 뭔가 배울 수 있는 게 아니겠어요. 극단이란 말은 자유라는 걸 엉뚱하게 오해해서 작은 나라에 포-포-포-폭탄을 퍼부을 때 쓰는 말이에요. 그게 극단적인 거예요. 어린 나-나-남자애의 다리와 부-불알을 포-포-포-폭탄으로 날려버리는 거, 그게 극단이라고요, 아빠. 버-버스나 기차를 타고 뉴욕에 가서 문을 잠근 안전한 아파트에서 하룻밤을 보내는 거, 그게 어디가 극단적인 건지 모르겠어요. 나는 사람들이 잘 수만 있다면 매일 밤 어딘가에서 잔다고 생각해요. 그게 어디가 극단적인지 마-마-말해보세요. 전쟁이 나-나쁘다고 생각하세요? 어머나—극단적인 생각이시네요, 아빠. 극단적인 건 생각이 아니라고요. 누군가는 변화를 가져오려고 노력할 만큼 뭔가에 관심을 가질 수도 있는 거예요. 아빠는 그걸 극단적이라고 생각하세요? 그게 아빠 문제예요. 어떤 사람한테는 컬럼비아에서 하-하-하-하-하-하-학위를 따는 것보다 다른 사람들 목숨을 구하려고 노력하는 게 더 의미가 있을 수도 있는 거라고요. 그게 극단적인가요? 아니, 그러지 않는 게 극단적인 거죠." "빌하고 멜리사 이야기를 하는 거니?" "네. 멜리사는 하-하-하-학위보다 더 중요한 게 있어서 학교를 그만뒀어요. 멜리사한테는 종잇조각에 찍힌 하-하-학사라는 말보다 살인을 멈추는 게 더 중요하다고요. 아버지는 그걸 극단적이라고 부르세요? 아뇨, 나는 이런 미친 짓이 벌어지는데 평소처럼 계속 생활하는 거, 사람들이 왼쪽, 오른쪽, 가운데서 차-착취를 당하는데 매일 양복을 입고 타이를 매고 계속 출근을 하는 게 극단적이라고 생각해요. 아무 일도 없는 것처럼 말이에요. 그게 극단적인 거죠. 그게 극단적인 어-어-어-어리석음이에요. 그런 거라고요."

뉴욕에 관한 대화 59번. "그 사람들은 누구야?" "컬럼비아에 다녔어요. 중간에 그만뒀죠. 이 얘긴 이미 다 한 거잖아요. 모닝사이드하이츠에 살아요." "그걸로는 부족해, 메리. 마약도 있고, 폭력적인 사람들도 있어. 거긴 위험한 도시야. 메리, 너 그러다 큰 문제가 생길 수도 있어. 강간을 당할 수도 있단 말이야." "내-내가 아빠 말을 안 들어서요?" "그것도 불가능한 일은 아니라는 거야." "여자애들은 자기 아빠

말을 듣건 안 듣건 결국 강간을 당해요. 가끔 아빠들이 강간을 하기도 하죠. 강간범들한테도 아-아-아이들이 있거든요. 그러니까 강간범이 아빠이기도 한 거죠.""빌하고 멀리사한테 여기 와서 우리하고 함께 주말을 보내자고 이야기해라.""여기 와서 머물자고 하면 어이구 좋다 하겠네요.""애야, 9월에 좀 먼 학교로 가는 게 어떠냐? 마지막 이년은 대학 예비학교에 다니는 거야. 네가 집에서 사는 게, 여기에서 우리하고 사는 게 지겨워진 건지도 모르니까 말이야.""늘 계획을 세우시네요. 늘 가장 합리적인 방향을 궁리하려 해요.""달리 내가 어쩌겠니? 그럼 계획을 세우지 마? 나는 남자야. 나는 남편이야. 나는 아버지야. 나는 사업을 해.""나는 사-사-사-사업을 한다, 고로 나는 존재한다.""다양한 학교들이 있어. 온갖 흥미로운 사람들이 있고, 온갖 자유가 있는 학교들이 있어…… 상담 선생님하고 이야기를 좀 해봐라. 나도 좀 알아볼 테니까. 네가 우리하고 함께 지내는 게 지겹고 따분하면, 기숙사가 있는 학교에 다녀도 되잖아. 네가 이제 여기에서 할 일이 별로 없다는 건 나도 이해해. 기숙학교에 가는 문제를 다 같이 진지하게 생각 좀 해보자."

뉴욕에 관한 대화 67번. "여기 모리스타운에서도, 여기 올드림록에서도 네 마음껏 반전운동을 할 수 있어. 전쟁에 반대해서 여기 사람들을 조직할 수 있어. 네 학교에서……""아빠, 나는 내 시-식대로 하고 싶어요.""내 말 잘 들어. 제발 좀 잘 들어. 여기 올드림록 사람들은 전쟁에 반대하지 않아. 전쟁을 지지해. 너 반대파가 되고 싶어? 그럼 여기서 반대파가 돼.""여기서는 아무것도 할 수 없어요. 나더러 뭘 하란 말이에요. 잡화점 주변에서 행진이라도 할까요?""여기서 조직

을 하면 돼.”“‘전쟁에 반대하는 립록 사람들’? 참 마-많이도 달라지
겠네요. ‘전쟁에 반대하는 모리스타운 고등학교.’”“바로 그거야. 전쟁
을 집으로 가져와.* 그게 구호 아니냐? 그러니까 그렇게 해. 전쟁을 네
가 사는 동네로 가져와서 절실하게 느끼게 해줘. 인기 없는 사람이 되
고 싶어? 여기서는 엄청나게 인기가 없을 거야. 내 장담할 수 있어.”
“인기가 없는 게 목표가 아니에요.”“글쎄, 어쨌든 인기는 없을 거야.
여기서는 그게 인기 없는 입장이니까. 네가 온 힘을 다해 여기서 전쟁
에 반대하면, 장담하는데, 너는 충격을 줄 수 있을 거야. 여기서 전쟁
에 관해 사람들을 교육하는 게 어때? 여기도 미국의 일부잖아.”“아주
작은 부분이죠.”“이 사람들도 미국 사람들이야, 메리. 너는 바로 여기
이 마을에서 적극적으로 전쟁에 반대할 수 있어. 뉴욕에 갈 필요 없다
고.”“그래요, 나는 우리 거실에서도 전쟁에 반대할 수 있죠.”“커뮤니
티 클럽에서 전쟁에 반대할 수도 있어.”“다 해봤자 스무 명인데.”“모
리스타운은 카운티의 행정 중심지야. 토요일에 모리스타운에 가. 거기
에는 전쟁에 반대하는 사람들이 있어. 폰테인 판사는 전쟁에 반대해.
너도 알잖아. 에이버리 씨도 전쟁에 반대해. 그 사람들은 나하고 함께
광고에 서명했어. 그 늙은 판사는 나하고 워싱턴에도 갔다 왔어. 있잖
아, 이 동네 사람들은 내 이름이 거기 있는 걸 보고 별로 좋아하지 않
아. 하지만 그게 내 입장이야. 너는 모리스타운에서 시위를 조직할 수
있어. 시위를 할 수도 있다고.”“그럼 모리스타운 고등학교 신문에 그
게 실리겠네요. 그걸 보고 베트남에서는 철군을 하고요.”“나도 네가

---

* ‘bring home’에는 ‘절실하게 느끼게 한다’는 뜻도 있다.

이미 모리스타운 고등학교에서 전쟁에 관한 네 의견을 분명히 말했다는 건 알아. 그게 중요한 게 아니라고 생각하면 네가 왜 그렇게까지 했겠니? 너도 그게 중요하다고 생각하는 거야. 이 전쟁에 관해서는 미국의 모든 사람의 관점이 중요해. 네 고향에서 시작해, 메리. 그게 전쟁을 끝내는 길이야.""혁명은 시골에서 시-시-시작되지 않아요.""우린 지금 혁명 얘기를 하는 게 아니야.""아빠는 혁명 얘기를 하는 게 아니죠."

그것이 그들이 뉴욕에 관해 나눈 마지막 대화였다. 그것은 효과가 있었다. 끝이 보이지 않았지만 스위드는 인내심을 발휘했고 합리적으로 행동했고 단호했고, 그래서 효과가 있었다. 그가 아는 한 메리는 다시 뉴욕에 가지 않았다. 그의 충고를 받아들여 고향에 머물렀다. 그렇게 그들의 거실을 전쟁터로 만들고, 모리스타운 고등학교를 전쟁터로 만든 뒤에, 어느 날 나가서 우체국을 폭파시키고, 그 와중에 닥터 프레드 콘론을 죽이고 마을의 잡화점을 무너뜨렸다. 잡화점은 작은 목조건물로, 앞쪽에 동네 게시판이 붙어 있고 오래된 수노코 주유기가 한 대 있고 금속 깃대가 서 있는 곳이었다. 부인과 함께 그 잡화점을 소유하고 우체국을 운영하던 러스 햄린은 워런 거멜리얼 하딩이 미합중국 대통령이었을 때부터 매일 아침 그 깃대에 미국 국기를 게양했다.

2부

추락

4

메리 나이의 절반쯤 되어 보이지만 말로는 여섯 살쯤 위라고 주장하는, 아주 작고 뼈처럼 하얀 리타 코언 양이라는 젊은 여자가 스위드를 찾아왔다. 메리가 실종되고 네 달이 지났을 무렵이었다. 여자는 킹 박사*의 후계자 랠프 애버내시처럼 프리덤 라이더스** 작업복을 입고 크고 못생긴 신발을 신고 있었다. 덤불 같은 뻣뻣한 머리카락 때문에 아기 같은 부드러운 얼굴이 더 두드러져 보였다. 사실 스위드는 그 여자가 누구인지 즉시 알아보았어야 했다. 지난 네 달간 바로 그런 사람을 기다려왔기 때문이다. 그러나 여자가 너무 작고, 너무 어리고, 너무 무력

---

* 마틴 루서 킹.
** 1961년 흑인 학생들과 자원봉사자들이 버스를 타고 흑백통합정책에 맹렬히 반대하는 남부 지역을 여행한 운동.

해 보여서 세계혁명에서 메리의 스승이 된 선동가라고 의심해보기는 커녕, 펜실베이니아 대학 워턴 경영대학원생(뉴저지 주 뉴어크의 피혁 산업에 관한 논문을 쓰고 있었다)이라는 본인의 이야기도 잘 믿을 수가 없었다.

리타 코언이 공장에 나타난 날 스위드는 그녀가 멋진 발재주를 부렸다는 사실을 알지 못했다. 하역장 밑의 지하실 문으로 들어와, 센트럴 애비뉴에서 그의 사무실을 방문하는 모든 사람을 살피던 연방수사국 감시팀을 피했던 것이다.

일 년에 서너 번 전화나 편지로 공장 견학을 요청하는 사람이 있었다. 예전에 루 레보브는 아무리 바빠도 뉴어크의 학생들이나 보이스카우트에게, 또 시청 또는 상공회의소의 직원이 모시고 오는 명사에게 꼭 시간을 내주었다. 스위드는 아버지가 장갑 사업의 권위자로서 얻었던 즐거움을 누린 적이 없지만, 또 피혁산업은 물론이고 다른 어떤 것과 관련해서도 그의 아버지가 내세웠던 권위를 내세운 적이 없지만, 가끔 전화로 질문에 답을 해주는 정도로 학생을 돕곤 했다. 특별히 진지한 학생이라는 생각이 들면 짧은 견학을 제안하기도 했다.

물론 이 학생이 학생이 아니라 도주하는 딸이 보낸 사절이라는 사실을 미리 알았다면 공장에서 만나는 일은 절대 없었을 것이다. 리타가 스위드에게 자신이 누구의 사절이라고 설명하지 않은 것, 견학이 끝나고 나서야 메리 이야기를 한 것은 분명 자기가 먼저 스위드를 파악해 보고자 하는 의도였을 것이다. 아니면 그를 더 재미있게 가지고 놀기 위해 그렇게 오랫동안 이야기를 해주지 않았던 것인지도 몰랐다. 그도 아니면 그냥 자신에게 주어진 힘을 즐긴 것인지도 몰랐다. 그녀 또한 여느 정치가와 다를 바 없어서, 그녀가 하는 많은 행동 이면에는 권력을 즐기는 면이 있었던 것인지도 몰랐다.

스위드의 책상은 제작 부서와 유리 칸막이로 구분되어 있었기 때문에, 그와 재봉틀에 앉은 여자들은 서로를 분명하게 볼 수 있었다. 그는 기계의 소음으로부터는 벗어나 있으면서도 자신과 작업장 사이의 연결은 계속 유지하기 위해 이런 식으로 사무실을 꾸몄다. 그의 아버지는 유리로 둘러쌌건 아니건 어떤 사무실에도 갇혀 있지 않으려 했다. 그냥 제작실의 재봉틀 이백 대 한가운데에 자기 책상을 갖다놓았다. 밀집한 벌떼 한가운데에 여왕벌이 있는 것과 마찬가지였다. 아버지는 그렇게 주위에서 벌떼가 둥근 톱을 돌리듯 붕붕거리는 가운데 고객들이나 하청업자와 전화로 이야기하는 동시에 서류 작업까지 꿋꿋하게 해나갔다. 아버지의 주장에 따르면 그렇게 현장에 나가 있어야만 그 대위법적인 소음 속에서 싱거 재봉틀이 고장나는 소리를 알아듣고, 여직공이 반장에게 문제가 있다고 알리기도 전에 스크루드라이버를 들고 기계로 갈 수 있다는 것이었다. 실제로 뉴어크 메이드의 나이든 흑인 반장 비키는 루의 퇴직 연회에서 (그녀 특유의 심술궂은 존경심을 드러내면서) 그렇게 증언했다. 모든 일이 순조롭게 돌아가면 루는 초조하고 안절부절못했다. 비키는 그럴 때면 루가 한마디로 견딜 수 없는 사장이 된다고 했다. 그러나 재단사가 반장에 관해 불평을 할 때, 반장이 재단사에 관해 불평을 할 때, 가죽이 몇 달 늦게 도착하거나 상태가 안 좋거나 질이 안 좋을 때, 안감 하청업자가 산출량을 속이거나 하역 직원이 몰래 돈을 챙길 때, 장갑에 구멍 내는 일을 하는 여직원이 선글라스를 끼고 빨간 코벳을 몰고 다니며 부업으로 직원들 사이에서 숫자 도박을 벌인다고 판단할 때, 그럴 때 그는 자신의 본령에 들어선 듯 누구도 흉내낼 수 없는 방식으로 일을 바로잡으러 나섰다. 그렇게 해서 일을 다 바로잡고 나면, 그 연회에서 마지막에서 두번째 연사로 나선, 루가 자랑하는 아들이 그날 저녁의 익살맞은 찬사 중에서도 가장 길고 가장 칭찬이 넘치는 찬사로 자신의 아버지를 소개하며 말했듯, "다시 걱정으로 아버지 자신과 더불어 우리 모두를 미치도록 들볶기 시작했습니다. 하지만 그래도, 아버지는 늘 최악을 예상했기 때문에 절대 오래 실망하는 법이 없었습니다. 절대 방심하는 법도 없었지요. 이 모든 것은 뉴어크 메이드의 다른 모든 것과 마찬가지로 걱정 또한 효과가 있다는 것을 보여줍니다. 신사 숙녀 여러분, 제 평생의 스승이신 분—걱정하는 기술만 가르쳤다는 뜻은 아닙니다—제 인생을 평생 교육으로 만드신 분, 가끔 어렵기도 했지만 늘 도움이 되는 교육을 해주신 분, 제가 다섯 살 때 제품을 완벽하게 만드는 비결을 설명해주신 분—'그냥 열심히 하면 돼.' 그렇게 말씀해주셨습니다—신사 숙녀 여러분, 열네 살에 가죽 무두질을 시작한 날부터 열심히 노력하여 그 일에서 성공을 거둔 분, 장갑 제조업자 중의 장갑 제조업자, 살아 있는 그 누구보다 장갑 사업에 대해 잘 아는 분, 미스터 뉴어크 메이드, 제 아버지, 루 레보브를 소개합니다." 그러자 미스터 뉴어크 메이드는 이렇게 말을 시작했다. "보시오, 오늘밤에는 누가 농담을 해도 귀담아듣지 마시오. 나는 일하는 걸 즐기고, 장갑 사업을 즐기고, 도전을 즐기고, 퇴직한다는 생각이 영 마음에 들지 않소. 꼭 무덤에 첫발을 들여놓는 것 같거든. 하지만 그것조차도 한 가지 중요한 이유 때문에 아무렇지도 않소. 내가 세상에서 가장 운이 좋은 사람이기 때문이오. 딱 한 단어 때문에 운이 좋다는 거요. 세상에서 가장 큰 한 단어 때문에. 바로 가족이오. 내가 만일 경쟁자에게 밀려나는 거라면 나는 여기서 싱글거리며 서 있지 않을 거요. 여러분도 날 알잖소. 나는 고래고래 소리를 지르고 있을 거요. 하지만 나를 밀어내는 사람은 내가 사랑하는 아들이오. 나는 사람이 원할 수 있는 가장 훌륭한 가족을 얻는 축복을 받았소. 훌륭한 아내, 훌륭한 두 아들, 훌륭한 손주들……"

스위드는 비키에게 양가죽을 사무실로 가져오라고 해서, 워턴에 다니는 여자에게 한번 만져보라고 했다.

"이건 절이기는 했지만 아직 무두질은 안 한 거예요." 스위드가 말했다. "털이 있는 양가죽이죠. 이건 사육된 양의 양털이 아니라 보통 털입니다."

"털은 어떻게 되나요?" 여자가 물었다. "쓸모가 있나요?"

"좋은 질문입니다. 털은 양탄자를 만드는 데 사용되지요. 저 위 뉴욕주 암스테르담에서요. 또 비글로, 모호크에서. 하지만 가장 귀중한 건 가죽이에요. 털은 부산물이죠. 털을 가죽에서 어떻게 제거하고 그뒤에 어떻게 하느냐는 또 완전히 다른 얘깁니다. 합성섬유가 나오기 전에는 이 털이 주로 싸구려 양탄자에 들어갔죠. 무두질공장에서 털을 다 모아 양탄자 제조업자에게 넘기는 회사가 있었어요. 하지만 그 얘기까지 하면 복잡해지죠." 스위드는 말을 하다가 자기는 아직 이야기를 제대로 시작도 못했는데, 여자는 노란색 새 법률용지철의 첫 장을 이미 메모로 다 채웠다는 것을 알았다. 그는 여자의 철저함에 감동받아, 매력을 느끼며 덧붙였다. "물론 관심이 있으면, 사실 이게 다 서로 엮여 있는 거니까. 그쪽 사람들하고 얘기를 할 수 있도록 주선해드릴 수 있어요. 그 가족이 지금도 여기 사는 것 같거든요. 그건 아는 사람이 별로 없는 틈새 분야예요. 흥미롭죠. 사실 다 흥미로워요. 흥미로운 주제를 잡으셨네요."

"그런 것 같아요." 여자는 말하며 따뜻한 미소를 지어 보였다.

"어쨌든 이 가죽은," 스위드는 여자한테서 가죽을 받아들고, 고양이가 가르랑거리는 소리를 내게 할 때처럼 엄지 옆쪽으로 쓰다듬었다. "업계 용어로는 카브레타라고 합니다. 작은 양의 가죽이죠. 조그만 양. 적도 남북으로 20도나 30도 안에만 살아요. 반半야생 상태에서 풀을 뜯어먹죠. 아프리카 어떤 마을은 집마다 양을 서너 마리씩 기르고 있는데, 이 양들을 모두 한데 모아 숲으로 내몰아요. 지금 만져보신 것은 날것이 아니에요. 우리는 이걸 이른바 절인 단계에서 사들이거든요. 털을 제거하고 여기까지 오는 동안 보존될 수 있도록 사전 처리를 한 겁니다. 전에는 날것을 들여왔죠. 거대한 곤포를 밧줄로 묶어서요. 가죽은 그냥 공중에서 말렸어요. 나한테 배의 적하목록이 있어요. 여기어디 있을 텐데. 보고 싶으시면 찾아보죠. 1790년부터 기록된 적하목록 사본이에요. 그걸 보면 가죽을 보스턴에서 내린 걸로 되어 있죠. 작년까지 우리가 물건을 내리던 곳과 비슷해요. 아프리카의 항구들도 달라지지 않았고요."

마치 그의 아버지가 말하고 있는 것 같았다. 그의 입으로 말하는 모든 문장, 모든 단어는 그가 초등학교를 마치기도 전에 그의 아버지 입에서 처음 들었고, 그뒤로 함께 사업을 해온 수십 년 동안 이삼천 번은

들은 것이었다. 무역 이야기는 장갑 사업을 하는 가족들에서는 수백 년 전부터 전승되어온 것이었다. 가장 훌륭한 집안에서는 아버지가 아들에게 모든 역사, 모든 뒷이야기와 함께 비법을 물려주었다. 무두질 공장에서는 무두질 공정이 요리와 같기 때문에, 요리법이 아버지에게서 아들에게로 전달되었다. 장갑가게도 마찬가지였고, 재단공장도 마찬가지였다. 늙은 이탈리아 재단사들은 오직 아들만 훈련시켰고, 아들은 아버지가 할아버지에게서 지침을 넘겨받았듯 아버지에게서 지침을 넘겨받았다. 다섯 살이라는 어린 나이부터 성숙해질 때까지 아버지라는 권위에는 대립할 수 없었다. 그의 권위를 받아들이는 것은 그에게서 뉴어크 메이드를 전국 최고의 여성용 장갑 제조업체로 만든 지혜를 뽑아내는 것과 다름없었다. 스위드는 곧 아버지가 사랑했던 것들을 온 마음으로 사랑하게 되었고, 공장에서 아버지와 대체로 비슷한 생각을 하게 되었다. 또 모든 주제에 관해서는 아니라 해도, 적어도 대화가 가죽이나 뉴어크나 장갑 쪽으로 돌아갈 때면 언제나 아버지와 같은 말을 하게 되었다.

메리가 사라진 뒤 스위드는 이렇게 수다스러웠던 적이 없었다. 바로 그날 아침까지도 스위드는 울거나 숨고 싶었다. 그러나 아내를 돌보고 사업을 하고 부모를 부양해야 했기 때문에, 다른 사람들이 다 경악을 하여 정신이 마비되고 속 깊은 곳까지 박살났기 때문에, 아직은 울거나 숨고 싶은 마음이 그가 가족에게 제공하고 세상에 내세우는 보호자라는 겉모습을 침식하지 못했다. 그런데 이제 말이 그를 휘감아 위로 둥둥 띄웠다. 열심히 받아 적는 이 자그마한 여자를 보자 아버지의 말이 풀려나왔다. 이 여자는 메리가 3학년 때 같은 반이었던 아이들만큼이나 작다는 생각이 들었다. 1950년대 말의 어느 날 그 아이들이 시골 학교에서 버스를 타고 60킬로미터를 달려왔다. 메리의 아버지는 그들에게 장갑 만드는 법을 보여주었고, 특히 메리가 마법의 장소로 여기는, 장갑의 형태를 잡는 탁자를 보여주었다. 제조 공정의 맨 마지막에 남자들이 크롬을 씌우고 가열한 황동 손에 새로 만든 장갑을 조심스럽게 끼운 후 형태를 잡는 곳이었다. 이 손은 위험할 정도로 뜨거웠고, 반짝거렸고, 탁자에서 한 줄로 똑바로 튀어나와 있었다. 마치 압착 롤러로 납작하게 만든 다음 절단한, 아름답게 절단한 손들처럼 날씬했다. 그렇게 아름다운 모습으로 죽은 자의 영혼처럼 허공에 둥둥 떠 있는 것 같았다. 메리는 어렸을 때 그 신비로움에 매혹되어 그것을 '팬케이크 손'이라고 불렀다. 메리가 어린 시절 반 친구들에게 말했다. "한 다스에 오 달러 벌고 싶어?" 이것은 장갑 제조업자가 늘 하는 말이었고, 메리가 태어난 뒤로 줄곧 들어온 말이었다. 한 다스에 오 달러, 그것이 어쨌든 사람들의 목표였다. 메리는 선생님에게 소곤거리고 있었다. "사람들이 생산단가를 속이는 게 늘 문제예요. 우리 아빠는 한 사람을 해고해야 했어요. 시간을 훔친 거니까요." 스위드가 메리에게 말했다. "애야, 아빠가 견학 안내를 하게 해줄래?" 어린 메리는 시간을 훔친다는 눈부신 생각에 탐닉하고 있었다. 메리는 자랑스러운 마음에 주인 행세를 하면서 이 층에서 저 층으로 쏜살같이 옮겨다니며 직원들을 다 안다는 것을 과시했다. 부당하게 생산수단을 소유한 주인이 이윤에 굶주려 노동자를 무자비하게 착취하는 행위에 내재된 인간 존엄성의 모독을 아직 모르던 시절이었다.

스위드가 그렇게 절제에서 벗어나, 흘러넘치도록 말을 쏟아내고 싶은 마음이 든 것도 당연했다. 그는 순간적으로 다시 그때로 돌아갔다. 아무 폭탄도 터지지 않았고, 아무것도 망가지지 않던 그때로. 한 가족으로서 그들은 여전히 이민자의 로켓을 타고 날아가고 있었다. 노예처럼 혹사당하던 증조부로부터 스스로 혹사하던 조부와 자신만만하고, 세련되고, 독립적인 아버지를 거쳐 그들 가운데 가장 높이 날 수 있는 사람을 향해, 미국이 천국이 될 4세대의 아이를 향해 위쪽으로 끊임없이 이어지는 이민자의 궤도를 따라가고 있었다. 스위드가 입을 다물 수 없었던 것도 당연했다. 도저히 입을 다물 수가 없었다. 스위드는 다시 과거 속에서 살고 싶은, 건강하게 노력하던 과거로 돌아가 설령 자기기만적이라 해도 아무런 해가 될 것이 없는 몇 분을 보내고 싶은 평범한 인간적 욕구에 굴복하고 있었다. 그때 그의 가족은 진리에 의해 지탱되고 있었다. 이 진리는 결코 파괴를 선동하는 것이 아니라, 파괴를 피하고 파괴보다 오래가는 것이었으며, 합리적 삶의 유토피아를 창조해 파괴의 음험한 침입을 극복하는 것이었다.

스위드는 그녀가 묻는 소리를 들었다. "배로 얼마나 들어오나요?"

"가죽이요? 가죽은 이천 다스가 들어옵니다."

"곤포 하나에 몇 장이나 들어 있죠?"

스위드는 그녀가 모든 세목에 관심을 가지는 것이 마음에 들었다. 그래, 워턴 출신의 이 주의력 깊은 학생과 이야기를 하면서 스위드는 갑자기 뭔가를 좋아할 수 있게 되었다. 사실 생기 없는 지난 네 달 동안은 어떤 것도 좋아할 수 없었고, 어떤 것도 견딜 수 없었고, 심지어 자신이 마주치는 어떤 것도 이해할 수 없었다. 자신이 모든 면에서 죽어가고 있다는 느낌을 받았다. "아, 가죽 백이십 장이죠." 그가 대답했다.

여자는 계속 적으면서 물었다. "바로 이 회사 운송부로 들어오나요?"

"무두질공장으로 가죠. 무두질공장은 우리 일을 하청 받아서 합니다. 우리가 재료를 사서 주고 사용할 공정을 제시하면, 거기서 재료를 무두질한 가죽으로 바꿔주는 거죠. 우리 할아버지와 아버지는 바로 여기 뉴어크의 무두질공장에서 일하셨죠. 나도 그랬습니다. 여섯 달 동안. 사업을 시작할 때. 무두질공장에는 들어가본 적이 있나요?"

"아직이요."

"흠, 가죽에 관해 쓰려면 무두질공장에는 꼭 가봐야 합니다. 원한다면 내가 주선해드리죠. 그곳은 원시적인 곳입니다. 기술 덕분에 나아지기는 했지만, 그래도 거기서는 지금도 수백 년 전과 그렇게 다르지 않은 방법으로 일을 해요. 끔찍한 작업이죠. 가장 오래된 산업이어서 어디를 가나 유물이 발견된다고 하더군요. 어딘가에서는 육천 년 된 유물이 나왔다고도 해요. 터키였던 것 같은데. 인류 최초의 옷은 그냥 짐승 가죽이었는데, 연기로 무두질을 한 거였죠. 일단 파고들면 흥미로운 주제라는 이야기는 이미 했죠. 우리 아버지는 가죽학자입니다. 우리 아버지하고 이야기를 해보시면 좋을 텐데, 지금은 플로리다에 살고 계세요. 아버지한테 가죽 이야기를 한번 시켜보세요. 이틀은 쉬지 않고 말씀하실 겁니다. 사실 그게 전형적인 태도예요. 장갑쟁이들은 자기 일과 거기 관련된 모든 걸 사랑하죠. 혹시 뭔가 만드는 걸 본 적이 있나요, 코언 양?"

"없는데요."

"뭘 만드는 걸 한 번도 본 적이 없다고요?"

"어렸을 때 어머니가 케이크 만드는 걸 본 적은 있어요."

스위드는 웃음을 터뜨렸다. 이 여자가 그를 웃게 한 것이다. 배우려고 열심인, 의욕이 넘치는 순수한 여자였다. 그의 딸은 리타 코언보다 키가 30센티미터는 클 것 같았다. 그녀는 까무잡잡한 반면 딸은 흰 편이었다. 변변치 못한 생김새에 몸집도 자그마했지만, 스위드는 리타 코언을 보면서 적대가 시작되기 전, 그들의 적이 되기 전의 메리를 떠올리기 시작했다. 수업시간에 배운 것으로 차고 넘쳐 학교에서 돌아오면 아이에게서 그냥 흘러나와 집안으로 퍼지던 온화한 지성. 모든 것을 빼놓지 않고 기억했지. 모든 것을 공책에 단정하게 적고 하룻밤새에 다 외워버렸지.

"이렇게 합시다. 전체 공정을 한눈에 볼 수 있게 해드리죠. 장갑 한 켤레를 만들어보겠습니다. 그 과정을 처음부터 끝까지 다 볼 수 있게 말입니다. 장갑 사이즈가 어떻게 되나요?"

"모르겠는데요. 작아요."

스위드는 일어나서 책상을 돌아 나와 그녀의 손을 잡았다. "아주 작네요. 사이즈가 4인 것 같습니다." 스위드는 벌써 책상 맨 윗서랍에서 D자형 고리가 달린 줄자를 꺼내 그녀의 손에 두르고 있었다. 그는 줄자의 다른 쪽 끝을 D자형 고리에 넣은 다음 손바닥을 감싸며 잡아당겼다. "어디 내 추측이 얼마나 잘 맞는지 봅시다. 주먹을 쥐세요." 여자가 주먹을 쥐자 손이 약간 늘어났다. 스위드는 프랑스식 인치로 사이즈를 읽었다. "4네요. 여성용 사이즈 가운데는 가장 작은 거예요. 이보다 작으면 아동용이 되죠. 자, 어떻게 만드는지 보여줄게요."

여자와 나란히 낡은 층계의 나무 계단을 올라가면서 스위드는 곧바로 과거의 입구로 들어가는 듯한 느낌을 받았다. 자신이 여자에게 말하는 소리가 들렸다(동시에 아버지가 말하는 소리도 들렸다). "가죽은 늘 공장의 북쪽에서 정리합니다. 햇빛이 직접 들지 않는 곳이죠. 그래야 제대로 가죽 품질을 살펴볼 수 있으니까요. 햇빛이 들어오면 제대로 보기가 어려워요. 재단실과 분류실은 늘 북쪽 면에 있죠. 꼭대기에서는 분류를 합니다. 2층에서는 재단을 하죠. 코언 양이 들어온 1층에서는 제조를 하고요. 지하층에서는 마무리와 하역을 합니다. 이제 꼭대기에서부터 아래로 내려갈 겁니다."

그들은 계획대로 했다. 스위드는 행복했다. 어쩔 수가 없었다. 이것은 옳지 않았다. 이것은 진짜가 아니었다. 이것을 멈추기 위해 어떻게든 해야 했다. 하지만 그녀는 메모를 하느라 바빴고, 그는 멈출 수가 없었다. 힘든 노동의 가치를 알고 주의를 기울이는 젊은 여자, 제대로 된 것에 흥미를 느끼고, 가죽 준비와 장갑 제작에 흥미를 느끼는 젊은 여자가 있는데, 멈추는 것은 불가능했다.

스위드처럼 고통을 겪는 사람더러 잠시 들뜨는 기분에 기만당하지 말라고 요구하는 것은, 아무리 그런 기분의 근거가 수상쩍다 하더라도, 너무 많은 것을 요구하는 것이다.

재단실에서는 남자 스물다섯 명이 일하고 있었는데, 탁자 한 곳에 여섯 명 정도씩 앉아 있었다. 스위드는 여자를 가장 나이 많은 직원에게 데려가 그 남자가 '마스터'라고 소개했다. 작은 몸집에 머리가 벗어지고 보청기를 낀 남자는 사각형의 가죽 조각을 만지던 손을 멈추지 않았다. 스위드가 말했다. "저걸로 장갑을 만드는 거죠. 트랭크라고 불러요." 스위드가 그녀에게 마스터 이야기를 하는 동안에도 마스터는 내내 자와 가위를 들고 일했다. 스위드는 마음이 가벼웠다. 여전히 자유롭게 둥둥 떠다니고 있었다. 그것을 막으려고 하지 않았다. 아버지의 재잘거림이 계속 흘러가게 놓아두었다.

스위드는 바로 이 재단실에서 느낀 것이 있어 아버지를 따라 장갑 만드는 일을 하게 되었다. 그는 자신이 이곳에서 소년에서 어른으로 성장했다고 믿었다. 위층에 있어 빛이 환한 재단실은 스위드가 어렸을 때부터 공장에서 가장 좋아하던 곳이었다. 늙은 유럽 재단사들은 스리 피스 양복, 빳빳하게 풀을 먹인 셔츠, 타이, 멜빵, 커프스단추 등 모두 똑같은 차림으로 출근했다. 그리고 모두 조심스럽게 양복 상의를 벗어 옷장에 걸었다. 하지만 스위드의 기억에 타이를 푸는 사람은 아무도 없었다. 소매를 걷어붙이기는커녕 조끼를 벗는 허물없는 태도를 보이는 사람도 거의 없었다. 그들은 새로 빤 하얀 앞치마를 두르고 첫 가죽을 가져다 축축한 모슬린 천 위에 올려놓고 잡아당겨 늘이는 일부터 시작했다. 북쪽 벽의 커다란 창들로 들어오는 차가운 빛은 단단한 나무로 만든 재단용 탁자를 고르게 비추었다. 가죽의 등급을 매기고 적당한 짝을 찾고 재단을 하는 데 필요한 빛이었다. 오랜 세월 동물 가죽을 세로로 길게 잡아당기는 작업에 닳고 닳아 반들반들하게 윤이 나는 탁자의 둥근 모서리는 소년에게 너무 자극적이어서 얼른 달려가 그 볼록 튀어나온 나무에 오목하게 들어간 뺨을 갖다대고 싶은 마음을 억눌러야만 했다. 다른 사람이 아무도 없을 때까지 억눌러야 했다. 나무 바닥에는 발자국의 흐릿한 윤곽이 있었다. 하루종일 재단용 탁자에 서 있던 남자들이 남긴 자국이었다. 아무도 없을 때 스위드는 그곳에 가 닳아서 파인 바닥에 자기 신발을 갖다대고 서보았다. 그는 재단사들이 일하는 것을 보면서 그들이 엘리트라는 것, 그들도 그 사실을 알고 사장도 안다는 것을 알았다. 이들은 자신들이 사장을 포함해 주위의 그 누구보다도 귀족적이라고 생각했다. 그러나 크고 무거운 가위로 재단을 했기 때문에 그들의 일하는 손에는 자랑스러운 못이 박여 있었다. 그 하얀 셔츠 밑에는 일하는 사람 특유의 기운 넘치는 팔과 가슴과 어깨가 있었다. 가죽을 잡아당기고 또 잡아당겨, 재료로 넘어온 짐승 가죽으로부터 장갑을 만드는 데 쓸 만한 부분을 샅샅이 끌어내는 일을 평생 하다보면 힘이 세질 수밖에 없었다.

혀로 핥는 일이 워낙 많기 때문에 모든 장갑에는 침이 들어갔다. 하지만 그의 아버지가 농담으로 말했듯, "고객은 그 사실을 절대 모른다." 재단사는 마른 잉크 같은 것에 침을 뱉고, 거기에 붓을 문질러 각 트랭크에서 잘라내는 조각에 스텐실로 숫자를 찍었다. 장갑 한 켤레를 잘라낸 다음에는 손가락을 혀에 갖다대서 숫자가 찍힌 가죽을 적셔 그 위에 붙였고, 그것을 고무줄로 묶어 재봉 반장과 재봉사들에게 갖다주었다. 어린 스위드의 뇌리에서는 뉴어크 메이드가 처음으로 고용한 독일인 재단사들의 모습이 사라지지 않았다. 그들은 큰 컵에 맥주를 따라 옆에 두고 홀짝거리며, 그것이 "휘파람을 축축하게 유지하고" 침이 잘 흐르게 하기 위한 것이라고 말했다. 루 레보브는 곧 맥주를 없앴다. 하지만 침은? 천만에. 아무도 침을 없애는 것은 원치 않았다. 침은 그들, 설립자만이 아니라 그 아들이자 상속자가 사랑하는 모든 것의 핵심이었다.

"해리는 최고의 장갑 재단사죠." 마스터 해리는 스위드 바로 옆에 서서 사장의 말을 흘려들으며 자기 일을 하고 있었다. "뉴어크에 온 지 이제 겨우 사십일 년밖에 안 됐습니다. 지금도 일을 하고 있죠. 재단사는 재료로 들어온 가죽에서 최대 개수의 장갑을 뽑아내는 방식을 눈앞에 그려봅니다. 그런 다음 재단을 하죠. 장갑을 제대로 잘라내는 데는 뛰어난 기술이 필요해요. 재단은 예술입니다. 재료로 오는 가죽 두 장이 똑같은 경우는 없죠. 동물마다 먹은 것이나 나이가 다르니까요. 얼마나 늘일 수 있느냐 하는 것도 다 다르고요. 그런데도 모든 장갑이 서로 똑같아 보이게 만드니 그 기술이 놀라운 거죠. 재봉도 마찬가지예요. 요새는 사람들이 하기 싫어하는 일이죠. 전통적인 재봉틀을 만질 줄 아는 사람이나 드레스 재봉을 할 줄 아는 사람을 여기 불러다 앉혀놓는다고 장갑 재봉을 바로 시작하지는 못해요. 서너 달 훈련 과정을 거쳐야 하고, 손가락을 뜻대로 움직일 수 있어야 하고, 인내심을 길러야 합니다. 좀 능숙해져서 80퍼센트의 능률을 발휘하는 수준에 오르는 데 여섯 달이 걸려요. 장갑 재봉은 엄청나게 복잡한 과정입니다. 더 좋은 장갑을 만들고 싶으면 노동자를 훈련시키는 데 돈을 써야 해요. 아주 힘든 일이고 주의력도 필요하거든요. 손가락 사이를 재봉할 때 구불구불 방향을 트는 걸 보면…… 정말 힘든 일이에요. 아버지가 처음 장갑회사를 차렸을 때는 사람들이 먹고살자고 이 일을 했죠. 해리가 그 세대 마지막 사람이에요. 지금은 이곳의 재단실이 북반구에 남은 마지막 몇 개 가운데 하나예요. 그래도 우리는 일감이 부족한 경우는 없죠. 여기서는 아직도 자기 일을 잘 아는 사람들이 일을 해요. 하지만 아무도 이제 이런 식으로 장갑을 재단하지 않습니다. 이 나라에서는 말이에요. 여기에는 이제 장갑을 재단할 수 있는 사람이 거의 남지 않았어요. 다른 곳도 마찬가지예요. 아마 나폴리나 그르노블에 가족이 운영하는 작은 곳 몇 군데밖에 없을 겁니다. 이 사람들, 여기서 일하던 사람들은 먹고살자고 여기 들어온 거예요. 장갑산업에서 태어나 장갑산업에서 죽었죠. 지금도 우리는 계속 사람들을 재훈련시킵니다. 하지만 요즘 우리의 경제적 환경이 이렇다보니 사람들이 여기서 일을 하다가도 시간당 오십 센트만 더 주는 데가 나타나면 바로 그곳으로 가버리죠."

여자는 그것을 다 받아 적었다.

"처음에 이 사업에 발을 들여놓았을 때 아버지는 나를 여기로 올려보내 재단을 배우게 했어요. 하지만 내가 한 일이라고는 바로 여기 재단대에 서서 이분이 일하는 걸 지켜보는 것뿐이었죠. 나는 구식으로이 사업을 배웠어요. 바닥에서부터 올라온 거죠. 아버지는 정말로 바닥 청소부터 시켰어요. 부서를 하나하나 다 거치면서 각 작업에 대한 감을 잡게 하고, 왜 그런 일이 필요한지 알게 하셨죠. 나는 해리한테서는 장갑을 재단하는 법을 배웠어요. 그렇다고 내가 장갑 재단에 능숙하다고 말할 수는 없어요. 하루에 두세 켤레 자르면 많이 자르는 거죠. 그래도 기본적인 원칙들은 배웠어요. 안 그래요, 해리? 이분은 참 까다로운 선생님이에요. 어떤 일을 하는 방법을 가르칠 때는 정말 철두철미합니다. 해리한테 배울 때는 우리 아버지가 다 그리워지더라니까요. 첫날 여기에 올라오니까 해리가 다짜고짜 야단을 치더라고요. 자기가 사는 동네에서는 남자애들이 자기 문간에 와서 이런다는 거예요. '장갑 재단사가 되고 싶은데 좀 가르쳐주시겠습니까?' 그러면 이렇게 대꾸한답니다. '우선 나한테 만 오천을 내야 돼. 네가 최저임금을 받는 수준에 이를 때까지 낭비할 시간과 가죽을 돈으로 환산하면 그 정도가 되니까.' 꼬박 두 달을 지켜보고 나니까 그제야 비로소 해리가 가죽 재료 근처에 가게 해주더군요. 보통 재단사는 하루에 세 다스나 세 다스 반을 재단해요. 빠르고 솜씨 좋은 재단사는 하루에 다섯 다스를 자르죠. 해리는 당시 하루에 다섯 다스 반을 잘랐어요. 그런데 해리가 이러더군요. '내가 잘한다고 생각하냐? 우리 아버지를 봤어야 해.' 그러면서 해리의 아버지와 바넘 앤드 베일리의 키다리 이야기를 해주더군요. 기억나요, 해리?" 해리는 고개를 끄덕였다. "바넘 앤드 베일리 서커스가 뉴어크에 왔을 때…… 그게 1917년인가 1918년이었죠?" 해리는 일에서 손을 떼지 않고 다시 고개를 끄덕였다. "어쨌든 서커스단이 여기에 왔는데, 거기에 키다리가 있었어요. 키가 3미터 가까이 됐죠. 어느 날 해리의 아버지가 거리를 걸어가다 브로드 거리와 마켓 거리가 만나는 모퉁이에서 그 사람을 본 거예요. 해리 아버지는 몹시 흥분해서 그 키다리한테 달려가 자기 구두에서 구두끈을 풀더니 바로 그 자리에서, 길거리에서 그 사람 손 크기를 재더랍니다. 그리고 집으로 가서 사이즈 17짜리 완벽한 장갑을 한 켤레 만들었다는 거예요. 해리 아버지가 재단을 하고 어머니가 재봉을 한 거죠. 그분들이 서커스를 찾아가 키 큰 사람한테 그 장갑을 줬더니, 온 가족이 공짜로 서커스 구경을 하게 해줬답니다. 다음날 〈뉴어크 뉴스〉에 해리 아버지에 관한 기사가 크게 실렸죠."

해리가 바로잡았다. "〈스타 이글〉이었네."

"맞아요. 〈레저〉와 합쳐지기 전이었죠."

"멋지네요." 여자가 말하며 웃음을 터뜨렸다. "아버님이 솜씨가 아주 좋으셨나봐요."

"영어는 한마디도 못하셨소." 해리가 여자에게 말했다.

"그래요? 하긴, 솜씨야 그냥 드러나는 거니까. 키가 3미터 가까운 사람에게 완벽한 장갑 한 켤레를 재단해주는 데 영어는 필요 없는 거죠."

해리는 웃지 않았지만 스위드는 웃었다. 스위드는 웃음을 터뜨리며 팔로 여자를 안았다. "이 아가씨는 리타예요. 이 아가씨한테 정장용 장갑을 하나 만들어주려고요. 검은색으로 할까, 아니면 갈색으로 할까요, 아가씨?"

"갈색이요?"

해리 옆에 놓인, 포장에 싸인 축축한 가죽 재료 더미에서 스위드는 옅은 갈색 가죽을 한 장 뽑았다. "이건 구하기 어려운 색입니다. 브리티시 탠이라고 부르죠. 보이죠, 색조가 미묘하게 변하잖아요. 여기는 밝지만, 여기 아래로 내려오면 짙어지죠? 그래요. 이건 양가죽이에요. 내 사무실에서 봤던 건 절인 거죠. 무두질을 한 거고요. 가공된 가죽인 셈이죠. 그래도 동물이 눈앞에 보여요. 그 동물을 눈앞에 그려보면, 자 보세요, 머리, 엉덩이, 앞다리, 뒷다리, 여기가 등이에요. 가죽이 가장 단단하고 두꺼운 곳이죠. 우리 인간의 등뼈가 있는 데처럼 말이에요……"

아가씨. 스위드는 재단실에서 그녀를 아가씨라고 부르기 시작했는데 그것을 멈출 수가 없었다. 그녀 옆에 서 있는 것이 잡화점이 폭발로 날아가고 자기 집의 귀여운 아가씨가 사라진 이후 그 아이에게 가장 가까이 다가간 것임을 알기 전이었는데도 그랬다. 이건 프랑스 자예요. 미국 자보다 1인치 정도 길죠. 이건 스퍼드 나이프인데, 무뎌요. 날 부분을 빗각으로 만들기는 했지만 날카롭지는 않아요…… 자, 지금 해리가 트랭크를 저렇게 아래로 잡아당기고 있죠. 다시 세로로 말이에요. 해리는 패턴에는 손도 안 대고도 패턴에 딱 맞게 저걸 잡아당길 수 있다는 데 내기라도 걸고 싶어할 겁니다. 하지만 나는 내기를 안 걸 거예요. 잃는 걸 싫어하니까요…… 이건 푸어셰트라고 불러요…… 보세요. 얼마나 꼼꼼하게 되었는지…… 해리가 아가씨 걸 잘라서 나한테 주면, 나는 그걸 들고 제작 부서로 내려갈 거예요…… 이건 슬리터라고 부르죠, 아가씨. 이 과정 전체에서 유일하게 기계적인 공정이에요. 압착기와 형판을 거친 뒤, 슬리터는 한 번에 트랭크를 네 장 정도 받아들이죠……

"우와. 정교한 공정이네요." 리타가 말했다.

"그래요. 사실 장갑 사업으로 돈을 벌기는 어렵습니다. 너무 노동집약적이거든요. 시간을 많이 잡아먹는 과정이고, 많은 작업이 협업으로 이루어져야 합니다. 장갑 사업은 대부분 가족 사업이었어요. 아버지가 아들에게 물려주는 거죠. 아주 전통적인 사업입니다. 대부분의 제조업자에게 생산품은 그냥 생산품일 뿐이에요. 그걸 만드는 사람은 그것에 관해 전혀 모릅니다. 하지만 장갑 사업은 달라요. 이 사업은 역사가 아주, 아주 길죠."

"다른 사람들도 장갑 사업에서 레보브 씨처럼 낭만을 느끼나요? 레보브 씨는 정말로 이곳과 이 모든 공정에 푹 빠져 있는 것 같아요. 그래서 행복하신가봅니다."

"내가요?" 그는 해부를 당할 것 같은, 칼로 잘릴 것 같은, 안이 열려 모든 비참한 면들이 드러날 것 같은 느낌을 받았다. "그런 것 같군요."

"레보브 씨는 최후의 모히칸족인가요?"

"아뇨. 아마 이 사업에 종사하는 사람들 대부분이 이 전통을 생각할 때 나와 똑같은 느낌일 겁니다. 똑같은 사랑을 느낄 거예요. 이런 사업에 붙어 있으려면 동기부여를 해줄 사랑과 유산이 꼭 필요하거든요. 여기서 견딜 수 있으려면 여기에 강하게 묶여 있어야 합니다. 자." 스위드는 그에게 그림자를 드리우며 위협을 하던 모든 것을 잠시 억누를 수 있었다. 여자가 그를 행복한 사람이라고 불렀음에도 계속 아주 정확하게 이야기할 수 있었다. "제작실로 돌아갑시다."

이건 실크 작업이라고 부르는데, 이 자체로도 이야기가 길죠. 하지만 먼저 이야기할 건 이겁니다…… 이건 피케 기계라고 부르죠. 피케라고 부르는 아주 가는 실을 박는 건데, 다른 바느질보다 훨씬 솜씨가 좋아야 해요…… 이건 광택 기계라고 부르고 이건 스트레처라고 부르고 당신은 아가씨라고 부르고 나는 아빠라고 부르고 이건 살아 있다고 부르고 저건 죽어간다고 부르고 이건 광기라고 부르고 이건 애도라고 부르고 이건 지옥, 순수한 지옥이라고 부르고, 여기서 견딜 수 있으려면 여기에 강하게 묶여 있어야 하고, 이것은 아무 일도 없던 것처럼 계속 나아가려고 노력한다고 부르고, 이것은 대가를 완전히 치르지만 도대체 뭐에 치르는 것이냐고 부르고, 이것은 죽고 싶고 그 아이를 찾고 싶고 그 아이를 죽이고 싶고 지금 어디 있는지 몰라도 그 아이가 겪고 있는 것으로부터 그 아이를 구하고 싶다고 부르고, 이런 고삐 풀린 분출, 이것은 모든 것을 지우는 것이라고 부르지만 효과가 없다, 나는 반은 미쳤다, 그 폭탄의 박살내는 힘은 너무 강력하다…… 이윽고 그들은 그의 사무실로 돌아와 마무리 부서에서 리타의 장갑이 오기를 기다렸다. 그러는 동안 스위드는 아버지가 즐겨 했던 말, 아버지가 어딘가에서 읽고 손님들에게 감명을 주기 위해 늘 했던 말을 그녀에게 되풀이했다.

그 말을 단어 하나 바꾸지 않고 그대로 자신의 말로 되풀이하는 소리가 들렸다. 그녀를 가지 않게 계속 붙잡아둘 수만 있다면, 그녀에게 계속 장갑 이야기를 할 수만 있다면, 장갑, 가죽, 그의 무시무시한 수수께끼 이야기를 할 수만 있다면, 그녀에게 애원하고 간청할 수만 있다면, 이 무시무시한 수수께끼와 나만 단둘이 남겨두고 가지 말아줘요…… "원숭이와 고릴라도 뇌가 있고 우리도 뇌가 있죠. 하지만 원숭이와 고릴라에게는 이것 한 가지, 바로 엄지가 없습니다. 그 녀석들은 우리처럼 엄지를 다른 손가락들과 마주보게 할 수가 없죠. 인간의 손의 아래쪽에 있는 손가락, 어쩌면 이게 우리와 다른 동물을 구별해주는 신체적 특징일지도 모릅니다. 장갑은 그 아래쪽 손가락을 보호합니다. 여성용 장갑, 용접공 장갑, 고무장갑, 야구 글러브 등등. 이게 인간의 뿌리입니다. 이 다른 손가락들과 마주보게 움직일 수 있는 엄지손가락이 말이에요. 이것 덕분에 우리는 연장을 만들고 도시를 건설하고 다른 모든 걸 할 수 있는 거죠. 뇌보다 중요한 거예요. 몸의 비율로 따지면 인간보다 뇌가 더 큰 동물이 있을지도 몰라요. 모르겠어요. 어쨌든 손이야말로 복잡한 겁니다. 손은 움직이죠. 인간의 몸에서 천으로 둘러싸는 것 가운데 손처럼 복잡하게 움직이는 구조를 가진 건 없어요……" 그때 비키가 완성된 사이즈 4 장갑을 들고 문안으로 고개를 들이밀었다. "여기 장갑이요." 비키는 그것을 사장에게 건네주었고, 사장은 그것을 훑어본 다음 책상 너머로 몸을 기울여 여자에게 보여주었다. "여기 솔기 보이죠? 가죽 가장자리에 바느질한 이 부분 말이에요. 이게 최고의 솜씨가 뭔지 보여주는 부분이죠. 이 바느질한 곳과 가장자리 사이는 32분의 1인치 정도일 거예요. 여기가 높은 수준의 기술이 필요한 부분이죠. 일반적인 수준보다 높은 수준 말입니다. 장갑의 재봉이 엉터리면 이 폭이 8분의 1인치가 되죠. 직선도 아니고요. 이 솔기가 얼마나 곧은지 한번 보세요. 이것 때문에 뉴어크 메이드 장갑을 좋은 장갑이라고 하는 겁니다. 리타. 직선의 솔기 때문에요. 좋은 가죽 때문에요. 무두질이 잘되어 있죠. 부드럽고요. 유연해요. 새 차의 내부 같은 냄새가 나잖아요. 나는 좋은 가죽을 사랑합니다. 고급 장갑을 사랑해요. 나는 최고의 장갑을 만들겠다는 생각을 하면서 자랐어요. 그건 내 핏속에 흐르고 있어요. 지금 이 순간 내게 가장 기쁜 일은," 스위드는 아픈 사람이 건강의 신호라면 아무리 사소한 것에라도 매달리는 것처럼 자신의 넘쳐나는 감정 토로에 매달리고 있었다. "이 예쁜 장갑을 아가씨에게 드리는 겁니다. 자, 부디 받아주시길." 스위드는 미소를 지으며 장갑을 여자에게 건넸고, 여자는 흥분해서 장갑을 작은 손에 끼웠다. "천천히, 천천히…… 장갑은 언제나 손가락 하나씩 끼우는 겁니다." 스위드가 말하고 있었다. "그런 다음에 엄지손가락, 그리고 손목을 넣는 거예요…… 처음에는 언제나 천천히 끼우세요." 여자는 고개를 들고는 선물을 받는 여느 아이와 다를 바 없이 기쁜 표정으로 마주 미소를 지어 보이며, 장갑이 얼마나 아름다운지, 얼마나 아름답게 맞는지 보여주려고 두 손을 공중에 들어올렸다. 스위드가 말했다. "주먹을 쥐어보세요. 손이 늘어나는 것에 따라 장갑도 늘어나서 손 크기에 멋지게 맞아들어가는 게 느껴져요? 재단사가 일을 제대로 할 때 그렇게 되는 거예요. 세로로는 늘어날 곳이 남지 않죠. 손가락은 더 늘어날 필요가 없기 때문에 재단 탁자에서 세로 방향으로는 다 당겨버려요. 하지만 가로에는 늘어날 만한 양을 정확하게 재서 남겨둡니다. 그렇게 가로로 늘어나는 건 정확한 계산에 따른 거죠."

"네, 그래요. 멋져요. 정말 완벽해요." 리타가 주먹을 쥐었다 폈다 하면서 말하고 있었다. "정확하게 계산할 줄 아는 이 세상 모든 사람이 복을 받았으면 좋겠네요." 리타는 웃음을 터뜨렸다. "가로에 늘어날 곳을 숨겨둔 그 사람들 말이에요." 비키가 유리로 둘러싸인 사무실 문을 닫고 시끄러운 제작 부서로 돌아가고 난 뒤에야 리타가 아주 작은 목소리로 덧붙였다. "오드리 헵번 스크랩북을 가져오래요."

다음날 아침 스위드는 뉴어크 공항 주차장에서 리타를 만나 스크랩북을 건네주었다. 스위드는 사무실에서 먼저 공항과 정반대 쪽으로 꽤 떨어진 브랜치 브룩 공원으로 차를 몰고 가 혼자 산책을 했다. 그는 벚꽃이 핀 길을 따라 걸었다. 한동안 벤치에 앉아 개와 함께 나온 노인들을 지켜보기도 했다. 이윽고 다시 차에 올라 운전을 하기 시작했다. 이탈리아인이 사는 뉴어크 북부를 관통해 벨빌로 올라갔다가 삼십 분 동안 우회전을 하며 미행이 없다는 것을 확인했다. 리타는 그에게 반드시 그런 방법으로 접선 장소에 오라고 미리 이야기를 했다.

두번째 주에는 공항 주차장에서 메리가 열네 살 때 마지막으로 입었던 발레 신발과 몸에 붙는 발레복을 건네주었다. 사흘 뒤에는 말더듬증 일기를 건넸다.

"이제," 스위드가 입을 열었다. 그 일기장을 손에 쥐고 있으니 이제 그가 리타를 만날 때마다 아내가 하던 말을 할 때가 왔다는 판단이 들었다. 사실 지금까지는 리타가 요구한 일 외에는 전혀 하지 않았고 일부러 아무것도 묻지 않았다. "메리 이야기를 좀 해줄 수도 있지 않나요? 어디 있는지는 말 못해도 어떻게 지내는지는."

"말 못해요." 리타가 까탈스럽게 말했다.

"메리하고 이야기를 하고 싶은데."

"글쎄요, 메리는 이야기하고 싶어하지 않던데요."

"하지만 그애가 이런 걸 원한다면…… 달리 왜 이런 걸 원하겠어요?"

"자기 거니까요."

"우리도 메리 겁니다."

"그렇게 말하는 건 들은 적이 없는데요."

"믿을 수 없어요."

"메리는 레보브 씨를 싫어해요."

"그래요?" 스위드가 태연하게 되물었다.

"레보브 씨가 총살을 당해야 한다고 생각해요."

"아, 그런 말도 했어요?"

"푸에르토리코 폰세의 공장 노동자들에게 얼마나 주죠? 홍콩과 대만에서 장갑 재봉일을 하고 있는 노동자들한테는 얼마나 줘요? 본위트에서 쇼핑하는 여자들을 만족시키기 위해 필리핀에서 눈이 멀도록 손으로 수를 놓는 여자들한테는 얼마나 주나요? 레보브 씨는 피부가 갈색이나 노란색인 사람들을 착취하면서 검둥이가 지켜주는 안전한 저택에서 호화롭게 사는 지저분한 작은 자본가일 뿐이에요."

그때까지 스위드는 리타가 아무리 단호하게 위협적으로 나오더라도 예의바르고 공손하게 말했다. 그들에게는 리타뿐이었다. 리타는 없어서는 안 될 존재였다. 그가 감정을 드러내지 않는다고 해서 리타가 변할 거라고 기대하지는 않았지만, 스위드는 매번 그녀를 만날 때마다 필사적으로 매달리는 모습은 보여주지 않겠다고 마음을 단단히 먹었다. 리타는 그를 모욕하겠다고 작정하고 나선 사람이었다. 190센티미터가 넘는 키에 수백만의 재산을 가진 이 보수적인 옷차림의 성공한 인물에게 자신의 의지를 강제하는 것은 분명히 그녀 인생에서 가장 멋진 순간일 터였다. 하긴 요즘은 모두가 멋진 순간들뿐이겠지. 그들은 메리, 열여섯 살짜리 말더듬이 메리를 데리고 있었다. 그들은 살아 있는 인간과 그 가족을 가지고 놀 수 있었다. 리타는 이제 보통의 흔들리는 인간이 아니었고, 하물며 인생의 초보자도 아니었다. 그녀는 세상이 움직이는 잔혹한 이치와 은밀하게 조화를 이루고 있는 피조물로서, 역사적 정의의 이름으로 자본주의적 억압자 스위드 레보브만큼이나 불길한 존재가 될 자격이 있었다.

이런 어린아이의 손에 휘둘린다는 비현실성! 머리에 '노동계급'에 관한 환상이 가득한 이 혐오스러운 어린아이! 차 안에서는 레보브의 목양견만큼도 자리를 차지하지 못하면서, 세계의 무대 위를 당당하게 걷고 있는 척하는 작디작은 존재! 정말로 하찮기 짝이 없는 이 돌멩이 같은 존재! 이들의 역겨운 사업이라는 것은 억압받는 자들과의 동일시로 얄팍하게 위장했을 뿐, 사실 분노에 찬 유아적 자기중심주의의 발현에 불과하지 않은가. 세계 노동자들에 대한 이 여자의 막중한 책임감이라니! 그녀에게서 털처럼 뻣뻣하게 삐져나오는 자기중심주의라는 병, "어디든지, 어디까지든지 내가 원하는 대로 갈 거야. 중요한 건 내가 원하는 거야!"라고 선언하는 병. 그래, 그 말도 안 되는 털이 그들의 혁명적 이데올로기의 절반을 이루고 있었고, 이것이 나머지 절반—세계를 바꾼다는 과장된 허튼소리들—만큼이나 그녀의 행동을 단단하게 정당화해주고 있었다. 이 여자는 스물두 살이었고, 키가 150센티미터밖에 안 되었으며, 권력이라고 부르는 아주 강력한 것, 그녀가 도저히 파악할 수 없는 것을 들고 무모한 모험에 나섰다. 생각은 전혀 필요하지 않았다. 이들의 무지 옆에서 생각은 빛이 바랠 뿐이었다. 이들은 생각을 하지도 않으면서 전지全知의 존재가 되었다. 흥분을 감추려는 스위드의 엄청난 노력이 통제할 수 없는 격분 때문에 순간적으로 방해를 받는 것도 놀랄 일은 아니었다. 그래서 스위드는 그녀에게 날카롭게 말하고 말았다. 마치 그녀의 광기에 사로잡힌 비타협적 임무에 그가 상상도 할 수 없는 방식으로 끌려다니고 있다는 사실을 잊은 것처럼, 그녀가 그를 최악으로 생각하며 즐기는 것이 그에게 중요한 문제가 되기라도 한다는 것처럼. "코언 양은 지금 자기가 무슨 소리를 하는지도 모르고 있어요! 미국 회사들은 필리핀과 홍콩과 대만과 인도와 파키스탄 등 세계 각지에서 장갑을 만들고 있어요. 하지만 우리 회사는 안 그래요! 나한테는 공장이 두 개가 있어요. 두 개. 하나는 코언 양이 뉴어크에서 왔을 때 봤죠. 거기서 내 직원들이 얼마나 불행한지 직접 봤잖습니까. 그렇게 불행해서 그 사람들이 우리 회사에서 사십 년을 일하는 거예요. 그렇게 비참하게 착취를 당하면서 말이에요. 푸에르토리코 공장은 이백육십 명을 고용하고 있어요, 코언 양. 우리가 훈련시킨 사람들, 처음부터 훈련시킨 사람들, 우리가 믿는 사람들, 우리가 폰세에 가기 전에는 일자리를 찾지 못했던 사람들이에요. 우리는 실업으로 고생하는 곳에 일자리를 제공했어요. 바느질 기술 같은 것은 거의 알지도 못하던 카리브 해 사람들에게 바느질 기술을 가르쳤어요. 코언 양은 아무것도 몰라요. 어떤 문제에 관해서도 아무것도 모른단 말입니다. 내가 보여주기 전에는 공장이란 게 뭔지도 몰랐잖아요!"

"나도 플랜테이션이 뭔지 알아요. 리그리 씨*, 아니, 레보브 씨. 플랜테이션을 운영한다는 게 어떤 건지 안다고요. 레보브 씨는 검둥이들을 잘 돌봐주겠죠. 물론 그럴 거예요. 그걸 온정적 자본주의라고 부르죠. 그들을 소유하고, 그들과 함께 자고, 끝나면 내다 버리는 거예요. 꼭 필요할 때만 린치를 하겠죠. 자기 놀이를 위해 이용하고, 자기 이윤을 위해 이용하고……"

"제발 좀. 나는 그런 유치하고 상투적인 말은 단 이 분도 관심을 기울일 가치가 없다고 생각해. 코언 양은 공장이 뭔지 몰라. 제조업이 뭔지를 몰라. 자본이 뭔지를 몰라. 노동이 뭔지를 몰라. 고용되는 게 뭔지 실업자가 되는 게 뭔지 조금도 몰라. 일이 뭔지도 몰라. 평생 취직은 해본 적도 없어. 설사 취직을 한다 해도 하루도 못 버틸 거야. 노동자로건, 관리자로건, 소유자로건. 말도 안 되는 소리는 됐어. 내 딸이 어디 있는지나 말해줘. 내가 듣고 싶은 이야기는 그것뿐이야. 그애는 도움이 필요해. 우스꽝스러운 상투적인 소리가 아니라 진지한 도움이 필요하다고. 어디 가야 찾을 수 있는지 말해줘!"

"메리는 레보브 씨를 두 번 다시 보고 싶어하지 않아요. 또 그 어머니도."

"코언 양은 메리의 엄마에 대해 아무것도 몰라."

"레이디 돈**이요? 그 장원의 레이디 돈이요? 나도 레이디 돈에 관해

---

* 해리엇 비처 스토의 『톰 아저씨의 오두막』에 나오는 노예 매매업자.
** 귀족 취급을 하려고 일부러 돈의 이름 앞에 레이디라는 경칭을 붙인 것.

서 알 건 다 알아요. 자신의 출신 계급이 너무 부끄러워서 자기 딸을 상류 사교계에 진출시키려고 하는 사람이죠."

"메리는 여섯 살 때부터 쇠똥을 삽으로 푼 아이야. 코언 양은 자기가 무슨 소리를 하는지도 모른다고. 메리는 4H 클럽에 들어갔어. 메리는 트랙터를 몰았어. 메리는……"

"가짜. 다 가짜였어요. 미인대회 퀸과 풋볼팀 주장의 딸, 영혼이 있는 여자애한테 그게 어떤 악몽인지 아세요? 앞이 트인 귀여운 드레스, 귀여운 신발, 귀여운 이거 귀여운 저거. 늘 메리의 머리카락을 만지작거렸죠. 레이디 돈이 메리의 머리를 손질한 게 메리를 사랑해서, 메리가 생긴 모습 그대로를 사랑해서라고 생각하세요? 아니면 메리가 역겨워서, 자기하고 똑같이 성장해서 미스 럼록이 되려면 아기 미인대회 퀸을 거쳐가야 하는데 그게 될 수 없다는 게 역겨워서 그랬다고 생각하세요? 메리는 댄스 교습을 받아야 했어요. 테니스 교습을 받아야 했어요. 코 수술을 안 받은 게 놀라워요."

"코언 양은 자기가 지금 무슨 소리를 하는지도 모르고 있어요."

"왜 메리가 오드리 헵번을 그렇게 좋아했다고 생각하세요? 메리는 그렇게 해야 자기가 허영심 많고 귀여운 어머니 마음에 들 가능성이 높아진다고 생각한 거예요. 1949년의 미스 배니티* 마음에 말이에요. 그런 귀여운 몸매에 그렇게 많은 허영이 들어갈 수 있다는 게 정말 믿어지지 않아요. 아, 하지만 허영이 들어가긴 들어가죠. 꽉 차게 들어가요. 그러니 메리가 들어갈 여지는 남지 않는 거죠, 안 그래요?"

---

* 허영을 뜻하는 '배니티(vanity)'라는 단어를 사용해 미스 뉴저지를 비꼰 말.

"당신은 자기가 지금 무슨 소리를 하는지도 모르고 있어."

"아름답지 않고 사랑스럽지 않고 바람직하지 않은 사람에 관해서는 상상을 할 능력이 없는 거예요. 전혀 없죠. 그 경박하고 하찮은 미인대회 퀸의 정신 구조 때문에 자기 딸에 관해서는 아무런 상상을 할 수 없는 거예요. '나는 지저분한 건 보고 싶지 않아. 어두운 건 보고 싶지 않아.' 하지만 세상은 그런 게 아니에요, 도니. 세상은 사실 지저분하죠. 사실은 어두워요. 무시무시하다고요!"

"메리의 엄마는 하루종일 농장에서 일해. 하루종일 동물들하고 씨름해. 하루종일 농장 기계를 가지고 일해. 아침 여섯시부터……"

"가짜. 가짜. 가짜. 그 여자가 농장에서 일하는 건 좆같은 상류계급……"

"당신은 이런 문제에 대해 아무것도 몰라. 내 딸은 어디 있어? 어디 있는 거야? 이 대화는 의미가 없어. 메리는 어디 있어?"

"'이제 너도 여자다 파티' 기억나지 않나요? 메리의 첫 생리를 기념하던 파티 말이에요."

"우리가 지금 파티 얘기를 하는 게 아니잖아. 도대체 무슨 파티?"

"우리는 딸이 미인대회 퀸 어머니에게서 받은 수모 얘기를 하는 거예요. 우리는 딸의 자아상을 완전히 식민지로 만들어버린 어머니 얘기를 하는 거예요. 자기 딸한테 조금의 감정도 느끼지 못하는 어머니 얘기를 하는 거예요. 그 어머니는 레보브 씨가 만드는 장갑만큼이나 얄팍한 사람이죠. 가족 전체가 다 그래. 레보브 씨가 좆도 관심을 가지는 것은 거죽뿐이잖아요. 외배엽. 표면. 하지만 그 밑에 뭐가 있는지는 전혀 몰라요. 레보브 씨는 그 여자가 그 말더듬이 소녀에게 진짜 애정을 갖고 있다고 생각하죠? 그 여자는 그냥 말더듬이 소녀를 묵인했어요. 하지만 레보브 씨는 너무 어리석어서 애정과 묵인의 차이를 몰라. 당신네 그 좆같은 동화의 또하나의 예야. 그 생리파티 말이에요. 그런 걸 갖고 파티를 하다니! 맙소사!"

"아, 그 파티…… 아니야, 그건 그런 게 아냐. 그 파티? 메리가 친구들을 모두 화이트하우스로 데려가 저녁을 먹은 일을 얘기하는 건가? 그날은 그애의 열두 살 생일이었어. '이제 너도 여자다'라는 말도 안 되는 소리는 뭐야? 그건 생일파티였단 말이야. 생리하고는 전혀 관계가 없어. 전혀. 그 이야기를 누가 한 거야? 메리가 한 건 아니겠지. 그 파티는 나도 기억해. 메리도 그 파티를 기억해. 그건 그냥 생일파티였어. 우리는 여자애들을 다 데리고 화이트하우스의 그 레스토랑으로 갔어. 애들이 멋진 시간을 보냈지. 열두 살짜리 애들이 열 명 있었어. 그런데 이게 다 무슨 헛소리야. 사람이 죽었어. 내 딸은 살인으로 고소를 당했다고."

리타는 웃음을 터뜨리고 있었다. "법을 준수하는 뉴저지의 좆같은 시민 아저씨, 그런 아저씨 눈에는 약간의 가짜 애정도 다 사랑으로 보이나보죠."

"어쨌든 당신이 말하는 일은 있었던 적도 없어. 당신이 이야기하는 일은 일어난 적이 없다고. 있었다 해도 대수롭지 않은 거지만, 있지도 않았다고."

"뭐가 메리를 메리로 만들었는지 모르세요? 어머니한테 미움을 받는 그 집에서 십육 년을 살았기 때문이에요."

"뭐 때문에? 말해봐. 뭐 때문에 미워해?"

"메리는 레이디 돈이 원치 않는 모든 것이었으니까요. 메리의 어머니는 메리를 미워했어요, 스위드. 그걸 이제야 알았다니 창피한 일이네요. 메리가 자그마한 몸집이 아니라는 이유로 미워했고, 어머 정말 예쁘네 하는 소리가 절로 나오게 시골 스타일로 머리를 뒤로 넘기지 못해 미워했어요. 그 미움이 독처럼 메리 몸에 스며들었어요. 레이디 돈이 매끼마다 메리 음식에 독을 넣었어도 그렇게는 못했을 거예요. 레이디 돈이 그 미움의 눈으로 메리를 볼 때면, 메리는 똥덩어리로 바뀌곤 했죠."

"미움의 눈길은 없었어. 뭔가가 잘못되었을 수도 있어…… 하지만 그건 아니야. 그건 미움이 아니었어. 그애가 무슨 이야기를 하는지 알아. 당신이 미움이라고 부르는 건 그애 엄마의 불안이었어. 나는 그 표정을 알아. 그건 말더듬증에 대한 불안이었어. 맙소사, 그건 미움이 아니었다고. 그 반대였어. 걱정이었단 말이야. 고민이었어. 무력감이었다고."

"여전히 부인을 보호하시네." 리타가 다시 웃음을 터뜨렸다. "정말 믿기 어려운 몰이해네. 정말 믿기지가 않아. 그 어머니가 왜 또 메리를 미워했는지 아세요? 메리가 스위드의 딸이기 때문에 미워했어요. 미스 뉴저지가 유대인하고 결혼하는 건 아주 좋은 일이었죠. 하지만 유대인을 기르는 건? 그건 완전히 다른 문제였어요. 스위드는 식사 부인을 얻었지, 식사 딸을 얻은 게 아니에요. 미스 뉴저지는 나쁜 년이에요, 스위드. 우유와 양육이 필요하면 차라리 암소 젖을 빠는 게 더 나았을 거예요. 암소는 적어도 모성애라도 있으니까요."

스위드는 리타가 말하게 내버려두었다. 자신이 귀를 기울이게 내버려두었다. 오로지 알고 싶었기 때문이다. 무언가가 잘못되었다면, 물론 스위드는 그것이 무엇인지 알고 싶었다. 어떤 원한이 있는 걸까? 어떤 불만이 있는 걸까? 그것이 중심에 놓인 수수께끼였다. 메리는 어쩌다 지금 이 모습이 된 걸까? 하지만 리타의 말 가운데 어떤 것도 그 점을 설명해주지 못했다. 이것이 사태의 핵심일 수는 없었다. 이것이 건물을 폭탄으로 날려버린 일 뒤에 놓인 진실일 수는 없었다. 아니었다. 그러나 필사적인 남자는 믿을 수 없는 여자에게 넘어가고 있었다. 그 여자가 무엇이 잘못되었는지 알 가능성이 있어서가 아니라, 달리 넘어갈 사람이 없었기 때문이다. 그는 답을 찾는 사람이 아니라, 답을 찾는 누군가를 흉내내는 사람이 된 느낌이 들었다. 이런 대화 전체가 우스꽝스러운 잘못이었다. 이 아이가 나한테 진실을 이야기할 거라고 기대하다니. 이 아이는 그를 아무리 모욕해도 물리지 않았다. 이 아이의 증오 때문에 그들 삶의 모든 것이 완전히 변해버렸다. 이 아이야말로 증오 그 자체였다. 폭도인 이 아이야말로!

"메리는 어디 있어?"

"왜 메리가 어디 있는지 알고 싶어하시죠?"

"보고 싶으니까."

"왜요?"

"내 딸이니까. 사람이 죽었으니까. 내 딸이 살인죄로 고발당했으니까."

"그 일에 정말 집요하게 매달리네요, 안 그래요? 우리가 여기서 사치스럽게 도니가 딸을 사랑하니 마니 하는 이야기를 하는 몇 분 동안 베트남 사람들이 몇 명이나 죽임을 당했는지 아세요? 다 상대적이라고요, 스위드. 죽음도 다 상대적이에요."

"메리는 어디 있어?"

"스위드의 딸은 안전해요. 스위드의 딸은 사랑받고 있어요. 스위드의 딸은 자신이 믿는 것을 위해 싸우고 있어요. 스위드의 딸은 마침내 세상을 경험하고 있어요."

"어디 있냐니까, 젠장!"

"메리는 소유물이 아니에요. 네, 재산이 아니라고요. 이제는 힘없는 사람이 아니에요. 스위드가 올드림록의 주택을 소유하고, 딜의 별장을 소유하고, 플로리다의 콘도를 소유하고, 뉴어크의 공장을 소유하고, 푸에르토리코의 공장을 소유하고, 푸에르토리코의 노동자들을 소유하고, 그 모든 메르세데스를 소유하고, 그 모든 지프를 소유하고, 그 모든 아름다운 맞춤 양복을 소유하듯이 메리를 소유할 수 있는 게 아니란 말이에요. 세상을 소유하고 있는 스위드 같은 친절하고 부유한 자유주의자들에 관해 내가 뭘 깨닫게 되었는지 알아요? 당신들은 절대 현실의 본질을 이해하지 못한다는 거예요."

아무도 이런 식으로 시작하지는 않아. 스위드는 생각했다. 이게 이 여자의 모습일 리 없어. 이런 제멋대로 구는 갓난아기, 이 얄밉고, 고집스럽고, 분노에 가득차 제멋대로 구는 갓난아기가 내 딸의 보호자일 수는 없어. 이 여자는 간수야. 메리는 똑똑한 아이지만 이 유치한 잔혹성과 비열함의 마법에 걸려 있어. 이 무모한 아이의 머릿속에 있는 그 모든 가학적인 관념론보다는 말더듬증 일기 한 페이지가 더 인간적인 의미가 있어. 아, 저 머리숱 많고 단단하고 작은 두개골을 부수어버렸으면! 지금 당장, 내 강한 두 손으로 꼭 쥐어짜고 또 쥐어짜 저 코에서 그 사악한 관념들이 다 줄줄 흘러나오게 할 수 있었으면!

어린아이가 어쩌다 이렇게 되었을까? 사람이 과연 이렇게 사려라고는 찾아볼 수 없는 지경에 이를 수 있는 것일까? 답은 '그렇다'였다. 그러나 그와 딸을 잇는 유일한 고리는 이 아이뿐이었다. 아무것도 알지 못하고 아무 말이나 하고 아무 짓이나 할 것 같은, 얼마든지 할 것 같은, 자신을 흥분시키기 위해서라면 어떤 짓도 불사할 것 같은 이 아이. 이 아이가 하는 말은 죄다 자극이었다. 그 목표는 흥분이었다.

"모범." 리타가 입꼬리 쪽으로 내뱉었다. 그렇게 하면 그의 삶을 파괴하는 것이 더 쉬워지기라도 하는 것처럼. "사랑을 받고 승리를 거둔 모범처럼 보이지만 사실은 범죄자. 위대한 스위드 레보브, 미국 국가대표 자본가 범죄자."

리타는 혼자서 엉뚱한 짓을 하며 흡족해하는 영리하고 제정신이 아닌 아이였다. 신문에서 말고는 메리를 본 적도 없는 괘씸한 아동 정신병자였다. 다름 아닌 '정치화된' 미치광이였다. 뉴욕의 거리에는 이런 아이들이 가득했다. 이 범죄자라 해도 좋을 만큼 제정신이 아닌 유대인 아이는 신문과 텔레비전 그리고 메리의 학교 친구들에게서 그들이 어떻게 사는지 정보를 수집했다. 메리의 학교 친구들은 모두 자기들이 들은 똑같은 말을 퍼뜨리고 다녔다. "예스러운 올드림록에 크게 놀랄 일이 벌어질 것이다." 여기저기서 들려오는 소리로 보건대 메리는 폭탄을 터뜨리기 전날 학교 주변에서 아이들 사백 명에게 그 이야기를 하고 다닌 모양이었다. 그것은 메리에게 불리한 증거였다. 이 아이들 모두가 텔레비전에서 메리가 그런 말을 하고 다니는 것을 들었다고 주장했으니까. 그런 전언과 메리의 실종이 증거의 전부였다. 우체국이 폭파되었고, 그와 더불어 잡화점도 날아갔다. 하지만 아무도 그 근처에서 메리를 보지 못했다. 메리가 그 일을 하는 것을 보지 못했다. 메리가 사라지지만 않았다면 아무도 메리가 폭파범이라고 생각하지 않았을 것이다. "아이가 속임수에 넘어간 거야!" 돈은 며칠 동안 그렇게 소리지르며 집안을 돌아다녔다. "납치된 거야! 속임수에 넘어간 거야! 지금 어딘가에서 세뇌를 당하고 있어! 왜 다들 메리가 그랬다고 하는 거야? 그애하고 만나본 사람은 아무도 없잖아. 메리는 그 일과 아무런 관련이 없어. 어떻게 어린애가 이런 짓을 했다고 믿을 수가 있어? 다이너마이트? 메리가 다이너마이트와 무슨 관계가 있어? 없어! 이건 사실이 아니야! 뭐가 사실인지는 아무도 몰라!"

스위드는 리타 코언이 스크랩북을 요청하러 온 날 그녀가 왔다는 사실을 연방수사국에 알렸어야 했다. 적어도 리타 코언에게 메리를 데리고 있다는 증거를 요구했어야 했다. 또 아내가 아닌 다른 사람에게 털어놓았어야 했고, 그 필사적인 상태에서 나오는 요구를 들어주지 않아도 자살할 것 같지는 않은 사람과 전략을 짰어야 했다. 슬픔 때문에 자제력을 잃은, 언제나 히스테리 상태에서 생각하고 행동하는 아내의 요구에 따른 것은 용서할 수 없는 잘못이었다. 미심쩍다고 생각된 순간, 폭파 다음날 집에서 자신과 아내를 면담한 요원들에게 즉시 연락했어야 했다. 리타 코언이 누군지 안 그 순간, 그녀가 사무실에 앉아 있을 때라도 전화를 했어야 했다. 하지만 그는 사무실에서 바로 집으로 왔고, 식탁에서 돈 맞은편에 앉아 그녀가 반은 제정신이 아닌 상태에서 흐느끼며 장광설을 늘어놓는 것을, 연방수사국에 아무 말도 하지 말라고 호소하는 것을 지켜보고만 있었다. 자신의 사랑을 요구하는 사람들에게 미칠 감정적 영향을 도외시하고 계산적으로 어떤 결정을 내릴 수는 없었기 때문이다. 그들이 고통을 겪는 모습을 보는 것이 가장 힘든 일이었기 때문이다. 설령 그들이 합리적으로 또는 요령껏 주장을 하지 못한다고 해도 그들이 조르는 것을 무시하거나 그들의 기대를 꺾는 것은 자신의 우월한 힘을 부당하게 사용하는 것으로 보였다. 그들이 헌신적인 아들, 남편, 아버지라는 자신의 존재에 환멸을 느끼게 하고 싶지 않았기 때문이다. 그는 오래전부터 모두에게 아주 큰 칭찬을 받아온 사람이었기 때문이다.

돈은 그에게 리타가 원하는 대로 다 해주라고 간청했다. 가게가 무너지고 닥터 콘론이 죽은 일이 잊힐 때까지 눈에 띄지만 않으면 메리가 체포되지 않을 수도 있다는 이야기였다. 전쟁의 광기에 따른 마녀사냥이 끝나고 새로운 시대가 시작될 때까지 메리를 어딘가에, 심지어 다른 나라에 감추어두고 먹여 살리기만 하면, 그러면 그 아이가 절대, 절대 했을 리가 없는 짓이 공정하게 다루어질 수도 있다는 것이었다. "메리는 속임수에 넘어간 거야!" 스위드 자신도 그렇게 믿었다. 아버지가 달리 무엇을 믿을 수 있겠는가? 하물며 돈에게서 그 이야기를 매일매일, 하루에 백 번씩 듣기까지 했으니.

그래서 스위드는 오드리 헵번 스크랩북, 발레복, 발레 신발, 말더듬증 일기를 건네주었다. 그리고 이번에는 뉴욕 힐튼 호텔의 한 방에서 리타 코언을 만날 예정이었다. 아무런 표시가 없는 이십 달러와 십 달러짜리로 오천 달러를 들고 가야 했다. 리타가 스크랩북을 요구했을 때 연방수사국에 연락했어야 한다는 것을 알았듯이, 이번에도 그는 그녀의 사악하고 무모한 행동을 더 용인하면 그의 가족 모두에게 도저히 상상할 수도 없는 큰 괴로움이 닥칠 것임을 알았다. 그러나 스크랩북,

발레복, 발레 신발, 말더듬증 일기로 인해 그는 교묘한 덫에 걸려 있었다. 그래서 이번에는 비참하게 돈까지 지불해야 했다.

그러나 아내는 스위드가 맨해튼까지 가면, 그곳에서 군중 속에 묻히면, 그래서 미행을 당하지 않고 오후의 정해진 시간에 호텔에 도착하면, 메리가 그 방에서 그를 기다리고 있을 거라고 확신했다. 말도 안 되는 동화 같은 희망이었고 그것을 정당화해줄 근거는 하나도 없었지만, 차마 그렇지 않다고 말할 수가 없었다. 전화벨이 울릴 때마다 아내의 제정신이 한 겹 더 떨어져나가는 것을 보면서 그럴 수는 없었다.

그녀는 처음으로 치마와 블라우스 차림으로 나왔다. 지하 할인매장에서 산 야한 싸구려 꽃무늬 옷이었다. 구두는 펌프스 하이힐이었다. 그녀는 불안정한 걸음걸이로 둘 사이에 놓인 양탄자를 가로질렀다. 작업화를 신었을 때보다 외려 작아 보였다. 머리는 전과 다름없이 생긴 대로 내버려두었지만, 평소에는 영혼도 장식도 없는 작은 단지 같던 얼굴은 립스틱과 아이섀도를 칠하고 분홍색 오일로 광대뼈를 강조해 화려하게 꾸며놓았다. 꼭 어머니 방을 약탈한 3학년짜리 같았다. 다만 색깔이 없던 때에는 그냥 비인간적인 느낌이 드는 정도였는데, 화장을 하자 그 무표정이 훨씬 더 무시무시해서 꼭 정신병 환자처럼 보인다는 점이 다를 뿐이었다.

"돈 가져왔습니다." 스위드는 호텔 문간에 우뚝 서서 그녀를 내려다보며 말했다. 자신이 하는 일이 더없이 잘못된 것임을 그도 잘 알고 있었다. "돈 가져왔어요." 스위드는 되풀이하면서, 자신이 훔친 노동자들의 땀과 피에 관한 비난에 대비하고 있었다.

"아, 안녕하세요. 어서 들어오세요." 여자가 말했다. 여기 우리 부모님 이에요. 어머니, 아버지, 여기는 시모어예요. 공장에서 보여준 연기, 호텔 에서 보여주는 연기. "아, 어서 들어오세요. 편히 앉으세요."

스위드는 서류가방에 돈을 넣어 왔다. 그녀가 요구한 십 달러와 이 십 달러짜리 오천 달러만이 아니라, 오십 달러짜리로 오천 달러를 더 가져왔다. 총 만 달러였다. 왜 이렇게 했는지 스스로도 몰랐지만. 이것 이 메리에게 무슨 도움이 될까? 메리가 이 가운데 한 푼이라도 볼 수나 있을까? 그럼에도 스위드는 무너지지 않으려고 온 힘을 모아 다시 말 했다. "요청한 돈을 가져왔습니다." 그는 이 모든 일의 비현실성에도 불구하고 계속 자기 자신으로서 존재하기 위해 노력하고 있었다.

그녀는 침대로 가서 눕더니 발목을 꼬고 머리 뒤에 베개 두 개를 받 치고서 가볍게 노래를 부르기 시작했다. "오 리디아, 오 리디아, 마이 엔사이클로-피드-이-아, 오 리디아, 더 태투드 레이디……"

그것은 그가 어린 딸에게 가르쳐준 별 뜻 없는 옛날 노래 가운데 하 나였다. 딸이 노래를 부를 때는 전혀 말을 더듬지 않는 것을 보았기 때 문에 가르쳐준 것이었다.

"리타 코언하고 씹을 하러 온 거죠, 그렇죠?"

"나는 돈을 주러 왔어요."

"우리 씨-씨-씨-씹해요, 아-아-아-아빠."

"모두가 겪고 있는 일을 보고 조금이라도 느끼는 게 있다면……"

"집어치워요, 스위드. 당신이 '느낌'에 관해 뭘 알아요?"

"우리한테 왜 이러는 겁니까?"

"엉엉. 다른 얘기 해줘요. 당신은 나하고 썹을 하러 여기 왔잖아요. 누구한테든 물어보세요. 중년의 자본가 개가 왜 호텔방으로 젊은 엉덩이를 가진 년을 만나러 오겠어요? 썹을 하려는 거죠. 말해보세요, 어서 말해보세요. '나는 너하고 썹을 하러 왔어. 멋지게 썹을 하러 왔어.' 말해보세요. 스위드."

"나는 그런 말은 전혀 하고 싶지 않아요. 제발 이런 짓 좀 그만둬요."

"나는 스물두 살이에요. 나는 무슨 일이든지 해요. 모두 다 한다고요. 말해봐요, 스위드."

이것이 메리에게 이르는 길일까? 이 조롱과 희롱의 공격이? 그녀는 그를 아무리 모욕해도 부족한 것 같았다. 이 여자가 누군가를 연기하는 것일까? 미리 준비한 각본에 따라 연기를 하는 것일까? 아니면 미쳤기 때문에 애초에 상대하는 것이 불가능한 사람을 내가 지금 상대하고 있는 것일까? 여자는 마치 갱단원 같았다. 이 여자가 갱 두목일까? 이 자그마한 몸집에 얼굴이 하얀 악당이? 갱단에서는 가장 무자비한 사람에게 권위가 주어진다. 이 여자가 가장 무자비한 사람일까? 아니면 더 나쁜 다른 사람들이 있을까? 지금 메리를 포로로 잡고 있는 사람들? 어쩌면 이 여자가 가장 똑똑한 건지도 몰라. 그들의 여배우인지도 몰라. 어쩌면 이 여자가 가장 부패한 건지도 몰라. 그들의 막 피어나기 시작하는 창녀. 어쩌면 이게 다 그들, 한바탕 흥겹게 놀러 나온 중간계급 아이들에게는 게임에 불과한 것인지도 몰라.

"내가 당신한테 어울리지 않나요?" 여자가 물었다. "당신 같은 큰 남자에게는 조잡한 욕망이 없는 건가요? 어서요, 나 그렇게 무서운 사람 아니에요. 나같이 작은 사람이 당신 적수가 될 수는 없잖아요. 당신을 보세요. 개구쟁이 소년 같잖아요. 수치를 당할까봐 겁에 질린 아이. 당신한테는 유명한 순수성 말고는 아무것도 없는 건가요? 나는 있다고 장담해요. 당신한테는 커다란 기둥이 있잖아요?" 그녀가 말했다. "사회의 기둥."

"이런 이야기를 하는 목적이 뭡니까? 말 좀 해주겠어요?"

"목적이요? 물론이죠. 당신을 현실로 안내하려는 거예요. 그게 목적이에요."

"얼마나 무자비해야 하는 겁니까?"

"당신을 현실로 안내하는 데요? 당신이 현실에 감탄하게 하는 데요? 당신이 현실에 참여하게 하는 데요? 당신이 현실의 개척자로 나서게 하는 데요? 물론 그게 간단한 일은 아니죠, 침팬지 아저씨."

스위드는 자신에 대한 그녀의 혐오에 얽혀들지 않겠다고, 그녀가 하는 어떤 말에도 모욕을 느끼지 않겠다고 단단히 마음을 다잡고 왔다. 그는 언어의 폭력에 준비를 했으며, 이번에는 어떤 반응도 보이지 않겠다고 마음먹었다. 그녀는 머리가 돌아가지 않는 사람이 아니었고, 어떤 말을 하는 것도 두려워하지 않았다. 그도 그 정도는 알았다. 그러나 욕정, 충동은 계산에 넣지 못했다. 그는 언어의 폭력 외에 다른 것으로 공격받는 상황은 고려하지 않았다. 그녀 살의 역겨운 백색, 우스꽝스러울 정도로 유치한 화장, 싸구려 면 옷이 일으키는 반감에도 불구하고 침대에 반쯤 누워 있는 것은 어쨌거나 젊은 여자였다. 그리고 사실 스위드 자신, 확실성으로 가득찬 이 초인간도 그가 감당할 수 없는 사람 가운데 하나였다.

"가여운 것." 그녀가 경멸하는 목소리로 말했다. "리틀 림록의 부잣

집 소년. 그렇게 꽉꽉 막혀 있으니 원. 우리 씹해요, 아-아-아-아빠.
내가 당신 딸이 있는 곳에 데려다줄게요. 당신 물건을 잘 씻고 지퍼도
올린 다음, 내가 메리가 있는 곳으로 데려가줄게요."

"코언 양이 진짜 그래줄 거라고 내가 믿어도 됩니까? 그렇게 해줄
거라는 걸 내가 어떻게 알 수 있죠?"

"잠깐. 어떻게 되나 한번 두고 보세요. 당신한테 최악의 결과라 해도
스물두 살짜리 거기에 한 번 하는 것뿐이잖아요. 어서, 아빠. 침대로
와요, 아-아-아-아빠······"

"그만해! 내 딸은 이런 거하고 아무런 관계가 없어! 내 딸은 너하고
아무런 관계가 없어. 이런 똥덩어리 같은 게. 너는 내 딸 신발을 닦을
자격도 없어! 내 딸은 폭탄하고 아무런 관계가 없어. 너도 그걸 알잖
아!"

"진정해요, 스위드. 진정해요, 사랑스러운 아이. 당신이 입으로 말하
는 만큼 진짜로 딸이 보고 싶으면 진정하고 이리 와서 리타 코언하고
멋지고 화끈하게 씹을 해봐요. 먼저 씹을 하고, 돈은 그다음에."

그녀는 무릎을 가슴 쪽으로 올리더니, 양쪽 발을 침대에 내리며 다
리를 쫙 벌렸다. 꽃무늬 치마가 엉덩이까지 말려올라갔다. 그녀는 속
옷을 입지 않았다.

"자," 그녀가 작은 목소리로 말했다. "그걸 여기다 넣어요. 여기를
공격해봐. 다 허락받은 일이에요, 귀여운 아기."

"코언 양······" 스위드는 여러 가지 반응들이 담겨 있는 그의 훌륭한
금고에서 무엇을 꺼내야 할지 몰랐다. 이렇게 본능적인 것을 수사修辭
적인 것과 함께 뒤섞는 것은 그가 미처 대비하지 못한 공격 방법이었

다. 그녀는 호텔로 다이너마이트를 하나 가져온 셈이었다. 그래, 바로 그것이었다. 그를 폭파시키려고.

"뭐라고요, 자기?" 그녀가 대꾸했다. "대답을 듣고 싶으면 큰 아이답게 큰 소리로 말을 해야죠."

"이런 과시가 지금 벌어진 일과 무슨 관계가 있다는 거죠?"

"깊은 관계가 있죠. 이런 과시에서 상황에 대한 아주 선명한 그림을 얻을 수 있다는 걸 알면 놀랄걸요." 그녀는 두 손을 슬금슬금 음모 쪽으로 내렸다. "이걸 봐요." 그녀는 말하면서 손가락으로 음순을 바깥으로 벌려, 그에게 핏줄이 드러나고 얼룩덜룩하고 밀랍 같은 막膜 조직을 드러냈다. 마치 껍질을 벗긴 살처럼 촉촉한 튤립 같은 광채가 났다. 스위드는 눈길을 돌렸다.

"이 밑은 정글이에요." 그녀가 말했다. "아무것도 제자리에 없어요. 왼쪽에 있는 것과 오른쪽에 있는 것은 완전히 달라요. 보조출연자들은 몇 명이나 있을까요? 아무도 모르죠. 너무 많아서 셀 수가 없을 거예요. 선腺들도 있어요. 구멍도 하나 더 있죠. 날개도 있어요. 이게 벌어진 일과 무슨 관계가 있는지 모르겠어요? 보세요. 오랫동안 잘 봐요."

"코언 양." 그는 그녀의 몸 가운데 유일하게 아름다움이라는 축복을 받은 그 아이 같은 눈에 눈길을 고정시키고 말했다. 그는 그것이 그녀가 지금 하려고 하는 일과 아무런 공통점이 없는 착한 아이의 눈임을 알았다. "내 딸이 실종되었어요. 사람이 죽었고."

"무슨 말인지 못 알아들으시네요. 어떤 말도 도무지 못 알아들어요. 이걸 보세요. 이걸 나한테 묘사해봐요. 내가 잘못 알고 있는 건가요? 뭐가 보여요? 뭐가 보이기는 보여요? 아니, 당신은 아무것도 못 봐요.

보려고 하지 않으니 보이지 않을 수밖에요."

"이건 말이 되지 않아요. 이렇게 해서는 아무도 굴복시킬 수 없어요.
코언 양 자신 외에는."

"이게 사이즈가 얼마인지 아세요? 어디, 얼마나 잘 맞는지 봐야지.
작아요. 내 생각에는 사이즈 4인 것 같아요. 씸의 여성용 사이즈 가운데
가장 작은 거죠. 이보다 더 작으면 아동용이 돼요. 어디 당신이 이 작
디작은 사이즈 4에 얼마나 잘 맞는지 봐요. 사이즈 4가 당신이 이제까
지 꿈꿔온 가장 멋지고, 따뜻하고, 아늑한 씸을 제공하는지 한번 보라
고요. 당신은 좋은 가죽을 사랑하죠. 고급 장갑을 사랑해요. 그걸 꽂아
봐요. 하지만 천천히, 천천히. 처음에는 언제나 천천히 꽂아야 해요."

"당장 그만둬요."

"좋아요. 그게 당신 결정이라면. 당신이 아주 용감한 사람이어서 이
걸 보지도 않겠다면, 눈을 감고 앞으로 다가와 냄새라도 맡아봐요. 바
싹 다가와 코를 킁킁거려보라고요. 늪. 이 늪이 당신을 빨아들일 거예
요. 냄새를 맡아보라니까요. 스위드. 장갑 냄새는 어떤지 알잖아요. 새
차의 내부 같은 냄새가 나잖아요. 자, 이건 삶의 냄새예요. 이걸 맡아
보세요. 신품 보지의 내부 냄새를 맡아보란 말이에요."

그녀의 어두운 아이의 눈. 흥분과 재미가 가득한 눈. 오만이 가득한
눈. 비합리성이 가득한 눈. 기묘함이 가득한 눈. 리타가 가득한 눈. 그
절반만이 연기였다. 흥분시키려는. 격노하게 만들려는. 부추기려는.
그녀는 의식이 바뀌어버린 상태였다. 격변을 일으키는 꼬마 도깨비.
재앙을 가져오는 요정. 그녀는 그를 괴롭히고 그의 가족을 파괴하는
데서 자기 존재의 사악한 의미를 찾는 듯했다. '폭력의 아이.'

"신체적 자제력이 놀랍군요." 리타가 말했다. "당신의 정가운데를 딱 맞힐 수 있는 게 뭐 없나요? 나는 당신 같은 사람은 세상에 남지 않았다고 생각했어요. 다른 사람 같으면 몇 시간 전에 서버린 자기 물건에 눌려버렸을 거예요. 당신은 정말 구식이에요. 여기 맛 좀 보세요."

"코언 양은 여자가 아니에요. 이런다고 해서 여자가 되는 게 절대 아니에요. 여자의 모조품이 될 뿐이죠. 이건 혐오스러워요." 그는 공격을 받은 군인처럼 빠르게 반격했다.

"그럼 보지도 않으려는 남자, 그건 뭐의 모조품이죠?" 리타가 물었다. "보는 게 인간 본성 아닌가요? 현실이 너무 짙게 배어 있다는 이유로 늘 눈을 돌려버리는 남자는 뭐죠? 자기가 아는 세상과 조화를 이루지 못한다는 이유로요? 아는 게 아니라 안다고 생각하는 거겠죠. 맛을 봐요! 물론 혐오스러워요, 이 커다란 보이스카우트 아저씨. 나는 타락했거든요!" 그녀는 단 몇 센티미터도 눈길을 내리지 않으려는 그의 태도에 신나게 웃어대더니 소리쳤다. "자, 여기요!"

그녀는 손을 자기 몸속에 집어넣은 것이 틀림없었다. 그녀의 손이 그녀의 몸안으로 사라진 것이 틀림없었다. 잠시 후 그녀가 손 전체를 그에게 뻗었기 때문이다. 그녀의 손가락 끝이 바로 그의 코앞에 그녀의 냄새를 전하고 있었다. 그것은, 안에서부터 방출된 비옥한 냄새는 그도 차단할 수가 없었다.

"이게 신비의 문을 열어줄 거예요. 이게 벌어진 일과 무슨 관계가 있는지 알고 싶죠?" 그녀가 말했다. "이게 말해줄 거예요."

그의 내부에는 많은 감정이 있었다. 많은 불확실성, 많은 경향과 반경향이 있었다. 그는 충동과 반충동으로 터져나갈 것 같았기 때문에 그 가운데 어느 것이 그가 건너지 않으려 하는 선을 그었는지 이제는 알 수가 없었다. 모든 생각이 외국어로 이루어지는 것 같았다. 그래도 그 선을 넘으면 안 된다는 것은 아직 알고 있었다. 그녀를 집어들어 창에 내던지지는 않을 터였다. 그녀를 집어들어 바닥에 내동댕이치지도 않을 터였다. 어떤 이유에서도 그녀를 집어들지 않을 터였다. 그는 자신을 침대 발치에 마비된 상태로 유지하는 데 남은 모든 힘을 쏟고 있었다. 그는 그녀 가까이에 가려 하지 않았다.

그녀는 그에게 내밀었던 손을 천천히 자신의 얼굴로 올리더니, 미친 사람처럼 익살스럽게 허공에 작은 원을 그리며 입으로 가져갔다. 손가락을 하나씩 입술 사이에 넣어 씻어냈다. "맛이 어떤지 알아요? 내가 말해줄까요? 당신 따-따-따-딸 냄새가 나요."

그 순간 그는 방을 뛰쳐나갔다. 있는 힘을 다해.

그것으로 끝이었다. 십 분, 십이 분 만에 모든 것이 끝났다. 연방수사국 요원들이 그의 전화를 받고 호텔로 갔을 때 그녀는 사라지고 없었다. 그가 버리고 간 서류가방도 마찬가지였다. 그는 아이 같은 잔혹성과 비열함을 피해 뛰쳐나온 것이 아니었고, 심지어 사악한 자극을 피해 뛰쳐나온 것도 아니었다. 이제는 뭐라고 이름 붙일 수도 없는 뭔가를 피해 뛰쳐나온 것이었다.

이름을 붙일 수 없는 뭔가와 직면하여, 그는 잘못된 일만 골라 했던 것이다.

오 년이 흐른다. 림록 폭파범의 아버지는 리타가 다시 사무실에 나타나기를 헛되이 기다린다. 그는 그녀의 사진을 찍지도 않았고, 지문을 보관하지도 않았다. 만날 때마다, 그 몇 분 동안은 그녀가, 아이가 대장이었다. 그런데 이제 사라져버렸다. 요원과 몽타주 전문가가 와서 연방수사국을 위해 리타의 몽타주를 그리는 것을 도와달라고 한다. 그는 그 나름대로 진짜를 찾아 혼자서 일간지와 주간지를 살핀다. 리타의 사진이 나타나기를 기다린다. 틀림없이 나타날 것이다. 폭탄은 어디에서나 터진다. 폭탄은 콜로라도 주 볼더에서 징병사무소와 콜로라도 대학 ROTC 본부를 파괴한다. 미시간 주에서는 대학에서 폭발이 일어나고, 경찰본부와 징병사무소에 대한 다이너마이트 공격이 벌어진다. 위스콘신 주에서는 폭탄이 주 방위군 병기고를 파괴한다. 작은 비행기가 날아가다 화약이 잔뜩 든 단지 두 개를 탄약공장에 떨어뜨린 것이다. 위스콘신 대학에서는 대학 건물이 폭탄 공격을 받는다. 시카고에서는 폭탄이 헤이마켓 폭동 때 죽은 경찰관들의 기념상을 파괴한다. 뉴헤이븐에서는 백화점, 경찰서, 뉴헤이븐 철도를 파괴하려고 모의한 혐의로 기소된 블랙팬서 열아홉 명의 재판을 맡은 판사 집을 누군가가 소이탄으로 공격한다. 오리건, 미주리, 텍사스에서는 대학 건물들이 폭탄 공격을 받는다. 피츠버그에서는 쇼핑몰, 워싱턴에서는 나이트클럽, 메릴랜드에서는 법정이 폭탄 공격을 받는다. 뉴욕에서는 유나이티드 프루트 라인 부두, 마린 미들랜드 은행, 매뉴팩처러스 트러스트, 제너럴 모터스, 모빌 오일, IBM, 제너럴 텔레폰 앤드 일렉트로닉스의 맨해튼 본부 등지에서 잇따라 폭발이 일어난다. 맨해튼 시내의 징병센터도 폭파된다. 형사법원 건물도 폭파된다. 맨해튼 고등학교에서는 화염병 세 개가 폭발한다. 여덟 개 도시의 은행 안전금고에서 폭탄이 터진다. 리타는 틀림없이 이 가운데 하나를 터뜨렸을 것이다. 사람들이 리타를 찾을 것이고 현행범으로 붙잡을 것이다. 폭파범들을 모조리 붙잡을 것이다. 리타는 그들을 메리에게 인도해줄 것이다.

스위드는 파자마를 입은 채 부엌에 앉아 매일 밤 창문에 그녀의 검댕이 덮인 얼굴이 비칠까 살펴본다. 홀로 부엌에 앉아, 자신의 원수 리타 코언이 돌아오기를 기다린다.

라스베이거스에서는 TWA 제트기가 폭파당한다. 퀸엘리자베스호에서 폭탄이 터진다. 펜타곤에서 폭탄이 터진다. 펜타곤 공군 구역 4층 여자 화장실에서! 폭파범은 메모를 남긴다. "오늘 우리는 미군 지휘체계의 핵심인 펜타곤을 공격했다! 베트남에 대한 미국 공군과 해군의 점증하는 폭격에 대응한 공격이다. 미국 지뢰와 전함은 베트남민주공화국 항구들을 봉쇄하는 데 사용되고 있다. 워싱턴에서는 전쟁 규모를 훨씬 더 확대하기 위한 계획을 짜고 있다." 베트남민주공화국. 그애한테서 그 말을 한 번만 더 들으면, 시모어, 정말이지 나 미쳐버릴 것 같아. 그들의 딸이다! 메리가 펜타곤에 폭탄을 설치한 것이다.

"아-아-아빠!" 재봉틀의 소음 위로 스위드는 아이가 사무실에 있는 그를 향해 외치는 소리를 듣는다. "아-아-아-아빠!"

아이가 사라지고 나서 이 년 뒤 그리니치빌리지의 가장 평화로운 주택가에 자리잡은 가장 우아한 그리크 리바이벌 주택에서 폭탄이 터진다. 폭탄이 세 번 터지고 불이 나자 낡은 4층짜리 벽돌 타운하우스는 잿더미가 된다. 이 주택의 주인은 뉴욕의 부유한 부부인데, 그들은 카리브 해에 휴가를 가고 없다. 폭발 뒤에 젊은 여자 둘이 멍한 표정으로 비틀거리며 건물에서 나온다. 멍이 들고 상처를 입었다. 한 명은 나

신인데, 열여섯에서 열여덟 살 사이로 묘사된다. 한 이웃이 두 사람을 보호해준다. 그녀는 그들에게 입을 옷을 주지만, 그녀가 더 도와줄 사람이 없는지 보려고 폭파된 건물에 달려간 사이 두 젊은 여자는 사라진다. 한 여자는 타운하우스 주인의 스물다섯 살짜리 딸이며, 웨더멘 Weathermen이라는 별명을 가진, '민주사회를 위한 학생들'이라는 폭력적 혁명 분파 소속이다. 또 한 사람의 신원은 확인되지 않는다. 그 또 한 사람은 리타다. 메리다. 그들이 또 그 아이를 엮어넣은 것이다!

스위드는 부엌에서 밤새도록 딸과 웨더맨Weatherman이라는 그 여자를 기다린다. 이제 안전하다. 집과 공장의 감시, 전화 감청은 일 년도 더 전에 중단되었기 때문이다. 이제는 나타나도 괜찮다. 스위드는 그들에게 주려고 수프를 해동한다. 메리가 과학으로 기울기 시작했던 때를 돌이켜본다. 메리는 돈의 소뗴 때문에 수의사가 되겠다고 생각했다. 또 말더듬증 때문에 과학에 빠졌던 것이기도 하다. 과학 프로젝트에 집중해서 꼼꼼하게 공부하면 늘 말더듬증이 약간 줄었기 때문이다. 그 무렵에는 세상 어느 부모라도 과학 공부와 폭탄을 연결시키지 못했을 것이다. 스위드만이 아니라 그 누구라도 그 점은 보지 못했을 것이다. 메리의 과학에 대한 관심은 완전히 순수했다. 사실 모든 것이 그랬다.

타버린 집의 잡석 더미 안에서 시체로 발견된 젊은 남자는 다음날 한때 컬럼비아 대학 학생이었으며, 폭력적인 반전시위의 베테랑이며, '민주사회를 위한 학생들'의 급진적 분파의 구성원인 것으로 밝혀진다. 다음날 폭파 현장에서 달아난 두번째 젊은 여자의 신원이 밝혀진다. 그녀 역시 급진적인 활동가였지만 메리는 아니다. 뉴욕 좌파 변호사의 스물여섯 살 난 딸이다. 더 심각한 것은 그리니치빌리지 타운하우스의 잡석 더미에서 시신이 또 한 구 발견된 것이다. 젊은 여자의 몸통이다. "폭파의 두번째 피해자는 신원이 바로 확인되지 않았으며, 부검시관인 닥터 엘리엇 그로스는 '이 여자의 신원을 알아내기까지는 시간이 좀 걸릴 것'이라고 말했다."

식탁에 혼자 앉은 그녀의 아버지는 그녀가 누구인지 알고 있다. 다이너마이트 육십 개, 공업 뇌관, 감추어놓은 수제 폭탄들—다이너마이트가 채워진 12인치 파이프들—이 시신으로부터 불과 5미터 떨어진 곳에서 발견된다. 햄린의 가게를 날려버린 것도 다이너마이트가 채워진 파이프였다. 죽은 아이는 새로운 폭탄의 재료들을 섞다가 뭔가를 잘못해서 타운하우스를 날려버린 것이다. 처음에는 햄린의 가게, 이번에는 그애 자신. 그애는 실제로 해냈다. 예스러운 도시에 큰 놀라움을 안겨주었다—그리고 이것이 그 결과다. "닥터 그로스는 피해자의 몸통에 못으로 인한 수많은 구멍 형태의 상처가 있었다고 확인하여, 이 폭탄들이 단순한 폭파 장치라기보다는 대인 살상 무기로 만들어진 것으로 보인다는 경찰 쪽 정보를 뒷받침했다."

다음날 맨해튼에서 추가로 폭발이 보고된다. 미드타운 건물 세 동에서 새벽 한시 사십분쯤 동시에 폭탄이 터진 것이다. 그 몸통은 그 아이 것이 아냐! 메리는 살아 있어! 못이 박히고 찢어진 건 그애가 아니야! "전화로 경고를 받은 경찰이 새벽 한시 이십분에 건물에 도착해 청소부와 다른 직원 스물네 명을 폭발 전에 대피시켰다." 미드타운 폭파범과 림록 폭파범은 똑같은 사람인 것이 틀림없다. 메리가 첫 폭파 때 전화를 할 정도로 지식이 있었다면 아무도 죽지 않았을 것이고 자신이 살인죄로 수배되는 일도 없었을 것이다. 따라서 그애가 그동안 그래도 뭔가 배우기는 한 것이다. 적어도 그애는 살아 있고, 매일 밤 부엌에서 그애가 리타와 함께 창문에 나타나기를 기다릴 이유는 있는 것이다.

스위드는 종적을 감춘 두 젊은 여자, 타운하우스 폭발 문제로 질문을 하기 위해 경찰이 찾고 있는 젊은 여자들의 부모에 관한 기사를 읽는다. 그들 가운데 한 여자의 어머니와 아버지는 텔레비전에 나와 딸에게 폭발이 일어났을 때 건물에 사람이 몇 명이나 있었는지 밝히라고 호소한다. 어머니가 말한다. "다른 피해자가 없으면 주변의 담들을 제거할 때까지 수색을 그만둘 수 있어. 나는 너를 믿는다." 어머니는 실종된 딸, '민주사회를 위한 학생들'의 동지들과 함께 그 집을 폭탄공장으로 이용한 딸에게 말한다. "너도 이 비극에 슬픔을 더 보태고 싶어하지 않는다는 걸 알아. 제발, 제발 그 점을 전화나 전보로 알려줘. 누구를 시켜서 전화해도 돼. 네가 안전하다는 것 외에 우리가 알고 싶은 건 없어. 너를 사랑한다는 것, 간절히 돕고 싶다는 것 외에는 하고 싶은 말이 없어."

그것은 메리가 사라졌을 때 림록 폭파범의 아버지가 언론과 텔레비전에 했던 바로 그 말이다. 우리는 너를 사랑하고, 너를 돕고 싶구나. "딸과 '소통이 잘' 이루어졌느냐는 질문을 받았을 때, 타운하우스 폭파범의 아버지는" 비슷한 질문에 대답을 했던 림록 폭파범의 아버지와 마찬가지로 진실하게 또 비참하게 대답한다. "'부모로서 우리는 그렇지 않다고, 최근에는 그렇지 못했다고 말할 수밖에 없다.'" 그 아버지의 말에 따르면 그 집 딸이 싸운 동기는 메리가 저녁 식탁에서 이기적인 어머니와 아버지와 그들의 부르주아 생활을 격렬하게 비난하며 자신의 투쟁 동기라고 선언했던 것과 다르지 않다. "체제를 바꾸고, 현재 경제적으로나 정치적으로나 아무런 권한이 없는 90퍼센트의 민중에게 권력을 주려고."

경찰 수사관에 따르면 다른 실종자의 아버지는 "별로 말이 많지 않다." 그는 "나는 아이의 소재를 모른다"고 말할 뿐이다. 림록 폭파범의 아버지는 그 말을 믿고, 그가 별로 말이 많지 않은 것을 이해하며, 그런 감정 없는 간단한 말 아래에 감추어진 고뇌의 짐을 미국의 다른 어느 아버지보다 잘 안다. 만일 그 자신이 그런 일을 겪지 않았다면 그렇게 입을 꽉 다문 모습에 놀랐을 것이다. 하지만 그는 실종자의 부모가 사실은 바로 자신처럼 허우적거리고 있다는 것, 말이 되지 않는 이유들 속에서 밤이나 낮이나 허우적거리고 있다는 것을 안다.

타운하우스 잡석 더미 속에서 세번째 시신이 발견된다. 성인 남자의 시신이다. 그러다 일주일 뒤 두번째 실종자의 어머니의 말이 신문에 인용되고, 그가 두 실종자 부모에게 품고 있던 동정심은 사라져버린다. "우리는 우리 아이가 안전하다는 사실을 알고 있다."

그들의 딸은 세 사람을 죽였는데 그들은 그 아이가 안전하다는 것을 알고 있다. 반면 스위드의 딸, 사람을 죽였다는 것이 입증된 적 없는 그의 딸, 바로 이런 특권층 타운하우스 폭파범 같은 급진적이고 조그만 악당들에게 이용당하고 있는, 함정에 빠진, 결백한 그의 딸에 관해서 그는 아무것도 모른다. 내가 그들과 무슨 상관이 있는가? 내 딸은 그런 짓을 하지도 않았는데. 메리는 펜타곤에 폭탄을 터뜨리지 않았듯이 햄린의 가게에도 폭탄을 터뜨리지 않았다. 1968년 이후 미국에서 폭탄 수천 개가 터졌지만, 그의 딸은 그중 어느 하나와도 상관이 없었다. 내가 어떻게 아느냐고? 돈이 아니까. 돈이 확실하게 알고 있으니까. 우리 딸이 그런 짓을 할 거였으면, 학교에서 절대 아이들에게 올드림록이 크게 놀랄 일이 벌어질 거라고 이야기하고 다니지 않았을 테니까. 우리 딸은 그러기에는 너무 영리하니까. 진짜로 그런 짓을 할 거였으면, 아무 말도 안 했을 테니까.

　오 년이 흐른다. 설명을 찾는 오 년, 모든 것, 그 아이를 형성한 조건들, 그 아이에게 영향을 준 사람들과 사건들을 되짚어보는 오 년이다. 그러나 그 어떤 것도 폭파를 적절하게 설명해주지 못한다. 그러다 마침내 불교 승려, 불교 승려의 자기희생이 떠오른다…… 물론 그때 메리는 겨우 열 살이었다. 아니, 열한 살이었나. 그리고 그때와 지금 사이에 그 아이에게, 그들에게, 이 세상에 수많은 일들이 벌어졌다. 그러나 메리는 그때 몇 주 동안 겁에 질려 있었다. 그날 밤 텔레비전에 나온 것 때문에 울고, 그 이야기를 하고, 밤에 자다가 그 꿈을 꾸는 바람에 깼다. 그렇다고 그것 때문에 자기 생활을 못할 정도는 아니었다. 그럼에도 메리가 거기 앉아 그 승려가 불길에 휩싸이는 것을 보던 순간—메리 또한 전 국민과 마찬가지로 곧 눈앞에 나타날 것에 마음의 준비가 되어 있지 않았고, 그냥 저녁식사 후에 어머니, 아버지와 함께 뉴스를 보는 둥 마는 둥 하고 있었다—이 떠오르자 스위드는 지금 이런 일이 벌어진 이유를 찾아냈다는 확신이 든다.
　1962년인가 1963년이었을 것이다. 케네디가 암살을 당했을 때쯤이었는데, 베트남전쟁이 아직 본격적으로 시작되기 전이었고, 다들 미국은 그저 그곳에서 미친듯이 벌어지는 일의 주변에 있을 뿐이라고 알고 있었다. 그 일을 벌인 승려는 칠십대로, 바싹 말랐으며 머리는 빡빡 밀고, 샛노란 가사를 입고 있었다. 승려는 허리를 꼿꼿하게 세우고 책상다리를 한 채 남베트남 어느 도시의 텅 빈 거리에 우아하게 앉아 있었고, 그의 앞에는 그 사건을 보려는 승려 한 무리가 마치 종교 제의를 치르러 나온 양 앉아 있었다. 늙은 승려는 커다란 플라스틱 통을 들어 가솔린인지 등유인지를 자기 몸 위에 쏟았다. 주위의 아스팔트도 흠뻑 젖었다. 그는 바로 성냥불을 켰다. 그와 동시에 거친 불길이 후광처럼 그에게서 넘실거렸다.

서커스에는 가끔 불을 먹는 사람이라고 선전하는 연기자가 나온다. 이 연기자는 불이 입에서 발사되는 것처럼 보이도록 연기를 한다. 남베트남 어느 도시의 그 거리에 있던 이 삭발한 승려의 경우도 어떻게 했는지 불이 밖에서 그를 공격하는 게 아니라 내부에서 허공으로 뿜어져나오는 것처럼 보였다. 다만 입에서만 나오는 게 아니라, 두개골과 얼굴과 가슴과 무릎과 다리와 발에서 동시에 뿜어져나오는 것 같았다. 그가 완벽하게 꼿꼿한 자세를 그대로 유지한 채 자신의 몸에 불이 붙었다는 사실을 전혀 느끼지 않는 것처럼 행동했기 때문에, 비명을 지르기는커녕 근육 하나 움직이지 않았기 때문에, 처음에는 꼭 서커스의 묘기처럼 보였다. 불타는 것은 승려가 아니라 공기인 것 같았다. 승려가 공기에 불을 붙이고, 승려 자신은 아무런 피해를 입지 않는 것 같았다. 그의 자세는 끝까지 모범적이었다. 완전히 다른 곳에서 완전히 다른 삶을 살고 있는 사람의 자세였다. 명상의 종僕인 듯, 자기 자신을 잊은 채 고요했다. 전 세계가 지켜보고 있음에도 자신에게 일어나고 있는 일에 전혀 영향을 받지 않는, 존재의 사슬 가운데 하나의 고리에 불과한 듯했다. 비명도 꿈틀거림도 없었다. 불길 한가운데에는 그의 고요함뿐이었다. 카메라에 비친 누구에게도 고통은 보이지 않았다. 오직 그 장면을 거실에서 함께 지켜보다 겁에 질린 메리와 스위드와 돈만 고통을 느꼈다. 갑자기 그들의 집안으로, 그 후광 같은 불길, 꼿꼿하게 허리를 편 승려, 그가 정신을 잃기 전의 갑작스러운 액화液化 현상이 쏟아져들어왔다. 그들의 집안으로, 갓돌을 따라 앉아 무표정하게 지켜보고 있던—몇몇은 평화와 일치를 뜻하는 합장을 하고 있었다—다른 승려들 전체가 쏟아져들어왔다. 아케이디힐 로드에 있는 그들의 집안으로, 텅 빈 거리에 드러누운, 숯에 그을리고 시커메진 주검이 들어왔다.

그것 때문에 그렇게 된 것이다. 그 승려가 그들의 집안으로 들어와 자리를 잡았다. 마치 완전히 깨어 있는 동시에 또 완전히 마취가 된 사람처럼 자신의 몸이 타오르는 것을 차분하게 앉아 견디던 불교 승려. 그 희생을 전송한 텔레비전 때문에 그렇게 된 것이 틀림없었다. 그들의 텔레비전이 다른 채널에 맞춰져 있거나 꺼져 있거나 망가져 있었다면, 그날 저녁 가족들이 모두 함께 외출했다면, 메리는 보지 말았어야 할 것을 절대 보지 않았을 것이고 하지 말아야 할 일을 절대 하지 않았을 것이다. 어떤 다른 설명이 있겠는가? "이 착한 사-사-사람들." 스위드가 메리를 무릎에 앉히고, 그 열한 살 난 호리호리한 소녀를 품에 안은 채 계속 흔들 때 아이는 말했다. "이 착한 사-사-사-사람들……" 처음에 메리는 너무 겁에 질려 울지도 못했다. 딱 그 세 마디만 할 수 있었다. 나중에야, 잠자리에 들었는가 했는데 바로 자기 방에서 뛰쳐나와 소리를 질러대며 복도를 달려 그들의 방으로 들어와서 다섯 살 이후 처음으로 함께 자도 되느냐고 물은 뒤에야, 아이는 모든 것, 자신이 생각하고 있던 모든 끔찍한 것을 꺼내놓을 수 있었다. 그들은 방의 불은 모두 켜놓고, 침대의 그들 사이에 앉은 아이가 공포를 느끼거나 겁을 먹을 말을 속에 하나도 남겨놓지 않을 때까지 계속 말을 하게 했다. 세시가 넘어서 아이가 잠들었을 때도 불은 그대로 다 켜놓았다. 아이가 끄지 못하게 했기 때문이다. 그래도 그 시간이 되었을 때는 아이도 말을 할 만큼 하고 울 만큼 울어서 피로에 굴복하고 말았다. "사-사-사람들이 저-정신을 차리게 하려면 불속에서 스스로 노-노-녹아야 하나요? 저러면 누가 관심을 가질까요? 양심이 있는 사람이 있나요? 이 세-세상 누구한테 양심이 남아 있을까요?" '양심'이라는 말이 입에 오를 때마다 아이는 울기 시작했다.

그들이 무슨 말을 할 수 있었을까? 아이에게 뭐라고 대답할 수 있었을까? 그래, 어떤 사람들에게는 양심이 있단다. 양심이 있는 사람이 많단다. 하지만 안타깝게도 양심이 없는 사람들도 있어. 그건 사실이야. 너는 운이 좋구나, 메리. 너한테는 아주 잘 발달된 양심이 있으니까. 네 나이에 그런 양심을 가지고 있다는 건 놀라운 일이야. 그렇게 양심적인 딸, 다른 사람들의 행복에 그렇게 큰 관심을 기울이는 딸, 다른 사람들의 고통에 공감할 줄 아는 딸이 있어 우리도 자랑스럽단다……

메리는 일주일 동안 자기 방에서 혼자 자지 못했다. 스위드는 그 승려가 왜 그런 일을 했는지 메리에게 설명해주려고 신문들을 꼼꼼히 읽었다. 그것은 남베트남 대통령 디엠 장군과 관련이 있는 일이었고, 부패, 선거, 복잡한 종교적, 정치적 갈등과 관련이 있는 일이었고, 불교 자체의 어떤 점과 관련이 있는 일이었다…… 그러나 아이에게 그것은 한 움큼의 양심도 없는 사람들이 대다수인 세상에서 착한 사람들이 기댈 수밖에 없는 극단적인 방법일 뿐이었다.

메리가 남베트남의 그 거리에서 나이든 불교 승려가 보여준 자기희생을 잊고, 마침내 자기 방에서 불을 켜지 않은 채 자고 밤에 두세 번 비명을 지르며 깨지도 않게 되었을 때, 바로 그때 다시 그 일이 일어났다. 베트남의 다른 승려가 자기 몸에 또 불을 지른 것이다. 이어 세번째, 이어 네번째…… 그런 식으로 일이 벌어지자 스위드는 아이를 텔레비전에서 떼어놓을 수가 없었다. 아이는 저녁 뉴스에서 그 자기희생을 보지 못하면, 학교 가기 전에 아침 뉴스에서 보았다. 어떻게 막아야 할지 알 수가 없었다. 절대 보는 걸 멈추지 않겠다는 듯 보고 또 봐서 어쩌겠다는 걸까? 스위드는 메리가 당황하지 않기를 바랐지만, 이런 식으로 당황하지 않기를 바란 것은 아니었다. 이 아이가 그냥 이 일을 이해해보려고 하는 것일까? 이 일에 대한 두려움을 정복하려는 것일까? 자신의 몸에 그런 일을 할 수 있다는 것이 도대체 어떤 것인지 파악해보려는 것일까? 자기 자신이 그 승려들 가운데 한 사람이라고 상상하는 것일까? 여전히 무시무시하기 때문에 보는 것일까, 아니면 이제는 흥분되기 때문에 보는 것일까? 스위드가 서서히 불안해진 것, 서서히 겁을 먹게 된 것은 메리가 이제 두려워하기보다는 호기심을 느낀다는 생각 때문이었다. 곧 스위드 자신도 강박에 사로잡히게 되었다. 물론 메리처럼 베트남에서 자기를 희생하는 사람들에게 사로잡힌 것이 아니라 자신의 열한 살 난 딸의 태도 변화에 사로잡히게 되었다. 어렸을 때부터 늘 뭔가를 알고 싶어했기 때문에 스위드는 아이를 엄청나게 자랑스러워했다. 하지만 딸이 이런 것도 많이 알고 싶어하기를 바랐던 것일까?

자신의 생명을 스스로 거두는 것이 죄일까? 다른 사람들은 어떻게 옆에 서서 구경만 할 수 있을까? 왜 막지 않을까? 왜 불을 끄지 않을까? 그들은 옆에 서서 그 장면이 텔레비전에 중계되도록 놓아둔다. 그것이 텔레비전에 중계되기를 바라는 것이다. 그들의 도덕성은 어디로 간 것일까? 촬영을 하고 있는 텔레비전 촬영팀의 도덕성은 어떻게 된 것일까?…… 이런 것들이 아이가 스스로에게 던지는 질문일까? 이것이 아이의 지적 발전에 필요한 부분일까? 그는 알 수 없었다. 메리는 불길 한가운데에 있는 승려처럼 고요하게, 입을 꾹 다물고 지켜보았다. 다 본 뒤에도 아무 말 하지 않았다. 스위드가 말을 걸어도, 질문을 해도, 메리는 홀린 듯이 텔레비전 앞에 몇 분 동안 계속 앉아 있기만 했다. 시선은 깜빡거리는 화면이 아닌 다른 곳에 고정되어 있었다. 내부에 고정되어 있었다―일관성과 확실성이 있어야 할 내부에, 아이가 알지 못하는 모든 것의 거대한 변화가 시작된 내부에, 기록된 것은 어떤 것도 결코 희미해지지 않는 내부에……

스위드는 메리를 막을 방법은 알지 못했지만, 메리의 관심을 다른 데로 돌릴 방법, 지구를 반 바퀴 돌아간 곳에서 메리 자신이나 메리의 가족과는 아무런 관계가 없는 이유로 나타나고 있는 이 광기를 잊게 만들 방법을 찾으려고 노력했다. 밤에 아이를 데리고 나가 골프공을 치기도 했고, 양키스 시합에 두 번 데리고 가기도 했고, 푸에르토리코의 공장까지 짧은 출장을 갈 때 아이와 돈을 데리고 가 폰세 해변에서 일주일간 휴가를 보내기도 했다. 그러다가 어느 날 메리는 정말로 잊어버렸다. 그러나 스위드가 한 일 때문은 아니었다. 그것은 자기희생 자체와 관계가 있었다. 그 일이 멈춘 것이다. 다섯, 여섯, 일곱 번 자기 희생이 벌어졌고, 더는 나타나지 않았다. 그 직후 메리는 다시 자기 자신의 모습을 찾았다. 다시 자신의 일상생활에 직접 관련이 있는 것들과 자기 나이에 더 어울리는 것들에 관해 생각하기 시작했다.

남베트남의 대통령 디엠, 그 순교한 불교 승려들이 저항했던 상대가 몇 달 뒤 암살당했을 때(CBS 일요일 아침 뉴스에 따르면 처음 그의 권력을 지지했던 미국이, CIA가 그를 암살했다), 이 소식은 메리를 그냥 스쳐가는 것 같았고, 스위드도 그것을 구태여 전하지 않았다. 이 무렵 베트남이라고 부르는 곳은 이제 메리에게는 존재하지 않는 곳이나 다름없었다. 그곳은 메리가 열한 살 때 그애의 예민한 정신에 각인되었던 무시무시한 텔레비전 스펙터클의 이질적이고 상상 불가능한 배경에 지나지 않았다.

메리는 정치적 저항에 헌신하게 된 뒤에도 불교 승려들의 순교에 관해 다시 이야기한 적이 없었다. 1963년 그 승려들의 운명은 1968년에 갑자기 격렬하게 표출된, 베트남 민족해방을 위한 농민전쟁에 자본주의 미국이 제국주의적으로 개입하는 것을 반대하는 새로운 운동과 아무런 관계가 없는 것 같았다…… 그럼에도 메리의 아버지는 밤이나 낮이나 다른 설명은 존재하지 않는다고, 딸에게 그 정도로 끔찍한 일은 달리 일어난 적이 없다고, 딸이 폭파범이 된 것을 설명할 수 있을 만큼, 그 원인이 될 만큼 크고 충격적인 일은 일어난 적이 없다고 자신을 설득하려 애쓰고 있었다.

오 년이 흐른다. 리타 코언의 나이쯤 되는 흑인 철학 교수, 전쟁에 반대하는 UCLA의 공산주의자 교수 앤절라 데이비스가 납치, 살인, 음모 혐의로 샌프란시스코에서 재판을 받는다. 샌퀜틴에 수감중인 흑인 죄수 세 명을 재판 도중 탈출시키려는 무장 공격에 사용된 총을 공급한 죄다. 재판장을 살해한 산탄총은 법원 전투가 벌어지기 불과 며칠 전에 그녀가 구입한 것이라고 한다. 그녀는 연방수사국을 피해 두 달간 잠행하다가 뉴욕에서 체포되어 캘리포니아로 이송되었다. 전 세계의, 멀리 프랑스와 알제리와 소련의 지지자들은 그녀가 정치적 음모의 피해자라고 주장한다. 경찰이 그녀를 호송하는 곳이면 어디에나 흑인들과 백인들이 근처 거리에서 기다리다가 텔레비전 카메라 앞에 플래카드를 들고 소리친다. "앤절라를 석방하라! 정치적 억압을 끝내라! 인종차별을 끝내라! 전쟁을 끝내라!"

그녀의 머리카락을 보자 스위드는 리타 코언이 떠오른다. 그녀의 머리를 둘러싸고 있는 덤불 같은 머리카락을 볼 때마다 그날 오후 그가 호텔에서 했어야 하는 일이 떠오른다. 무슨 일이 있어도 그녀가 달아나지 못하게 했어야 하는 건데.

스위드는 뉴스에서 앤절라 데이비스를 보고 있다. 그녀에 관한 기사는 모두 찾아 읽는다. 그는 앤절라 데이비스가 그를 딸에게 데려다줄 것임을 안다. 메리가 아직 집에 있던 어느 토요일, 아이가 뉴욕에 가고 없을 때 아이 방에 들어갔던 일이 기억난다. 그는 화장대의 맨 아래 서랍을 열고는 아이 책상에 앉아 거기 있는 모든 것을 읽어보았다. 정치적 문건, 팸플릿, 보급판 서적, 풍자만화가 들어 있는 등사판 소책자

모두를. 『공산당 선언』도 한 부 있었다. 이게 어디서 났을까? 올드림
록은 아니었다. 이런 것을 누가 다 주었을까? 빌과 멀리사. 이것은 단
지 전쟁에 대한 비난이 아니었다. 이것은 자본주의와 미합중국 정부를
전복하고 싶어하는 사람들, 폭력과 혁명을 외치는 사람들이 쓴 것이었
다. 착한 학생인 딸이 단정하게 밑줄을 그어놓은 구절들과 마주하는
것은 끔찍한 일이었지만, 계속 읽지 않을 수 없었다…… 지금 기억을
되짚어보니 서랍에 앤절라 데이비스가 쓴 것도 있었던 것 같다. 확실
히는 알 수 없다. 연방수사국이 그 인쇄물들을 모두 압수하여 증거 봉
투에 넣고 봉한 다음 집에서 가져갔기 때문이다. 그들은 아이 방을 먼
지투성이로 만들었다. 범죄의 증거가 될 만한 것에 남은 지문과 맞춰
보는 데 쓸 만한 분명한 지문을 찾으려는 것이었다. 그들은 메리가 전
화한 곳도 확인하려고 전화요금 청구서도 거두어 갔다. 아이 방에 물
건을 감추는 곳은 없는지 수색했다. 러그 밑에서 마룻장을 뜯어내고,
벽에서 징두리 벽판을 뜯어내고, 천장 조명장치에서 전구를 뽑았다.
소매에 감춘 것을 찾는다고 옷장의 옷도 다 뒤졌다. 폭파 뒤에 주 경찰
이 아케이디힐 로드의 모든 교통을 차단하고 구역 전체를 폐쇄했으며,
연방수사국 요원 열두 명이 열여섯 시간 동안 다락에서 지하실까지 집
을 샅샅이 뒤졌다. 그러다 마침내 부엌에서 '문건'을 찾는다며 진공청
소기의 먼지 봉투까지 뒤지자 돈은 비명을 질렀다. 이 모든 것이 메리
가 카를 마르크스와 앤절라 데이비스를 읽기 때문이었다! 그래, 이제
분명히 기억난다. 스위드는 메리의 책상에 앉아 직접 앤절라 데이비스
를 읽으며 공부를 해보려고 했다. 내 자식이 어떻게 이걸 읽었을까 궁
금해하다가, 그것을 읽는 것이 깊은 바다에서 잠수를 하는 것과 같다

는 생각을 했다. 수중 호흡기를 달고 있는 것과 같았다. 바로 얼굴 앞에 유리창이 있었다. 입안에는 공기가 있었다. 그러나 갈 곳이 없었고, 움직일 곳이 없었고, 쇠지레로 뜯고 탈출할 곳이 없었다. 마치 드와이어 할머니가 엘리자베스에서 메리에게 주던 그 아주 작은 팸플릿과 그림이 그려진 거룩한 카드를 읽는 것 같았다. 다행히도 아이는 그런 것들을 넘어 성장해갔지만, 그래도 한동안은 만년필을 어디에 두었는지 잊을 때마다 성 안토니우스에게 기도를 했고, 시험공부를 충분히 못했다고 생각할 때마다 성 유다에게 기도를 했고, 아이 엄마가 토요일 아침마다 지저분한 방을 청소하라고 시킬 때마다 노동자들의 수호성인인 성 요셉에게 기도를 했다. 메리가 아홉 살 때 케이프메이의 완고한 보수주의자들이 바비큐파티를 하는데 성모마리아가 아이들 앞에 나타났다는 이야기를 퍼뜨리는 바람에 사방에서 사람이 몰려들어 그들의 마당에서 철야를 한 적이 있었다. 메리도 그 사건에 매혹되었다. 그러나 동정녀 마리아가 뉴저지에 나타났다는 신비한 사건보다는 어떤 아이가 선택을 받아 성모마리아를 보았다는 사실 때문인 것 같았다. "나도 봤으면 좋겠어요." 메리는 아버지한테 그렇게 말하면서, 성모마리아의 유령이 포르투갈 파티마의 어린 목동 세 명에게 나타났다는 이야기를 했다. 스위드는 고개만 끄덕이고 아무 말도 하지 않았다. 그러나 할아버지는 손녀에게서 케이프메이에 성모마리아가 나타났다는 이야기를 듣자 이렇게 말했다. "다음에는 데어리 퀸*에서도 성모마리아를 보겠구나." 메리는 엘리자베스에 갔을 때 그 말을 전했다. 드와이어 할

---

* 아이스크림 등을 파는 패스트푸드 음식점 체인.

머니는 메리가 가정환경에도 불구하고 계속 가톨릭으로 남게 해달라고 성 안나에게 기도했지만, 이 년이 지나자 성인과 기도는 메리의 삶에서 사라져버렸다. 심지어 목욕할 때도 풀지 않고 "영원히" 걸고 있겠다고 드와이어 할머니에게 맹세했던, 동정녀 마리아가 새겨진 '기적의 메달'도 걸지 않게 되었다. 메리는 성인들을 넘어 성장했듯, 공산주의를 넘어 성장할 터였다. 반드시 그렇게 성장할 터였다. 메리는 모든 것을 넘어 성장할 터였다. 단지 시간이 몇 달 걸릴 뿐이었다. 어쩌면 몇 주. 그러면 서랍 속의 물건은 완전히 잊힐 터였다. 메리가 할 일은 기다리는 것뿐이었다. 메리가 기다리기만 했더라면. 그것이 메리 사건의 핵심이었다. 메리는 인내심이 없었다. 늘 인내심이 없었다. 어쩌면 말더듬증 때문에 인내심이 없어졌는지도 모른다. 나도 모른다. 하지만 메리는 무엇에 마음을 온통 빼앗기든, 딱 일 년 동안만 마음을 빼앗겼다. 일 년만 그랬다. 그런 다음 하룻밤 사이 달라졌다. 이제 일 년만 더 있으면 대학에 갈 준비를 해야 했다. 그때가 되면 메리는 또 새로 미워할 것과 새로 사랑할 것, 새로 열중할 것을 찾을 텐데. 그것으로 끝이었을 텐데.

어느 날 밤 식탁에서 앤절라 데이비스가 스위드 앞에 나타난다. 파티마의 성모마리아가 포르투갈 아이들 앞에 나타났던 것처럼. 동정녀 마리아가 케이프메이에 내려왔던 것처럼. 스위드는 생각한다. 앤절라 데이비스가 나를 메리한테 데려다줄 거야. 그러자 그녀가 나타난 것이다. 밤에 스위드는 혼자 부엌에 앉아 앤절라 데이비스와 흉금을 터놓고 이야기를 하기 시작한다. 처음에는 전쟁에 관해, 이어 두 사람에게 중요한 모든 것에 관해. 스위드가 상상한 그녀의 얼굴은 속눈썹이 길고 커다란 굴렁쇠 같은 귀걸이를 달고 있다. 텔레비전에서 볼 때보다도 아름답다. 다리는 길며, 그 다리를 드러내려고 화려하고 짧은 드레스를 입었다. 머리카락은 특별하다. 그녀는 그 머리카락 속에서 고슴도치처럼 도전적으로 밖을 살핀다. 머리카락이 말한다. "다치기 싫으면 다가오지 마."

스위드는 그녀에게 그녀가 듣고 싶어하는 모든 이야기를 하고, 그녀가 하는 모든 말을 믿는다. 믿어야 한다. 그녀는 스위드의 딸을 칭찬한다. "자유의 병사, 억압에 반대하는 위대한 투쟁의 선구자"라고 부른다. 메리의 정치적 대담성을 자랑스러워하셔야 해요. 앤절라는 말한다. 반전운동은 반제국주의 운동이고, 메리는 미국이 이해할 수 있는 유일한 방식으로 저항을 벌여 열여섯 살의 나이에 운동의 최전선에 서게 되었어요. 이 운동의 잔 다르크가 되었어요. 댁의 따님은 파시스트 정부에 대항한, 그들의 반대파에 대한 폭력적 억압에 대항한 민중 저항의 창끝이에요. 메리가 한 일은 그 스스로가 범죄자인 국가, 부의 불균등한 분배와 계급 지배라는 억압적 제도를 보존하기 위해 세상 어디에서나 무자비한 공격을 자행하는 국가의 입장에서 볼 때에만 범죄일 뿐이에요. 폭력적인 불복종도 포함해서 억압적 법률에 대한 불복종은 노예제 폐지까지 거슬러올라가는 거예요. 앤절라는 그렇게 설명한다. 댁의 따님은 존 브라운*과 같아요!

메리의 행동은 범죄 행동이 아니라 반혁명적 파시스트와 저항 세력—자본가들의 영향 아래 있는 경찰국가를 전복하기 위해 법적인 수

---

* 19세기 미국의 노예제도 폐지 운동가.

단 또는 앤절라가 법 외의 수단이라고 부르는 것을 이용해 운동하는 흑인, 멕시코계 미국인, 푸에르토리코인, 인디언, 징병 거부자, 반전 활동가, 메리 같은 영웅적인 백인 아이들—사이의 권력투쟁에서 나온 정치적 행동이었다. 스위드는 메리의 도망자 생활을 걱정해서는 안 된다. 메리는 혼자가 아니에요. 메리는 억압적인 정치경제적 질서가 조장하는 사회적 불의와 더 잘 싸우기 위해 지하로 들어간 급진적인 젊은이 팔만 명으로 이루어진 군대의 일원이에요. 앤절라는 스위드가 공산주의에 관해 들은 말이 모두 거짓이라고 말한다. 그러면서 인종적 불의와 노동 착취를 없애고 민중의 요구나 갈망과 조화를 이룬 사회질서를 보고 싶으면 꼭 쿠바에 가보라고 덧붙인다.

스위드는 순순히 귀를 기울인다. 앤절라는 제국주의가 부유한 백인이 흑인 노동자들에게 일의 대가를 제대로 주지 않으려고 사용하는 무기라고 말한다. 그러자 스위드는 그 기회를 놓치지 않고 뉴어크 메이드에서 삼십 년을 일한 흑인 반장 비키 이야기를 한다. 그녀는 놀라운 재치, 정력, 정직성을 갖춘 아주 작은 여자로, 쌍둥이 아들 도니와 블레인은 뉴어크 러트거스를 졸업했고 지금은 둘 다 의대에 다니고 있다. 스위드는 앤절라에게 1967년 폭동 때 오직 비키만이 스물네 시간 그와 함께 건물 안에 있었다고 말한다. 시장은 라디오에서 모두 도시를 당장 떠나 피신하라고 권고했지만, 그는 그대로 머물렀다. 거기 있으면 파괴자들로부터 건물을 지킬 수 있을 것 같았기 때문이다. 또하나의 이유는 허리케인이 닥칠 때 사람들이 그대로 남는 것과 같았다. 소중하게 여기는 것들을 두고 떠나지 못한다는 것. 비키도 그 비슷한 이유 때문에 그대로 남았다.

비키는 사우스오렌지 애비뉴에서 햇불을 들고 올지 모르는 폭도를 달래기 위해 알림판을 만들어 눈에 띌 만한 곳, 뉴어크 메이드의 1층 유리창에 붙였다. 하얀 판지에 검은 잉크로 쓴 알림판이었다. "이 공장의 직원은 대부분이 니그로입니다." 이틀 밤이 지나자 알림판을 붙여놓은 유리창은 모두 백인 남자들 무리가 총으로 쏴버렸다. 뉴어크 북부에서 온 자경단 짓이거나, 아니면 비키가 의심한 대로, 일반 승용차를 타고 다니던 뉴어크 경찰 짓이었다. 그들은 유리창을 총으로 쏘고 차를 몰고 달아났다. 그것이 뉴어크가 불에 타던 며칠 낮과 밤 동안 뉴어크 메이드 공장이 당한 피해 전부였다. 스위드는 성 앤절라에게 이 이야기를 해준다.

싸움 둘째 날 폭동 구역을 봉쇄하러 버건 스트리트에 나와 있던 주방위군의 젊은 소대원들은 뉴어크 메이드 하역장 옆에서 야영을 했다. 스위드가 비키와 함께 뜨거운 커피를 들고 내려갔을 때, 비키는 그들 하나하나와 이야기를 나누었다. 군복을 입은 아이들이었다. 철모를 쓰고 군화를 신고, 칼과 소총과 총검이 눈에 금방 띄게 무장한 아이들이었다. 저지 출신의 이 백인 시골 아이들은 겁에 질려 어쩔 줄 모르고 있었다. 비키는 그들에게 말했다. "어떤 사람 창문에 대고 총을 쏘기 전에 생각을 좀 해봐! 저 사람들은 '저격수'가 아니야! 국민이야! 선량한 국민이라고! 생각을 좀 해!" 토요일 오후에 탱크가 공장 앞에 자리 잡았다. 스위드는 그것을 보고 마침내 돈에게 전화를 해서 "잘될 것 같아"라고 말할 수 있었다. 비키는 탱크로 올라가 주먹으로 뚜껑을 쾅쾅 두드렸다. 마침내 뚜껑이 열리자 비키는 안에 있는 병사들에게 소리쳤다. "미친 짓 하지 마! 미치면 안 돼! 너희들이 여기를 떠나도 사람들은 그대로 살아야 해! 여기는 사람들의 고향이야!" 나중에 탱크를 들여보냈다는 이유로 휴스 주지사를 비판하는 사람들이 많았지만 스위드는 달랐다. 완전한 참사가 될 수도 있었던 사태를 그 탱크들이 막아주었던 것이다. 그러나 앤절라에게 그 이야기는 하지 않는다.

가장 무시무시했던 최악의 이틀, 금요일과 토요일, 1967년 7월 14일과 15일에 스위드가 주 경찰과 워키토키로 연락을 하고 아버지와 전화로 연락을 하는 동안 비키는 그를 떠나려 하지 않았다. 그녀는 이렇게 말했다. "이건 내 것이기도 해요. 사장님은 단지 소유만 하고 있을 뿐이죠." 스위드는 앤절라에게, 그전에도 비키와 그의 가족이 어떻게 지내왔는지 알고 있었고, 둘의 관계가 오래되고 꾸준한 관계임을 알고 있었고, 그들 모두가 무척 가깝다는 것을 알고 있었지만, 그 일을 겪고 나서야 비로소 뉴어크 메이드에 대한 그녀의 헌신이 그 자신의 헌신보다 덜하지 않다는 사실을 제대로 깨달았다고 말한다. 그는 앤절라에게 폭동 후에, 비키와 함께 포위 공격 속에서 살아난 후에, 뉴어크를 떠나지 않을 것이고, 흑인 직원들을 버리지 않을 것이고, 혼자라도 그곳에 남겠다는 결심을 했다고 말한다. 물론 아직 잿더미가 되지 않은 사업들의 대탈출의 물결에 자신이 가담할 경우, 메리가 마침내 그를 비판하는 물샐틈없는 고발장을 쓸 것―오직 자신의 이익을 위해, 더러운 탐욕 때문에 흑인과 노동계급과 빈민을 희생자로 만든다!―이라는 두려움만 없었다면, 그도 망설이지 않고 짐을 싸 떠났을 거라는 이야기, 지금 당장이라도 그럴 거라는 이야기는 하지 않는다.

이상주의적인 구호에는 아무런 현실성이 없었다. 한 방울도 없었다. 하지만 그가 달리 어떻게 할 수 있었겠는가? 딸이 미친 짓을 합리화

할 수 있는 기회를 그 자신이 제공할 수는 없었다. 그래서 그는 뉴어크에 그대로 머물렀다. 그러나 폭동이 끝난 후 메리는 그냥 미쳤다는 말로는 표현할 수 없는 짓을 했다. 뉴어크 폭동, 그다음에는 베트남전쟁. 하나의 도시, 그다음에는 전국. 결국 그것이 아케이디힐 로드의 시모어 레보브 가족을 끝장내버렸다. 첫번째 사건으로 어마어마한 타격을 입었는데, 일곱 달 뒤인 1968년 2월에 두번째 사건이 일어나면서 완전히 박살이 났다. 포위 공격을 당한 공장, 달아난 딸. 결국 그것이 그들의 미래를 끝장내버렸다.

설상가상으로, 저격수 사격이 끝나고 불길이 꺼지고 뉴어크 사람 스물한 명이 총상을 입고 죽은 것이 확인되고 주 방위군이 철수하고 메리가 사라지고 난 뒤에, 뉴어크 메이드 공장 제품의 품질이 급격하게 떨어지기 시작했다. 직원들의 태만과 무관심 때문이었다. 노동자들의 수준이 현저하게 떨어져서, 사보타주—스위드는 그렇게 부르지 않았지만—가 일어난 것이나 다름없는 상황이 되어버렸다. 스위드는 강렬한 유혹을 느꼈음에도, 앤절라에게 뉴어크에 남겠다는 결정이 자신과 아버지 사이의 갈등을 촉진했다는 이야기는 하지 않는다. 앤절라가 루 레보브에게 적대감을 느껴, 메리에게 데려다주겠다는 생각을 그만둘지도 모르기 때문이다.

스위드의 아버지는 플로리다에서 비행기를 타고 올라올 때마다 아들에게 다시 폭동이 일어나 도시의 남은 것마저 박살나기 전에 어서 그곳을 빠져나오라고 아들에게 간청했다. "이제 어떤지 좀 봐. 이제 우리는 한 걸음 걸을 때 그냥 한 걸음만 걷는 게 아니야. 둘, 셋, 네 걸음을 걷고 있어. 매 단계마다 다시 한 걸음 뒤로 돌아가서 다시 재단을 하고, 다시 바느질을 해야 돼. 지금은 아무도 하루치 일을 해내지 못하고 또 제대로 해내지도 못해. 그 르로이 존스*라는 개자식, 그 어릿광대 같은 놈, 그 염병할 모자를 쓴 그놈이 자기를 뭐라고 부르는지는 몰라도, 어쨌든 그놈 때문에 사업 전체가 하수구로 빨려내려가고 있어. 나는 내 손으로 이 사업을 일구었어! 내 피로! 사람들은 누가 이걸 나한테 줬다고 생각하나? 누가 이걸 나한테 줘? 도대체 누가 나한테 뭘 주겠어? 아무도 안 줘! 내가 가진 건 내가 일군 거야! 일로! 일-을-해-서! 그런데 그놈들이 그 도시를 빼앗아가고, 이제 내가 한 번에 하루씩, 한 번에 1센티미터씩 세운 사업과 모든 걸 빼앗아갔어. 이제 그 모든 걸 폐허로 만들 거야! 그게 그놈들한테는 엄청난 도움이 되겠지! 그놈들은 자기 집을 태우잖아. 백인들 보라는 거지! 고치지도 마라, 다 태워버려라, 그거 아냐. 아, 그게 흑인의 자존심에는 픽이나 도움이 되겠지. 완전히 폐허가 된 도시에서 산다는 게! 위대한 도시가 완전히 아무것도 아닌 게 되어버렸으니 말이야! 그놈들은 그래도 그냥 거기서 사는 걸 좋아할 거야! 하지만 내가 그놈들을 고용했어. 어때, 웃음이 나오지 않아? 내가 그놈들을 고용했다고! '당신 미쳤군, 레보브.' 사우나에서 친구들이 그러더군. '왜 흑인을 고용해? 그럼 장갑이 나오지 않아, 레보브, 똥이 나온다고.' 그런데도 나는 그놈들을 고용해서 인간 대접을 하고, 비키 엉덩이에 이십오 년 동안 입을 맞추고, 염병할 매년 추수감사절마다 모든 여직원한테 추수감사절 칠면조를 사주고, 매일 아침 그 연놈들 엉덩이를 핥아주려고 혀를 쑥 내밀고 출근을 했어. '다들

---

* 뉴어크 출신의 흑인 작가이자 문화운동가.

어떻게 지내나.' 나는 말했어. '우리 모두 어떻게 지내나, 내 시간은 네 시간이야, 불만이 있으면 오직 나한테만 이야기했으면 좋겠어. 여기 이 책상에 있는 사람은 그냥 사장이 아니야, 너희 동맹자야, 너희 벗이야, 너희 친구야.' 비키네 쌍둥이가 졸업했을 때는 파티도 열어주었잖아. 내가 얼마나 덜떨어진 놈이었는지. 지금도 마찬가지야. 이날까지도! 수영장 가에 있으면 내 훌륭한 친구들이 신문을 읽다 말고, 흑인들은 죄다 데려다 줄을 세워놓고 쏴 죽여야 한다고 그래. 그럼 나는 그 친구들한테 히틀러가 유대인한테 한 짓을 이야기해야 해. 그럼 그 친구들이 나한테 뭐라는지 알아? 뭐라고 대답하는지 아느냐고? '어떻게 유대인을 흑인에 비기나?' 친구들은 흑인들을 총살하라는데 나는 안 된다고 소리를 질러. 흑인들이 맞지도 않는 장갑을 만드는 바람에 내 사업은 망해가고 있는데 말이야. 재단은 엉터리고, 바느질은 잘못되고. 장갑이 손에 들어가지도 않을 거야. 부주의한 사람들이야, 부주의한 사람들. 그건 용서할 수 없어. 작업 하나가 잘못되면, 작업 전체가 완전히 망가져버려. 그런데도 나는 이 파시스트 놈들하고 말다툼을 하고 있단 말이다. 시모어. 유대인들하고. 내 나이 또래, 나만큼 볼 거 다 본 사람들하고. 절대로 그런 생각을 하지 말아야 할 사람들하고. 나는 그 사람들하고 말다툼을 하고 있다고. 내가 지지해야 할 것에 반대를 하고 있단 말이야!" "그래요, 가끔 그렇게 되더라고요." 스워드가 대꾸했다. "왜? 이유를 말해봐!" "양심 때문인 것 같은데요." "양심? 그놈들 건 어디 갔어? 흑인들 양심은 어디 갔냐고? 이십오 년 동안 내 밑에서 일한 뒤에 그놈들 양심은 다 어디로 간 거냐고?"

아버지에게 그런 고통에서 벗어날 기회를 주지 않는다는 이유로, 아버지가 하는 말의 진실에 고집스럽게 도전한다는 이유로 그 어떤 대가를 치른다 해도, 스위드는 노인의 주장에 굴복할 수 없었다. 뉴어크 메이드가 센트럴 애비뉴 공장을 탈출했다는 것을 메리가 알게 되면ㅡ리타 코언이 실제로 메리와 관련이 있다면 그녀를 통해 알게 될 터였다ㅡ아주 기뻐할 것이 뻔하다는 단순한 이유 때문이었다. 메리는 이렇게 생각할 것이다. "아버지가 결국 그렇게 했다고! 아버지도 다른 사람들하고 똑같이 썩었던 거야! 우리 아버지가 말이야! 이윤의 원리는 모든 걸 합리화해줘! 모든 걸! 뉴어크는 아버지한테 그저 흑인 식민지였던 거야. 착취하고 또 착취하다 문제가 생기니까 이젠 좆도 꺼져라 이거지!"

이런 생각들, 그리고 이보다 훨씬 더 어리석은 생각들ㅡ『공산당 선언』 같은 것으로 인해 메리가 하게 된 생각들ㅡ때문에 그애를 다시 볼 기회가 차단될 것이 분명했다. 스위드는 뉴어크와 그곳의 흑인 직원들을 버리지 않겠다고 결정한 것에 관한 이런저런 이야기로 앤절라 데이비스의 호감을 살 수도 있지만, 사실 그것은 개인적인 복잡한 이유로 내린 결정이기 때문에 성 앤절라가 품은 완전히 비세속적인 이상과는 거리가 멀다는 것을 안다. 그래서 대신 앤절라의 환영에게 자신이 도시의 회복을 여전히 믿고 있다고(이것은 사실이 아니다. 어떻게 그것을 믿을 수 있겠는가?), 그것을 위해 뉴어크에서 정기적으로 모임을 갖는 빈곤 퇴치 조직의 백인 이사 두 명 가운데 하나라고(이 또한 사실이 아니다. 친구의 아버지가 이사다) 말하기로 한다. 스위드는 앤절라에게 아내가 걱정을 해도, 자신은 뉴욕 이곳저곳에서 열리는 저녁 회의에 참석한다고 말한다. 앤절라가 말하는 민중 해방을 위해 할 수 있는 일은 모두 다 하려고 노력하고 있다. 스위드는 매일 밤 앤절라에게 이런 말들을 되풀이해야 한다고 자신을 일깨운다. 민중 해방, 미국 내의 흑인 식민지, 사회의 비인간성, 위기에 처한 인간성.

스위드는 앤절라에게 딸이 어린아이처럼 허세를 부리고, 앤절라에게 멋있어 보이려고 거짓말을 한다고 말하지 않는다. 딸은 다이너마이트나 혁명에 관해 아무것도 모른다고, 이런 것은 그 아이에게 그저 말일 뿐이며, 아이는 자신이 말에 장애가 있음에도 힘이 있는 존재라는 느낌을 얻고 싶어 그런 말들을 불쑥불쑥 내뱉는 것이라고 말하지 않는다. 안 된다. 앤절라는 메리가 어디 있는지 아는 사람이다. 앤절라가 그를 이런 식으로 찾아왔다면 이것은 단순한 친선 방문이 아니다. 앤절라 데이비스가 딸이 잘 있는지 보살피는 임무를 맡은 혁명 지도자가 아니라면 왜 하루 걸러 자정마다 느닷없이 레보브의 올드림록 부엌에 들어오겠는가? 달리 뭐가 있겠는가? 그 이유가 아니라면 왜 계속 다시 오겠는가?

그래서 스위드는 앤절라에게 그렇다고, 딸이 자유의 병사라고 말한다. 그래요, 자랑스럽습니다. 그래요, 내가 공산주의에 관해 들은 모든 이야기는 거짓입니다. 그래요, 미합중국은 오로지 사업에만 안전한 세상을 만들고 무산자가 유산자를 침해하지 못하도록 막는 것에만 관심이 있습니다. 그래요, 미합중국은 모든 곳의 억압에 책임이 있습니다. 그녀의 대의, 휴이 뉴턴의 대의, 보비 실의 대의, 조지 잭슨*의 대의, 메리 레보브의 대의는 모든 것을 정당화한다. 스위드는 앤절라의 이름을

---

* 세 사람 모두 흑인 사회주의자 조직인 블랙팬서의 주요 인물.

누구에게도, 물론 비키에게도 언급하지 않는다. 비키는 앤절라 데이비스가 문제를 일으키는 사람이라고 생각하고, 공장의 여직원들에게도 그렇게 말한다. 그래서 스위드는 혼자서, 몰래 기도를 한다. 하느님에게, 예수에게, 누구에게든, 동정녀 마리아에게, 성 안토니우스에게, 성유다에게, 성 안나에게, 성 요셉에게 열심히 기도를 한다. 앤절라가 석방되게 해달라고. 실제로 석방되자 스위드는 환호한다. 그녀는 자유다! 그러나 스위드는 그날 밤 부엌에 앉아 쓴 편지를 그녀에게 보내지 않는다. 몇 주 뒤 앤절라가 뉴욕에 와서 사방을 둘러싼 방탄유리벽 안에서 의기양양한 지지자 만 오천 명을 앞에 두고 정당한 절차 없이 부당하게 감금된 정치범들의 석방을 요구할 때도 보내지 않는다. 립록 폭파범을 석방하라! 내 딸을 석방하라! 제발 그애를 석방하라! 스위드는 그렇게 외친다. 앤절라는 말한다. "우리 모두 이 나라의 통치자들에게 몇 가지 교훈을 가르쳐줄 때가 왔다고 생각합니다." 그래, 스위드는 외친다. 그래, 정말로 때가 왔다. 미합중국에 사회주의혁명을 일으킬 때가 왔다! 그럼에도 스위드는 혼자 식탁에 남아 있다. 아직도 해야 할 일을 할 수 없고, 믿어야 할 것을 믿을 수 없고, 심지어 이제는 자신이 무엇을 믿는지조차 잘 모르기 때문이다. 메리가 그 일을 했을까, 하지 않았을까? 리타 코언과 씹을 했어야 하는 건데. 알아내기 위해서라면. 음모를 꾸미는 그 조그만 성적 테러리스트가 내 노예가 될 때까지 씹을 했어야 하는 건데! 그 여자가 폭탄을 만드는 은신처로 나를 데려갈 때까지! 당신이 입으로 말하는 만큼 딸이 보고 싶으면 진정하고 이리 와서 리타 코언하고 멋지고 화끈하게 씹을 해봐요. 그 여자의 거기를 보고 그 맛을 보고 씹을 했어야 하는 건데. 어떤 아버지라도 그렇게 하지 않았을까? 메리를 위해서 뭐든지 할 작정이었다면, 왜 그건 못해? 왜 달아난 거야?

이것은 '오 년이 흐른다'는 말이 의미하는 것의 일부일 뿐이다. 아주 작은 부분일 뿐이다. 그가 읽거나 보거나 듣는 모든 것은 한 가지 의미로 귀결된다. 어떤 것도 객관적으로 인식할 수 없다. 족히 일 년 동안은 마을에 들어가면 잡화점이 있던 곳을 반드시 본다. 이제 신문이나 우유 한 통이나 휘발유를 사려 해도 거의 모리스타운까지 들어가야 한다. 올드림록의 다른 모든 사람들도 마찬가지다. 우표 한 장을 사려 해도 그렇다. 마을은 기본적으로 거리 하나라고 보면 된다. 동쪽으로 가면 새로 지은 장로교회가 나온다. 식민지 시대풍을 흉내낸 하얀 건물인데, 겉으로 보기에는 무슨 건물인지 알 수 없지만 1920년대에 잿더미가 된 옛 장로교회 자리에 새로 지은 것이다. 교회에서 조금 더 가면 '떡갈나무'가 있다. 이백 년 묵은 떡갈나무 한 쌍으로, 이 도시의 자랑거리이기도 하다. '떡갈나무'에서 30미터 정도 가면 예전에는 대장장이 작업장이었지만 진주만 사건 직전에 가정용품점으로 바뀐 곳이 나온다. 동네 여자들이 벽지와 램프 갓과 장식용품을 사고, 파울러 부인에게서 실내장식에 관한 도움을 얻는 곳이다. 거리 끝으로 내려가면 페리 햄린이 운영하는 자동차 정비소가 있다. 술을 좋아하는 그는 러스 햄린의 친척으로, 등나무로 의자를 만들기도 한다. 정비소 너머, 500에이커쯤 되는 굽이치는 땅은 페리의 남동생 폴 햄린이 소유하고 또 일도 하는 낙농장이다. 햄린 집안이 지금까지 거의 이백 년 동안 농장을 운영해온 이 땅을 포함한 구릉지는 북동쪽에서 남서쪽으로 50킬로미터에서 60킬로미터 정도 폭으로 뻗어 있는데, 올드림록 주변에서부터 저지 북부를 가로지른다. 이 작은 언덕들이 산맥 하나를 이루며 뉴욕까지 계속 뻗어올라가 캣스킬스산맥이 되고, 그것이 메인까지 이어진다.

잡화점이 있던 곳에서 대각선으로 건너편에 노란 치장벽토를 바른 교실 여섯 개짜리 학교가 있다. 메리가 몬테소리 학교, 이어 모리스타운 고등학교에 진학하기 전에 처음 입학해서 사 년 동안 다니던 곳이다. 거기에 다니는 아이들은 이제 모두 매일 잡화점이 있던 곳을 본다. 그들의 선생도 마찬가지고, 그들의 부모도 차를 몰고 마을로 들어가다 본다. 커뮤니티 클럽은 학교에서 모인다. 그곳에서 저녁으로 치킨을 먹는다. 사람들은 학교에서 투표를 한다. 그곳으로 차를 몰고 가는 모두가 가게가 있던 곳을 보면서 폭발과 그 폭발로 죽은 착한 사람을 생각하고, 폭파를 저지른 여자아이를 생각하고, 가지각색의 동정하는 마음 또는 경멸하는 마음으로 그 아이의 가족을 생각한다. 어떤 사람들은 지나치게 친근하게 군다. 어떤 사람들은 그와 마주치는 것을 최대한 피하려 한다는 것을 알 수 있다. 반유대주의 우편물을 보내는 사람도 있다. 너무 야비해서 며칠 동안 계속 역겨운 느낌이 사라지지 않는다. 그냥 귀에 들려오는 이야기도 있다. 아내도 듣는 것이 있다. "평생 여기서 살았어. 하지만 이런 건 본 적이 없어." "뭘 기대할 수 있겠어? 그 사람들은 처음부터 여기에 볼일이 없는 사람들이야." "괜찮은 사람들이라고 생각했는데, 정말 모를 일이야." 그 비극을 정리하면서 닥터 콘론을 추모하는 지역신문 사설이 커뮤니티 클럽 게시판에 압정으로 붙은 채 계속 걸려 있다. 바로 길가에 있는 게시판이다. 스위드는 적어도 아내 때문에라도 그걸 떼어내고 싶지만, 그로서는 떼어낼 방법이 없다. 비와 바람과 해와 눈에 노출되어 있으니 몇 주면 썩어 사라질 거라고 생각할지도 모르지만, 그것은 말짱할 뿐 아니라 족히 일 년 동안은 내용도 거의 완전하게 다 읽을 수 있다. 이 사설의 제목은 '닥터 프레드'이다. "우리는 폭력이 만연한 사회에 살고 있다…… 우리는 그 이유를 모르며, 절대 이해하지 못할지도 모른다…… 우리 모두가 느끼는 분노…… 우리는 피해자와 그 가족, 햄린 가족, 또 벌어진 사태를 이해하고 또 거기에 대처하려고 노력하는 공동체 전체와 마음을 나눈다…… 우리 모두의 인생에 영향을 준 놀라운 인간이자 훌륭한 의사…… '닥터 프레드'를 기리는 특별기금…… 이 기념식에서 조성될 것이며, 이것은 의료 지원이 필요한 지역의 가난한 가족들을 도울 것이다…… 이 비통한 시기에 우리는 그를 기억하며 다시 헌신해야 한다……" 사설 옆에는 '거리를 두면 모든 상처가 치료된다'는 제목의 기사가 있다. 이 기사의 내용은 이렇다. "우리 모두 빨리 잊는 것이 좋다…… 거리를 둠으로써 위로를 얻는 일이 어떤 사람에게는 더 빨리 가능하기도 하다…… 제일회중교회의 피터 밸리스턴 목사는 설교를 하면서 모든 비극에서 어떤 선*善*을 찾으려 했다…… 함께 슬픔을 나누는 가운데 공동체는 더 긴밀하게 결합할 것이다…… 세인트패트릭 교회의 제임스 비어링 목사는 열정적으로 설교했다……" 그 옆에는 세 번째 스크랩이 붙어 있는데, 그것은 거기 붙어 있을 이유가 전혀 없는 것이다. 그러나 스위드는 다른 기사들을 떼어낼 수 없듯이 그 스크랩도 떼어낼 수 없기 때문에, 그것도 일 년 동안 거기 붙어 있다. 그것은 에드거 바틀리의 인터뷰다. 인터뷰와 함께 에드거의 사진이 실려 있다. 삽을 들고 자기 가족의 집 앞에 서 있는 에드거와 개의 사진이다. 집으로 이어지는 길은 눈을 막 치운 상태다. 에드거 바틀리는 폭파 이년 전쯤 메리를 데리고 모리스타운으로 영화를 보러 갔던 올드림록 출신의 남자아이다. 그는 메리보다 한 학년 위였고, 메리만큼 키가 컸다. 스위드의 기억에 따르면, 아주 착해 보이긴 했지만 수줍음이 무척 많았고 약간 별났다. 신문 기사에는 에드거가 폭파 당시 메리의 남자친구였다고 나와 있다. 그러나 메리의 부모가 아는 한, 메리와 에드거 바틀리가 데이트를 한 것은 그보다 이 년 전이었으며, 이것이 메리가 그와, 아니 어떤 남자하고라도 데이트를 한 유일한 경험이었다. 그러나 누군가 에드거가 했다고 하는 말에 모두 검은색으로 줄을 그어놓았다. 어쩌면 에드거의 친구가 장난으로, 고등학생 수준의 장난으로 그렇게 했는지도 모른다. 어쩌면 사진이 실린 그 기사는 애초에 장난으로 거기 걸린 것인지도 모른다. 장난이든 아니든, 그것은 매달 그대로 붙어 있고, 스위드는 그것을 뗄 수가 없다. "현실로 느껴지지가 않아요…… 메리가 이런 짓을 할 거라고는 생각도 해본 적 없어요…… 나는 메리가 아주 착한 아이라고 알고 있었습니다. 나쁜 말을 하는 걸 들어본 적이 없어요. 뭔가가 틀어진 게 틀림없어요…… 메리를 찾았으면 좋겠어요. 그래야 메리가 필요한 도움을 받을 수 있을 테니까요…… 나는 늘 올드림록이 어떤 일도 일어날 수 없는 곳이라고 생각했어요. 하지만 이제는 나도 다른 사람들과 똑같이 자꾸 뒤를 돌아보게 돼요. 상황이 다시 정상으로 돌아가려면 시간이 걸릴 거예요…… 나는 그냥 다음 단계로 나아가고 있어요. 그래야 해요. 그 일은 잊어야 해요. 아무 일도 없었던 것처럼요. 하지만 아주 슬픈 일이에요."

스위드가 커뮤니티 클럽 게시판에서 얻을 수 있는 유일한 위안은 "폭파 용의자, 똑똑하고 재능 있지만 '고집스러운 경향'"이라는 제목의 기사 스크랩을 붙여놓지 않은 것이다. 그 기사였다면 스위드는 떼어냈을 것이다. 한밤중에 가서 떼어내야만 했을 것이다. 그 기사가 당시 실리던 다른 기사들보다 나쁘다고는 할 수 없었다. 그런 기사는 지역 주간지만이 아니라 〈타임스〉〈데일리 뉴스〉〈데일리 미러〉〈포스트〉 같은 뉴욕의 신문에도 실렸고, 〈뉴어크 뉴스〉〈뉴어크 스타 레저〉〈모리스타운 레코드〉〈버건 레코드〉〈트렌턴 타임스〉〈패터슨 뉴스〉 같은 저지 일간지에도 실렸고, 〈필라델피아 인콰이어러〉〈필라델피아 불레틴〉〈이스턴 익스프레스〉 같은 근처 펜실베이니아 신문에도 실렸고, 심지어 〈타임〉과 〈뉴스위크〉에도 실렸다. 첫 주가 지나자 대부분의 신문과 통신사는 그 이야기에 관심을 잃었지만, 〈뉴어크 뉴스〉와 〈모리스타운 레코드〉의 기사는 줄지 않았다. 〈뉴어크 뉴스〉는 이 사건에 스타급 기자 세 명을 배당했고, 두 신문은 몇 주 동안 이틀에 한 번꼴로 림록 폭파범에 관한 이야기를 쏟아냈다. 대부분의 독자가 지역 주민인 〈모리스타운 레코드〉는 림록 폭파 사건이 1940년 9월 12일 발생한 허큘리스 파우더 회사 폭발 이후 모리스 카운티에서 일어난 가장 충격적인 참사라는 사실을 독자들에게 계속 일깨웠다. 그 폭발 사고는 켄빌에서 20킬로미터쯤 떨어진 곳에서 일어났었는데, 오십이 명이 사망하고 삼백 명이 부상을 입었다. 1920년대 말에는 아래쪽 미들섹스 카운티의 뉴브런즈윅 바로 바깥의 좁은 길에서 목사와 성가대 지휘자가 살해당한 사건이 있었고, 모리스에서는 그레이스톤 정신병원에서 걸어나간 정신병자가 브룩사이드라는 마을에 사는 삼촌을 찾아가 도끼로 머리를 쪼갠 사건이 있었다. 신문은 이 이야기들 또한 다시 파내서 재탕했다. 물론 저 아래쪽 뉴저지 주 호프웰에서 벌어진 린드버그 납치 사건도 튀어나왔다. 대서양을 건넌 유명한 조종사 찰스 A. 린드버그의 갓난아기 아들을 납치해 살해한 사건이었다. 신문들은 무시무시하게도 이 이야기를 기억해내, 몸값, 아기의 훼손된 주검, 플레밍턴 재판 등에 관한 삼십 년도 더 된 내용을 다시 자세하게 실었다. 납치와 살인 혐의로 유죄판결을 받은 브루노 하웁트만이라는 이름의 이민자 목수를 전기 처형한 사건에 관한 1936년 4월의 신문 기사 발췌문도 실었다. 메리 레보브는 이 지역의 얼마 되지도 않는 잔혹 행위들의 역사 속에서 매일 언급되었다. 하웁트만이라는 이름 바로 옆에 아이의 이름이 몇 번이나 나타났다. 그럼에도 지역 주간지에 실린 아이의 '고집스러운 경향'에 관한 기사만큼 그에게 심한 상처를 준 글은 없다. 거기에는 뭔가가 감추어져 있다. 내포되어 있다. 지방 특유의 으스댐, 단순함, 대책 없는 어리석음 같은 것. 스위드는 그것에 너무 격분했기 때문에, 그것이 게시판에 붙고 모두가 그것을 읽으며 고개를 설레설레 젓는 모습을 도저히 두고 볼 수 없었을 것이다. 메리가 무슨 짓을 했건 하지 않았건, 학교 밖에 그 아이의 생활이 그렇게 전시되는 것을 용납할 수 없었을 것이다.

폭파 용의자,
똑똑하고 재능 있지만
'고집스러운 경향'

햄린의 잡화점을 폭파해 올드림록의 닥터 프레드 콘론을 살해한 혐의가 있다고 알려진 메러디스 '메리' 레보브는 올드림록 커뮤니티 스쿨의 교사들에게 다재다능한 아이, 뛰어난 학생, 절대 권위에 도전하지 않는 사람으로 알려져 있었다. 폭력 행위 혐의에 관한 실마리를 찾으려고 그녀의 유년기를 살펴본 사람들은 에너지가 넘치는 협조적인 소녀를 기억하며 할말을 잃곤 했다.

"우리는 믿지 못하겠습니다." 올드림록 커뮤니티 스쿨의 교장인 아일린 모로는 폭파 용의자에 관해 이렇게 말했다. "왜 이런 일이 일어났는지 이해하기 힘듭니다."

모로 교장은 메리 레보브가 교실 여섯 개짜리 이 초등학교의 학생으로서 "매우 협조적이었으며, 한 번도 문제를 일으킨 적이 없다"고 말했다.

올드림록 커뮤니티 스쿨에서 메리 레보브는 계속 평균 A를 받았으며, 학교 활동에 적극적이었고, 학생이나 교사나 모두 그녀를 좋아했다고 모로 교장은 말했다.

"그 아이는 열심히 공부했고 의욕이 있었고 스스로에게 아주 높은 기준을 설정했습니다." 모로 교장은 이렇게 말했다. "교사들은 그 아이를 훌륭한 학생으로 존중했고, 학생들은 그 아이를 존경했어요."

올드림록 커뮤니티 스쿨에서 메리 레보브는 미술에 재능이 있는 학생이었고, 팀 스포츠, 특히 킥볼에 뛰어났다. "그냥 성장해가는 보통 아이였어요." 모로 교장은 그렇게 말했다. "이런 일이 일어날 거라고는 꿈도 꾸지 못했습니다. 안타깝게도 미래를 볼 수 있는 사람은 없는 거죠."

모로 교장은 메러디스가 학교에서 "모범생"으로 통했지만, "고집스러운 경향"을 보이기도 했다면서, 예를 들어 자신이 필요 없다고 생각하는 학교 숙제는 가끔 하지 않으려 했다고 말했다.

다른 사람들도 모리스타운 고등학교에 진학할 무렵 폭파 용의자에게 고집스러운 경향이 있었다고 기억했다. 급우 샐리 커런(16세)은 메러디스가 "오만하고 자신이 다른 누구보다 우월하다는" 태도를 지닌 사람이었다고 묘사했다.

그러나 바버라 터너(16세)는 메러디스가 "자기 나름의 신념이 있기는 했지만, 상당히 착해 보였다"고 말했다.

메리에 관한 질문을 받은 모리스타운 고등학교 학생들은 그녀에게서 각기 다른 인상을 받았다. 하지만 그녀를 아는 모든 학생이 메리가 "베트남전쟁에 관해 이야기를 많이 했다"는 데는 동의했다. 어떤 학생들은 미군이 베트남에 주둔하는 것에 관한 그녀의 생각에 누가 이의를 제기하면 메리가 "화가 나서 심하게 욕을 했다"고 기억했다.

담임 교사 윌리엄 팩스먼의 말에 따르면 메러디스는 "열심히 공부하고 성적도 좋아, 모두 A 아니면 B"를 받았고, 그의 모교인 펜 주립대학교 진학에 강한 관심을 보였다고 한다.

"그 아이 가족 이야기가 나오면, 사람들은 '정말 좋은 가족이네' 하고 말합니다." 팩스먼 교사는 그렇게 말했다. "우리는 이런 일이 일어났다는 것을 정말 믿을 수가 없습니다."

메리의 활동에 관한 유일하게 불길한 말은 폭파 용의자의 교사 가운데 연방수사국 요원과 면담을 했던 어떤 교사에게서 나왔다. "그 사람들은 이렇게 말했어요. '우리는 레보브 양에 관해 많은 정보를 접수했다.'"

'잡화점이 있던 곳'은 일 년 동안 그대로 있다. 그러다 새로운 가게의 공사가 시작된다. 스위드는 다달이 건물이 올라가는 것을 지켜본다. 어느 날, '7월 4일 대개장'을 알리는 붉고 희고 파란 큰 플래카드가 나타난다. '대확장! 신장개업! 맥퍼슨 상점!' 스위드는 아내를 앉혀놓고 그들도 다른 사람들처럼 새 가게에서 물건을 살 거라고 말할 수밖에 없다. 한동안은 쉽지 않겠지만, 결국은…… 사실 절대 쉽지 않다. 스위드는 새 가게에 들어가기만 하면 옛날 가게가 떠오른다. 물론 러스 햄린은 은퇴했다. 새 가게를 소유한 이스턴 출신의 젊은 부부는 과거에 전혀 관심이 없다. 그들은 잡화점을 확장했을 뿐 아니라, 그 안에 빵집까지 열어서 매일 새로 구워내는 빵과 롤빵 외에도 맛있는 케이크와 파이를 만들어낸다. 가게 뒤편에는 우체국 창구 옆에 작지만 앉을 수 있는 자리도 있다. 커피와 신선한 롤빵을 사서 그곳에 앉아 이웃과 잡담을 나눌 수도 있고 신문을 읽을 수도 있다. 맥퍼슨 상점은 햄린 가게보다 엄청나게 좋았기 때문에, 곧 모두가 박살난 구석의 시골 가게는 잊어버린 것 같다. 이 지역에 사는 햄린 집안 사람들과 레보브 가족만 예외다. 아내는 새 가게에 가까이 가지도 못한다. 안에 들어가지 않으려 한다. 그러나 스위드는 토요일 아침이면 자신을 보는 사람이 어떻게 생각하든 간에 신문과 커피를 카운터에 놓고 앉는다. 일요일 신문도 거기에서 산다. 우표도 거기에서 산다. 사무실에 있는 우표를 집에 가져와도 되고 가족의 우편물을 뉴어크에서 다 처리할 수도 있지만, 맥퍼슨 상점의 우체국 창구를 이용하고 거기 뭉그적거리며 예전에 러스의 부인 메리 햄린과 그랬던 것처럼 젊은 베스 맥퍼슨과 날씨 이야기 나누는 쪽을 더 좋아한다.

그것이 외적인 생활이다. 최대한 예전과 똑같이 생활한다. 그러나 여기에는 내적인 삶이 따라붙는다. 짓누르는 강박, 억눌린 욕구, 미신적인 기대, 끔찍한 상상, 환상 속의 대화, 대답 없는 질문들로 이루어진 소름 끼치는 내적인 삶. 밤마다 잠을 이루지 못하고 자신을 매질한다. 엄청난 외로움. 약해지지 않는 가책. 심지어 그 아이가 열한 살이고 자신이 서른여섯 살이었을 때 둘이 젖은 수영복을 입고 딜 해변에서 함께 집으로 차를 몰고 오다 키스한 것까지. 그게 원인일 수 있을까? 어떤 게 원인일 수 있을까? 어떤 것도 원인이 아닐 수 있을까?

어어엄마한테 키-키-키스하는 것처럼 나한테 키스해주세요.

일상적인 세상에서는 그 자신으로 살아가는 엄청난 허세를 품위 있게 유지해나갈 수밖에 없다. 이상적인 남자로 가장할 때 찾아오는 모든 수치를 떠안으면서.

5

1973년 9월 1일

레보브 씨께,

메리는 뉴어크 아이언바운드 섹션의 뉴저지 레일로드 애비뉴에 있는 오래된 동물병원에서 일하고 있습니다. N. J. 레일로드 애비뉴 115번지로, 펜 역에서 오 분 거리입니다. 매일 그곳에 나옵니다. 밖에서 기다리면 오후 네시가 지나자마자 메리가 퇴근하는 모습을 보실 수 있을 거예요. 메리는 내가 이런 편지를 쓴다는 것을 모릅니다. 나는 곧 무너질 것 같아 앞으로 더 나아갈 수 없는 지경입니다. 떠나고 싶지만 누구에게도 메리를 맡길 수가 없습니다. 레보브 씨가 맡아주셔야겠어요. 하지만 미리 경고하는데, 내가 소재를 알려줬다는 것을 메리에게 이야기하면 메리는 심각한 해를 입을 거예요. 메리는 엄청난 정신을 가진 사람입니다. 메리 때문에 내 모든 것이 바뀌어 버렸어요. 메리의 힘에 도저히 저항할 수 없었기 때문에 여기에 완전히 빠져버리고 말았습니다. 하지만 여기에 빠지는 것은 너무 힘든 일이에요. 나는 메리가 나에게 말하거나 행동하라고 요구한 것 외에는 어떤 말도 한 적이 없고 어떤 행동도 한 적이 없습니다. 믿어주세요. 메리는 압도적인 위력을 가진 사람이에요. 레보브 씨와 나는 같은 배를 탄 거였어요. 나는 메리에게 딱 한 번 거짓말을 했습니다. 호텔에서 있었던 일에 관한 거예요. 만일 레보브 씨가 나와 사랑을 나누려 하지 않았다는 이야기를 했다면, 메리는 돈을 받지 않았을 거예요. 지금까지 거리에서 구걸을 하고 있을 거예요. 메리에 대한 내 사랑의 힘이 없었다면, 나는 결코 레보브 씨에게 그렇게 큰 고통을 주는 일을 하지 못했을 거예요. 레보브 씨에게는 이 말이 미친 소리처럼 들리겠지요. 하지만 그게 사실이라고 분명히 말씀드립니다. 레보브 씨의 딸은 신입니다. 그런 고난의 존재 앞에 있으면 그 거룩한 힘에 굴복할 수밖에 없습니다. 내가 메리를 만나기 전에 얼마나 별 볼 일 없는 인간이었는지 잘 모르실 겁니다. 나는 곧 잊힐 존재였어요. 하지만 이제는 나도 견딜 수가 없어요. 메리에게 내 이야기를 할 경우에는 내가 한 일 그대로 레보브 씨를 괴롭힌 사람으로만 이야기해야 해요. 메리가 살아 있기를 원하신다면 이 편지 이야기는 하지 마세요. 동물병원에 가시기 전에는 철저하게 조심해야 돼요. 메리는 연방수사국에 걸리면 살아남을 수 없습니다. 메리Merry는 지금 메리Mary 스톨츠라는 가명을 쓰고 있어요. 메리를 자기 운명대로 다 살도록 놔두어야 해요. 우리는 옆에 서서 목격자로서 고난이 메리를 거룩하게 만드는 과정을 지켜봐야 합니다.

스스로 '리타 코언'이라고 부르는 제자

예상치 못한 것을 찾아내 뿌리째 제거할 수는 없는 노릇이었다. 예상치 못한 것은 눈에 보이지 않는 모습으로 기다리고 있었다. 평생 동안 다른 모든 것 바로 1밀리미터 뒤에서 푹 익어 폭발할 때를 기다리고 있었다. 모든 것의 이면이 결국 예상치 못한 것이었다. 그는 이미 모든 것과 헤어져, 다시 모든 것을 만들었다. 그런데 이제, 모든 것이 다시 통제 상태에 놓인 듯 보이는 이때 그는 다시 모든 것과 헤어지라는 부추김을 받게 되었다. 그러나 그렇게 되면, 예상치 못한 것이 유일한 것이 되고……

것, 것, 것, 것―하지만 달리 괜찮은 말이 뭐가 있을까? 그들은 이 좆같은 것에 영원히 묶여 있을 수 없었다! 사실 그는 지난 오 년 동안 바로 이런 편지를 기다렸다. 반드시 이런 편지가 와야 했다. 그는 매일 밤 침대에 누워 다음날 아침 이런 편지를 배달해달라고 하느님에게 빌었다. 그러다가 이 놀라운 변화의 해, 1973년, 아내 돈의 기적의 해에, 돈이 새집을 설계하는 데 몰두한 몇 달 동안, 스위드는 거꾸로 아침 우편물에서 혹시 뭔가 발견하게 될지도 모른다고, 수화기를 들 때마다 거기에서 뭔가 들려올지도 모른다고 두려워하기 시작했다. 이제야 마침내 이미 벌어진 거짓말 같은 일을 돈이 그들의 인생에서 영원히 몰아내버렸는데, 어떻게 예상치 못한 것이 다시 그들의 삶에 돌아오도록 허용할 수 있단 말인가? 그는 오 년 동안 계속 불어닥치는 폭풍을 헤치고 나아가는 심정으로 아내가 원래의 자기 모습을 되찾도록 이끌어왔다. 그는 모든 요구를 이행했다. 아내를 공포로부터 해방시키기 위해서라면 어떤 일도 게을리하지 않았다. 그 결과 이제 삶이 뭔지 알아볼 수 있을 만한 크기로 되돌아왔다. 그러니 이 편지를 찢어버리자. 편지 같은 것이 온 적도 없는 것처럼 행동하자.

아내가 자살 위험이 있는 우울증으로 프린스턴 근처의 병원에 두 번이나 입원했기 때문에, 스위드는 아내가 입은 피해가 영구적이며, 정신과의사의 보살핌을 받고 안정제와 항우울제를 먹을 때에만 아내가 제대로 살아갈 수 있을 것이라는 사실을 받아들였다. 아내가 평생 정신병원을 들락거리고, 자신은 그런 곳으로 병문안을 가야 한다는 사실을 받아들인 것이었다. 그는 일 년에 한두 번씩 문에 자물쇠가 없는 방으로 들어가 그녀가 누운 침대 옆에 앉아 있게 될 거라고 상상했다. 책상에는 그가 보낸 꽃이 있을 것이었다. 창틀에는 그녀의 서재에서 가져온 덩굴식물들, 뭔가를 돌보면 그녀에게 도움이 될 거라고 생각해 가져온 식물들이 놓여 있을 것이었다. 침대 옆 탁자에는 그와 메리, 돈의 부모와 남동생의 사진이 담긴 액자들이 놓여 있을 것이었다. 그는 침대 옆에서 그녀의 손을 잡고 있고, 그녀는 리바이스와 커다란 터틀넥 스웨터 차림으로 베개에 등을 기댄 채 울 것이었다. "무서워, 시모어. 늘 무서워." 그는 그녀 옆에 참을성 있게 앉아 있다가 그녀가 떨기 시작할 때마다 그녀에게 그냥 숨을 내쉬라고, 천천히 숨을 내쉬라고, 지구상에서 그녀가 아는 가장 기분좋은 곳을 생각하라고, 그녀가 세상에서 가장 멋지고 고요한 곳에 있다는 상상을 하라고 말해줄 것이었다. 열대의 해변이라든가, 아름다운 산이라든가, 유년 시절의 휴일 풍경이라든가…… 그 자신도 그를 겨냥한 그녀의 장광설에 몸이 떨릴 때면 그렇게 할 것이었다. 그녀는 침대에 앉아, 온기를 빼앗기지 않으려는 것처럼 팔짱을 끼고 스웨터 안에 몸 전체를 감출 것이었다. 터틀넥은 턱 위로 잡아당기고, 뒷자락은 엉덩이 밑까지 늘이고, 앞자락은 구부린 무릎 위로 끌어내려 다리를 덮고 발밑에 집어넣어, 스웨터로 텐트를 칠 것이었다. 그녀는 그가 거기 있는 동안 내내 그렇게 텐트를 치고 앉아 있곤 했다. "내가 프린스턴에 마지막으로 간 게 언제인지 알아? 나는 알아! 주지사의 초대를 받았지. 주지사 관저로. 프린스턴으로 가서 주지사 관저로 갔단 말이야. 나는 주지사 관저에서 만찬을 했어. 스물두 살이었지. 이브닝드레스를 입고 있었는데, 무서워 죽을 지경이었어. 주지사의 운전사가 나를 엘리자베스에서 태워 갔고, 나는 관을 쓰고 뉴저지 주지사와 춤을 추었어. 그런데 어쩌다 이렇게 됐을까? 내가 어쩌다 여기에 있게 되었을까? 당신, 당신 때문이지! 당신은 나를 혼자 내버려두려 하지 않았어! 나를 가져만야 했어! 나하고 결혼해야만 했어! 나는 그냥 선생님이 되고 싶었는데! 그게 내가 원한 거였는데! 나는 일자리도 있었는데. 나를 기다리는 일자리였는데. 엘리자베스에서 아이들한테 음악을 가르치고, 남자들은 나를 가만 좀 내버려두고, 그걸로 그만이었는데. 나는 미스 아메리카가 되고 싶었던 적이 없는데! 누구하고도 결혼하고 싶었던 적이 없는데! 하지만 당신은 내가 숨을 쉬게 놔두지 않았어. 당신 시야에서 벗어나도록 그냥 내버려두지 않았어. 내가 원한 건 오직 대학 교육과 그 일자리뿐이었는데. 나는 엘리자베스를 떠나지 말았어야 했어! 미스 뉴저지가 내 인생에 어떤 영향을 주었는지 알아? 내 인생을 망쳤어. 나는 대니가 대학에 갈 수 있도록 그 빌어먹을 장학금을 쫓아갔던 것뿐이야. 아버지가 등록금을 대지 않아도 되도록 말이야. 아버지가 심장마비만 일으키지 않았으면 내가 미스 유니언 카운티에 출전했을 거 같아? 천만에! 나는 그저 상금을 타고 싶었을 뿐이야. 대니가 아버지한테 부담을 지우지 않고 대학에 갈 수 있도록! 어디를 가나 남자들이 내 뒤를 졸졸 쫓아다니라고 그런 게 아니란 말이야. 나는 집안을 도우려고 했을 뿐이야! 그런데 당신이 나타났어. 당신이! 그 손! 그 어깨! 내 앞에 우뚝 서면 턱만 보였지! 나는 그 거대한 동물을 없애버릴 수가 없었어! 당신은 나를 그냥 내버려두지 않으려 했어! 고개를 들어올릴 때마다 거기에는 내 남자친구가 있었어. 내가 우스꽝스러운 미인대회 여왕이라는 이유로 제정신이 아닌 남자친구가! 당신은 아이 같았어! 당신은 나를 공주로 만들어야 했어. 그런데, 자, 내가 어떻게 되었는지 봐! 정신병원에 와 있어! 당신의 공주가 정신병원에 있단 말이야!"

앞으로 오랫동안 아내는 자신에게 일어난 일이 어떻게 자신에게 일어날 수 있었는지 스스로에게 질문하고 그것 때문에 그를 비난할 것이었다. 그는 그녀가 빵과 물 외에 다른 걸 뭐라도 좀 먹으면 좋겠다는 바람으로 그녀가 좋아하는 것, 과일과 캔디와 쿠키를 가져갈 것이고, 하루에 다만 삼십 분이라도 읽는 데 집중할 수 있으면 좋겠다는 바람으로 그녀가 읽을 잡지를 가져갈 것이고, 철이 바뀌면 날씨에 맞는 옷을 입고 병원 구내를 돌아다닐 수 있도록 옷을 가져갈 것이었다. 매일 저녁 아홉시면 그녀를 위해 가져간 것을 모두 장에 넣고, 그녀를 안고 작별 키스를 하고, 다시 안고 내일 퇴근 후에 보자고 이야기할 것이었다. 그런 뒤 어둠 속에서 차를 한 시간 달려 올드림록으로 돌아오면서, 면회 시간이 끝나기 십오 분 전에 간호사가 문 안으로 머리를 들이밀고 친절하게도 레보브 씨, 떠날 시간이 다 됐는데요, 하고 말할 때 아내 얼굴에 나타나던 공포를 떠올릴 것이었다.

다음날 밤이면 아내는 다시 똑같이 화를 낼 것이었다. 그는 그녀의 진짜 야망으로부터 그녀를 끌어냈다. 그와 미스 아메리카 대회가 그녀를 그녀의 프로그램으로부터 벗어나게 했다. 그녀는 계속 그렇게 이야기했고 그는 그녀를 막을 수가 없었다. 막으려고 하지 않았다. 그녀가 하는 말 가운데 어느 것이 그녀가 지금 고통을 겪고 있는 이유와 관계가 있을까? 그녀를 부순 사건은 그 자체로 충분히 엄청난 것이었고, 그녀가 하는 말은 어떤 것과도 아무런 관련이 없다는 것을 모두가 다 알았다. 처음 그녀가 입원했을 때 그는 그냥 귀를 기울이며 고개를 끄덕였다. 그녀가 젊은 시절의 모험—당시에는 그녀 또한 더없이 즐겼다고 그는 확신했다—에 관해 화가 나서 계속 이야기하는 것을 듣고 있자니 기분이 묘했지만, 가끔은 지금 닥친 문제의 원인을 1968년에 그녀에게 일어난 일이 아니라 1949년에 일어난 일에서 찾는 것이 더 낫지 않을까 하는 생각도 들었다. "고등학교 다닐 때 내내 사람들은 나한테 말했어. '너는 미스 아메리카가 되어야 해.' 나는 그 말이 웃긴다고 생각했지. 무슨 근거로 내가 미스 아메리카가 된다는 거야? 나는 방과후나 여름방학 때는 포목상에서 사무 일을 봤어. 그때마다 사람들이 내가 앉아 있는 금전등록기에 다가와 말했어. '학생은 미스 아메리카가 되어야 해.' 나는 견딜 수가 없었어. 사람들이 내 외모 때문에 내가 뭘 해야 한다고 말할 때면 견딜 수가 없었어. 하지만 유니언 카운티 대회에서 그 차 모임에 오라고 연락이 왔을 때 내가 뭘 어쩔 수 있었겠어? 나는 아기였어. 나는 그렇게 하면 돈을 좀 벌 수 있고, 그러면 아버지가 그렇게 열심히 일할 필요가 없을 거라고 생각했어. 그래서 지원서를 작성해서 갔지. 다른 여자애들이 다 떠난 뒤에, 그 여자는 내 어깨에 팔을 두르더니 옆에 있는 사람들에게 말했어. '여러분은 방금 다음 미스 아메리카하고 오후를 보낸 거예요.' 나는 생각했어. '이건 정말 말도 안 되는 일이야. 왜 사람들이 계속 나한테 이런 이야기를 하는 걸까? 나는 이걸 하고 싶지 않은데.' 내가 미스 유니언 카운티가 되었을 때 사람들은 이미 이렇게 말했어. '애틀랜틱시티에서 봐요.' 자신이 하는 말에 책임질 수 있을 만한 사람들이 내가 이길 거라고 말하고 있었던 거야. 그러니 내가 어떻게 물러서? 나는 물러설 수가 없었어. 〈엘리자베스 저널〉 전면에 내가 미스 유니언 카운티 대회에서 일등을 했다는 기사가 크게 났어. 나는 분했어. 정말이야. 나는 왠지 모든 걸 다 비밀로 하고 그냥 상금만 탈 수 있을 거라고 생각했어. 나는 아기였던 거야! 그래도 미스 뉴저지는 되지 못할 거라고 믿고 있었어. 확신이 있었어. 주위를 둘러보니 예쁜 여자애들이 바다처럼 널려 있었어. 모두가 자기 할 일을 알고 있었지. 나는 아무것도 몰랐어. 그애들은 헤어 롤러를 사용하고 가짜 속눈썹을 붙이는 방법을 알고 있었지. 나는 미스 뉴저지가 되던 해의 절반이 지날 때까지 내 머리를 제대로 마는 법조차 몰랐어. 나는 생각했어. '오, 맙소사. 저애들 화장한 것 좀 봐.' 옷도 아름다웠어. 나는 졸업파티에 입고 나갔던 드레스와 빌린 옷뿐이었어. 그래서 내가 이길 가능성은 절대 없다고 확신했지. 나는 무척 내향적이었어. 세련미라고는 찾아볼 수 없었지. 그런데 또 일등을 했어. 그러자 사람들이 앉는 방법, 서는 방법을 가르쳐줬어. 심지어 듣는 방법도. 나를 모델 에이전시에 보내 걷는 방법도 배우게 했어. 내가 걷는 방식이 마음에 들지 않았거든. 나는 내가 걷는 방법에 관심이 없었어. 그래도 잘 걸어다녔으니까! 미스 뉴저지가 될 정도로 잘 걸었던 거잖아? 내가 미스 아메리카가 될 만큼 잘 걷지 못한다면, 그러라지 뭐! 그렇게 걸으려면 미끄러지듯이 걸어야 해. 천만에! 나는 내가 걷던 대로 걸을 거야! 팔을 너무 많이 흔들지도 말고, 그렇다고 뻣뻣하게 옆구리에 붙이지도 마라. 업계의 이런 작은 요령들 때문에 나 자신을 너무 의식하게 돼서 움직일 수도 없었어! 뒤꿈치가 아니라 발 앞쪽을 땅에 디뎌라. 이게 내가 겪어야 했던 일이야. 이런 것에서 좀 벗어날 수 있다면! 이런 것에서 어떻게 다시 빠져나갈 수 있을까? 나를 혼자 좀 내버려둬! 너희 모두 나 좀 혼자 내버려두란 말이야! 애초에 나는 이런 걸 원하지 않았어! 내가 왜 당신하고 결혼했는지 알겠어? 이제 이해하겠어? 딱 한 가지 이유야! 나는 뭔가 정상적으로 보이는 걸 원했어! 그해를 보낸 뒤로는 너무도 간절하게 정상적인 걸 원하게 되었단 말이야! 그런 일이 일어나지 않았기를 얼마나 바랐는지! 모조리 다 원치 않았어! 사람들은 나를 받침대 위에 올려놨어. 내가 그렇게 해달라고 하지도 않았는데. 그런 다음엔 빌어먹을 거기서 너무 빨리 끌어내리기 때문에 앞이 보이지도 않아! 하지만 나는 그런 걸 하나도 요구하지 않았단 말이야! 나는 다른 여자애들하고 아무런 공통점이 없었단 말이야. 나는 그애들을 미워했고 그애들도 나를 미워했어. 키도 발도 큰 여자애들! 재능이 있는 애는 하나도 없었어. 다들 죄다 사근사근했어. 하지만 나는 진지한 음악도였단 말이야! 내가 원하는 건 나를 혼자 내버려두는 거였어. 그 미친듯이 반짝거리는 빌어먹을 관을 내 머리 꼭대기에 올려놓는 게 아니었단 말이야! 나는 그런 걸 하나도 원한 적이 없어! 한 번도!"

그런 면회가 끝난 뒤 집으로 돌아오면서 처녀 시절 아내의 진짜 모습을 기억하는 것이 스위드에게는 큰 도움이 되었다. 그의 기억에 따르면 돈은 그녀 자신이 그런 장광설 속에서 그려내는 여자가 전혀 아니었다. 미스 아메리카 대회를 앞둔 1949년 9월의 그 한 주 동안 그녀는 매일 밤 데니스 호텔에서 뉴어크로 전화를 걸어 그에게 미스 아메리카 참가자로서 그날 그녀에게 무슨 일이 있었는지 이야기해주었다. 그때 그녀의 목소리에서는 그런 자신에 대한 순수한 기쁨이 뿜어져나왔다. 그는 전에는 한 번도 그녀가 그렇게 말하는 것을 들어본 적이 없었다. 자신이 그런 곳에 있다는 것, 자신이 그런 사람이라는 것, 자신이 그런 일을 하고 있다는 것에 대한 그 숨김없는 환희가 무서울 정도였다. 갑자기 삶이 기뻐 날뛰며 오직 돈 드와이어만을 위해 존재하고 있었다. 그녀답지 않은 이런 무절제한 모습에 놀란 나머지 그는 그 일주일이 지난 뒤에도 그녀가 다시 시모어 레보브에게 만족할 수 있을지 걱정이 되었다. 그녀가 일등을 한다고 해보자. 미스 아메리카와 결혼하려고 하는 모든 남자와 겨루었을 때 그에게 승산이 얼마나 있겠는가? 영화배우들이 그녀를 쫓아다닐 것이다. 백만장자들이 그녀를 쫓아다닐 것이다. 떼를 지어 그녀에게 몰려갈 것이다. 그녀에게 열린 새로운 삶은 힘 있는 새로운 구혼자들을 수도 없이 끌어당길 것이고, 결국 그는 배제될 것이다. 그럼에도 현재의 구혼자로서 그는 돈이 일등을 할 것이라는 전망에 홀려 있었다. 그리고 그 가능성이 현실에 가까워질수록, 그가 얼굴을 붉히고 땀을 흘려야 하는 이유도 늘어났다.

그들은 장거리 전화로 한 번에 한 시간씩 통화를 했다. 그녀는 아침을 먹은 이후로 계속 움직였음에도 너무 흥분해서 잠을 이루지 못했다. 아침은 식당에서 샤프롱*과 함께 먹었다. 식탁에 그들 둘뿐이었다. 샤프롱은 작은 모자를 쓰고 몸집이 커다란 현지 여자였다. 돈은 옷에 미스 뉴저지라는 장식띠를 핀으로 꽂았고, 두 손에는 하얀 새끼염소 가죽 장갑을 꼈다. 뉴어크 메이드에서 준 선물로, 엄청나게 비싼 장갑이었다. 스위드는 뉴어크 메이드에서 사업을 물려받기 위해 훈련을 받고 있었다. 출전하는 모든 여자가 똑같은 스타일의 하얀 염소가죽 장갑을 꼈다. 단추 네 개가 세로로 달린, 손목까지 덮는 장갑이었다. 그러나 돈만이 그런 장갑을 공짜로 얻었다. 그뿐만 아니라 두번째 장갑도 있었다. 중간 길이에 검은색으로, 뉴어크 메이드의 단추 열여섯 개짜리 예식용 염소가죽 장갑이었다(삭스에서 돈깨나 나가는 것이었다). 이탈리아나 프랑스의 어느 제품 못지않은 전문가의 솜씨로 재단한 제품이었다. 여기서 끝이 아니었다. 팔꿈치 위까지 오는 세번째 장갑도 있었는데, 이것은 이브닝드레스에 어울리게 주문 제작을 한 것이었다. 스위드는 미리 돈에게 그녀의 드레스를 만든 직물을 1미터 달라고 했고, 스위드 가족의 지인 중 직물 장갑을 만드는 곳에서 뉴어크 메이드에 대한 호의로 돈을 위해 그 장갑을 만들어주었다. 출전한 여자들은 조그만 모자를 쓴 샤프롱 맞은편에 앉아 아름답고 단정하게 머리를 빗고, 깔끔하고 좋은 옷을 입고, 단추가 네 개 달린 장갑을 낀 모습으로 하루에 세 번 식사를 했다. 식당에서 그들에게 다가와 넋을 잃고 멍하니 바라보며 자기가 어디서 왔는지 말하는 모든 사람에게 사인을 해주는 사이사이로 그래도 코스마다 조금씩은 먹을 수 있었다. 돈은 미스

---

* 사교계 젊은 여성의 후원자.

뉴저지였고 지금 호텔 손님들이 있는 곳이 다름 아닌 뉴저지였기 때문에. 그녀는 단연 인기가 좋았다. 그래서 돈은 모든 사람에게 친절하게 말을 하고 미소를 짓고 사인을 하고, 그러면서도 조금이라도 먹으려 했다. "이게 우리가 해야 하는 일이야." 그녀는 전화로 스위드에게 말했다. "그래서 우리한테 공짜로 방을 주는 거라고."

기차역에 도착하자 그녀의 이름과 출신 주가 적힌 자그마한 컨버터블 내시 램블러가 기다리고 있었다. 그녀의 샤프롱도 함께 탔다. 돈의 샤프롱은 그 지역 부동산업자의 부인이었는데, 돈이 가는 곳이면 어디든 함께 가려 했다. 돈이 차에 타면 함께 탔고, 차에서 내리면 함께 내렸다. "내 곁을 떠나지 않아, 시모어. 심사위원들 외에는 남자라고는 볼 수 없어. 심지어 남자하고 이야기도 못해. 어떤 여자애들은 남자친구도 와 있어. 몇 명은 심지어 약혼자야. 하지만 그게 무슨 소용이야? 만나는 게 허락되지 않는데. 규칙이 적힌 책은 너무 길어서 다 읽을 수도 없어. '남성은 보호자가 입회했을 때가 아니면 출전자와 이야기하는 것이 허락되지 않는다. 출전자는 칵테일 라운지 출입이나 알코올 음료를 마시는 것이 허락되지 않는다. 또 어깨심을 넣지 못하며……'" 스위드는 웃음을 터뜨렸다. "마저 들어, 시모어. 그런 식으로 끝도 없이 계속돼. '출전자는 보호자가 입회하여 이익을 보호해주지 않는 한 인터뷰가 허용되지 않는다……'"

돈만이 아니라 모든 출전자가 자그마한 내시 램블러 컨버터블을 얻었다. 물론 진짜로 주는 것은 아니었다. 미스 아메리카가 되는 출전자만 그 차를 가질 수 있었다. 미스 아메리카가 되면 그 차를 타고 가장 유명한 대학 풋볼 시합이 벌어지는 경기장 가장자리를 따라 돌면서 관

276

중석을 꽉 채운 관중에게 손을 흔들었다. 대회 본부에서 램블러를 택한 것은 아메리칸 모터스가 후원사 중 하나였기 때문이다.

돈이 호텔방에 들어갔을 때 그곳에는 프랠린저의 오리지널 솔트워터 태피* 한 상자와 장미 한 다발이 있었다. 모든 출전자가 호텔의 선물로 그 두 가지를 받았다. 그러나 돈의 장미는 피지 않았다. 또 출전자들, 적어도 돈과 같은 호텔에 묵은 출전자들에게 주어진 방은 뒤쪽에 있는 작고 볼품없는 방이었다. 그러나 호텔 그 자체는, 돈이 흥분해서 말했듯이, 보드워크와 미시간 애비뉴가 만나는 모퉁이에 자리잡은 화사한 건물로, 매일 오후 사람들이 작은 샌드위치를 곁들여 제대로 된 차를 마셨고, 객실 손님들은 잔디에서 크로케를 했다. 그런 손님들은 당연히 크고 아름답고 바다가 보이는 방에 묵었다. 돈은 매일 밤 지친 몸으로 벽지가 바랜 볼품없는 뒷방에 돌아가 장미가 피었는지 확인하고, 그런 다음 전화를 걸어 그녀가 일등을 할 가능성을 묻는 그의 질문에 대답했다.

돈은 신문에 계속 사진이 등장하는 네댓 명의 출전자 가운데 하나였고, 모두들 이 출전자들 가운데 한 명이 일등을 할 거라고 말했다. 뉴저지 대회 관계자들은 그들의 대표가 일등을 할 거라고 확신했다. 매일 아침 그녀의 사진이 신문에 실렸기 때문이다. "그 사람들을 실망시키기 싫어." 돈은 스위드에게 말했다. "그런 일은 없을 거야. 네가 일등을 할 거야." 스위드가 대꾸했다. "아냐, 텍사스 아이가 일등할 거야. 내가 알아. 정말 예쁘거든. 얼굴도 동그래. 보조개도 있어. 미인은

---

* 설탕을 녹여 만든 무른 사탕.

아니지만 정말, 정말 귀여워. 그리고 몸매가 훌륭해. 그 아이가 무서워 죽겠어. 텍사스의 무슨 작은 시골 동네 출신인데 탭댄스를 출 줄 알아. 그 아이가 될 거야." "그 아이도 너하고 같이 신문에 나와?" "늘 나와. 늘 나오는 네댓 명 가운데 하나야. 내가 거기 나오는 건 여기가 애틀랜틱시티고 내가 미스 뉴저지이기 때문이고 바닷가 보드워크를 지나가던 사람들이 내 띠를 보고 열광하기 때문이야. 그건 미스 뉴저지한테는 매년 있었던 일이야. 그런데 미스 뉴저지가 일등한 적은 한 번도 없어. 하지만 미스 텍사스가 신문에 나오는 건, 시모어, 그 아이가 일등을 할 거기 때문이란 말이야."

유명한 신디케이트 신문 칼럼니스트* 얼 윌슨이 심사위원 열 명 가운데 한 명이었다. 그는 돈이 엘리자베스 출신이라는 말을 듣고 꽃수레 퍼레이드—돈은 다른 두 출전자와 함께 호텔의 꽃수레를 타고 보드워크를 따라 퍼레이드를 했다—에서 누군가에게, 오랫동안 엘리자베스 시장을 지낸 조 브로피가 자기 친구라는 이야기를 했다. 얼 윌슨은 누군가에게 그런 이야기를 했고, 그 누군가는 다른 누군가에게 그 이야기를 했고, 다른 누군가가 돈의 샤프롱에게 그 이야기를 했다. 얼 윌슨과 조 브로피가 오랜 친구다—그것이 얼 윌슨이 한 말의 전부, 또는 사람들이 있는 데서 할 수 있는 말의 전부였지만, 돈의 샤프롱은 그가 그런 말은 한 것은 이브닝드레스를 입고 꽃수레를 탄 돈을 보고 표를 던지겠다는 마음을 굳혔기 때문이라고 확신했다. 스위드가 말했다. "좋아, 한 명은 됐고, 이제 아홉 명 남았네. 잘하고 있어, 미스 아메리카."

---

* 여러 신문에 글이 실리는 유명한 칼럼니스트.

돈이 샤프롱과 하는 이야기는 누가 가장 치열한 경쟁 상대가 될 것이냐 하는 것뿐이었다. 이것이 모든 출전자가 자기 샤프롱과 하는 이야기의 전부인 것 같았고, 집에 전화를 할 때면 결국 가족과 하게 되는 이야기의 전부인 것 같았다. 물론 출전자들끼리는 서로 아껴주는 척하기도 했다. 돈의 말에 따르면 특히 남부 출전자들이 입에 발린 말을 정말 잘했다. "어머, 너 정말 멋지다. 머리가 정말 멋져……" 돈 같은 현실적인 여자는 그렇게 머리카락을 숭배하는 듯한 태도에 익숙해지려면 시간이 좀 걸렸다. 그런데 다른 애들 이야기에 귀를 기울이다보면 인생의 모든 가능성이 머리카락에 있다는 생각이 들 정도야. 운명의 손아귀에 있는 게 아니라 머리카락의 손아귀에 있는 것 같다니까.

출전자들은 샤프롱과 함께 스틸 부두를 방문하여 캡틴 스탄의 유명한 해물 레스토랑 겸 요트 바에서 저녁식사로 생선을 먹었고, 잭 구이 샤드의 스테이크하우스에서는 스테이크를 먹었고, 셋째 날 아침에는 컨벤션홀 앞에서 함께 사진을 찍었다. 그곳에서 주최측 인사는 출전자들에게 그 사진을 평생 소중하게 간직하게 될 거라고, 그들이 맺은 우정은 평생 지속될 것이며, 평생 서로 연락을 하고 지내게 될 거라고, 때가 되면 서로 아이들 이름을 부르게 될 거라고 말했다. 그러나 아침 신문이 나왔을 때 출전자들은 샤프롱에게 이렇게 말했다. "어머, 나는 제대로 안 나왔어. 어머, 이애가 일등을 할 것 같아."

매일 리허설이 있었고, 일주일 동안 밤마다 쇼를 했다. 매년 오직 미스 아메리카 대회 때문에 애틀랜틱시티를 찾아와 야간 쇼의 표를 사서 정장을 입고 앉아 무대에서 출전자들이 개인적인 재능을 과시하거나, 함께 의상을 입고 뮤지컬 한 토막을 공연하는 것을 구경하는 사람들이 있었다. 피아노를 칠 줄 아는 또다른 출전자가 개인 공연 때 〈달빛〉을 연주했기 때문에 돈은 훨씬 더 번지르르한 곡을 연주할 수밖에 없었다. 그녀는 당시 유행하던 〈Till the End of Time〉을 연주했는데, 이것은 쇼팽의 폴로네즈를 춤을 출 수 있게 편곡한 것이었다. "나는 쇼비즈니스에 들어와 있어. 하루종일 쉴 수가 없어. 개인 시간은 일 분도 없어. 뉴저지가 주최 주이기 때문에 모든 초점이 나한테 맞추어져 있어. 나는 모든 사람을 실망시키고 싶지 않아. 정말 그러고 싶지 않아. 그럼 견딜 수 없을 거야……" "그런 일은 없을 거야, 도니. 얼 윌슨은 이미 손에 넣었잖아. 그 사람이 심사위원 가운데 가장 유명해. 나는 느낌이 와. 확신해. 네가 일등을 할 거야."

그러나 스위드가 틀렸다. 미스 애리조나가 일등을 했다. 돈은 심지어 10위권에도 들지 못했다. 그 시절에는 수상자를 발표하는 동안 출전자들은 무대 뒤 분장실에서 기다렸다. 거울과 탁자가 주의 알파벳 순서에 따라 줄줄이 놓여 있었고, 발표를 할 때 돈은 모든 출전자의 한가운데에 있었다. 그녀는 졌기 때문에 더욱더 열심히 웃고 미친듯이 먼저 박수를 쳐야 했다. 설상가상으로 다시 무대로 뛰어나가 다른 패자들과 함께 주위를 행진하면서 MC인 밥 러셀 옆에서 그 시대의 미스 아메리카 찬가를 불러야 했다. "모든 꽃이여, 모든 장미여, 뒤꿈치를 들고 일어서라…… 미스 아메리카가 나가신다!" 그러는 동안 돈만큼이나 키도 작고 몸집도 가냘프고 피부도 까무잡잡한 애리조나 출신의 자크 머서―그녀는 수영복 부문에서 일등을 했지만, 돈은 그녀가 전체에서 일등을 할 거라고는 생각도 못했다―가 컨벤션홀에 들어찬 관객의 넋을 빼앗고 있었다. 나중에 작별 무도회에서 돈은 크게 낙담하

기는 했지만, 그래도 다른 대부분의 출전자들과는 달리 그렇게 우울해
하지는 않았다. 출전자들은 모두 여기에 나올 때 돈이 뉴저지 미인대
회 관계자들에게서 들었던 말을 자신의 주 미인대회 관계자에게 듣고
왔다. "네가 해낼 거야. 네가 미스 아메리카가 될 거야." 그 바람에 무
도회는 그녀가 이제까지 본 가장 슬픈 행사가 되었다고 돈은 스위드에
게 말했다. "가서 미소를 지어야 했는데, 그건 끔찍한 일이었어. 해안
경비대인가, 아니, 어디라더라, 아나폴리스*인가, 그런 데서 남자들을
데려다놨어. 멋진 하얀 군복을 입고 끈과 리본 장식까지 다 달고 왔더
라고. 아마 그 남자들이라면 우리가 함께 춤을 춰도 안전하다고 생각
한 모양이야. 그래서 그 남자들이 군인처럼 턱을 잡아당긴 뻣뻣한 자
세로 우리와 춤을 추었고, 밤이 깊었고, 우리는 집으로 갔어."

그럼에도 그뒤로도 오랫동안 초자극적인 모험은 줄지 않았다. 그
녀는 아직 미스 뉴저지였기 때문에 여기저기 돌아다니며 리본을 자르
고 사람들에게 손을 흔들고 백화점과 자동차 쇼룸 개막식에 참석했다.
그러나 돈은 애틀랜틱시티에서 보낸 그 일주일만큼 놀랍고 예측 불가
능한 일이 자신에게 또 일어날 수 있을지 모르겠다고 중얼거리곤 했
다. 그녀는 1949년 미스 아메리카 대회 공식 연감을 침대 옆에 보관했
다. 대회 주최측이 준비하고 애틀랜틱시티에서 일주일 내내 팔던 소
책자였다. 한 페이지에 네 명씩 출전자들 사진을 싣고, 출신 주의 윤곽
을 아주 작게 그려놓은 다음 간략한 경력도 덧붙여놓았다. 미스 뉴저
지의 사진이 나온 페이지—돈이 이브닝드레스와 거기에 어울리는 단

---

* 해군사관학교가 있는 곳.

추 열두 개짜리 직물 장갑을 끼고 새침한 표정으로 웃고 있었다—는 귀퉁이를 단정하게 접어놓았다. "메리 돈 드와이어, 스물두 살, 뉴저지 주 엘리자베스 출신, 브루넷*, 올해의 대회에서 뉴저지의 희망을 한몸에 받고 있다. 뉴저지 주 이스트오렌지의 업살라 대학 졸업, 음악교육을 전공했다. 메리 돈은 고등학교 음악 교사가 되는 것이 꿈이다. 키는 159센티미터이며 눈은 파란색이고, 취미는 수영, 스퀘어 댄싱, 요리다. (왼쪽 위)" 전에는 한 번도 경험해보지 못한 흥분을 포기하고 싶지 않았기 때문에, 그녀는 그 많은 사람들 앞에 서서 미스 아메리카 칭호를 놓고 경쟁한다는 것이 힐사이드 로드 출신의 아이, 힐사이드 로드 배관공의 딸에게는 동화 같은 이야기였다고 계속 이야기했다. 자신이 보여준 용기를 스스로도 믿지 못할 정도였다. "아, 그 경사로, 시모어. 긴 경사로였어, 무대에서 관중석으로 길게 뻗어 있었어, 그 긴 길을 그냥 웃으면서 가야 했어……"

1969년, 돈이 출전했던 해의 미스 아메리카 출전자들의 20주년 재회 모임 초대장이 올드림록에 도착했을 때 돈은 메리의 실종 이후 두번째로 입원해 있었다. 5월이었다. 정신과의사들은 처음과 다름없이 친절했고, 병실은 쾌적했고, 굽이치는 풍경은 예뻤고, 산책로는 더 예뻤다. 환자들이 사는 방갈로 주위에는 튤립이 만발했고, 거대한 들판은 이 시절에는 녹색이었다. 아름다웠다. 아름다운 광경이었다. 그러나 이 년도 채 지나지 않아 벌써 두번째 입원이었기 때문에, 이곳이 아름다웠기 때문에, 그가 초저녁에 뉴어크에서 곧바로 이곳으로 왔을 때 풀

---

* 흑갈색 머리카락에 피부가 까무잡잡한 백인 여성을 이르는 말.

을 막 벤 뒤라 공기에 골파처럼 싱싱하고 얼얼한 풀냄새가 배어 있었기 때문에, 처음보다 천 배는 나빴다. 그래서 스위드는 돈에게 1949년 출전자 재회 모임 초대장을 보여주지 않았다. 이미 상황은 심각했다. 그녀가 그에게 하는 말은 이미 이상했다. 자신의 수치, 굴욕, 쓸모없는 인생을 이야기하며 줄기차게 울어대는 것만으로도 이미 슬프기 짝이 없었다. 군이 미스 뉴저지 일까지 끼워넣지 않아도.

그러다 변화가 일어났다. 무슨 이유에서인지 그녀는 예상치 못한 일과 거짓말 같은 일에서 벗어나고 싶어했다. 자신의 삶을 더는 빼앗기지 않으려 했다.

영웅적인 갱생은 제네바의 병원에서 시술하는 얼굴 주름을 펴는 성형수술 기사를 〈보그〉에서 읽으면서 시작되었다. 잠자리에 들기 전 그녀가 욕실 거울 앞에 서서 광대뼈의 솟은 부분에 검지를 대고 피부를 뒤로 잡아당기면서 동시에 엄지로 턱의 피부를 뒤와 위로 잡아당기는 모습이 스위드의 눈에 띄곤 했다. 늘어진 살을 잡아당겨 얼굴의 자연스러운 주름마저 지워버렸다. 마침내 그녀는 반들반들하게 드러난 얼굴의 핵심을 물끄러미 바라보고 있었다. 물론 남편의 눈에도 그녀가 마흔다섯에 오십대 중반의 여자처럼 나이들어 보인다는 사실은 분명했지만, 그렇다고 〈보그〉가 제시한 치료법이 결코 문제를 하나라도 해결해주는 것은 아니었다. 그것은 그들에게 일어난 참사와 너무 동떨어진 이야기였기 때문에 스위드는 그녀와 입씨름할 이유를 찾지 못했다. 그녀가 아무리 자신을 림록 폭파범의 어머니라기보다 너무 빨리 늙어가는 〈보그〉의 독자라고 상상하고 싶어한다 해도, 누구보다도 그녀가 진실을 잘 알 것이라고 생각했다. 그러나 이제 자신을 상대할 정신과 의사도, 시도해볼 약도 남지 않아서 세번째로 입원을 하게 되면 전기충격치료를 받아야 한다는 생각에 돈은 겁에 질려 있었고, 결국 스위드가 그녀를 제네바에 데려가는 날이 오고야 말았다. 제네바 공항에는 제복을 입은 기사가 리무진에서 기다리고 있었고, 그녀는 닥터 라플랑트의 병원에 입원했다.

스위트룸 형식의 병실이라 방이 많았지만 스위드는 돈의 침대 옆에 있는 침대에서 잤다. 수술 다음날 밤에 돈의 구토가 멈추지 않자 그는 토사물을 치워주고 그녀를 위로해주었다. 다음 며칠 동안 그녀가 통증 때문에 울 때 그는 그녀의 침대 옆에 앉아 있었다. 정신병원에서 매일 밤 그랬듯 그녀의 손을 잡고 있었다. 그는 그래도 지금까지는 그녀를 한 인간으로 알아볼 수 있었지만, 이 괴상한 수술, 이 의미 없고 쓸데없는 시련 때문에 그녀가 추락의 마지막 단계에 들어가게 될 거라고 확신했다. 그는 자신이 아내의 회복을 돕기는커녕 자기도 모르게 그녀의 자기 손상에 공범 노릇을 하고 있다는 것을 알았다. 붕대에 묻힌 그녀의 머리를 보면서 차라리 그녀의 주검을 묻을 준비를 하는 것을 지켜보는 쪽이 낫겠다는 생각이 들었다.

그러나 그가 완전히 틀렸다. 사실 리타 코언의 편지가 그의 사무실에 도착하기 불과 며칠 전, 그는 우연히 돈의 책상을 지나치다 제네바의 성형외과의사 주소가 적힌 봉투 옆에 놓인 손으로 쓴 짧은 편지를 보았다. "닥터 라플랑트께, 제 얼굴을 고쳐주신 지 일 년이 지났군요. 지난번에 만났을 때는 닥터 라플랑트가 나한테 무엇을 주었는지 알지 못했다는 느낌이 듭니다. 하지만 이제 닥터 라플랑트가 나의 아름다움을 위해 다섯 시간을 내주었다는 사실에 커다란 경외감을 느낍니다. 어떻게 감사하면 좋을지 모르겠어요. 그 수술에서 회복되는 데 지금까지 꼬박 열두 달이 걸렸다는 느낌이 들어요. 닥터 라플랑트도 말씀하셨듯 내 몸은 내가 생각했던 것보다 더 망가져 있었던 것 같아요. 하지만 이제는 새 삶을 얻은 것 같아요. 안으로나 밖으로나 말이에요. 한동안 보지 못했던 옛친구들을 만날 때면 다들 무슨 일이 있었느냐고 어리둥절한 표정을 지어요. 하지만 나는 말을 안 해주죠. 정말 멋진 기분이에요. 닥터 라플랑트가 없었다면 이런 일은 불가능했을 거예요. 사랑과 고마움으로, 돈 레보브."

얼굴을 폭파 이전의 멋진, 하트 모양으로 완벽하게 복원한 직후, 돈은 림록산맥 건너편 10에이커 부지에 작은 현대식 집을 짓고, 커다란 옛집, 별채들, 100에이커의 땅은 팔기로 결정했다. (돈의 육우와 농장 기계는 1969년, 그러니까 메리가 사법기관을 피해다니는 도망자가 된 다음해에 팔아버렸다. 그 무렵에는 그 일이 돈 혼자 계속 해나가기에는 너무 부담스러울 거라는 사실이 분명해졌다. 그래서 스위드가 축우 월간지에 광고를 내 몇 주 만에 건초 묶는 기계, 말, 갈퀴, 소, 그러니까 모든 것, 그 일과 관련된 것 전체를 없애버렸다.) 스위드는 그녀가 이웃의 건축가 빌 오컷에게 자신들이 사는 집이 늘 싫었다고 말하는 것을 우연히 들었을 때, 마치 남편이 늘 싫었다고 말하는 것을 듣기라도 한 것처럼 어안이 벙벙했다. 스위드는 오랫동안 산책을 했다. 그녀가 늘 싫어한 것이 자기가 아니라 집이라는 사실을 계속 상기하며 마을까지 거의 8킬로미터나 걸었다. 그러나 그냥 그런 의미라 해도 기분이 너무 비참했기 때문에 자제력을 모조리 동원하고 나서야 간신히 점심을 먹으러 집으로 발길을 돌릴 수 있었다. 집에서 돈, 오컷과 함께 오컷의 첫 스케치를 검토하기로 약속을 해놓았기 때문이다.

그들의 오래된 돌집을 싫어했다고? 처음이자 유일한, 사랑하는 집을? 어떻게 그럴 수가 있지? 스위드는 열여섯 살 때 휘퍼니와 시합을 하러 야구팀과 함께 버스를 타고 가다 나무들 뒤쪽 낮은 언덕에 자리 잡은, 검은 셔터를 내린 커다란 석조 주택을 처음 보았을 때부터 이 집에 관한 꿈을 꾸었다. 유니폼을 입고 학교 버스를 탄 채 좁은 길을 따라 저지의 시골 구릉지를 구불구불 통과하여 서쪽으로 가면서 한가하게 손가락으로 미트의 깊숙한 곳을 어루만지다 본 것이었다. 어린 소녀가 커다란 나무의 낮은 가지에 매단 그네를 타고 공중으로 높이 올라갔다. 스위드는 그 아이가 더없이 행복할 거라고 상상했다. 이것이 스위드가 본 첫 석조 주택으로, 도시의 소년에게는 건축의 경이였다. 돌들이 쌓여 이루어놓은 하나의 형체가 그에게 이것이 "집"이라고 말하고 있었다. 키어 애비뉴의 벽돌집도 그런 말을 한 적은 없었다. 물론 그는 그 집의 마감을 한 지하실에서 제리에게 탁구와 체커를 가르치기도 했다. 더운 밤에는 방충문이 달린 뒤쪽 포치에 있는 낡은 소파에 누워 어둠 속에서 자이언트의 시합에 귀를 기울이기도 했다. 어렸을 때는 차고의 서까래에 매단 줄에 검은 테이프로 공을 붙이고, 야구 연습에서 돌아온 뒤에 타이밍 감각을 잃지 않으려고 배트를 든 다음 큰 키를 똑바로 세우고 군더더기 없는 자세로 겨울 내내 삼십 분씩 의무적으로 스윙 연습을 하기도 했다. 처마밑의 천창이 두 개 달린 침실에서는 고등학교에 들어가기 전해에 『톰킨스빌 키드』를 읽고 또 읽다 잠이 들곤 했다. "더러운 셔츠를 입고 파란 야구 모자를 눈까지 눌러쓴, 머리가 하얗게 센 남자가 옷을 한아름 키드에게 던지며 로커를 가리켰다. '56번이야. 저기 뒷줄에.' 로커는 평범한 나무 칸들로 높이가 2미터쯤 되었으며, 위에서 50센티미터 정도 내려온 곳에 선반이 하나 있었다. 그의 로커 문은 열려 있었고, 위에는 가장자리를 따라 '터커. 56번'이라고 적힌 종이가 붙어 있었다. 그의 유니폼에는 앞쪽에 파란색으로 '다저스'라고 적혀 있고, 뒤에는 56이라는 숫자가 적혀 있었다……"

이 돌집은 그의 눈에 그저 매혹적이고 독창적으로만 보였던 것이 아니다. 모든 불규칙성이 규칙화되어 있고, 누군가 그림 맞추기 퍼즐을 인내심 있게 맞춰놓은 듯한 사각형의 단단한 덩어리는 아름다운 피난처를 이루고 있었다. 이 집은 파괴할 수 없을 것처럼 보였다. 절대 불에 타 잿더미가 될 수 없는 난공불락의 집이었다. 아마 20세기가 시작될 때부터 거기에 서 있었을 것이다. 위케이크 공원의 좁은 길을 따라 걷다보면 나무들 사이에 흩어져 있는 원시적인 돌, 기본적인 돌들이 그곳에서는 하나의 집을 이루고 있었다. 스위드는 그 집을 도저히 잊을 수가 없었다.

학교에 가면 자기도 모르게 함께 수업을 듣는 여자아이들 가운데 누구와 결혼해 그 집에서 함께 살까 하는 생각에 빠지곤 했다. 야구팀과 함께 휘퍼니에 다녀온 뒤부터는 누가 "돌", 아니 심지어 "서쪽"이라고 말하는 소리만 들어도 퇴근을 해 나무들 뒤에 있는 집으로 가서 딸, 아이를 위해 걸어준 그네를 타고 공중으로 높이 올라가는 어린 딸을 보는 상상을 했다. 이제 겨우 고등학교 2학년이었음에도, 자기를 향해 달려와 입을 맞추는 딸을 상상할 수 있었다. 딸이 자기한테 몸을 던지고, 그가 딸을 목말을 태우고 집으로 들어가 바로 부엌으로 가면, 레인지 옆에서 앞치마를 두른, 아이를 사랑하는 어머니가 저녁 준비를 하고 있는 광경이 눈에 선했다. 이번에는 그 어머니가 될 사람이 바로 지난 금요일에 루스벨트 영화관에서 몸을 흔들며 다가와 앞자리에 앉던 처음 보는 위퀘이크 소녀였다. 그녀의 머리카락이 의자 등받이로 늘어져, 그가 마음만 먹으면 쓰다듬을 수 있는 거리에 있었다. 스위드는 평생 이렇게 자신의 미래의 모습을 완벽하게 다 그리는 능력을 유지했다. 늘 모든 것이 조화를 이루어 하나의 전체를 이루었다. 다름 아닌 그 자신이 조화를 이룬다고, 조화를 이루어 바로 그렇게 하나의 전체가 된다고 느끼니, 다른 모든 것도 그렇게 된다고 느끼는 것이 당연했다.

그러다 그는 업살라에서 돈을 보았다. 그녀는 공원을 가로질러, 집에서 통학하는 학생들이 강의가 빈 시간에 시간을 때우는 올드메인으로 가곤 했다. 그녀는 유칼립투스나무들 밑에 서서 켄브룩홀에 사는 여학생 두 명과 이야기를 나누기도 했다. 스위드가 그녀를 따라 프로스펙트 스트리트를 내려가 브릭 교회 버스정류장 쪽으로 가는데, 그녀가 갑자기 베스트 & 코의 진열장 앞에서 발을 멈췄다. 그녀가 상점 안으로 들어간 뒤 스위드는 진열장으로 가서 긴 '뉴 룩' 치마를 입은 마네킹을 보며, 돈 드와이어가 가봉실로 들어가 슬립 위에 치마를 입어보는 모습을 상상했다. 너무 어여뻐서 스위드는 그녀 쪽을 보는 것만으로도 쑥스러움을 느꼈다. 마치 그렇게 보는 것이 만지는 것이나 매달리는 것과 다름없는 것처럼. 그가 그렇게 제어하지 못하고 그녀 쪽을 본다는 것을 그녀가 알면(어떻게 모를 수 있을까?), 분별력 있고 침착한 여학생들이 으레 그렇듯 그를 야수처럼 경멸하기라도 할 것처럼. 스위드는 미합중국 해병대 출신이었다. 사우스캐롤라이나에서 어떤 여자와 약혼도 했다. 그러나 가족의 요청으로 약혼은 깨졌다. 이제 검은 셔터를 내리고 앞에 그네가 있는 돌집을 생각한 지도 오래되었다. 그는 깜짝 놀랄 정도로 잘생겼고, 군대에서 갓 제대했고, 아무리 단호하게 자만심을 억제하고 자신의 역할에 저항한다 해도 화려한 캠퍼스 스포츠 스타라는 사실에는 변함이 없었다. 하지만 돈에게 데이트를 청하는 데는 꼬박 한 학기가 걸렸다. 노골적으로 그녀의 아름다움과 마주서는 것에 양심의 가책을 느끼고 관음증에 걸린 것 같은 수치심을 느꼈기 때문이기도 하지만, 일단 그녀에게 다가가면 그녀가 자신의 마음속까지 꿰뚫어보아 자신이 그녀를 어떻게 그리고 있는지 들키는 것을 막을 도리가 없을 것 같았기 때문이기도 했다. 거기 그 돌집의 부엌 레인지에서 그가 그들의 딸 메리를 목말을 태우고 느릿느릿 걸어갔을 때 마주하게 될 그녀의 모습을. 딸 이름이 '메리'인 것은 그가 만들어준 그네에서 딸아이가 누릴 즐거움 때문이었다. 밤이면 스위드는 그해에 인기 있었던 〈Peg o' My Heart〉를 축음기로 계속 들었다. 그 노래에는 "내가 쫓는 것은 그대의 아일랜드인 심장"이라는 구절이 있었다. 스위드는 업살라의 좁은 길에서 돈 드와이어, 아주 작고 예쁜 그녀를 볼 때마다 하루종일 의식도 못한 채 그놈의 노래를 쉬지 않고 휘파람으로 부르고 다녔다. 심지어 시합에 나가 자신의 타순을 기다리며 대기석에서 배트를 두어 번 휘두를 때도 그 노래를 휘파람으로 부르고 있었다. 그 당시 그는 두 개의 하늘 아래서 살고 있었다. 하나는 돈 드와이어라는 하늘이고, 또하나는 머리 위의 자연의 하늘이었다.

그럼에도 스위드는 그녀에게 바로 접근하지 않았다. 그녀가 그의 생각을 알고 그가 그녀에게 도취해 있는 것에, 해병대 출신이 업살라의 봄의 여왕에게 주제넘게 순진하게 구는 것에 웃음을 터뜨릴까봐 걱정이 되었기 때문이다. 서로 소개도 하기 전에 그가 자기 멋대로 그녀는 시모어 레보브의 갈망을 충족시켜주기 위해 특별히 태어난 사람이라고 상상하는 것을 알면, 그녀가 그를 아직 아이라고, 허영심 강한 응석받이라고 생각할 것 같았다. 그러나 스위드에게 자신이 그런 상상을 한다는 것은 그가 다른 누구보다도 먼저, 아주 오래전부터 목적으로 충만해 있다는 뜻이었다. 어른의 목표와 야망으로 충만해 있다는 뜻이었다. 그는 잔뜩 흥분해서 자신의 이야기의 결말을 완벽할 정도로 자세하게 예측하고 있는 사람이었다. 그는 스무 살에 제대를 하고 집으로 돌아오면서 '성숙해지겠다'는 생각으로 마음이 몹시 뜨거워져 있었다. 설령 그가 아직 아이라 해도, 과자가게 진열장 안을 들여다보는 아이처럼 갈망을 품은 눈으로 책임감 있는 어른으로 성장한 자신을 바라보고 있는 아이인 것만은 분명했다.

그녀가 왜 옛집을 팔고 싶어하는지 너무도 잘 이해했기 때문에, 스위드는 심지어 그녀가 떠나고 싶어하는 이유—메리가 여전히 그곳에 있다는 것, 모든 방에, 한 살, 다섯 살, 열 살의 메리가 있다는 것—가 바로 그가 그 집에 그대로 있고 싶어하는 이유라는 것, 그녀의 이유만큼이나 중요한 이유라는 것을 그녀에게 이해시키려 해보지도 않고 그녀의 바람을 따랐다. 그녀가 계속 이 집에 있으면 살아남을 수 없을 것 같았기 때문에—그리고 그는 여전히 어떤 일이라도, 그 일이 아무리 가혹하게 그의 성향에 반하는 것일지라도 견딜 수 있을 것 같았기 때문에—그는 자신이 사랑하는 집, 다른 무엇보다도 도망자가 된 자식의 기억이 담겨 있기 때문에 사랑하는 집을 버리는 데 동의했다. 그는 새로 지은 집, 사방이 태양을 향해 트여 있고, 빛이 가득하고, 딱 그들 둘에게 어울리는 크기의 집, 차고 위에 작은 손님방 하나만 갖춘 집으로 이사하는 데 동의했다. 현대적인 꿈의 주택이었다. 오컷은 돈의 마음속에 있는 것을 파악한 뒤 그녀에게 그것을 "사치스럽게 간소하다"는 묘사로 되돌려주었다. 이 집은 그녀에게 부비강염을 일으켰던 견딜 수 없는 강제 온풍 대신 전기 굽도리널 난방을 갖추었고, 황량한 고가구 대신 빌트인으로 셰이커 양식 비슷한 가구를 갖추었으며, 음침한 떡갈나무 들보 밑에 세워둔 수많은 등 대신 천장 간접 조명을 갖추었다. 늘 끈적거리는 방사상의 낡은 창살 대신 깨끗한 두 짝 여닫이문을 어느 곳에나 갖추었고, 남편이 노후에 마시려고 '쟁여둔' 와인을 보려고 손님들을 데리고 내려갔을 때 손님들이 곰팡이가 덮인 돌벽 사이로 발을 질질 끌고 다니면 "머리, 조심하세요, 거기 조심해요" 하면서 낮게 내려온 주철 배수 파이프를 조심하라고 말하던 그 축축하고 동굴 같은 지하실 대신 핵잠수함처럼 기술적으로 최고 수준에 이른 지하실을 갖추었다. 그는 모든 것, 그 모든 것을 이해했다. 그것이 그녀에게 얼마나 끔찍할지 이해했다. 그러니 동의하는 것 말고 달리 무슨 수가 있겠는가? "소유지에는 책임이 따라." 돈은 말했다. "이제 기계도 없고 소도 없으니, 풀이 많이 자랄 거야. 너무 자라게 하지 않으려면 일

년에 두세 번은 깎아줘야 돼. 다 잘라줘야 돼. 그냥 자라서 숲이 되게 놔둘 수는 없어. 그러니까 풀을 계속 깎아줘야 하는데 그게 터무니없을 정도로 비싸. 당신이 매년 계속 그 돈을 낸다는 건 미친 짓이야. 축사도 무너지지 않게 해야 돼. 땅에는 책임이 따른다고. 그냥 놔둘 수는 없어. 가장 좋은 건, 아니, 유일하게 할 수 있는 일은 이사하는 거야."

좋아. 이사하자. 하지만 오컷에게 "우리가 발견한 날부터" 그 집이 싫었다는 말은 왜 했을까? 자기가 그곳에서 살았던 것은 단지 남편이 자기를 거기에 "끌고 갔기" 때문이라는 말. 그때 자기는 너무 어려서 거대하고 낡고 어두운 헛간 같은 곳, 뭔가가 늘 새거나 썩거나 수리를 해야 하는 곳을 꾸려나가는 일이 어떤 것인지 몰랐다는 말. 돈은 자기가 처음 소떼를 기르게 된 이유가 그 끔찍한 집에서 벗어나려는 것이었다고 말했다.

만일 그 말이 사실이라면? 그 사실을 이렇게 늦게야 알게 되다니! 부정不貞을 알게 된 것과 같았다. 지금까지 쭉 그녀가 집에 정조를 지키지 않았다는 사실을. 어쩌면 나는 그렇게 멍청하게 내가 돈을 행복하게 해주고 있다고 믿으면서 돌아다닐 수 있었던 걸까? 내 감정을 정당화해줄 것이 아무것도 없었는데. 그런 감정은 말도 안 되는 것이었는데. 매년 돈은 그들의 집에 대한 증오로 부글부글 끓고 있었는데. 가족을 부양하는 걸 내가 얼마나 좋아했던가. 우리 셋 이상을 부양할 기회가 주어졌다면 얼마나 좋았을까. 그 집에 아이가 더 있었더라면, 메리가 사랑을 주고받을 수 있는 남동생들과 여동생들 사이에서 성장할 수 있었다면, 이런 일은 절대 일어나지 않았을지도 몰라. 그러나 돈은 인생에서 자식 반 다스를 기르는 노예 같은 어머니, 이백 년 된 집을 돌보는 하녀 그 이상의 존재가 되기를 원했다. 그녀는 육우를 기르기를 원했다. 그녀는 어디를 가든 '미스 뉴저지 출신'이라고 소개되었기 때문에, 자신에게 대학 졸업장이 있음에도 사람들은 늘 자신을 수영복을 입은 미녀로, 아무 생각 없는 도자기 인형으로, 예쁘게 보이며 돌아다니는 것 외에는 사회를 위해 아무런 생산적인 일을 하지 못하는 존재로 치부해버린다고 확신했다. 사람들이 그 칭호를 입에 올렸을 때 그녀가 여러 번 끈기 있게 설명해봤지만 소용없었다. 자신이 유니언 카운티 대회에 나간 것은 오로지 아버지가 심장마비를 일으켜 돈이 쪼들렸는데 동생 대니가 세인트메리 학교를 졸업했고, 그래서 자신이 일등을 하면—업살라의 봄의 여왕에 뽑힌 적이 있어서가 아니라 음악교육이 전공이라 고전음악을 피아노로 칠 수 있었기 때문에 가능성이 있다고 보았는데—상금으로 주는 장학금으로 대니의 대학 학비를 댈 수 있고, 그래서 아버지의 짐을 덜어줄 수 있었기 때문이라고……

그녀가 무슨 말을 하든, 얼마나 많이 하든, 얼마나 자주 피아노를 언급하든 소용이 없었다. 아무도 그녀 말을 믿지 않았다. 다른 사람보다 더 나아 보이고 싶은 마음이 추호도 없었다는 말을 아무도 믿어주지 않았다. 그냥 하이힐에 수영복 차림으로 애틀랜틱시티를 돌아다니는 것 말고도 장학금을 탈 방법은 많았다고 생각할 뿐이었다. 그녀는 늘 사람들에게 자신이 미스 뉴저지가 된 진지한 이유들을 말했지만, 아무도 귀조차 기울이지 않았다. 사람들은 미소를 지었다. 그들에게 그녀는 진지한 이유가 있을 수 없는 사람이었다. 그녀가 진지한 이유를 갖는 것을 원치 않았다. 그녀가 그들을 위해 가질 수 있는 것은 그 얼굴뿐이었다. 그러면 그들은 "아, 저 여자, 저 여자한테는 얼굴밖에 없어"

하고 말하고는 걸어가버릴 수 있었다. 그녀의 외모에 질투심이나 위협을 느끼지 않는 척할 수 있었다. 돈은 스위드에게 중얼거리곤 했다. "내가 친절의 여왕 상을 받지 않은 게 얼마나 다행인지 몰라. 사람들은 미스 뉴저지가 멍청하다고 생각하는데, 거기에 내가 그 꼴찌 상까지 받았다면 어땠을지 상상해봐. 하지만……" 돈은 아쉬워하는 듯한 표정으로 덧붙였다. "상금 천 달러를 탔으면 어쨌든 좋기는 했을 거야."

메리가 태어난 뒤 그들이 처음 여름에 딜에 가기 시작했을 때, 사람들은 수영복을 입은 돈을 물끄러미 바라보곤 했다. 물론 그녀는 애틀랜틱시티의 무대에서 입었던 하얀 카탈리나 원피스 수영복, 엉덩이 바로 아래에 전통적인 로고—수영모를 쓰고 수영하는 소녀—가 있는 수영복은 절대 입지 않았다. 사실 스위드는 그 수영복을 좋아했다. 그녀에게 아주 잘 어울렸기 때문이다. 하지만 그녀는 애틀랜틱시티 대회 뒤에는 두 번 다시 그 수영복을 입지 않았다. 사람들은 그녀가 어떤 스타일과 색깔의 수영복을 입든 그녀를 빤히 바라보았고, 가끔 다가와 사진을 찍고 사인을 요청하기도 했다. 그러나 빤히 보고 사진을 찍는 것보다 더 곤혹스러웠던 것은 그녀를 수상쩍게 여겼다는 것이다. 돈은 말했다. "무슨 이상한 이유에서인지, 여자들은 내가 전에 미스 뭐였다는 이유로 자기네 남편을 원할 거라고 생각해." 스위드가 보기에 여자들이 그렇게 겁을 먹는 것은 돈이 그들의 남편을 빼앗을 수 있다고 믿기 때문인 것 같았다. 여자들은 남자들이 돈을 어떻게 보는지, 돈이 어디를 가든 남자들이 얼마나 마음을 써주는지 보았다. 스위드도 그런 것을 눈치챘지만 전혀 걱정하지 않았다. 돈처럼 아주 엄격한 가정에서 자란 품위 있는 아내라면 걱정할 필요가 없었다. 하지만 돈은 이 모든 것이 너무 짜증나서 처음에는 수영복, 어떤 수영복이든 수영복을 입고 해변 클럽에 가는 것을 포기했다. 그러더니 파도를 그렇게 사랑했음에도 해변 클럽에 가는 것을 아예 포기해버렸다. 수영을 하고 싶을 때마다 차를 몰고 6킬로미터 넘게 떨어진 에이번까지 갔다. 그곳은 그녀가 어렸을 때 여름이면 가족과 함께 일주일씩 휴가를 가던 곳이었다. 에이번 해변에서 그녀는 그저 머리를 뒤로 빗어 넘긴 소박하고 자그마한 아일랜드 여자였고, 아무도 어떤 식으로든 관심을 갖지 않았다.

그녀는 자신의 아름다움으로부터 멀어지려고 에이번에 갔다. 그러나 돈은 그 아름다움을 노골적으로 자랑할 수 없었던 것처럼, 거기에서 멀어질 수도 없었다. 권력은 누려야 하고 무자비해야 하며, 아름다움은 받아들여야 한다. 그것이 다른 모든 것에 그림자를 드리운다는 사실에 슬퍼하지 말아야 하는 것이다. 자신을 다른 사람들과 구별되는 예외적인 존재로 만드는—그래서 질시와 미움을 받게 만드는—모든 두드러진 특성과 마찬가지로, 자신의 아름다움 역시 받아들이고, 그것이 다른 사람들에게 주는 영향을 받아들이고, 그것을 가지고 놀고, 그것을 최대한 이용하려면, 유머 감각을 기르는 것이 좋다. 돈은 작대기가 아니었다. 그녀에게는 활기가 있었고 그녀에게는 원기가 있었다. 그녀는 멋지게 유머를 구사하면서 끼어들 수 있었다. 그러나 효과가 있는, 그녀를 자유롭게 해주는 내적인 유머라고 할 수는 없었다. 그녀는 결혼을 해서 처녀에서 벗어난 다음에야 자신이 있는 그대로 아름다워도 되는 곳을 발견했다. 그곳은 스워드와 함께 있는 침대로, 남편과 아내 모두에게 득이 되는 장소라고 할 수 있었다.

사람들은 에이번을 아일랜드령 리비에라라고 부르곤 했다. 돈이 별로 없는 유대인은 브래들리 해변으로 갔고, 돈이 별로 없는 아일랜드 인은 바로 옆의 에이번, 다 해서 열 블록 길이쯤 되는 바닷가의 작은 도시로 갔다. 멋쟁이 아일랜드인—부자, 판사, 건축업자, 일류 의사— 은 벨마(여기도 휴양 도시였는데, 대체로 모든 종류의 사람이 섞이는 곳이었다) 바로 남쪽 당당한 장원의 대문들 너머에 있는 스프링 호수 로 갔다. 돈은 저지시티 출신의 변호사 네드 마호니와 결혼한 이모 페 그에게 이끌려 스프링 호수에 머물다 오곤 했다. 그녀의 아버지가 해 준 말에 따르면, 저지시티에서 아일랜드인 변호사로서 시청에 적극적 으로 협력하면, '내가 곧 법'이라는 별명이 붙은 헤이그 시장이 돌봐주 었다. 네드 이모부는 언변이 좋았고, 골프를 쳤고, 잘생겼고, 존 마셜 을 졸업하고 바로 길 건너 저널 광장에 있는 막강한 법률회사에 들어 가던 날부터 허드슨 카운티에서 많은 돈을 벌었다. 그는 그 모든 조카 딸들과 조카들 중에서도 예쁜 메리 돈을 가장 사랑했기 때문에, 매년 여름 돈은 에이번의 빌린 집에서 어머니, 아버지, 대니와 일주일을 보 낸 뒤, 그다음주에는 혼자 스프링 호숫가에 있는 크고 오래된 에식스 앤드 서식스 호텔로 가서 네드, 페그, 마호니 아이들과 함께 일주일을 보냈다. 그녀는 매일 아침 바다가 내려다보이고 바람이 잘 통하는 식 당에서 버몬트 메이플시럽을 바른 프렌치토스트를 먹었다. 무릎을 덮 은 풀 먹인 하얀 냅킨은 사롱*처럼 그녀의 허리를 두를 만큼 컸고, 반짝 거리는 포크와 나이프는 엄청나게 무거웠다. 일요일이면 모두 세인트 캐서린 성당에 갔다. 어린 소녀가 그때까지 본 가장 화려한 성당이었

---

* 말레이제도 사람들이 허리에 두르는 천.

다. 거기에 가려면 다리를 건너야 했다. 나무로 만든 좁은 무지개다리 는 그녀가 그때까지 본 가장 예쁜 다리였다. 호텔 뒤편 호수에 놓인 다 리였다. 돈은 어른이 되어서도 수영 클럽에서 기분이 언짢을 때는 가 끔 차를 몰고 에이번 너머 스프링 호수로 가서, 매년 여름 스프링 호수 가 갑자기 현실로 나타나던 광경, 마법처럼 활짝 피어나던 광경을 떠 올렸다. 메리 돈의 브리가둔*을 떠올린 것이다. 세인트캐서린 성당에서 결혼하는 꿈을 꾸던 기억도 났다. 그곳에서 하얀 드레스를 입은 신부 가 되어 네드 이모부 같은 부자 변호사와 결혼해, 북적거리는 애틀랜 틱에서 불과 몇 분밖에 떨어지지 않았음에도 커다란 베란다에서 호수 와 다리와 성당의 돔을 볼 수 있는 웅장한 여름 별장에 사는 꿈. 실제 로 그렇게 할 수도 있었다. 손가락만 튀기면 그것을 가질 수도 있었다. 그러나 그녀의 선택은 마호니 사촌들을 통해 만났던, 자신에게 반한 그 많고 많은 가톨릭 남자애들, 홀리 크로스와 보스턴 칼리지 출신의 똑똑하고 떠들썩한 아이들 가운데 하나가 아니라 뉴어크의 시모어 레 보브를 사랑하고 결혼하는 것이었다. 그래서 그녀의 인생은 스프링 호 수가 아니라 저 아래 딜에서, 저 위의 올드림록에서 레보브 씨와 함께 사는 것이 되었다. "뭐 그렇게 되어버린 거지." 그녀의 어머니는 들어 주는 사람 누구에게나 서글픈 목소리로 그렇게 말하곤 했다. "그냥 페 그처럼 저기서 멋진 인생을 살 수도 있었는데. 페그보다도 나았겠지. 세인트캐서린 성당도 세인트마거릿 성당도 다 거기 있어. 세인트캐서 린 성당은 바로 거기 호수 옆에 있다고. 아름다운 건물이지. 정말 아름

---

* 뮤지컬 〈브리가둔〉에 나오는 스코틀랜드의 신비한 마을.

다워. 하지만 메리 돈은 우리 집안의 반항아거든. 늘 그랬어. 늘 자기가 원하는 것만 했지. 그 대회에 출전할 때부터, 그애는 다른 사람들처럼 적당히 어울려 사는 건 바라지 않게 되었나봐."

돈은 에이번에 오로지 수영을 하러 갔다. 해변에 누워 일광욕을 하는 것은 여전히 싫어했고, 뉴저지 대회 사람들이 매일 그녀의 흰 피부를 태양에 노출시키도록 강요한 것에 여전히 분개했다. 무대에 나가면 짙게 탄 몸 위에서 하얀 수영복이 눈에 딱 띌 거야. 그들은 그렇게 말했다. 돈은 젊은 어머니로서 자신을 '미스 뭐 출신'으로 규정하는 모든 것에서 최대한 멀리 떨어지려 했다. 이것이 다른 여자들의 미친 듯한 경멸감을 자극했으며, 그녀를 불행하게 만들었고 별난 사람으로 만들었다. 그녀는 심지어 애틀랜틱시티로 하루종일 쇼핑 여행을 갔을 때 뉴욕 디자이너의 전시장에서 대회 감독(그는 뉴저지 주가 미스 아메리카 심사위원들에게 어떤 여자를 선보여야 하는지 그 나름으로 생각하고 있었다)이 그녀를 위해 골라준 옷들을 모두 자선단체에 보내버렸다. 스위드는 그녀가 그 드레스들을 입었을 때 멋져 보인다고 생각했기 때문에 그 옷들이 사라지는 것을 싫어했다. 돈은 그나마 그의 권유 때문에 주에서 준 관冠은 간직하기로 했다. 언젠가 손주들에게 보여주려는 것이었다.

그러다가 메리가 탁아소에 다니기 시작하자 돈은 여자들의 세계를 향해 자신이 외모 말고도 확실하게 보여줄 것이 있음을 증명하러 나섰다. 처음 있는 일도 아니었고 마지막으로 있었던 일도 아니었다. 그녀는 소를 기르기로 결심했다. 그 생각 또한 그녀의 어린 시절로 거슬러 올라가는 것이었다. 그녀의 할아버지, 그러니까 외할아버지에게로 거슬러올라가는 것이었다. 외할아버지는 케리 카운티 출신으로 스무 살이던 1880년대에 항구로 와서, 결혼을 하고, 엘리자베스 남부 세인트메리 성당과 가까운 곳에 정착하고, 자녀를 열한 명 낳았다. 처음에는 부두의 노동자로 생계를 유지했는데, 소를 두 마리 사서 가족이 먹을 우유를 얻다가, 결국 남는 것을 웨스트저지 스트리트의 거물들에게 팔게 되었다. 무어 페인트의 무어 가족, '불'* 핼시 제독 가족, 노벨상을 탄 니컬러스 머리 버틀러 같은 사람들이었다. 외할아버지는 곧 엘리자베스 최초의 독립적인 우유장수가 되었다. 그는 머리 스트리트에 소를 서른 마리쯤 길렀다. 땅은 많지 않지만 상관없었다. 당시에는 소를 어디에나 풀어놓고 풀을 뜯게 할 수 있었다. 아들들도 모두 그 사업에 뛰어들어 계속 그 일을 했다. 하지만 전쟁이 끝난 뒤 커다란 슈퍼마켓이 나타나 그 작은 남자를 쓰러뜨렸다. 돈의 아버지 짐 드와이어는 돈의 어머니 가족 밑에서 일을 했다. 그래서 돈의 부모가 만나게 된 것이다. 냉장고가 없던 시절이라 짐 드와이어는 아주 어렸을 때부터 밤 열두시에 우유 트럭을 타고 나가 아침까지 트럭 뒤에 실은 우유를 배달했다. 그러나 그 생활이 싫었다. 너무 고단한 생활이었다. 집어치우자. 그는 마침내 그렇게 결심하고 배관 일을 시작했다. 돈은 어렸을 때 소 구경 가기를 좋아했고, 예닐곱 살 때쯤에는 사촌한테 우유 짜는 법을 배웠다. 그 전율, 동물들은 그냥 서서 건초를 먹으며 마음껏 젖통을 잡아당기라고 놔두는데 그 젖통에서 우유가 콸콸 뿜어져나올 때의 느낌을 결코 잊을 수가 없었다.

---

* bull. 황소라는 뜻.

육우의 경우 우유를 짤 인력이 필요 없기 때문에 거의 혼자서 모든 일을 처리할 수 있었다. 우유가 많이 나오기는 했지만 육우이기도 했던 심멘탈종은 당시에는 아직 미국에 등록된 품종이 아니었다. 그래서 그녀는 유리한 위치를 선점할 수 있었다. 그녀는 심멘탈과 뿔을 자른 헤리퍼드를 교배하는 일에 관심을 가졌다. 유전적인 힘, 잡종의 힘, 교배의 결과로 인한 엄청난 성장. 그녀는 책을 공부했고, 잡지를 구독했다. 우편으로 카탈로그들이 날아오기 시작했다. 돈은 밤이면 카탈로그를 넘기다 말고 그를 불러 말하곤 했다. "이 소 잘생기지 않았어? 가서 한번 봐야겠어." 곧 두 사람은 전시회나 판매장에 함께 다니기 시작했다. 그녀는 경매를 좋아했다. 스위드에게 이렇게 소곤거렸다. "이걸 보니까 애틀랜틱시티가 자꾸 생각나. 이건 소들의 미스 아메리카 대회야." 그녀는 자신의 신분을 밝히는 명찰을 달았다. '돈 레브브, 아케이디 브리더스*.' 그것이 그녀의 회사 이름이었다. 그들의 올드림록 주소, 아케이디힐 로드 우편함 62에서 따온 것이었다. 그녀는 멋진 소를 사고 싶은 유혹에 저항하는 것이 무척 힘들다는 것을 알게 되었다.

주최측은 암소나 황소를 링 안에 데리고 들어가 한 바퀴 돌았다. 그러면 후원회에서 동물의 배경 정보를 이야기했다. 아비와 어미는 어떤 소였는지, 무엇을 했는지, 잠재력은 어떠한지. 그러고 나면 사람들이 가격을 불렀다. 돈은 신중하게 구입했지만, 손을 들고 먼저 입찰한 사람을 누르는 것은 정말 큰 즐거움이었다. 스위드는 소가 아니라 자식을 더 원했지만, 그녀의 아름다움이 경매에서 입찰하고 구매하는 흥분

---

* breeder는 육종가라는 뜻.

에 싸여 매혹적으로 나타날 때만큼 그에게 매력적으로 보인 적이 없다
는 사실, 심지어 업살라에서 그녀를 처음 보았을 때보다 더 매력적이
라는 사실은 인정할 수밖에 없었다. 카운트— 태어날 때 만 달러를 주
고 사들인 최우수 황소로, 백 퍼센트 그녀를 밀어주었던 그녀의 남편
조차 만 달러면 정말 큰돈이라고 한마디 하지 않을 수 없었던 가격의
소였다—가 오기 전 스위드의 회계사는 매년 아케이디 브리더스의 수
치를 보고 그에게 말하곤 했다. "이건 말도 안 됩니다. 계속 이런 식으
로 갈 수는 없어요." 그러나 그녀가 투자하는 것이 주로 그녀 자신의
시간인 한 사실 큰 손해를 볼 것은 없었다. 그래서 그는 회계사에게 말
했다. "걱정 마요. 집사람이 앞으로 돈을 좀 벌게 될 거야." 그녀가 일
센트도 벌지 못한다 해도 그는 그녀를 막는 것은 꿈도 꾸지 못했다. 소
떼와 함께 나간 그녀와 개를 보다가 혼잣말로 중얼거린 것처럼 "저것
들은 돈의 친구들"이었기 때문이다.

그녀는 혼자서 미친듯이 일했다. 새끼를 낳는 시간을 확인하고, 새
끼가 젖을 빨 줄 모르면 우유병으로 젖을 먹이고, 어미가 제대로 먹도
록 보살피다가 무리 속으로 돌려보냈다. 돈은 담장을 치기 위해 사람
을 고용해야 했다. 그러나 건초를 묶을 때는 나가서 함께 일했다. 겨울
을 날 수 있도록 천팔백, 이천 꾸러미를 묶었다. 어느 겨울, 나이를 먹
은 카운트가 사라졌을 때는 영웅적으로 찾아나서기도 했다. 사흘 동안
숲을 샅샅이 뒤진 끝에 늪지의 작은 섬에 올라가 있는 카운트를 발견
했다. 카운트를 다시 축사에 데려오는 일은 무시무시했다. 돈은 몸무
게가 47킬로그램이 약간 넘고 키는 159센티미터였다. 반면 카운트는
몸무게 1135킬로그램에 몸이 아주 길고, 눈에 커다란 갈색 점이 있는

아름다운 동물이었으며, 사람들이 손에 넣으려고 가장 애쓰는 송아지들의 아비였다. 돈은 목장에서 태어나는 수컷 송아지들을 모두 그대로 갖고 있었다. 그 소들이 크면 자기 소떼에 넣고 싶어할 다른 소 주인들을 위해 기르는 것이었다. 그녀는 암소를 자주 팔지는 않았지만, 그녀가 팔면 사람들이 사고 싶어했다. 카운트의 자손은 매년 전국 대회에서 우승을 했고, 투자는 몇 배가 되어 돌아왔다. 그러나 지금 카운트는 무릎이 망가져 늪지에서 꿈짝도 못했다. 몹시 추웠다. 카운트는 구멍에, 뿌리들 틈에 발이 걸린 것이 틀림없었다. 게다가 이 작은 섬에서 벗어나려면 차가운 진흙을 통과해야 한다는 것을 알았기 때문에 지레 포기하고 만 것이다. 돈이 카운트를 찾은 것은 사흘이나 지난 뒤였다. 그녀는 개와 메리를 데리고 나가면서 고삐도 가져갔다. 돈은 카운트를 끌어내려 했지만 카운트는 너무 아파서 일어서려 하지 않았다. 그래서 그들은 약을 가지고 다시 가 카운트에게 코르티손 같은 것들을 잔뜩 먹이고 다시 몇 시간을 함께 빗속에 앉아 있었다. 그런 뒤에 다시 움직이려 해보았다. 그들은 카운트가 뿌리와 돌과 깊은 진흙을 헤치고 나아가게 해야 했다. 카운트는 조금 걷다가 멈추고, 조금 걷다가 멈추었다. 개가 뒤에서 쫓아오다 짖으면, 또 두어 걸음 내디뎠다. 그런 식으로 몇 시간 동안 가야 했다. 그들은 카운트에게 밧줄을 걸었다. 카운트는 머리, 그 크고 멋진 머리, 그 아름다운 눈이 있는 곱슬곱슬한 머리를 내밀었지만, 카운트가 밧줄을 한번 잡아채면 돈과 메리가 둘 다 흔들렸다. 그러다 쿵! 그러면 그들은 일어나서 처음부터 다시 시작했다. 그들이 낟알을 조금 가져갔기 때문에 카운트는 그것을 먹고 조금 더 움직였다. 이렇게 해서 카운트를 숲에서 빼내는 데 네 시간이 걸렸다.

보통 때라면 카운트가 잘 따라왔겠지만, 지금은 아팠기 때문에 몸을 거의 조각조각 나누어 데려오는 느낌이었다. 작은 몸집의 아내―원했다면 그냥 예쁜 얼굴로만 남을 수도 있었을 여자―와 어린 딸이 비에 흠뻑 젖고 진흙에 뒤덮인 채 황소와 함께 축사 뒤편의 비에 젖은 들판에 나타나던 모습을 스위드는 결코 잊을 수 없을 것이다. "이게 맞아." 스위드는 생각했다. "돈은 행복해. 우리한테는 메리가 있고, 그걸로 충분해." 그는 종교를 믿는 사람은 아니었지만, 그 순간 감사를 드리며 소리 내어 말했다. "어떤 빛이 나를 비추고 있어."

돈과 메리가 카운트를 축사까지 데려오는 데 또 거의 한 시간이 걸렸다. 카운트는 축사의 건초에 나흘 동안 그냥 누워 있었다. 그들이 불러온 수의사가 말했다. "낫게 해줄 수는 없습니다. 더 편하게 해줄 수는 있어요. 그게 답니다." 돈은 양동이에 물과 먹을 것을 담아 가져왔다. 하루는 (메리가 집에 오는 모든 사람에게 이야기하던 대로) 카운트가 "이봐, 난 괜찮아" 하고 말하는 것처럼, 일어서서 돌아다녔다. 느긋해 보였다. 그러다 늙은 암말과 사랑에 빠졌고, 헤어질 수 없는 사이가 되었다. 그들이 카운트를 보내야만―푸주한에게 보내야만―했던 날, 돈은 울면서 계속 말했다. "못하겠어." 스위드는 계속 말했다. "해야 돼." 그래서 그들은 그렇게 했다. 마법을 부린 듯(메리의 말이었다) 카운트가 떠나기 전날 밤 카운트의 새끼인 어여쁘기 짝이 없는 암컷 송아지가 태어났다. 마지막 선물이었다. 이 암소의 눈에도 갈색 반점이 있었다. "카운트가 사방에 갈색 눈을 뿌-뿌-뿌-뿌려놨어." 그뒤에도 여러 황소들이 무럭무럭 자랐지만, 카운트에 비할 만한 동물은 다시 나타나지 않았다.

그래, 그녀가 사람들에게 그 집을 싫어한다고 말한 것이 그렇게 중요한가? 이제 그는 둘 가운데 단연 강한 쪽이었고, 그녀는 단연 약한 쪽이었다. 그는 운이 좋은 사람이었다. 분명 그렇게 많은 것을 얻을 자격이 없는 사람이었다. 그러니, 뭐 어떠랴. 그녀가 어떤 요구를 하든 그는 받아들였다. 그가 어떤 것을 감당할 수 있고 아내는 감당할 수 없다면, 그가 받아들이는 것 외에 어떤 방법이 있는지 알 수 없었다. 그것이 스위드가 아는, 남자가 남자답게 행동하는 유일한 길이었다. 특히 그처럼 운이 좋은 남자가. 처음부터 그에게는 자신의 실망보다 그녀의 실망을 감당하는 것이 훨씬 괴로운 일이었다. 위험하게도 그녀의 실망은 그에게서 그 자신을 강탈해가는 것 같았다. 일단 그가 그녀의 실망을 흡수해 받아들이면, 그것을 어떻게든 처리하지 않으면 안 되는 상황에 이르고 말았기 때문이다. 어중간한 방법으로는 소용이 없었다. 그는 그녀가 원하는 것에 다다르기 위해 늘 전심을 기울여 노력해야 했다. 사실 그는 이렇게 조용히 전심을 기울이는 것에서 한 번도 자유로운 적이 없었다. 모든 것이 그를 압박할 때도, 공장에서 사람들이 그에게 요구하는 것을 다 들어줄 때도, 집에서 가족이 그에게 요구하는 것을 다 들어줄 때도—공급업자가 망친 일, 노동조합의 부당한 요구, 구매자의 불만을 신속하게 처리하고, 불확실한 시장과 해외의 모든 골치 아픈 문제를 해결하고, 말 더듬는 아이, 독립적인 정신의 아내, 말로만 은퇴한 쉽게 화를 내는 아버지가 끈덕지게 조르는 일을 그 즉시 처리할 때도—이렇게 자기 자신을 혹독하게 비인격적으로 이용하는 것이 언젠가 그를 완전히 지치게 할 것이라는 생각은 해본 적이 없었다. 발밑의 땅이 그렇게 생각한 적이 없듯 그도 그렇게 생각한 적이 없었다. 그에게도 한계가 있다는 것이 그렇게 전적으로 혐오스러운 일은 아니라는 것, 그 자신은 떡갈나무를 잘라 만든 대들보가 끄떡없이 무게를 버텨주고 있는 백칠십 년 된 돌집이 아니라는 것, 그 자신은 그보다 덧없고 신비한 존재라는 것을 그는 한 번도 이해한 적이 없었고, 심지어 피로의 순간에도 인정한 적이 없었다.

어차피 돈이 싫어한 것은 이 집이 아니었다. 그녀가 싫어한 것은 떨쳐버릴 수 없는 기억들, 모두 이 집과 연결된 기억들, 물론 그도 공유하는 기억들이었다. 초등학교 시절, 서재에서 돈의 책상 옆 바닥에 엎드려 돈이 농장의 회계를 맞추는 동안 카운트의 그림을 그리던 메리. 어머니가 집중하는 것을 흉내내고, 똑같은 규율로 일을 즐기고, 공동의 작업에서 동등하다는 느낌을 받으며 말없이 기뻐하고, 그들에게 그녀가 어른이 되었을 때의 모습, 그래, 언젠가 그렇게 될 모습, 미래에 어른으로서 그들의 친구가 되어 있는 모습을 맛보기로 슬쩍 보여주던 메리. 특히 그들이 대개의 부모가 평소 거의 대부분의 시간에 보여주는 모습—십장, 본보기, 도덕적 권위자, 서둘지 않으면 늦는다고 떠들어대는 잔소리꾼, 아이의 의무와 일상의 일지를 기록하는 사람—을 보여주지 않을 때의 기억들. 그런 권위적인 모습을 보여주는 것이 아니라, 정복하려는 부모와 어리석고 불확실한 아이 사이의 긴장을 넘어 서로를 새롭게 발견했을 때의 기억들, 가족생활에서 고요하게 서로에게 닿을 수 있었던 그 휴식의 순간들의 기억들.

그가 욕실에서 면도를 하는 동안 돈이 메리를 깨우러 가던 이른 아침들—스위드는 그 의식을 슬쩍 구경하는 것보다 더 멋지게 아침을 시작하는 방법은 상상할 수 없었다. 메리의 삶에는 자명종이 한 번도 없었다. 돈이 아이의 자명종이었다. 돈은 여섯시가 되기 전에 벌써 축사에 나가 있었지만, 여섯시 반 정각에는 소떼를 돌보던 것을 멈추고 집안으로 돌아와 아이 방으로 올라갔다. 그곳에서 아이 침대 가장자리에 앉으면, 하루의 시작을 알리는 편안한 의식이 시작되었다. 아무런 말 없이 시작되었다. 돈은 그냥 메리의 잠자는 머리를 쓰다듬었다. 이 무언극은 족히 이 분 동안 계속되기도 했다. 그런 다음 돈은 소곤거리는 목소리로 노래하듯 가볍게 요청했다. "살아 있다는 표시를 보여줘." 메리는 눈을 뜨는 것이 아니라 새끼손가락을 움직여 대답했다. "다른 표시도 보여줘." 그렇게 게임이 이어졌다. 메리는 콧등을 찌푸리거나, 입술에 침을 축이거나, 귀에 들리게 큰 숨을 내쉬는 것으로 응답했다. 그러다보면 마침내 잠이 깨어 침대에서 나올 준비가 되었다. 이것은 이미 잃어버린 것을 재현하는 게임이었다. 메리에게는 완전히 보호받는 상태를 재현하는 것이었고, 돈에게는 한때 완전히 보호할 수 있을 것처럼 보였던 것을 완전히 보호하는 기획을 재현하는 것이었다. '아기 깨우기'. 이것은 그 아기가 열두 살이 다 될 때까지 계속되었다. 메리의 유아기 제의 가운데 돈이 탐닉하지 않을 수 없었던 제의였다. 실제로 딸과 어머니 둘 다 어릴 때나 하는 일로 치부하여 그만둘 생각이 없는 것 같았다.

둘이 어머니와 딸로서 함께 하는 행동을 보는 것을 스위드가 얼마나 좋아했던지. 아버지의 눈으로 보기에는 둘이 서로를 넓혀주는 것 같았다. 수영복을 입은 채 파도에서 뛰어나와 수건을 향해 서로 먼저 가겠다며 달려가던 모습—아내는 이제 원기 왕성한 순간을 약간 지났고 딸은 이제 막 시작되려는 원기 왕성한 순간을 향해 달려가던 모습. 마

306

치 삶의 순환적 본성을 묘사한 것 같아 그는 여성 전체를 풍부하게 이해하게 된 듯한 느낌이 들었다. 메리는 여성의 치장에 점점 호기심을 느끼면서 돈의 장신구를 달아보곤 했고, 돈은 거울을 보는 아이 옆에 서서 아이가 자신을 꾸미는 것을 도와주었다. 메리는 돈에게 따돌림에 대한 두려움을 털어놓았다. 다른 아이들이 자신을 무시하고, 여자 친구들이 집단적으로 공격하는 것에 대한 두려움이었다. 그렇게 그가 배제되는 고요한 순간(딸이 어머니에게 의존하고, 돈과 메리는 러시아 인형처럼 하나가 다른 하나 속에 들어가 있었다), 메리는 그 어느 때보다 강렬하게, 그의 아내의 작은 복제품이나 그 자신의 작은 복제품이 아니라 독립된 귀여운 존재처럼 보였다. 어딘지 비슷하지만, 그들의 변형이지만, 그럼에도 독특하고 새로운 존재—이 부분에서 그는 가장 뜨거운 친근감을 느꼈다.

돈이 싫어한 것은 그 집이 아니었다. 그 집을 갖게 된(침대를 정돈하고, 식탁을 차리고, 커튼을 빨고, 휴가 계획을 짜고, 일주일 하루 단위로 에너지를 할당하고 의무를 나누던) 동기가 햄린의 잡화점과 더불어 무너졌다는 사실 때문에 그 집을 싫어한다는 것을 스위드는 알고 있었다. 손에 잡힐 듯하던 하루하루의 충만함, 한때 그들의 삶 전부를 지탱하던 부드러운 규칙성은 그녀 내부에서 하나의 착각으로만, 비웃듯 뒤로 물러나기 때문에 결코 다가갈 수 없는, 실제보다 큰 환상으로만 살아남았다. 그러나 그녀의 가족에게만 환상일 뿐, 올드림록의 다른 모든 가족에게는 현실이었다. 그가 이 사실을 아는 이유는 단지 수많은 기억들 때문만이 아니라, 여전히 그의 사무실 맨 윗서랍에 손에 닿기 편하게 보관하고 있는 십 년 지난 지역 주간지 〈덴빌-랜돌프 쿠리어〉

때문이기도 했다. 이 신문 1면에는 돈과 그녀의 축우 사업에 관한 기사가 실려 있었다. 돈은 그녀가 1949년 미스 뉴저지였다는 사실을 언급하지 않겠다고 약속하는 조건으로 인터뷰를 하겠다고 했다. 기자는 동의했고, 그 기사에는 '올드림록의 여인은 자신이 현재 하는 일을 사랑하기 때문에 운이 좋다고 생각한다'라는 제목이 붙었다. 그리고 그 기사는 소박하기는 하지만 다시 읽을 때마다 스위드가 그녀를 자랑스러워하게 되는 말로 마무리되었다. "'자신이 좋아하는 일을 하게 되고 또 그 일을 잘할 수 있다면 운이 좋은 거죠.' 레보브 부인은 그렇게 말했다."

〈쿠리어〉 기사는 그녀가 그 집을, 그리고 그들 삶의 다른 모든 것을 얼마나 사랑하는지 증언했다. 벽난로 선반을 따라 놓인 백랍 접시들 앞에 서 있는 그녀의 사진—하얀 터틀넥 셔츠에 크림 색깔 블레이저 차림이었으며, 머리는 안쪽으로 말았고, 고운 두 손은 앞에서 예의 바르게 깍지를 껴, 약간 평범한 듯하면서도 귀여워 보였다. 사진 아래에는 이런 설명이 적혀 있었다. "1949년 미스 뉴저지 출신인 레보브 부인은 지은 지 백칠십 년 된 집에서 사는 것을 좋아하는데, 이런 환경이 그녀 가족의 가치를 반영하기 때문이라고 말한다." 돈이 미스 뉴저지를 언급한 것에 격분하여 신문사에 전화를 하자, 기자는 자신은 기사에서 그 사실을 언급하지 않겠다는 약속을 지켰다고 대답했다. 사진 설명에 그 사실을 집어넣은 것은 편집자라는 말이었다.

그래, 그녀는 그 집을 싫어하지 않았다. 당연히 싫어하지 않았다. 그리고 그것은 어차피 중요하지 않았다. 이제 중요한 것은 그녀의 행복을 복원하는 것이었다. 그녀가 이 사람 저 사람에게 할 수도 있는 어리석은 말들은 지금 효과를 거두고 있는 회복 과정에 비하면 아무것도 아니었다. 어쩌면 그가 흥분하는 것은 그녀가 회복의 기초로 삼는 자기 조정이 그에게 갱생으로 보이지도 않고 또 전적으로 감탄할 만한 일도 아니었으며, 심지어 어떻게 보면 그에게는 모욕이기도 했기 때문인지도 몰랐다. 그는 자신이 사랑했던 것을 싫어한다고 사람들에게 말할 수 없는 사람이었다. 물론 스스로 그렇게 확신할 수도 없었다……

그는 다시 그 생각으로 돌아가 있었다. 어쩔 수가 없었다. 메리가 일곱 살 때 톨하우스 쿠키 두 다스를 굽다가 반죽을 그냥 먹는 바람에 아팠지만, 그럼에도 일주일 뒤에 또 집안 어디에서나 그 반죽을 보게 되었다는 것, 심지어 냉장고 꼭대기에서도 보게 되었다는 것이 기억나니 어쩔 도리가 없었다. 그런데 그가 어떻게 그 냉장고를 싫어할 수 있겠는가? 그것을 버리고 소음이 거의 없는, 냉장고의 롤스로이스라고 불리는 새로운 아이스템프를 산다고 해서 자신의 감정이 재구성될 수 있겠는가? 돈처럼 자신이 구원받는다고 상상할 수 있겠는가? 스위드는 또 설령 찬장이 스테인리스스틸이 아니고 카운터가 이탈리아산 대리석이 아니라 해도, 메리가 쿠키를 굽고 치즈 샌드위치를 녹이고 지티를 굽던 부엌을 싫어한다고 말할 수가 없었다. 가끔 겨울에 지하실에 내려가 쥐가 종종걸음 치는 것을 볼 때면 그 자신도 약간 무섭기는 했지만, 그렇다고 해서 메리가 친구들과 함께 소리를 지르고 술래잡기를 하며 놀던 지하실을 싫어한다고 말할 수가 없었다. 돈이 갑자기 촌스럽다고 말하기 시작한, 골동품 쇠 주전자로 장식된 그 육중한 난로를 싫어한다고 말할 수가 없었다. 매년 1월 초 크리스마스트리를 쪼개 그 난로에 불을 붙이면 모든 것이 한번에 타올랐다. 뼈처럼 마른 가지에서 폭발하듯 일어나는 불길, 크게 휙 하는 소리와 타닥거리는 소리와 춤추는 그림자, 네 벽을 타고 천장까지 기어오르며 신나게 날뛰는 그 악마들 때문에 메리가 겁에 질리면서도 기뻐하며 환희에 찼던 것이 기억나는데 그렇게 말할 수는 없었다. 우물물을 수십 년 쓰는 바람에 지울 수 없는 광물 자국으로 에나멜에는 줄무늬, 배수구 주위에 원 무늬가 생겼다는 이유만으로, 메리를 목욕시키던 욕조, 공을 움켜쥔 새의 갈고리발톱 모양 다리가 달린 욕조가 싫다고 말할 수는 없었다. 심지어 물이 뿜어져나오는 것을 막으려면 손잡이를 계속 흔들어줘야만 하는 변기도 싫어할 수가 없었다. 그가 옆에 무릎을 꿇고 앉아 아픈 이마를 잡아주는 동안 아이가 변기에 대고 토하던 일이 기억나는데 그럴 수는 없었다.

딸이 한 짓 때문에 딸이 싫다고 말할 수도 없었다. 그렇게 말할 수만 있다면! 그 아이가 없는 세상과 그 아이가 한때 있었던 세상과 그 아이가 지금 있을지도 모르는 세상에서 혼란스럽게 살아가는 대신, 그때든 지금이든 그 아이의 세상에 아무런 관심을 가지지 않을 만큼만 그 아이를 미워할 수만 있다면. 다시 과거로 돌아가 다른 모든 사람들과 똑같이 생각할 수만 있다면. 신실함을 가장하는 이런 괴로운 사기꾼, 꾸밈없는 외적인 스위드와 고통스러워하는 내적인 스위드, 눈에 보이는 안정된 스위드와 괴로움에 시달리는 감추어진 스위드, 산 채로 묻힌 스위드를 수의壽衣처럼 덮고 있는 느긋하고 미소 짓는 가짜 스위드가 아니라 다시 한번 완전히 자연스러운 사람이 될 수만 있다면. 살인 혐의자의 아버지가 되기 전, 나뉘지 않는 하나의 존재였던 상태를 희미하게나마 재구축할 수만 있다면, 그래서 그 쪽 뻗어나가는 신체적인 자신감과 자유를 다시 느낄 수만 있다면. 어떤 사람들이 그를 두고 생

310

각하는 것처럼 진짜로 아무것도 모르고 살 수만 있다면. 그의 전성기에 영웅을 숭배하는 아이들이 만들어낸 스위드 레보브의 전설처럼 완벽하게 단순할 수만 있다면. 나도 "이 집이 싫어!" 하고 말하고 다시 위퀘이크의 스위드 레보브가 될 수만 있다면. "저 아이가 싫어! 다시 보고 싶지 않아!" 하고 말한 뒤 그대로 아이와 의절하고, 영원히 아이를 경멸하고 거부할 수 있다면. 나아가 그애가 자신의 가족을 죽이지는 않는다 해도 잔인하게 버려가면서까지 옹호하려고 했던 비전, '이상'과는 아무런 관계가 없고 오직 부정직, 범죄, 과대망상증, 광기하고만 관련이 있는 그 비전도 경멸할 수만 있다면. 맹목적인 적대와 위협하고 싶은 유아적 욕망—그것이 그 아이의 이상이었다. 늘 뭔가 미워할 것을 찾았다. 그래, 그것은 그애의 말더듬증을 넘어서 멀리멀리 가버렸다. 미국에 대한 격렬한 증오가 병으로 자리잡았다. 그러나 그는 미국을 사랑했다. 미국인인 것을 사랑했다. 그러나 당시에 그는 감히 아이에게 자신이 사랑하는 이유를 설명할 수 없었다. 그 악마, 모욕이라는 악마가 풀려나오는 것이 두려웠다. 그들은 메리의 더듬거리는 혀를 두려워하며 살았다. 그리고 그때는 어차피 그에게 아무런 영향력이 없었다. 아내도 영향력이 없었다. 그의 부모도 영향력이 없었다. 그때도 그 아이가 그의 것이 아니었는데 하물며 이제는 어떤 식으로 보아도 '그의 것'이라고 말할 수 없었다. 아버지가 왜 자신이 태어나고 자란 나라에 애정을 갖고 있는지 설명하는 즉시 곧바로 무시무시한 전격전을 벌일 아이를 자신의 것이라고 할 수는 없는 노릇이었다. 말을 더듬는, 말이나 더듬는 조그만 년! 씨발 도대체 자기가 뭐라고 생각하는 거야?

어린 시절 그가 마흔여덟 개 주의 이름을 외우는 것만으로도 전율을 느꼈다는 사실을 밝혔다면 그 아이가 얼마나 살벌하게 그를 공격했을지 상상해보라. 사실 그는 주유소에서 무료로 나누어주는 도로지도만 보아도 흥분하곤 했다. 그가 얼떨결에 별명을 얻게 된 경위도 그랬다. 고등학교에 입학한 첫날, 첫 수업을 받으려고 체육관에 갔고, 그는 다른 아이들이 여전히 여기저기서 운동화를 신는 동안 농구공을 가지고 놀고 있었다. 그는 몸을 풀려고 5미터가량 떨어진 곳에서 훅슛을 두 번 쏘았다. 쉭! 쉭! 그러자 몬트클레어 주립대학을 갓 졸업한 인기 있는 젊은 체육 교사이자 레슬링 코치인 헨리 '닥' 워드가 그 느긋한 태도로 자신의 사무실 문간에서 웃음을 터뜨리듯 외쳤다. 체육관에서 전에 본 적 없는 소년, 반짝이는 파란 눈에 호리호리한 금발의 열네 살짜리 소년이 편안하고 여유 있는 스타일로 슛을 하는 것을 보고 소리친 것이다. "그건 어디서 배웠나, 스위드?" 그 별명이 시모어 레보브를 같은 반에 모여 있던 시모어 먼처, 시모어 위시나우와 구별해주었기 때문에 1학년을 보내는 동안 그 별명이 체육관에서 그에게 달라붙게 되었다. 그러자 다른 교사와 코치도 그렇게 불렀고, 학교의 아이들도 그렇게 불렀다. 위퀘이크가 유대인의 오래된 위퀘이크이고 그곳 사람들이 여전히 과거에 관심을 가졌을 때는 닥 워드가 스위드 레보브의 별명을 지어준 사람이라는 사실도 사람들의 뇌리에 남아 있었다. 그냥 그렇게 별명이 붙어버린 것이다. 그렇게 간단하게, 체육 교사가 한 번 불러준 것만으로, 그는 체육관에서 오래전부터 미국에서 인기가 있었던 별명을 물려받게 되었고, 그 별명은 시모어라면 절대 불가능했을 방식으로 그를 신화적인 인물로 만들었다. 단지 학창시절에만이 아니라, 학교 친구들의 평생의 기억 속에서 신화가 되었다. 그는 그 별명을 보이지 않는 여권처럼 가지고 다녔다. 그러면서 미국인의 생활 속으로 점점 더 깊이 들어가, 거리낌없이 크고 부드럽고 낙관적인 미국인으로 진화해갔다. 그는 유난히 거친 그의 조상들―미국인답게 살라고 상당히 압박을 가했던 고집스러운 아버지를 포함하여―이 자신들에게서 나올 것이라고 꿈도 꾸지 못했을 그런 존재였다.

아버지가 사람들에게 말하던 방식, 그것이 그에게도 영향을 주었다. 아버지가 주유소에 있는 사람에게 말하던 미국식 말투. "만땅으로 채워주쇼, 맥. 차 앞쪽 좀 봐주겠소, 응, 형씨?" 드소토를 타고 여행을 갈 때의 흥분. 나이아가라폭포를 보러 뉴욕 주의 아름다운 뒷길을 따라 구불구불 올라가다 밤을 보내기 위해 들어갔던 그 아주 작고 곰팡내 나는 오두막들. 가는 길 내내 제리가 개구쟁이 노릇을 했던 워싱턴 여행. 해병대에서 처음 휴가를 얻어 집에 오고, 가족과 제리와 함께 하이드파크로 순례를 떠나고, 한 가족으로서 모두 함께 서서 프랭클린 루스벨트의 무덤을 보았던 일. 신병 훈련소 과정을 막 마치고 나와 그곳에서 루스벨트의 무덤을 보면서 그는 뭔가 의미 있는 일이 일어나고 있다고 느꼈다. 가장 뜨거운 몇 달 동안 며칠은 기온이 50도 가까이 올라갔던 연병장에서 훈련을 받아 새까맣게 그을린 단단한 몸으로 자랑스럽게 새 여름 군복을 입고 말없이 서 있었다. 셔츠는 풀을 먹였고, 카키색 바지는 완벽하게 다려 호주머니도 없이 미끈하게 엉덩이를 덮었다. 타이는 팽팽하게 조여져 있었고, 모자는 아주 짧은 머리의 정중앙을 덮었고, 침을 발라 닦은 검은 가죽구두는 반짝거렸다. 허리띠―무엇보다도 금속 버클이 달린, 촘촘하게 직조한 카키색 직물 허리띠야

말로 해병대로서의 자부심의 핵심이었다―는 패리스 섬의 신병으로서 윗몸일으키기를 족히 만 번은 했을 허리를 둘러싸고 있었다. 그 아이가 뭔데 이 모든 것을 조롱하고, 이 모든 것을 거부하고, 이 모든 것을 미워하고, 이것을 파괴하러 나섰단 말인가? 전쟁, 전쟁에서 승리하는 것―그것도 싫어한단 말인가? 대일전승기념일에는 이웃들이 다 거리로 쏟아져나와 소리를 지르며 끌어안고 자동차 경적을 울리고 냄비를 시끄럽게 두드리며 집 앞의 잔디밭을 돌아다녔다. 그는 그때 아직 패리스 섬에 있었지만, 어머니가 쓴 편지 세 장에 그런 일이 묘사되어 있었다. 그날 밤 학교 뒤쪽 운동장에서 열린 축하파티에서는 그들이 아는 모든 사람들, 가족의 친구들, 학교 친구들, 동네 정육점 주인, 식료품점 주인, 약국 주인, 재단사, 심지어 과자가게의 마권업자까지 모두 환희에 젖었고, 성실한 중년 남녀들이 긴 줄을 이루어 카르멘 미란다 흉내를 내며 새벽 두시가 넘도록 미친듯이 콩가를 추었다. 원-투-스리 킥, 원-투-스리 킥. 전쟁. 전쟁에서 이기는 것. 승리, 승리, 승리가 찾아왔다! 이제 죽음과 전쟁은 없다!

고등학교 마지막 몇 달 동안 그는 매일 밤 신문을 읽으며, 태평양을 가로질러 해병대를 따라다녔다. 〈라이프〉에서 팔라우라는 이름을 가진 제도의 한 섬인 펠렐리우에서 죽은 해병대원들의 손상된 시체를 찍은 사진을 보았다. 그 사진들은 잠 속으로까지 그를 따라왔다. 그 섬의 블러디노즈 능선이라는 곳에서 일본군은 오래된 인산염 광산으로 숨어들었고 그 바람에 그들도 화염방사기에 파삭파삭하게 타버렸지만, 어린 해병대원, 열여덟 살, 열아홉 살, 그보다 몇 살 많지도 않은 소년 수백 명을 베어 죽였다. 그의 방에는 핀을 꽂은 지도가 있었다. 해병대가 있는 곳을 표시해놓은 지도였다. 해병대는 일본에 다가가고 있었고, 바다에서 환초環礁나 제도를 공격했다. 일본군은 산호 요새 속으로 파고들어 박격포나 소총을 격렬하게 쏘아댔다. 오키나와에는 1945년 4월 1일에 쳐들어갔다. 그의 3학년 부활절 일요일이었고, 그가 웨스트사이드와 벌인 시합에서 이루타와 홈런을 치고 난—시합은 졌지만—바로 이틀 뒤였다. 해병 6사단은 해안에 내려간 지 세 시간이 지나지 않아 섬의 공군기지 두 곳 중 하나인 욘탄을 쓸어버렸다. 13일이 되자 모토부 반도를 장악했다. 오키나와 해변 앞바다에서 가미카제 조종사 두 명이 5월 14일—스위드가 어빙턴 고등학교와 벌인 시합에서 일루타, 삼루타, 이루타 두 개를 치고 결국 4 대 4로 비긴 다음날이었다—에 기함급 항공모함 벙커힐호를 공격했다. 연료를 가득 넣고 탄약을 실은 다음 이륙 준비까지 마친 미국 비행기들이 빽빽하게 들어찬 비행갑판으로 폭탄을 잔뜩 실은 채 돌격한 것이다. 불길이 하늘로 300미터 치솟았고, 여덟 시간 동안 불어닥친 폭발의 불바람에 선원과 조종사 사백 명이 죽었다. 해병 6사단은 1945년 5월 14일 슈거로프 고지를 점령했는데—이스트사이드와 붙은 시합에서 스위드는 이루타를 세 개 더 쳤고 경기도 이겼다—이날은 아마 해병대 역사상 최악의, 가장 잔인한 하루였을 것이다. 어쩌면 인간의 역사에서 최악의 날이었는지도 모른다. 섬의 남쪽 끝에 있는 슈거로프 고지에는 동굴과 터널이 벌집처럼 박혀 있었고, 일본군은 이곳을 요새로 만들어 병력을 숨겨두고 있었다. 해병대는 이곳을 화염방사기로 태우고, 수류탄과 폭약으로 봉쇄해버렸다. 낮부터 밤까지 육박전이 이어졌다. 일본군 소총수와 기관총수는 사슬로 자리에 묶여 달아날 수 없었기 때문에 죽을 때까지 싸웠다. 스위드가 위퀘이크 고등학교를 졸업하던 6월 22일—뉴어크 시티 리그에서 단일 시즌 최다 이루타 기록을 깼다—해병 6사단은 오키나와의 두번째 공군기지 가데나에 미국 국기를 꽂음으로써 일본 침공을 위한 최후의 집결지를 확보했다. 1945년 4월 1일부터 1945년 6월 21일까지—며칠의 오차는 있지만 스위드가 고등학교 일루수로 마지막이자 가장 좋은 시즌을 보낸 시기와 거의 일치했다—미군은 세로 약 80킬로미터, 가로 약 15킬로미터의 섬을 점령하느라 미국인 만 오천 명을 제물로 바쳤다. 일본인은 군인과 민간인을 합쳐 십사만 천 명이 죽었다. 앞으로 북쪽의 일본 본토를 정복하고 전쟁을 끝내기 위해서는 양쪽의 사망자가 그 열 배, 스무 배, 서른 배로 불어날 수도 있었다. 그럼에도 스위드는 과감하게 마지막 일본 공격에 참여하려고 미국 해병대에 입대했다. 해병대는 타라와, 이오지마, 괌, 과달카날에서와 마찬가지로 오키나와에서도 깜짝 놀랄 만한 사상자를 냈다.

해병대. 해병이 되는 것. 신병 훈련소. 사방으로 몰아대고, 온갖 욕을 해대고, 세 달 동안 신체적으로나 정신적으로나 우리를 죽였지. 하지만 그것은 내 생애 최고의 경험이었어. 나는 그것을 도전으로 받아들였고 결국 이겨냈어. 내 이름은 '에-오'가 되었지. 남부의 조교가 레보브를 그렇게 발음했기 때문에. L과 v 두 개는 떼어버리고—모든 자음은 뱃전 너머로—모음 두 개만 길게 늘여 부른 거야. "에-오!" 나귀 울음소리처럼. "에-오!" "네, 이병 에-오!" 덩치가 큰 운동 감독으로 퍼듀 대학 풋볼팀 감독 출신인 던리비 소령이 어느 날 소대를 멈춰 세웠어. 우리가 시 백이라고 부르던 건장한 하사가 이병 에-오를 불렀고, 나는 철모를 쓴 채 달려갔지. 가슴이 쿵쾅거렸어. 어머니가 돌아가셨다고 생각했기 때문에. 이제 일주일만 있으면 노스캐롤라이나에 있는 캠프 레준에 배치되어 고급화기 훈련을 받을 예정이었지만, 던리비 소령이 중단시키는 바람에 나는 결국 브라우닝 자동소총을 쏴보지 못하게 되지. 사실 그것이 내가 해병대에 입대한 이유였는데. 다른 무엇보다도 총신을 받침대에 걸어놓고 납작 엎드린 채 브라우닝 자동소총을 쏘아보고 싶었는데. 열여덟 살이던 나에게는 그것이 바로 해병대였는데. 속사, 공랭식 30구경 기관총. 그 순진한 아이는 얼마나 애국적이었던가. 탱크 킬러라고 알려진 휴대용 바주카 로켓을 쏴보고 싶었지. 나는 겁쟁이가 아니니까 그런 일도 얼마든지 할 수 있다는 것을 나 자신에게 증명하고 싶어서. 수류탄, 화염방사기, 철조망 밑으로 기어가기, 벙커 폭파하기, 동굴 공격하기. 수륙 양용 트럭을 타고 해변에 상륙하고 싶었지. 전쟁 승리를 돕고 싶었어. 하지만 던리비 소령은 뉴어크에 있는 친구에게서 편지를 받았지. 레보브가 얼마나 뛰어난 운동선수인지, 내가 얼마나 훌륭한지 입에 침이 마르게 칭찬하는 편지. 그래서 그들은 나를 재배치하여 섬에서 계속 선수로 뛸 수 있도록 훈련 교관을 만들어버렸지. 그 무렵 원자탄을 떨어뜨려 어차피 전쟁은 끝났지만. "자네는 내 부대에 들어왔어, 스위드. 자네가 여기 오게 되어 기쁘네." 정말이지 크게 숨을 돌릴 수 있었지. 머리카락이 자라자 다시 인간이 되었고. 늘 "똥대가리" 또는 "똥대가리-어서-움직여" 하는 소리를 듣는 대신 갑자기 신병들이 교관님이라고 부르는 존재가 된 거야. 반면 훈련 교관은 신병들에게 부대! 하고 소리쳤지. 부대, 기상! 부대, 일어서! 부대, 구보! 부대, 하나, 둘, 셋, 넷! 키어 애비뉴 출신의 아이에게는 멋진, 정말 멋진 경험이었지. 다른 상황이었다면 내 인생에서 만나볼 수 없었을 사람들. 사방에서 온 사람들의 억양. 중서부. 뉴잉글 랜드. 텍사스와 최남부 출신 농장 아이들 말은 알아듣지도 못했지. 하 지만 그들을 알게 되었어. 좋아하게 되었지. 억센 아이들, 가난한 아이 들. 고등학교 운동선수 출신도 많았지. 권투 선수들하고 함께 지내곤 했어. 연예계 패거리하고 함께 지내기도 했지. 또다른 유대인 친구, 앨 투나 출신의 매니 라비노위츠. 내 평생 만나본 가장 강인한 유대인 친 구. 대단한 싸움꾼이었지. 멋진 친구이기도 했고. 고등학교도 마치지 못했지만, 그전이나 후나 나한테 그런 친구는 없었지. 평생 매니와 함 께 있을 때처럼 크게 웃어본 적이 없었어. 매니는 정말 든든한 친구였 어. 아무도 우리가 유대인이라고 뭐라 하지 못했지. 신병 훈련소에서 는 뭐 약간 그랬지만, 그걸로 끝이었어. 매니가 싸움을 하면, 사람들 이 매니한테 담배를 걸었지. 우리가 다른 기지와 싸울 때면 버디 팰컨 하고 매니 라비노위츠가 늘 이겼지. 매니와 싸우고 난 뒤 상대는 평생 이렇게 세게 맞아본 적이 없다고 말하곤 했어. 매니는 나하고 함께 연 예 쪽을 이끌었어. 권투 시합을 조직했지. 우리 이인조―유대인 해병 대원들. 매니는 잘난 체하는 신병을 하나 찍었어. 대단한 말썽쟁이였 는데, 자기 몸무게는 66킬로그램이면서 72킬로그램 나가는 사람과 붙 으려고 했지. 그러면서도 상대를 작살낼 수 있다고 자신했어. "늘 빨간 머리를 골라, 에-오." 매니는 말했지. "그럼 세계에서 가장 멋진 싸움 을 보여줄 거야. 빨간 머리는 절대 포기하는 법이 없어." 과학자 매니. 매니는 해군 병사와 싸우러 노픽에 갔지. 군에 오기 전에 미들급 선수 였던 친구인데, 그 친구와 싸워 이겼지. 아침식사 전에 대대원들에게 운동을 시켰어. 신병들에게 수영을 가르치려고 매일 밤 수영장까지 행군도 했지. 우리는 신병들을 물에 던져넣다시피 했어. 구식 방법이기는 했지만, 해병대가 되려면 수영을 할 줄 알아야 하니까. 늘 어느 신병보다도 팔굽혀펴기를 열 개는 더 할 준비를 해야 했지. 녀석들이 나에게 도전을 할 때에 대비해 몸이 준비되어 있어야 하니까. 시합을 하러 버스를 타고 다녔지. 장거리를 뛰었어. 우리 팀에 밥 콜린스가 있었지. 세인트존 출신의 덩치가 큰 녀석이었어. 나의 팀 메이트. 훌륭한 운동선수. 술꾼. 평생 처음으로 밥 C.와 함께 술에 취해, 위퀘이크에서 선수로 뛰던 이야기를 쉬지 않고 두 시간이나 떠들다가 갑판에 다 토해버렸지. 아일랜드 친구들, 이탈리아 친구들, 슬로바키아, 폴란드, 펜실베이니아 출신의 작지만 강인한 녀석들, 광산에서 일하던 아버지, 버클이 달린 허리띠나 주먹으로 때리던 아버지를 피해 도망온 아이들. 나는 이런 애들하고 함께 살고 먹고 나란히 누워 잠을 잤지. 심지어 인디언 출신도 있었어. 체로키족이었는데, 삼루수를 보았지. 그 녀석을 피스 커터라고 불렀지. 우리 모자를 가리키는 이름하고 똑같이 말이야.* 왜냐고 묻지는 마. 다 품위 있는 사람들이라고 할 수는 없지만, 전체적으로 괜찮았어. 좋은 녀석들이었어. 시끌벅적한 장난 같은 시합을 많이도 했지. 포트베닝하고도 붙었어. 노스캐롤라이나의 해병대 공군기지 체리포인트하고도. 다 이겼지. 찰스턴 네이비 야드도 이겼고. 우리한테는 공 좀 던지는 애가 두 명 있었어. 한 명은 나중에 타이거즈로 갔지. 조지아 주 롬에 가서도 시합을 하고, 조지아 주 웨이크로스에 있는 육군기지로 건너갔지. 육군 애들을 땅개라고 불렀어. 그애들도 이

---

* piss cutter. 부드러운 군용 모자를 가리키는 말로, 모자를 쓴 모습이 음경 끝과 비슷해 보인다고 해서 그런 이름이 붙었다고 한다.

졌지. 다 이겼어. 거기서 남부를 봤지. 전에 한 번도 못 봤던 걸 봤어. 니그로들이 사는 걸 봤지. 생각할 수 있는 모든 종류의 이방인을 만났어. 아름다운 남부 여자애들도 만났지. 평범한 창녀들도 만났어. 콘돔을 썼지. 애들이 하는 말대로, 꽉꽉 주물러대면서 여자 등껍질이 까지도록 떡을 쳐댔지. 서배너를 봤어. 뉴올리언스도 봤지. 앨라배마 주 모빌의 다 쓰러져가는 식당에 들어가 앉아 있었지. 문 바로 바깥에 해안순찰대가 있다는 게 염병 너무 기뻤어. 22연대하고 농구도 하고 야구도 했지. 미합중국 해병대가 되어야 했어. 닻과 지구가 있는 기장을 달아야 했지. "저기에는 쓸 만한 투수가 없다, 에-오. 여기에서 하나 넘겨라, 에-오……" 메인, 뉴햄프셔, 루이지애나, 버지니아, 미시시피, 오하이오 친구들에게 에-오가 되어야 했어. 미국 전역에서 온 교육받지 못한 애들이 나를 에-오라고만 불렀지. 그 녀석들한테는 그냥 에-오였던 거야. 그게 무척 마음에 들었지. 1947년 6월 2일에 제대를 했어. 드와이어라는 성을 가진 아름다운 여자와 결혼을 하게 되었지. 아버지, 영어도 못하는 아버지를 두었던 아버지가 세운 사업을 운영하게 되었어. 세상에서 가장 예쁜 곳에 살게 되었지. 미국을 싫어해? 말도 안 되는 일이었다. 그는 자신의 피부 속에서 살듯이 미국 속에서 살았다. 그의 젊은 시절의 모든 기쁨이 미국의 기쁨이었고, 모든 성공과 행복이 미국의 성공과 행복이었다. 이제는 단지 아이의 무지한 증오를 진정시키겠다고 그것에 관해 입을 다물 필요가 없다. 모든 미국적인 감정이 없다면 그가 한 인간으로서 느끼게 될 외로움. 다른 나라에서 살아야 한다면 느끼게 될 갈망. 그래, 그의 성취에 의미를 부여한 모든 것이 미국적이었다. 그가 사랑한 모든 것이 여기에 있었다.

아이에게 미국인이 된다는 것은 미국을 혐오한다는 것이었지만, 그에게 미국을 사랑한다는 것은 아버지와 어머니를 사랑하는 것을 놓아버릴 수 없듯, 자신의 품위를 놓아버릴 수 없듯 놓아버릴 수 없는 것이었다. 이 나라에 관하여 아무런 개념도 없으면서 어떻게 이 나라를 '싫어할' 수 있는가? 어떻게 그의 자식이 그 아이 자신의 가족에게 성공할 수 있는 모든 기회를 준 그 '썩어빠진 체제'를 욕할 정도로 눈이 멀 수 있는가? 그들의 부富가 삼대에 걸친 무제한의 근면 외에 다른 어떤 것의 산물이라도 되는 양 '자본가' 부모를 욕할 수 있는가? 무두질공장의 진창과 악취를 헤쳐온, 자신을 포함한 삼대의 남자들. 낮은 자들 가운데에서도 가장 낮은 자들과 나란히, 그들과 하나가 되어, 무두질공장에서 시작하여, 이제 그 아이가 말하는 '자본주의의 개들'이 된 가족. 미국을 싫어하는 것과 그들을 싫어하는 것 사이에는 별 차이가 없었고, 아이도 그것을 알았다. 그는 아이가 싫어하고, 인생의 모든 불완전한 것들의 원인으로 간주하고, 폭력적으로 뒤집어엎고 싶어하는 미국을 사랑했다. 그는 아이가 싫어하고 조롱하고 전복하고 싶어하는 '부르주아적 가치들'을 사랑했다. 아이가 싫어하고, 아이가 그런 엄청난 짓을 저지르는 바람에 거의 죽을 지경에 이른 아이의 엄마를 사랑했다. 아무것도 모르는 조그만 좆같은 년! 그들이 치른 대가! 왜 내가 리타 코언의 편지를 찢어버리면 안 되는가? 리타 코언! 그들이 돌아왔다. 남과 적대하는 재능만 한없이 갖추고 있는 그 이간질이나 하는 가학적인 자들. 그에게서 돈을 탈취하고, 재미 삼아 그에게서 오드리 헵번 스크랩북, 말더듬증 일기, 발레 신발을 빼앗아간 자들, 자칭 '혁명가들'인 짐승 같은 젊은 범법자들, 오 년 전에 사악하게도 그의 희망을 갖고 놀던 자들이 이제 다시 스위드 레보브를 비웃을 때가 왔다고 판단한 것이다.

우리는 옆에 서서 목격자로서 고난이 메리를 거룩하게 만드는 과정을 지켜봐야 합니다. 스스로 '리타 코언'이라고 부르는 제자. 그들은 그를 비웃고 있었다. 비웃고 있는 것이 틀림없었다. 이 모든 것이 짓궂은 장난이라는 것보다 더 나쁜 것이 딱 하나 있다면, 이것이 짓궂은 장난이 아니라는 것이었기 때문이다. 레보브 씨의 딸은 신입니다. 다른 모든 것은 몰라도 내 딸은 그건 아냐. 그애는 너무 약하고 미혹되었고 상처받았어. 그애는 가망이 없어! 왜 그애한테 나하고 잤다고 했어? 그리고 나한테는 네가 그러기를 바란 게 그애라고? 너는 우리를 싫어하기 때문에 이런 이야기를 하지. 그리고 우리가 그런 걸 하지 않아서 우리를 싫어하지. 우리가 무모한 것이 아니라 신중하고 정신이 말짱하고 근면하고 법을 지키겠다고 약속하기 때문에 우리를 싫어하지. 우리가 실패하지 않아서 우리를 싫어하지. 우리가 열심히 노력해서 정직하게 업계 최고가 되었기 때문에, 우리가 번창했기 때문에, 그런 이유 때문에 너는 우리를 시기하고, 우리를 싫어하고 파괴시키고 싶어하지. 그래서 너는 그애를 이용했어. 말을 더듬는 열여섯 살짜리 애를. 그래, 너 같은 사람들에게는 어떤 것도 작아 보이지 않지. 그래서 그애를 큰 생각과 고결한 이상이 가득한 '혁명가'로 만들었지. 개새끼들. 너는 우리가 유린당하는 광경을 즐기지. 겁쟁이 새끼들. 그애를 노예로 만든 건 상투적인 말들이 아니야. 그애를 노예로 만든 건 바로 너야. 아무 뜻도 없는 상투적인 말들 가운데 가장 고귀해 보이는 걸 이용해서. 그 원한 많은 아이, 불의를 싫어하는 말더듬이는 전혀 보호를 받지 못했어. 너는 그애가 짓밟히는 사람들과 하나라고 믿게 했어. 너의 봉, 너의 꼭두각시로 만들었지. 그 결과 닥터 프레드 콘론이 죽었어. 그게 네가 전쟁을 멈추려고 죽인 사람이야. 저 위 도버 병원의 과장, 조그만 지역 병원에 병상 여덟 개짜리 심장관리과를 만든 사람. 그게 그 사람의 범죄야.

계획한 것이건 실수한 것이건, 폭탄은 마을이 텅 빈 한밤중이 아니라 새벽 다섯시에 터졌다. 햄린의 가게가 문을 열기 한 시간 전이었고, 프레드 콘론이 전날 저녁 그의 책상에서 쓴, 고지서의 요금을 납부하기 위한 수표가 담긴 봉투를 우편함에 집어넣고 돌아서는 순간이었다. 그는 병원에 가는 길이었다. 가게에서 날아온 쇳덩어리가 그의 뒤통수를 때렸다.

돈은 안정제를 맞았다. 아무도 만날 수 없었다. 그러나 스위드는 러스와 메리 햄린 부부의 집으로 가서 가게에서 벌어진 일이 안타깝다고 이야기하고, 그 가게가 돈과 자신에게 큰 의미가 있었다고, 그 가게가 공동체의 다른 모든 사람과 마찬가지로 그들에게도 삶의 한 부분이었다고 말했다. 그런 뒤에 시신을 안치한 곳에 갔다. 관 속의 콘론은 멋지고, 건강하고, 평소와 다름없이 정중해 보였다. 그다음주에는 주치의가 돈의 입원을 이미 준비한 상태에서 콘론의 미망인을 찾아갔다. 그가 어떻게 그 여자의 집으로 차를 마시러 갈 수 있었느냐 하는 것은 또다른 이야기―아니, 또 다른 책―가 되겠지만, 어쨌든 그는 그렇게 했다. 해냈다. 미망인은 용감하게도 그에게 차를 대접했고, 그는 마음속에서 오백 번은 고쳐본 말로, 그러나 실제로 했을 때는 여전히 의미가 없는 말로, 러스와 메리 햄린 부부에게 했던 말보다 훨씬 더 공허한 말로, 자신의 가족의 조의를 전했다. "진심으로 깊은 유감…… 유

가족의 괴로움…… 집사람도 말씀드리고 싶어하듯이……" 콘론 부인
은 스위드의 말이 끝날 때까지 다 들은 다음 차분하게 자기 할말을 했
다. 그 표정이 너무 차분하고 친절하고 동정적이어서 스위드는 사라
지고 싶었다. 애처럼 숨고 싶었다. 동시에 그녀의 발 앞에 엎드려 영원
히 꼼짝도 하지 않고 용서를 빌고 싶은 욕구, 거의 감당하기 힘든 욕구
에 사로잡혔다. "두 분은 좋은 부모고 두 분이 최선이라고 생각하는 방
법으로 딸을 키우셨어요. 이건 두 분 잘못이 아니니까 두 분을 탓하고
싶지 않아요. 두 분이 나가서 다이너마이트를 산 게 아니잖아요. 두 분
이 폭탄을 만든 게 아니잖아요. 두 분이 폭탄을 설치한 게 아니잖아요.
두 분은 폭탄과 아무런 관계가 없어요. 두 분의 딸이 지금 사람들이 말
하는 것처럼 진짜로 책임을 져야 할 사람이라고 판명이 나면, 나는 두
분의 딸한테만 책임을 묻고 싶어요. 나도 두 분 때문에 가슴이 아파요,
레보브 씨. 나는 남편을 잃었고, 우리 애들은 아버지를 잃었어요. 하지
만 레보브 씨 부부는 훨씬 더 큰 것을 잃었어요. 두 분은 자식을 잃은
부모예요. 매일 빼놓지 않고 두 분을 생각하고 두 분을 위해 기도할게
요." 스위드는 프레드 콘론을 안 지 얼마 되지 않았다. 칵테일파티나
자선 모임에서 만났는데, 두 사람 다 그런 자리를 지루해했다. 스위드
는 주로 소문으로 그 사람에 대해 알았다. 가족이나 병원을 똑같이 헌
신적으로 돌보는 사람이고, 열심히 일하는 사람이고, 좋은 사람이라
는 소문이었다. 닥터 콘론의 지휘하에 병원은 건축 계획을 짜기 시작
했다. 병원을 지은 이래 처음 있는 일이었다. 그가 사무장을 맡은 동안
새로운 심장관리과가 세워졌고, 오랫동안 미루어왔던 응급시설 현대
화도 이루어졌다. 그러나 외딴 시골에 있는 지역 병원의 응급실에 누

가 신경이나 쓰겠는가? 1921년 이래 같은 주인이 운영해온 시골 잡화점에 누가 신경이나 쓰겠는가? 우리는 지금 인간 이야기를 하고 있는 것이다! 약간의 작은 사고나 실수 없이 인간의 진보가 이루어진 적이 언제 있었던가? 민중은 분노하며, 민중은 입을 연다! 그 결과에 관계 없이 폭력에는 폭력으로 맞설 것이고, 마침내 민중은 해방될 것이다! 파시스트 미국에서 하나의 우체국이 파괴되었고, 하나의 시설이 완전히 무너졌다.

다만, 공교롭게도, 햄린의 우체국은 미합중국 공식 우체국이 아니었고, 햄린 부부 또한 미합중국 우체국의 직원이 아니었다. 햄린 부부가 설치해놓은 것은 그저 돈을 약간 받고 소소한 우편 업무를 처리해주기로 계약한 작은 우체국 분국에 지나지 않았다. 햄린의 우체국은 정부 시설이라기보다는 회계사가 세금 서류를 작성해주는 사무실에 가까웠다. 그러나 이것은 세계의 혁명가들에게는 단순한 기술적 문제에 불과하다. 하나의 시설이 완전히 무너졌다! 이제 올드림록의 거주자 천백 명은 꼬박 일 년 반 동안 우표를 사거나 소포 무게를 달거나 등기우편이나 특수우편을 보내려면 차를 몰고 8킬로미터를 달려가야 한다. 이것이 린던 존슨에게 누가 우위에 있는지 보여줄 것이다.

그들은 그를 비웃고 있었다. 삶이 그를 비웃고 있었다.

콘론 부인은 말했다. "레보브 씨 부부도 우리와 마찬가지로 이 비극의 희생자예요. 차이가 있다면 우리는, 비록 회복하는 데 시간이 걸리겠지만, 가족으로서 살아남을 거라는 점이에요. 우리는 사랑하는 가족으로 살아남을 거예요. 우리는 기억을 온전히 유지한 채 살아남을 거고, 우리 기억이 우리를 지탱해줄 거예요. 두 분이 이런 아무런 의미

없는 일을 이해하기 쉽지 않듯이, 우리도 쉽지 않겠죠. 하지만 우리는 프레드가 여기 있을 때와 마찬가지로 똑같은 가족이에요. 우리는 그렇게 살아남을 거예요."

그녀는 분명하게 또 힘을 주어 스위드의 가족이 살아남지 못할 것이라고 암시하고 있었다. 그러자 스위드는 그뒤로 몇 주 동안, 그녀의 친절, 그녀의 동정심이 처음에 믿고 싶었던 것만큼 그렇게 모든 것을 끌어안는 것인가 하는 의문을 품게 되었다.

그는 그녀를 두 번 다시 찾아가지 않았다.

스위드는 비서에게 뉴욕에 가겠다고, 그곳의 체코 대사관에 들르겠다고 말했다. 사실 그는 나중에 가을에 다녀올 체코슬로바키아 출장에 관해 체코 대사관과 이미 이야기를 끝냈다. 뉴욕에서 스위드는 체코슬로바키아에서 만든 견본 장갑만이 아니라 구두, 허리띠, 핸드백, 지갑을 살펴보았고, 이제 체코 사람들은 그가 브르노와 브라티슬라바에 있는 공장들을 견학할 수 있도록 계획을 짜고 있었다. 그가 그곳의 장갑 공장을 직접 보고, 실제로 생산중인 제품들이 공장에서 출하되는 과정을 두루 살펴보게 하려는 것이었다. 체코슬로바키아가 가죽 제품을 뉴어크나 푸에르토리코보다 싸게 만들 수 있다는 데는 이제 의심의 여지가 없었다. 심지어 더 좋은 제품을 만드는 것 같기도 했다. 폭동 이후 나빠지기 시작한 뉴어크 공장의 품질은 계속 나빠졌고, 특히 비키가 제작실 반장 자리에서 물러나자 그 차이는 눈에 띌 정도가 되었다. 체코 대사관에서 본 물건들이 일상적으로 생산되는 물건을 대표하지는 않을 것이라는 점을 고려한다 해도, 그 능력은 꽤 인상적이었다. 과거 1930년대에 미국 시장에는 체코인이 만든 고급 장갑이 넘쳐났고, 뉴어크 메이드는 오랜 세월에 걸쳐 훌륭한 체코인 재단사들을 고용해왔다. 삼십 년 동안 상근으로 일하면서 뉴어크 메이드의 재봉틀을 손보아ー낡은 샤프트, 레버, 스로트 플레이트, 보빈을 교체하고, 각 기계의 타이밍과 텐션을 늘 조정해주어서ー공장의 주축을 이루는 그 재봉틀들이 쉬지 않고 움직이게 해준 사람들도 체코인이었다. 이들은 훌륭한 노동자들이었고, 지상의 모든 장갑 기계의 전문가였으며, 무엇이든 고칠 수 있었다. 스위드는 자신이 직접 가서 철저하게 살펴보기 전에는 그들 사업의 어떤 부문이라도 공산주의 정부에 넘기는 계약을 할 생각이 없다고 아버지를 안심시켰지만, 속으로는 뉴어크에서 벗어날 날이 멀지 않았다고 확신하고 있었다.

돈은 이 무렵 새 얼굴로 놀라운 복귀를 시작했다. 메리는…… 글쎄, 사랑하는 메리, 어여쁜 메리, 나의 하나뿐인 소중한 아이 메리, 내가 어떻게 계속 센트럴 애비뉴에 머물면서 생산을 해나갈 수 있겠니? 내 제품의 품질에는 이제 아무런 관심이 없는 흑인들, 무관심한 사람들, 자신들을 대체할 만한 사람들이 뉴어크에 남아 있지 않다는 이유로 나를 궁지에 몰아넣는 사람들 때문에 계속 지금처럼 타격을 받고 있어야 하겠니? 내가 센트럴 애비뉴를 떠나면 네가 나를 인종주의자라고 부르며 다시는 보지 않으려 할 거라는 사실이 두렵다는 점 하나 때문에 말이다. 나는 너를 다시 볼 수 있는 날을 오랫동안 기다려왔어. 네 엄마도 기다렸고, 할아버지와 할머니도 기다렸어. 우리 모두 오 년 동안 매년 매일 하루 스물네 시간을 너를 보게 되기를, 너에게서 연락이 오기를,

어떤 식으로든 너에게서 무슨 말이 있기를 기다렸어. 하지만 이제 더는 우리 삶을 미룰 수가 없어. 이제 1973년이야. 엄마는 새 여자가 되었어. 다시 살려고 한다면, 지금이 우리가 시작해야 할 때야.

그럼에도 스위드는 체코 대사관에서 슬리보비츠를 한 잔 내놓으며 환영해주는 사람 좋은 영사를 기다리는 것이 아니라(아버지나 아내가 사무실로 전화를 한다면 그가 그러고 있다는 이야기를 듣겠지만), 뉴저지 레일로드 애비뉴, 뉴어크 메이드 공장에서 차로 불과 십 분 떨어진 곳에 있는 동물병원 건너편에서 다른 사람을 기다리고 있었다.

불과 십 분 거리에서. 몇 년 동안? 바로 뉴어크에서, 몇 년 동안? 메리는 세상에서 스위드가 천 번을 생각해보았다 해도 짐작도 하지 못했을 단 한 곳에서 살고 있었다. 내가 지능이 떨어지는 것일까, 아니면 메리가 워낙 도발적이고, 워낙 비뚤어지고, 워낙 제정신이 아니어서 내가 아직도 그애가 저지를 수 있는 일의 범위를 상상도 못하는 것일까? 내가 상상력이 부족한 것일까? 하지만 어떤 아버지가 그렇지 않겠는가? 상식을 벗어난 일이었다. 딸이 뉴어크에 살고 있었다니. 펜실베이니아 레일로드의 철도 건너편에서 일을 하고 있었다니. 그것도 포르투갈인이 가난한 다운넥 거리를 차지하기 시작한 아이언바운드 끝이 아니라, 여기 아이언바운드의 서쪽 가장자리였다니. 레일로드 애비뉴의 서쪽 면 전체를 차단하고 있는 고가철도의 그림자 속이었다니. 이 흉측한 요새는 이 도시의 만리장성이었다. 6미터 높이로 쌓아놓은 갈색 사암들은 1.5킬로미터 넘게 뻗어나갔으며, 그 고가철도를 가로지르는 길은 지하도 여섯 개뿐이었다. 이제는 폐허가 된 미국 도시의 어느 곳과도 다를 바 없이 불길해 보이는 이 버려진 거리를 따라 낙서마저 없는 무방비 상태의 벽이 파충류처럼 길게 자리잡고 있었고, 그 벽의 회반죽이 금이 가고 씻겨나간 곳에는 시든 잡초만 철사 무더기처럼 튀어나와 있었다. 이 벽은 자신의 추한 모습을 기념물로 남기려는 지친 산업도시의 투쟁, 줄기차게 승리를 거두어온 그 기나긴 투쟁을 확인해줄 뿐 다른 어떤 것도 보여주지 않는 황량한 공간이었다.

거리 동쪽 면의 오래된 어두운 공장들—남북전쟁 시대의 공장, 주조공장, 놋세공공장, 백 년 동안 연기를 뿜어올린 굴뚝 때문에 시커메진 중공업공장—은 이제 창문이 없었다. 햇빛은 벽돌과 회반죽으로 차단시켰고, 출구와 입구는 시멘트 블록으로 막아놓았다. 이곳은 사람들이 손가락과 팔을 잃고 발이 짓이겨지고 얼굴을 덴 공장이었으며, 한때 어린아이들이 더위와 추위에 관계없이 일하던 공장이었다. 사람들을 쏟아내고 제품을 쏟아내던 이 19세기 공장들은 이제 뚫고 들어갈 수 없는, 밀폐된 무덤이 되었다. 그곳에 묻힌 것이 바로 다시 꿈틀거리지도 못할 도시 뉴어크였다. 뉴어크의 피라미드. 위대한 왕조를 매장한 구조물 같은 역사적 권리도 없으면서, 그것과 마찬가지로 거대하고, 어둡고, 침투 불가능한 무시무시한 곳.

폭도는 고가철도를 넘어가지 않았다. 만일 넘어갔다면, 이 공장들, 이 블록 전체가 뉴어크 메이드 뒤쪽의 웨스트마켓 스트리트 공장들처럼 불에 탄 폐허로 남았을 것이다.

그의 아버지는 그에게 말하곤 했다. "갈색 사암과 벽돌. 그때는 그런 사업이 있었지. 갈색 사암은 바로 여기서 채석했어. 그거 아냐? 벨빌로 나가서, 강을 따라 북쪽으로 가면 나와. 이 도시에는 모든 게 있었어. 그러니 얼마나 대단한 사업이었겠냔 말이야. 뉴어크에 갈색 사암과 벽돌을 팔던 친구—그 친구는 뱃속이 아주 편안했지."

　토요일 아침이면 스위드는 아버지와 함께 차를 타고 다운넥을 돌아다니곤 했다. 집에서 삯일을 하던 이탈리아 가족들에게 그 주에 완성된 장갑을 받으러 가는 것이었다. 차가 벽돌로 포장된 거리를 따라 덜컹덜컹 초라하고 작은 목조 가옥을 차례차례 지나가면 육중한 고가철도가 띄엄띄엄 시야에 들어왔다. 절대 완전히 사라지는 법은 없었다. 이때 스위드는 인공의 숭고함, 주변을 갈라놓고 난쟁이로 만드는 숭고함을 처음 만났다. 처음에는 무서웠다. 그때도 그는 자신의 환경에 민감한 아이로, 환경에 안기면서 그 대가로 그것을 끌어안는 경향이 있었다. 예닐곱 살 때였다. 어쩌면 다섯 살이었는지도 모른다. 제리는 태어나지도 않았을 때인지도 모른다. 그렇지 않아도 거대하던 도시는 사람을 난쟁이로 만드는 그 돌들 때문에 더 커 보였다. 인간이 만든 지평선, 거대한 도시의 몸을 잔혹하게 베어낸 흉터. 마치 음침한 지옥 세계로 들어가는 기분이었다. 그러나 다른 남자아이들은 모두 그곳에서 철도를 평면 교차로 위로 올려 충돌 사고와 보행자 학살을 막으려는 대중적 개혁 운동에 대한 철도의 응답을 볼 뿐이었다. "갈색 사암과 벽돌." 그의 아버지는 감탄했다. "그걸로 모든 걱정이 끝나버린 사람이 있었지."

　이 모든 것이 그들이 키어 애비뉴로 이사하기 전, 웨인라이트 스트리트의 가난한 끝자락에 있는, 회당 건너편 세 가구 주택에 살던 시절의 일이었다. 당시 그의 아버지는 아직 다락방도 없으면서, 다운넥에 살던 어떤 사람에게서 가죽을 샀다. 그 사람은 노동자들이 무두질공장에서 가지고 나올 수 있는 모든 것, 고무장화 안에 감추거나, 작업복

안쪽에 둘둘 말아 가지고 나올 수 있는 것을 자기 차고에 넣어두고 팔 았다. 짐승가죽을 파는 이 사람 자신도 무두질공장 노동자였다. 몸집 이 크고 우락부락한 폴란드 사람이었는데 육중한 두 팔 아래위로 문신 이 있었다. 아버지는 마무리가 끝난 가죽을 들고 차고 창가에 서서 빛 에 비추어 보며 흠을 찾다가, 무릎 위에서 쭉쭉 펼쳐본 뒤 가죽을 고 르기 시작했다. 스위드는 그 모습이 희미하게 기억났다. "이걸 만져봐 라." 아버지는 아들과 함께 무사히 차로 돌아오면 그렇게 말하곤 했다. 어린 스위드는 아버지가 하는 것을 살펴보며 배운 대로 약한 새끼염소 가죽을 주무르며 손가락으로 고운 결을 쓸어보고, 가죽의 빽빽하고 촘 촘한 결이 주는 벨벳 같은 감촉을 느꼈다. "그게 가죽이야. 무엇 때문 에 새끼염소가죽이 그렇게 섬세한 줄 아니, 시모어?" 아버지가 말했 다. "모르겠는데요." "흠, 그게 무슨 가죽으로 만들었다고?" "새끼염 소요." "그래. 그런데 새끼염소가 뭘 먹지?" "젖이요?" "그래. 그 짐승 이 먹은 건 젖뿐이기 때문에 가죽 결이 부드럽고 아름다운 거다. 돋보 기로 이 가죽의 털구멍을 보면 하도 작아서 보이지도 않아. 하지만 새 끼염소가 풀을 먹기 시작하면 가죽이 완전히 달라져. 염소가 풀을 먹 으면 가죽이 사포처럼 변해. 예식용 장갑을 위한 가장 좋은 장갑 가죽 이 뭐지, 시모어?" "새끼염소요." "잘 아는구나, 내 아들. 하지만 새끼 염소가 다가 아니란다. 무두질이 중요해. 따라서 무두질공장을 알아야 해. 좋은 요리사와 실력 없는 요리사의 차이와 같아. 좋은 고기를 가져 와도 실력 없는 요리사는 그걸 망쳐버릴 수 있어. 왜 누구는 멋진 케이 크를 만들고, 누구는 못 만드는 걸까? 왜 이 케이크는 촉촉하고 맛있는 데, 저 케이크는 빽빽할까? 가죽도 마찬가지야. 나는 무두질공장에서 일을 해봤지. 화학약품이 중요하고, 시간이 중요하고, 온도가 중요해. 거기에서 차이가 나는 거야. 그거하고, 애초에 이급 가죽을 사지 않는 게 중요하지. 좋은 가죽을 무두질하는 거나 나쁜 가죽을 무두질하는 거나 비용은 같아. 아니, 나쁜 가죽을 무두질하는 게 비용이 더 들지. 더 힘들게 일해야 하니까. 이건 아름다워, 정말 아름다워. 멋진 물건이야." 아버지는 다시 염소가죽을 손가락 끝으로 아끼듯이 조몰락거렸다. "어떻게 이런 걸 얻는 줄 아니, 시모어?" "어떻게 얻어요, 아빠?" "노력을 해야 돼."

루 레보브가 자신이 만든 견본과 더불어 가죽을 할당하는 여덟, 열, 열두 이민자 가족은 다운넥 전역에 흩어져 있었다. 이들은 나폴리 출신으로, 고국에서도 장갑 만드는 일을 하던 사람들이었다. 이들 가운데 최고 수준에 이른 사람들이 결국 뉴어크 메이드의 첫 본거지에서 일을 하게 되었다. 루 레보브가 웨스트마켓 스트리트에 있는 의자공장 꼭대기 층의 작은 다락을 빌릴 만한 여력이 생겼을 때의 일이었다. 그전에 늙은 이탈리아인 할아버지 또는 아버지는 이탈리아에서 가져온 프랑스 자, 큰 가위, 작은 칼을 가지고 자기 집 부엌 식탁에서 재단 일을 했다. 할머니나 어머니는 바느질을 했고, 딸은 옛날 방식대로, 부엌의 배불뚝이 난로 위에 올려놓은 상자에 넣어 가열한 다리미로 장갑을 문질러 폈다. 여자들은 낡은 싱거 재봉틀로 일했다. 19세기에 만들어진 이 기계는 루 레보브가 재봉틀을 재조립하는 법을 배운 뒤 헐값에 사들여 직접 수리한 것들이었다. 일주일에 한 번은 밤에 다운넥까지 차를 몰고 가 한 시간 동안 재봉틀이 다시 제대로 움직이도록 손을 봐야 했다. 평소에는 밤이든 낮이든 이 이탈리아인들이 만든 장갑을 팔며 저지 전역을 돌아다녔다. 처음에는 시내 중심가에서 자동차 트렁크를 열어놓고 팔았지만, 시간이 지나면서 바로 의류점이나 백화점으로 갔고, 그런 상점들은 뉴어크 메이드의 첫번째 견실한 거래처가 되었다. 어린 시절 스위드가 늙은 나폴리 장인들 가운데서도 가장 연로한 사람들이 재단한 장갑을 본 곳은 지금 서 있는 곳에서 1킬로미터도 떨어지지 않은 집의 아주 작은 부엌이었다. 자신은 그 가족이 집에서 만든 와인을 맛보는 루 레보브의 무릎에 앉아 있고, 그들 건너편에서 이탈리아 왕비를 위해 장갑을 만들었다고 하는, 이제 백 살이 되었다는 재단사가 칼의 무딘 날을 대여섯 번 비틀어 트랭크의 끝을 다듬던 광경이 기억났다. "잘 지켜봐라, 시모어. 가죽이 아주 작아 보이지? 세상에서 가장 어려운 일이 염소가죽을 효율적으로 자르는 거야. 아주 작기 때문이지. 하지만 저 노인네가 하는 일을 잘 지켜봐라. 너는 지금 천재를 보고 있는 거야. 예술가를 보고 있는 거란 말이다. 이탈리아 재단사는 늘 예술가 같은 태도로 일을 해. 게다가 이분은 그 가운데서도 최고 마스터거든." 가끔은 부엌에서 팬에 뜨거운 미트볼을 튀기곤 했다. 늘 그르렁거리는 목소리로 "케 벨레차……"* 하고 말하며 그의 금발을 쓰다듬어주고 착하고 귀여운 아이라는 뜻으로 그를 피치렐이라고 부르던 한 이탈리아인 재단사는 파삭파삭한 이탈리아 빵을 단지에 든 토마토소스에 찍어 먹는 법을 가르쳐주었다. 뒷마당이 아무리 작아도 토마토는 자라고 있었고, 포도 덩굴과 배나무도 있었다. 그리고 집마다 늘 할아버지가 있었다. 와인을 만드는 사람은 할아버지였다. 또

* '참 아름답구나'라는 뜻.

루 레보브가 나폴리 사투리로, 자신이 보기에 어울린다고 여기는 몸짓까지 섞어가며 자신이 할 수 있는 유일하게 완전한 이탈리아어 문장을 건네는 사람도 할아버지였다. "나 마노 라바 나드." 손은 맞잡아야 씻을 수 있지요. 그주치 삯일의 대가로 식탁을 덮은 유포油布 위에 지폐를 놓으며 하는 말이었다. 그런 다음 소년과 아버지는 마무리된 장갑을 식탁에서 들고 일어나 집으로 향했다. 집에 가면 실비아 레보브가 장갑을 하나하나 검사했다. 사람 손 대신 장갑 안에 집어넣는 스트레처를 이용해 각 손가락의 솔기와 각 장갑의 엄지손가락을 꼼꼼하게 살폈다. 아버지는 스위드에게 말했다. "장갑 한 켤레는 서로 완벽한 한 쌍을 이뤄야 해. 가죽의 결, 색깔, 진하고 옅은 정도, 모든 것이. 장갑을 검사할 때 처음 보는 건 양쪽이 짝이 맞느냐 하는 거야." 어머니는 일을 하면서 소년에게 장갑을 만들 때 일어날 수 있는 모든 실수에 관해 가르쳐주었다. 어머니는 루 레보브의 아내로서 그동안 실수를 찾아내는 법을 배워왔다. 한 땀을 빼먹으면 솔기가 벌어질 수 있지. 어머니는 아들에게 말했다. 하지만 장갑에 스트레처를 넣어 솔기를 팽팽하게 펴보기 전에는 알 수 없어. 또 재봉사가 바느질을 잘못했음에도 무시하고 그냥 계속해나가는 바람에 생긴, 있어서는 안 되는 바늘구멍이 있었다. 푸주한의 칼자국은 가죽을 벗길 때 칼을 너무 깊이 넣으면 생기는 것이었다. 이 자국은 가죽의 털을 깎아낸 뒤에도 그대로 남아 있어, 스트레처를 넣었을 때는 찢어지지 않아도 손을 집어넣었을 때는 찢어질 수 있었다. 아버지는 다운넥에서 가져온 장갑 무더기 중에서 엄지와 손바닥이 맞지 않는 것을 적어도 하나는 찾아냈다. 그러면 아버지는 무척 흥분했다. "봤어? 봐, 재단사는 가죽 하나로 자기 할당량을 다

만들어내려고 해. 그런데 트랭크를 만든 가죽에서 엄지를 얻지를 못하니까 속임수를 쓰는 거야. 다음 가죽에서 엄지를 자르니까 둘이 맞지 않지. 이건 나한테는 염병할 아무 소용 없어. 여기 보여? 손가락들이 비틀렸잖아. 이게 마리오가 오늘 아침에 너한테 보여주려던 거야. 푸어셰트든 엄지든 뭐든 똑바로 잡아당겨야 돼. 똑바로 잡아당기지 않으면 문제가 생겨. 푸어셰트를 비스듬하게 비뚜로 잡아당기면, 함께 꿰맸을 때 손가락이 바로 이렇게 뱅뱅 돌아가게 되지. 지금 네 어머니가 그걸 찾는 거야. 왜냐하면, 잊지 말고 반드시 기억해라, 레보브는 완벽한 장갑을 만들기 때문이야." 어머니는 뭔가 잘못된 것을 찾을 때마다 스위드에게 장갑을 주었고, 스위드는 결함이 있는 곳에 핀을 꽂았다. 물론 바늘땀에 꽂았지 절대 가죽에 꽂지는 않았다. 아버지는 주의를 주었다. "가죽의 구멍은 그대로 남아. 직물처럼 구멍이 사라지는 게 아니야. 그러니까 반드시 바늘땀에 꽂아야 돼, 반드시!" 소년과 어머니가 장갑 한 묶음을 다 검사하면, 어머니는 특별한 실을 이용해 장갑 한 켤레를 한데 묶었다. 아버지는 그것이 쉽게 끊어지는 실이라고 설명했다. 그래야 구매자가 장갑을 떼어낼 때 양편의 바느질 매듭이 당겨지면서 가죽이 찢어지는 일이 생기지 않으니까. 장갑 한 켤레를 한데 묶으면 스위드의 어머니는 그것을 티슈로 쌌다. 장갑 한 켤레를 티슈 위에 올려놓고, 장갑 양쪽으로 나온 종이를 그 위로 접어 올려 한 켤레씩 보호받을 수 있도록 했다. 스위드가 큰 소리로 열두 켤레를 세면 어머니가 상자에 넣었다. 초기에는 예쁜 상자가 아니라, 그냥 평범한 갈색 상자에 한쪽 끝에 사이즈를 표시할 수 있도록 사이즈 표만 붙어 있었다. 금색으로 테를 두르고 금박으로 뉴어크 메이드라고 찍은 멋진 검은 상자는 그의 아버지가 뱀버거 백화점, 그리고 나중에 메이시 백화점의 액세서리 점포와 거래를 뚫은 후에 만들었다. 회사 이름이 적힌 독특하고 매력적인 상자와 장갑마다 붙어 있는 금실과 검은 실로 짜넣은 라벨은 상점만이 아니라 아는 것도 많고 돈도 많은 고객에게도 큰 영향을 주었다.

토요일마다 그 주의 마무리된 장갑을 걷으러 다운넥으로 차를 몰고 갈 때, 그들은 어머니가 발견한 결함에 스위드가 핀으로 표시를 한 장갑도 가져갔다. 장갑에 핀이 보기 흉하게 세 개 이상 꽂혀 있으면, 그의 아버지는 그 장갑을 만든 가족에게 뉴어크 메이드를 위해 일을 하고 싶으면 이렇게 너저분하면 안 된다고 경고했다. "루 레보브가 파는 탁자 재단 장갑은 언제나 완벽한 탁자 재단 장갑이에요. 나는 여기 놀러 온 게 아닙니다. 나는 여러분과 똑같은 이유로 여기 온 거예요. 돈을 벌러 온 겁니다. 나 마노 라바 나드. 그걸 잊지 마세요."

"송아지가죽이 뭐지, 시모어?" "송아지에서 나오는 가죽이죠." "결은 어때?" "촘촘하고 고른 결이에요. 아주 부드럽죠. 광택이 나고." "어디에 쓰는 거지?" "주로 남자 장갑이에요. 무거우니까요." "케이프는 뭐지?" "남아프리카의 긴 털 달린 양의 가죽이죠." "카브레타는?" "곱슬곱슬한 털이 아니라 긴 털이 달린 양이요." "어디 사는 거지?" "남아메리카요. 브라질." "그건 완전한 답이 아니야. 그 양은 적도에서 남북으로 약간 떨어진 곳에 살아. 전 세계에 다 있지. 인도 남부에도 있고. 브라질 북부에도 있고. 아프리카에도 사는 곳이 띠처럼 쭉……" "우리 건 브라질에서 오잖아요." "맞아. 그건 맞아. 네 말이 맞다. 나는 그저 그 양이 다른 나라에도 산다는 얘기를 하는 거야. 앞으로 보게 될 거다. 가죽을 준비할 때 주요한 작업이 뭐지?" "잡아당기는 거요." "그걸 절대 잊지 마라. 이 사업에서는 1인치의 16분의 1로 모든 게 달라져. 잡아당기는 거! 잡아당기는 게 백 퍼센트 제대로 되어야 해. 장갑한 켤레는 몇 조각으로 나뉘지?" "열 조각이요. 바인딩이 있으면 열두조각이고요." "그게 뭐 뭐지?" "푸어셰트 여섯 개, 엄지 두 개, 트랭크두 개." "장갑업계에서 재는 단위는?" "단추요." "단추 하나짜리 장갑은?" "단추 하나짜리 장갑은 엄지 밑바닥부터 꼭대기까지 1인치인 장갑이에요." "약 1인치지. 실킹이 뭐지?" "장갑 등에 세 줄로 바느질을해놓은 거요. 끝을 마무리해놓지 않으면 실킹이 모두 빠져나오게 돼요." "훌륭하구나. 끝마무리에 관해서는 묻지도 않았는데. 훌륭해. 장갑에서 가장 만들기 어려운 솔기는 뭐지?" "완전한 피케요." "왜지? 천천히 생각해봐라. 이건 어려운 거야. 그 이유를 말해봐." 프리 솔기. 게이지 솔기. 하나짜리 드로 포인트. 스피어 포인트. 사슴가죽. 모카. 잉글랜드 암사슴 가죽. 담그기. 털 뽑기. 절이기. 정리하기. 누르기. 결마무리. 벨벳 마무리. 풀을 붙인 안감 대기. 해골 안감 대기. 솔기 없는편물 양모. 자르고 꿰맨 편물 양모……

다운넥을 왕복하는 동안 이런 대화가 절대 멈추지 않았다. 스위드가여섯 살 때부터 뉴어크 메이드가 자기 다락방을 가진 회사가 된 아홉살 때까지, 매주 토요일 아침마다.

동물병원은 공터 옆의 작고 낡은 건물 한 귀퉁이에 자리잡고 있었다. 공터는 타이어 쓰레기장이었는데, 군데군데 그의 키만한 높이의 잡초가 자라고 있었다. 그가 딸을 기다리는 보도의 가장자리에는 철망 담장의 잔해가 뒤틀린 채 바닥에 놓여 있었다…… 뉴어크에 살았던 딸…… 얼마나 오래…… 그리고 어디에, 이 도시의 어느 지역에 살았던 걸까? 그래, 이제 그에게도 상상력이 부족하지 않았다. 딸이 올드 림록에서 여기까지 오게 된 경위를 그려보는 것은 불가능했지만, 그래도 혐오스러운 일을 상상하는 데는 아무런 노력이 필요 없었다. 이제는 다음에 닥칠 놀라운 일의 충격을 완화하기 위해 매달릴 미망도 없었다.

딸이 일하는 장소를 보니 아이가 미국 역사의 경로를 바꾸는 것이 자신의 소명이라고 여전히 믿고 있는 것 같지는 않았다. 건물의 녹슨 비상계단은 누가 디디면 저절로 무너져내릴 것처럼 보였다. 원래 있던 자리에서 벗어나 도로로 늘어져 있었기 때문이다. 그 기능은 화재가 날 경우에 목숨을 구하는 것이 아니라, 그냥 거기 쓸모없이 매달려 삶에 내재하는 크나큰 외로움을 증언하는 것으로 바뀐 것 같았다. 스위드가 보기에 다른 의미는 모두 사라져버렸다. 외로움을 증언하는 것이 그 건물의 가장 중요한 의미였다. 그래, 우리는 외롭다. 몹시 외롭다. 그리고 늘 우리 앞에는, 지금보다 더 짙은 외로움이 기다리고 있다. 우리가 어떤 식으로든 그것을 처리할 방법은 없다. 외로움을 뜻밖의 일로 생각해서는 안 된다. 막상 경험할 때는 깜짝깜짝 놀라게 되지만. 자신을 뒤집어보려고 할 수는 있겠지만, 그 결과는 안이 안에 있어 외로운 대신 안이 밖으로 나온 채로 외롭게 되는 것일 뿐이다. 어리석고, 어리석은 메리, 네 어리석은 아버지보다도 더 어리석은 메리, 심지어 건물을 폭파하는 것도 도움이 되지 않는단다. 건물이 있어도 외롭고,

건물이 없어도 외롭단다. 외로움에 대해서는 어떤 저항도 할 수 없어. 역사상 어떤 폭파 운동도 거기에는 흠 하나 내지 못했지. 인간이 만든 폭약 가운데 가장 치명적인 것도 그것을 건드리지는 못한단다. 내 멍청한 아이야, 공산주의에 경외감을 품지 말고, 보통의, 일상적인 외로움에 경외감을 품어라. 노동절이 오면 밖으로 나가 네 친구들과 함께 외로움의 더 큰 영광을 향해, 슈퍼파워 가운데서도 슈퍼파워를 향해, 모든 것을 압도하는 힘을 향해 행진해라. 거기에 돈을 놓고, 내기를 하고, 그것을 숭배해라. 말을 더듬는 아이, 분노에 찬 아이, 멍청한 아이야, 카를 마르크스에게, 호찌민과 마오쩌둥에게 복종하여 고개를 숙이지 말고, 위대한 신 외로움에게 고개를 숙여라!

저 쓸쓸해요. 메리는 아주 조그마했을 때 그에게 그렇게 말하곤 했다. 스위드는 딸아이가 도대체 어디서 그런 단어를 들었는지 알 수가 없었다. 쓸쓸하다. 두 살짜리의 입에서 들을 수 있는 가장 슬픈 말인 것 같았다. 그 아이는 아주 일찍 아주 많은 말을 배웠고, 처음에는 아주 쉽게 말을 했다. 아주 영리하게. 어쩌면 그래서 말더듬증이 생긴 것인지도 몰랐다. 다른 아이들이 자기 이름을 발음하기도 전에 신기하게 익혔던 그 모든 단어들, 심지어 "저 쓸쓸해요"까지 포함하는 어휘들의 감정적인 부하負荷.

스위드는 메리가 이야기를 나눌 수 있는 사람이었다. "아빠, 우리 대화해요." 대화의 주제는 어머니인 경우가 많았다. 메리는 어머니가 자기 옷에 관해 잔소리를 너무 많이 하고, 자기 머리에 관해 잔소리를 너무 많이 한다고 말하곤 했다. 메리는 패티처럼 긴 머리를 원했지만, 어머니는 자르기를 원했다. "엄마는 자기가 세인트제네비브에서 그랬던 것처럼 제가 제복을 입으면 정말 행복해할 거예요." "엄마는 보수적인 거야. 그뿐이야. 너도 엄마하고 쇼핑하는 걸 좋아하잖아." "엄마하고 쇼핑을 할 때 가장 좋은 건 맛있는 점심을 먹는다는 거예요. 그건 재미 있어요. 또 가끔 옷을 고르는 것도 재미있어요. 하지만 그래도, 엄마는 자-자-자-자-잔소리가 너무 심해요." 메리는 학교 점심시간에 어머 니가 싸준 것을 절대 먹지 않았다. "흰 빵에 볼로냐소시지는 역겨워요. 간肝 소시지도 역겨워요. 참치가 들어가면 도시락 봉투가 다 젖어요. 제가 좋아하는 것 딱 한 가지는 버지니아 햄인데, 껍질은 벗겨야 해요. 저는 뜨거운 수-수-수프가 좋아요." 하지만 메리는 뜨거운 수프를 학 교에 가져가면 늘 보온병을 깨뜨렸다. 첫 주에 안 깨뜨리면 둘째 주에 깨뜨렸다. 돈이 특별히 잘 깨지지 않는 보온병을 사다주어도 그것마저 깨버렸다. 그 아이의 파괴력은 그 정도였다.

방과후에 친구 패티와 빵을 구울 때면 메리가 늘 달걀을 깨곤 했다. 패티는 달걀 깨는 것이 역겹다고 했기 때문이다. 메리는 그것이 멍청 한 소리라고 생각해서 어느 날 오후에 바로 패티 앞에서 달걀을 깼는 데, 패티는 그 자리에서 토해버렸다. 그것이 그 아이의 파괴력이었다. 보온 병을 깨고, 달걀을 깨는 것. 그리고 어머니가 점심으로 뭘 싸주든 버리는 것. 절대 불평하지 않았지만, 절대 먹으려 하지도 않았다. 돈이 무슨 일이 있다고 의심하기 시작해 점심으로 무엇을 먹었느냐고 물었을 때 보니, 메리는 아예 확인도 안 하고 버리는 것 같았다. "가끔 너는 골치 아파." 돈이 말했다. "아니에요. 나는 엄마가 점심으로 뭘 먹었느냐고 묻지만 않으면 그런 무-무-무-문제 있는 아이가 아니에요." 어머니 가 약이 올라서 말했다. "너인 게 늘 쉬운 일은 아니지, 그렇지, 메리?"

"어쩌면 제 여-여-옆에 있는 것보다는 그냥 저인 게 더 쉬운 것 같아요." 메리는 아버지에게 솔직하게 말했다. "과일도 그렇게 다-다-당기지는 않았어요. 그래서 그것도 버렸어요." "그리고 우유도 버렸고." "우유는 좀 미지근했어요, 아빠." 하지만 도시락 봉투 밑바닥에는 늘 아이스크림을 사 먹을 십 센트짜리 동전이 있었기 때문에, 메리는 아이스크림을 사 먹었다. 겨자도 좋아하지 않았다. 메리는 자본주의에 불만을 토로하기 오래전에 겨자에 불만을 갖게 되었다. "어떤 애가 그걸 좋아하겠어요?" 메리는 아버지에게 말했다. 답은 패티였다. 패티는 겨자와 가공 치즈가 든 샌드위치를 먹곤 했다. 대화를 하다 아버지에게 털어놓은 대로, 메리는 그것을 "전혀" 이해하지 못했다. 녹인 치즈 샌드위치야말로 메리가 다른 어떤 것보다도 좋아하는 것이었다. 녹인 뮌스터치즈와 흰 빵. 메리는 방과후에 패티를 집에 데려오곤 했는데, 메리가 점심거리를 먹지 않고 버렸기 때문에 그들은 녹인 치즈 샌드위치를 만들어 먹었다. 가끔은 그냥 은박지 위에 치즈를 녹이기도 했다. 꼭 필요하면 녹인 치즈만 먹고도 살 수 있어요. 자신 있어요. 메리는 아버지에게 그렇게 말했다. 아마 그것이 메리가 잡화점을 날려버리기 전에 저지른 가장 무책임한 일이었을 것이다. 방과후에 패티와 함께 은박지에 치즈를 녹여 먹어치우는 것. 메리는 패티의 감정이 상할까봐 걱정이 되어 패티가 자신의 신경을 무척이나 건드린다는 말도 하지 못했다. "문제는 어떤 사람이 이미 지-지-지-지겨워졌는데, 그 사람이 집에 오는 거예요." 하지만 메리는 늘 돈과 함께 패티가 더 있다 가기를 바라는 것처럼 연기했다. 엄마, 패티가 저녁 먹고 가도 돼요? 엄마, 패티가 자고 가도 돼요? 엄마, 패티가 제 장화 신어도 돼요? 엄마, 저하고 패티를 마을까지 태워다줄 수 있어요?

메리는 5학년 때 어머니에게 어머니날 선물을 주었다. 학교에서는 어머니를 위해 해줄 일을 작은 장식용 냅킨에 쓰라고 했다. 메리는 매주 금요일 밤마다 저녁을 차리겠다고 썼다. 열 살짜리의 다짐치고는 상당히 거창한 것이었지만, 메리는 약속을 대체로 지켰다. 그러면 일주일에 하룻저녁, 자기가 준비하는 저녁에는 지티를 먹을 수 있었기 때문이다. 또 저녁을 차리면 설거지는 하지 않아도 되었기 때문이다. 메리는 돈의 도움을 받아 가끔 라사냐나 속을 넣은 조개 파스타를 만들기도 했지만, 구운 지티는 혼자 만들었다. 또 가끔 '마카로니 앤드 치즈'를 먹기도 했지만, 대부분은 구운 지티였다. 메리가 아버지에게 한 말에 따르면, 중요한 것은 치즈가 녹는 과정을 보는 것이었다. 물론 지티의 윗부분이 단단해지고 바삭해지도록 만드는 것도 똑같이 중요했다. 메리가 구운 지티를 만들 때는 스위드가 설거지를 했다. 이때는 늘 설거지할 것이 많았지만 그는 기쁜 마음으로 했다. "만드는 건 재미있지만 설거지는 재미없어요." 메리는 아버지에게 그렇게 털어놓았지만, 스위드는 메리가 음식을 만들면 즐거운 마음으로 설거지를 했다. 스위드는 블루밍데일 백화점의 장갑 구매 담당자에게서 웨스트 49번가의 식당이 뉴욕에서 구운 지티를 제일 잘한다는 말을 듣고, 한 달에 한 번씩 가족을 데리고 빈센트에 가기 시작했다. 먼저 라디오시티에 들르거나 브로드웨이 뮤지컬을 보고 빈센트로 갔다. 메리는 빈센트 레스토랑을 아주 좋아했다. 나중에 알고 보니 빌리라는 이름의 젊은 웨이터가 메리를 좋아했다. 고향에 있는 남동생도 말을 더듬었기 때문이다. 빌리는 메리에게 빈센트로 식사를 하러 오는 텔레비전이나 영화 스타들 이야기를 해주었다. "아가씨 아버지가 앉아 있는 데 보여요? 아가씨 아버지가 앉아 있는 의자 보여요, 시뇨리나*? 대니 토머스가 어젯밤에 그 의자에 앉았어요. 사람들이 탁자로 가서 자기소개를 하니까 대니 토머스가 뭐라고 했는지 알아요?" "모-모-모르겠는데요." 시뇨리나가 대답했다. "'만나서 반갑습니다.' 그랬어요." 메리는 월요일에 학교에 가면 패티에게 뉴욕의 빈센트 레스토랑의 빌리가 전날 한 이야기를 그대로 되풀이했다. 메리보다 더 행복한 아이가 있었을까? 덜 파괴적인 아이가 있었을까? 어머니와 아버지에게서 더 사랑받는 작은 시뇨리나가 있었을까?

없었다.

꼭 끼는 노란 슬랙스를 입은 흑인 여자, 짐마차를 끄는 말처럼 엉덩이 주위가 거대한 여자가 하이힐을 신고 비틀거리며 다가와 손에 쥔 아주 작은 종잇조각을 내밀었다. 얼굴에는 흉터가 심했다. 스위드는 딸이 죽었다고 알려주러 왔다고 생각했다. 그것이 종이에 적혀 있는 말일 거라고. 리타 코언이 쓴 쪽지일 거라고. "사장님, 구세군이 어디 있는지 아세요?" 그녀가 물었다. "그게 여기 있나요?" 그가 되물었다. 그녀도 여기 있다고 생각하지 않는 표정이었다. 그러나 그녀는 대답했다. "그런 것 같은데요." 그녀는 종이를 들어올렸다. "그렇게 쓰여 있는데요. 혹시 어디 있는지 아세요, 사장님?" 사장님으로 시작하거

---

* 이탈리아어로 '아가씨'라는 뜻.

나 끝나는 말은 보통 '돈이 필요하다'는 뜻이었다. 그래서 스위드가 호주머니에 손을 넣어 지폐를 몇 장 주자 그녀는 발에 잘 맞지도 않는 그 신을 신은 채 비틀거리며 멀어져 지하도 속으로 사라졌다. 그뒤로는 아무도 보이지 않았다.

스위드는 사십 분을 더 기다렸다. 그리고 사십 분을 더 기다릴 수도 있었다. 어두워질 때까지 기다릴 수도 있었다. 그뒤로도 한참을 더 그대로 서 있을 수 있었을 것이다. 칠백 달러짜리 맞춤 양복을 입고 다 떨어진 누더기를 입은 부랑자처럼 가로등에 등을 기댄 남자. 어느 모로 보나 참석할 회의가 있고 처리할 일이 있고 이행할 사회적 의무가 있을 것 같은데도, 주변을 의식하며 철도역 근처의 황폐한 거리를 배회하는 남자. 어쩌면 부유한 외지인인데, 홍등가인 줄 잘못 알고 기차에서 내려, 머릿속은 비밀로 가득하고 심장은 쿵쾅거리는 상태에서(이것은 사실이었다) 뚜렷한 목적 없이 허공을 보는 척하는 것으로 보일지도 몰랐다. 어쨌든, 끔찍한 가정이기는 하지만, 리타 코언이 진실을 말하고 있으며 또 그전에도 늘 진실을 말해왔다고 가정하고, 메리가 출근하는 모습을 볼 수 있을 거라는 믿음으로 그곳에 서서 밤을 새우고 다음날 아침을 맞이할 수도 있었다. 그러나 자비롭게도—그것이 적절한 말인지는 모르겠지만—불과 사십 분 만에 메리가 나타났다. 키가 큰 여자의 형체였다. 그러나 거기에서 만날 것이라고 예상을 했으니 망정이지 그렇지 않았더라면 절대 자기 딸이라고 알아보지 못했을 것이다.

이번에도 그의 상상력이 부족했다는 것이 확인되었다. 그는 두 살 때 익힌 근육 통제 방법마저 다 잊어버린 느낌이었다. 피를 포함한 모든 것이 그의 몸속에서 보도로 쏟아져나갔다 하더라도 그렇게 놀라지는 않았을 것이다. 이것은 도저히 감당할 수가 없었다. 집에 돌아가 새 얼굴의 돈에게 도저히 이야기해줄 수 없는 모습이었다. 현대적인 부엌—섬처럼 놓인 최신식 조리대가 핵심이었다—위로 난, 전기로 여닫는 천창들조차도 돈을 그 충격에서 지탱해주지는 못할 터였다. 살인자 아버지로서 천팔백 일 밤을 온갖 상상에 시달렸음에도 그는 딸아이의 잠행 방식에는 미처 대비가 되어 있지 않았다. 아무리 연방수사국을 벗어나야 한다 해도 이렇게까지 할 필요는 없었을 것이다. 아이가 여기에 이른 과정이 너무 끔찍할 것 같아 그는 도저히 생각해볼 엄두조차 낼 수 없었다. 하지만 자기 자식한테서 달아난다? 무서워서? 그러나 아이의 영혼은 소중히 품어주어야 했다. "삶이야!" 그는 자신을 타일렀다. "나는 저애를 놓아버릴 수 없어! 우리의 삶이야!" 바로 그때 메리가 그를 보았다. 어떻게 그럴 수 있었는지는 몰라도 스위드는 제정신을 잃고 달아나지 않았다. 이제 달아나기에는 너무 늦었기 때문이기도 했다.

사실 어디로 달아난단 말인가? 모든 일을 힘 하나 들이지 않고 여유 있게 처리했던 그 스위드에게로? 자기 자신과 자신의 생각에 관하여 행복한 망각 상태에 빠져 있던 그 스위드에게로? 옛날의 그 스위드 레보브에게로…… 차라리 얼굴에 흉터가 있는 그 건장해 보이는 흑인 여자에게 도움을 청하는 편이 나았을까. 혹시 그녀에게 이렇게 물어보면 나 자신을 발견할 수 있었으려나. "보세요, 내가 도대체 어디에 있는지 아세요? 내가 어디에 갔는지 혹시 아십니까?"

메리는 그를 보았다. 어떻게 그 아이가 그를 지나칠 수 있겠는가? 죽음이 아니라 생명이 있는 거리에서라 해도, 이런 불길한 공허가 있는 거리가 아니라 노력하고 괴로워하고 내몰리고 결단하는 사람들로 혼잡한 거리에서라 해도 어떻게 그 아이가 그를 지나칠 수 있겠는가? 잘생기고, 도저히 알아보지 못할 수가 없는 190센티미터 키의 아버지, 딸이 가질 수 있는 가장 잘생긴 아버지가 서 있는데. 그녀는, 이 무시무시한 생물은 거리를 가로질러 달려왔다. 스위드 자신이 근심 없는 아이였던 시절에 즐겁게 상상해보곤 하던 근심 없는 아이, 돌로 지은 집 바깥의 그네에서 달려오는 딸처럼 달려왔다. 아이는 그의 가슴에 몸을 던지고, 두 팔로 그의 목을 끌어안았다. 얼굴 아래쪽에 쓴 베일, 입과 턱을 가린 베일, 낡은 나일론 스타킹에서 잘라낸 30센티미터짜리 너덜너덜한 얇은 베일 밑에서, 아이는 결국은 싫어하게 되었던 남자를 향해 말했다. "아빠! 아빠!" 흠 하나 없이, 다른 여느 자식과 똑같이 그렇게 불렀다. 마치 그동안 누구의 자식도 아니었던 것이 이 아이의 비극인 것 같았다.

그들은, 아버지와 딸은, 자신의 중심이 모든 질서의 원천이며 조그만 혼돈의 표시도 간과하거나 용납할 수 없는 믿음직한 아버지—그는 직관적으로 혼돈이 다가오지 못하도록 막고 확신으로 나아갈 수 있었으며, 그런 확신은 살아가면서 매일 꼬박꼬박 주어지는 것이었다—와 혼돈 그 자체인 딸은 목놓아 울었다.

(2권으로 이어집니다)

세계문학은 국민문학 혹은 지역문학을 떠나 존재하는 문학이 아니지만 그것들의 총합도 아니다. 세계문학이라는 용어에는 그 나름의 언어와 전통을 갖고 있는 국민문학이나 지역문학의 존재를 인정하면서 그것을 넘어서는 문학의 보편적 질서에 대한 관념이 새겨져 있다. 그 용어를 처음 고안한 19세기 유럽인들은 유럽문학을 중심으로 그 질서를 구축했지만 풍부한 국민문학의 전통을 가지고 있는 현대의 문학 강국들은 나름의 방식으로 세계문학을 이해하면서 정전(正典)의 목록을 작성하고 또 수정한다.

한국에서도 세계문학 관념은 우리 사회와 문화의 변화 속에서 거듭 수정돼왔다. 어느 시기에는 제국 일본의 교양주의를 반영한 세계문학 관념이, 어느 시기에는 제3세계 민족주의에 동조한 세계문학 관념이 출현했고, 그러한 관념을 실천한 전집물이 출판됐다. 21세기 한국에 새로운 세계문학전집이 필요하다는 것은 명백하다. 우리의 지성과 감성의 기준에 부합하는 세계문학을 다시 구상할 때가 되었다.

문학동네 세계문학전집은 범세계적으로 통용되는 고전에 대한 상식을 존중하면서도 지난 반세기 동안 해외 주요 언어권에서 창작과 연구의 진전에 따라 일어난 정전의 변동을 고려하여 편성되었다. 그래서 불멸의 명작은 물론 동시대 세계의 중요한 정치·문화적 실천에 영감을 준 새로운 작품들을 두루 포함시켰다.

창립 이후 지금까지 한국문학 및 번역문학 출판에서 가장 전문적이고 생산적인 그룹을 대표해온 문학동네가 그간 축적한 문학 출판 경험을 바탕으로 새로운 세계문학전집을 펴낸다. 인류가 무지와 몽매의 어둠 속을 방황하면서도 끝내 길을 잃지 않은 것은 세계문학사의 하늘에 떠 있는 빛나는 별들이 길잡이가 되어주었기 때문이다. 우리가 자부심과 사명감 속에서 그리게 될 이 새로운 별자리가 독자들의 관심과 애정에 힘입어 우리 모두의 뿌듯한 자산이 되기를 소망한다.

문학동네 세계문학전집 편집위원
민은경, 박유하, 변현태, 송병선, 이재룡, 홍길표, 남진우, 황종연

지은이 **필립 로스**
1998년 『미국의 목가』로 퓰리처상을 수상했다. 그해 백악관에서 수여하는 국가예술훈장을 받
았고, 2002년에는 미국 문학예술아카데미 최고 권위의 상인 골드 메달을 받았다. 전미도서상
과 전미도서비평가협회상을 각각 두 번, 펜/포크너 상을 세 번 수상했다. 2005년에는 『미국을
노린 음모』로 미국 역사가협회상을 수상했다. 또한 펜(PEN) 상 중 가장 명망 있는 펜/나보코
프 상(2006)과 펜/솔 벨로 상(2007)도 받았다.

옮긴이 **정영목**
서울대학교 영문학과를 졸업하고 동 대학원을 졸업했다. 전문번역가로 활동하며 현재 이화여
대 통역번역대학원 교수로 재직중이다. 지은 책으로 『완전한 번역에서 완전한 언어로』 『소설이
국경을 건너는 방법』이 있고, 옮긴 책으로 『에브리맨』 『울분』 『포트노이의 불평』 『굿바이, 콜럼
버스』 『네메시스』 『죽어가는 짐승』 등이 있다. 『로드』로 제3회 유영번역상을, 『유럽 문화사』로
제53회 한국출판문화상(번역 부문)을 수상했다.

세계문학전집 117
미국의 목가 1

1판 1쇄 2014년 5월 12일
1판 7쇄 2024년 6월 5일

지은이 필립 로스 | 옮긴이 정영목

책임편집 이현자 | 편집 윤정민 홍유진 오동규 | 독자모니터 전혜진
디자인 김마리 이원경 | 저작권 박지영 형소진 최은진 서연주 오서영
마케팅 정민호 서지화 한민아 이민경 안남영 왕지경 정경주 김수인 김혜원 김하연 김예진
브랜딩 함유지 함근아 고보미 박민재 김희숙 박다솔 조다현 정승민 배진성
제작 강신은 김동욱 이순호 | 제작처 영신사

펴낸곳 (주)문학동네 | 펴낸이 김소영
출판등록 1993년 10월 22일 제2003-000045호
주소 10881 경기도 파주시 회동길 210
전자우편 editor@munhak.com | 대표전화 031) 955-8888 | 팩스 031) 955-8855
문의전화 031) 955-1927(마케팅) 031) 955-2634(편집)
문학동네카페 http://cafe.naver.com/mhdn
인스타그램 @munhakdongne | 트위터 @munhakdongne
북클럽문학동네 http://bookclubmunhak.com

ISBN 978-89-546-2419-0 04840
      978-89-546-0901-2 (세트)

잘못된 책은 구입하신 서점에서 교환해드립니다.
기타 교환 문의 031) 955-2661, 3580

www.munhak.com

● 문학동네 세계문학전집은 계속 출간됩니다